Tierra de sepultura

Brian Freeman

Tierra de sepultura

Traducción de Alicia Misrahi

Círculo de Lectores

Para Marcia

¿Estás ahí, Yago? ¡Qué habilidad tienes!
¡Dejar que un infame te acuse para disculpar sus crímenes!

WILLIAM SHAKESPEARE, *Otelo*,
acto V, escena II.

Prólogo

Kasey Kennedy conducía el coche a través de una lluvia de hojas muertas.

Con cada ráfaga de viento, proyectiles de papel emergían en enjambre de la niebla y golpeaban contra su parabrisas, «ra-ta-ta-ta». Kasey se estremeció al oírlos, agarró el volante con fuerza y trató de ver algo a través de la niebla, pero sus faros apenas alcanzaban a alumbrar cinco o seis metros de pavimento mojado. Cuando puso las largas fue peor, como si iluminara un espejo y las luces se reflejasen directamente en sus ojos. El mundo no era más que una tela de gasa enrollada alrededor de su coche. No había luces en la calle. Ni señales. No había líneas amarillas sobre la carretera. Nada que la guiara. Estaba ciega y perdida.

–¿Dónde demonios estamos? –se preguntó Kasey, preocupada, en voz alta.

Sabía que no estaba donde debería estar. La autopista 43 zigzagueaba de derecha a izquierda a medida que atravesaba las tierras de labranza del norte de Duluth, en Minnesota, y en algún lugar ella había tomado el camino equivocado. Para intentar corregir su error, giró algunas veces más, pero todo lo que consiguió fue perder completamente el sentido de la orientación. No podía estar lejos de casa, pero un kilómetro era como cien en medio de aquella niebla.

Echó un vistazo al retrovisor, donde vislumbró su cara nerviosa. Sus rizos, de un rojo eléctrico, caían con languidez sobre su frente, humedecidos por el sudor y la lluvia. Sus ojos azules y profundos brillaban por las lágrimas. Sus pómulos pecosos estaban enrojecidos, como los de una niña cuando se siente culpable y tiene miedo. Trató de esbozar una sonrisa, pero no era capaz de fingir. Había cometido una equivocación terrible. Había desaparecido de la faz de la Tierra y no tenía ni idea de cómo regresar. Su móvil estaba en casa. No disponía de un navegador GPS. Lo único que la tranquilizaba era el arma que descansaba sobre el asiento del copiloto.

Hoy en día, las mujeres que vivían en las tierras de labranza del norte dormían, comían y se duchaban con un arma cerca.

Kasey llevaba siempre su pistola consigo, pero nunca había tenido que desenfundarla en el trabajo. Trabajaba para el departamento de policía de Duluth, pero no era el tipo de agente que trataba con traficantes de droga o delincuentes armados. Jonathan Stride y Maggie Bei, los detectives encargados de afrontar los delitos mayores de la ciudad, probablemente ni siquiera sabían quién era ella. Kasey perseguía a muchachos por romper ventanas, aplacaba a los exaltados en los bares de Lakeside e investigaba los informes que le llegaban sobre coches aparcados en los bosques, en los que, por regla general, sorprendía a adolescentes montándoselo. En eso consistía su ronda.

Se suponía que los policías no debían tener miedo, pero Kasey estaba aterrorizada. Hacía días que no dormía bien, y se mantenía en pie a base de adrenalina y cafeína. Sus nervios destrozados habían permanecido al límite a lo largo de las dos horas que había pasado conduciendo y ahora su ansiedad se había disparado sin control, sumiéndola en una espiral de pánico y confusión.

Echó un nuevo vistazo al espejo. «¿Qué voy a hacer?»

La llovizna exterior arreció. Algunas hojas caídas comenzaron a pegarse al cristal, donde parecían manos despojadas de su cuerpo que extendían los dedos para intentar colarse dentro del coche. Los hilos de niebla que se arremolinaban jugaban malas pasadas a su mente. Vio un ciervo saltar a través del estrecho camino y siluetas de chiquillos congelados ante ella. Las alucinaciones se volvieron tan reales que cuando vio un coche parado un poco más adelante, giró con brusquedad el volante para apartarse del camino y aceleró para darle una punta de velocidad a su viejo Cutlass.

Fue otro error.

Una equivocación que lo cambiaría todo.

El asfalto de la carretera se desvaneció bajo las ruedas y se convirtió en tierra, mientras las ramas de los árboles surgían de la ladera y arañaban las puertas. El coche dio varios bandazos sobre la superficie llena de surcos y todo el chasis tembló. Kasey ya no se encontraba en la carretera, sino en una senda que la conducía a lo más profundo del bosque.

Detuvo el vehículo mientras la lluvia resbalaba por el parabrisas. Colocó sus finos dedos sobre la mitad inferior de su cara y descubrió que su respiración era entrecortada y ruidosa. Cerró los ojos y rezó por que la niebla desapareciera, pero cuando los volvió a abrir, todavía estaba abandonada a su suerte en una nube. Sabía que no podía quedarse ahí. Tenía que averiguar dónde estaba y encontrar el camino de regreso a casa.

Kasey apagó el motor y los faros, y abrió la puerta del conductor. El aire glacial de noviembre sopló en el interior del vehículo con una intensa fragancia de pino. Luego salió y la puerta se cerró tras ella con un chasquido sordo.

Sus botas aterrizaron en el fango mientras árboles de hoja perenne se bamboleaban como borrachos sobre ella. Se abrió camino en medio de la noche, y cuando sus ojos se acostumbraron a la oscuridad, se encontró en el borde de los restos despojados de un campo de maíz que nadie había arado durante años. Tallos cortos, nudosos, sobresalían de la tierra. Parecía un desolado paisaje lunar.

La gente le había hablado de lo mucho que amaba el otoño en Minnesota, pero Kasey lo odiaba. Sabía que la larga muerte del invierno estaba a punto de llegar. Los árboles se despojaban de sus hojas para convertirse en esqueletos helados. Éste sería el cuarto invierno de Kasey en Minnesota y estaba contenta porque se habría marchado de allí antes de que terminara. No veía el momento de escapar junto con su marido y su hijo al desierto de Nevada, para disfrutar del calor y entornar los ojos ante el brillante sol.

Pero eso quedaba lejos. El aquí y el ahora eran muy diferentes.

Kasey se dio cuenta de lo que había hecho. En su ataque de pánico, había abandonado la carretera para ir a parar al camino sin pavimentar que llevaba a una granja de Duluth. Podía distinguir su tejado picudo y las oscuras ventanas y, cuando arrugó la nariz, olió restos del humo de una chimenea. Al lado de la casa, vio la base de una torre de acero y cuando la niebla menguó y se retiró, vislumbró las altas aspas de un molino de viento que giraban con parsimoniosa gracia. Volvió rápidamente sobre sus pasos. No podía permitirse alejarse demasiado de su coche.

Kasey se encaramó a su Cutlass y maldijo cuando el llavero se escurrió entre sus dedos. Tuvo que apoyar la cabeza en el volante y arquearse para coger las llaves del suelo del coche.

Entonces, algo dio un golpe. Contundente. Justo a su lado.

Kasey se apartó con brusquedad y gritó. Como un espantapájaros de color chillón, la cara de una mujer apareció de repente en su campo de visión. Apenas las separaban quince centímetros. Kasey distinguió unos frenéticos ojos verdes, un cabello negro apelmazado, algunos mechones desordenados sobre su cara y dos manos que presionaban suplicantes el cristal de la ventana. El esbelto cuello de la mujer estaba rodeado por lo que parecía una gargantilla roja, aunque, en realidad, se trataba de una honda y violenta abrasión de la que goteaban perlas de sangre:

–¡Ayúdeme, Dios mío, ayúdeme!

Kasey se quedó helada mientras la mujer golpeaba con sus puños el cristal. Vestía un camisón de franela con una manga desgarrada; su pecho derecho asomaba bajo jirones ondeantes de tela.

–¡Déjeme entrar! ¡Se lo suplico!

La mujer no esperó. Abrió con premura la puerta de atrás del Cutlass y se abalanzó sobre el asiento trasero. Kasey olió su miedo y un nauseabundo hedor a orina y heces, pues se había hecho sus necesidades encima. La mujer hincó sus uñas en el hombro de Kasey y la sacudió como una muñeca.

–¡Arranque! ¡Vamos! ¿No lo entiende? Viene a por nosotras.

Kasey cogió la pistola del asiento y se dio la vuelta para enfrentarse a ella.

–¿Qué ocurre? ¿Quién es usted?

La mujer se encogió en el asiento de atrás y se cubrió la cara con las manos.

–¡Oh, Dios mío! ¿Está con él? ¿Forma parte de esto? Por favor, por el amor de Dios, yo también soy madre. No me mate, deje que me vaya.

La mujer abrió de una patada la puerta trasera para huir y Kasey se dio la vuelta de un salto para agarrar su brazo por encima del asiento y detenerla.

–Soy policía –gritó–, quédese aquí.

La mujer dudó. La realidad penetró en su conciencia poco a poco, como si no se atreviera a creerla. Entonces reparó en que Kasey vestía uniforme y vio su placa.

–¿Es usted policía?

–Sí, dígame qué le ha pasado.

–¡Oh, gracias, Dios mío! –gritó la mujer, aliviada–. Tiene que sacarnos de aquí. No hay tiempo; nos va a matar a todos. ¡Corra!

Kasey alcanzó el contacto, pero se dio cuenta de que las llaves todavía permanecían perdidas en el suelo del coche. Se inclinó y tanteó a ciegas con manos temblorosas por la esterilla. Cuando sus dedos se cerraron sobre el llavero, oyó un chillido de pánico detrás de ella.

–¡Es demasiado tarde! Dios mío, ¡él está aquí!

Kasey levantó la cabeza con rapidez. Su mano se dirigió presurosa a encender los faros y cuando los dos haces de luz iluminaron la noche, vio la negra silueta de un hombre a tres metros por delante del coche. No tenía cara, como un monstruo sin cabeza, y Kasey se dio cuenta de que un pasamontañas la ocultaba.

–¡Mátelo!

Kasey alzó la pistola, pero el hombre se agachó y se apartó rodando. Ella agarró con rapidez las llaves, le dio al contacto y el motor del Cutlass bramó al volver a la vida. Puso la marcha atrás y el coche salió disparado con un viraje brusco. Antes de que Kasey pudiera controlarlo, el Cutlass se dirigió hacia la alta hierba y chocó con el tronco de uno de los tres árboles que bordeaban el camino de entrada, lo que provocó una lluvia de agujas de pino y ramitas sobre las ventanas. El impacto hizo también que soltara el arma, y ésta desapareció entre el asiento y la puerta del lado derecho.

–Mierda, se me ha caído la pistola.

–¡Oh, Dios mío! –gritó la mujer.

Kasey saltó sobre el asiento para cogerla, pero no fue lo suficientemente rápida, pues cuando alzó la vista, él estaba ya al otro lado de la ventanilla del coche. Los ojos negros del hombre refulgían y, por un instante, los dos se miraron a través del cristal; a ella le pareció que el tipo sonreía. Él alcanzó la manecilla de la puerta.

Detrás de ella, la mujer fue presa del pánico. Su grito semejaba el aullido de una bestia y reaccionó como lo hubiera hecho un animal: intentando huir. Forcejeó con la puerta de atrás y salió disparada hacia la noche, corriendo descalza hacia los profundos bosques más allá de la granja. La niebla se la tragó. El hombre del otro lado de la ventanilla se alejó del coche y la siguió; en un instante, también se volvió invisible. Kasey estaba sola.

Lo único que deseaba era marcharse. Escapar, encontrarse a salvo. Fingir que nada había pasado. Quería volver a la autopista, borrar de su cerebro los últimos cinco minutos y atravesar las carreteras vacías hasta encontrar el camino a su casa. Pero no podía dejar que aquella mujer y su perseguidor huyeran por los bosques. Tenía que ir tras ellos.

Kasey localizó su pistola encajada en la estructura de la puerta y cerró ambas portezuelas detrás de ella al salir del Cutlass. Una vez fuera del coche, la indecisión la paralizó. Presionó su mano derecha sobre su frente y respiró hondo varias veces con la boca abierta para dominar su terror. Su cuerpo estaba empapado de sudor. Oyó y escuchó un grito no muy lejano e intentó determinar de dónde provenía.

Su mente le dijo otra vez: «Escapa. Corre».

Kasey no tenía más remedio que hacer caso omiso a sus instintos. Corrió dejando atrás el coche, con el corazón en la boca y el estómago revuelto por el miedo y la acidez. A ambos lados, los pinos se levantaban imponentes como soldados corpulentos. Se abrió camino entre las ramas, intentando ver qué había delante de ella, pero la niebla la cegaba. De pronto se encontró en un claro de hierba mojada y apresuró el paso y, entonces, la hierba terminó en una gruesa capa de hojas de abedul. Se paró y escuchó de nuevo, con los cinco sentidos alerta por si oía algún sonido por encima de su propia respiración. En algún lugar delante de ella oyó ruido de ramas al romperse y unos pesados pasos. Kasey fue tras ellos.

Se vio obligada a atravesar afiladas zarzas que desgarraron sus mangas. En aquel lugar los árboles estaban muy juntos y enmarañados, como pasajeros en una estación de tren abarrotada. Sostuvo su pistola en lo alto, apuntando al cielo. Sus pies la hacían trastabillar mientras luchaba por seguir avanzando y tropezaba con las raíces sobresalientes de los árboles y las irregularidades del terreno. Su mojado cabello rojo le caía sobre los ojos. En algún lugar de su ser se dio cuenta de que estaba llorando, pero dejó a un lado sus emociones. No había llegado tan lejos para nada. Su corazón se endureció, se volvió frío y se llenó de furia.

Mientras corría, oyó un ruido de agua que rugía debajo de ella. Se percató de qué se trataba, pero no antes de que la tierra a sus pies se convirtiera en aire. Su ímpetu la llevó al borde de una cuesta escarpada, donde dio tumbos a través del fango y los árboles. El contenido de sus bolsillos se derramó; su placa se desprendió de la camisa; una bota se le salió y su pie derecho quedó desnudo. Cayó tres, nueve, doce metros y, al final, aterrizó pesadamente en la empapada tierra de la base de la colina. Intentó aclararse la cabeza. No tenía nada roto. Se levantó despacio y se dio cuenta, con alivio, de que todavía tenía la pistola agarrada en la mano.

El agua caía en cascada por las angostas aberturas. Reconoció el sitio: se hallaba en la orilla del río Lester, en la parte donde éste fluye hacia el sur en dirección al lago Superior. Conocía la zona por su trabajo y sabía que un puente asfaltado cruzaba el río apenas cincuenta metros más allá, y que un solo giro del volante la devolvería a la autopista 43. A pesar de todos los horrores de esa noche, sólo se encontraba a unos diez minutos de su casa.

Otro grito se alzó sobre el ruido del río, proveniente de la orilla opuesta. Kasey avanzó dando traspiés por la empantanada hierba del terraplén hasta alcanzar la ribera, donde el agua cubrió sus tobillos. Podía distinguir el líquido negro; la niebla se estaba disipando. Apenas habría seis metros de una orilla a otra, pero se olvidó de que el hecho de que el agua cayera en pequeñas cascadas sólo significaba que ésta correría allí más deprisa y con más ímpetu. Sin pensar, se introdujo en el río con un estremecimiento, y el impacto azotó su cuerpo y la derribó. La fuerte corriente la arrastró río abajo hasta que sus pies encontraron apoyo en las resbaladizas rocas del lecho. Luchó para alcanzar la orilla opuesta, donde clavó los dedos en la erosionada tierra arcillosa situada encima de su cabeza. Con un silencioso quejido, se aupó fuera del río y se dejó caer sobre la blanda hierba.

Todavía sostenía la pistola. Kasey estaba empapada y congelada; los escalofríos recorrían su cuerpo.

Se refugió bajo los brazos de un enorme abeto y se abrió paso a través de las ramas caídas que chasqueaban bajo sus pies. Justo delante de ella vio un edificio bajo y cuadrado de bloques de hormigón blancos, una lechería abandonada por la que pasaba cada semana mientras hacía su ronda. Al otro lado del edificio de piedra, oyó un grito estrangulado. Kasey apuntó hacia allí sosteniendo la pistola con ambas manos y siguió la senda junto al muro trasero de la central lechera. La mampostería se veía agrietada, con la pintura blanca desconchada. Las ventanas estaban hechas una ruina y cubiertas con malla de alambre. Kasey rebasó un herrumbroso depósito de propano.

Con cuidado, emergió desde ese rincón al campo abierto de hierba que había detrás del edificio.

Allí estaban. Los dos. Empapados hasta los huesos. El hombre apretaba un alambre de metal alrededor del cuello de la mujer, profundizando la línea sangrienta que había marcado antes. Ella oponía una débil resistencia, moviendo sus miembros de forma convulsa. Cuando el hombre vio a Kasey, empujó el cuerpo de la mujer frente él a modo de escudo. Todo lo que se podía ver de él era uno de sus ojos oscuros brillando con intensidad.

Kasey extendió la mano con la pistola. Sus fríos y cansados brazos temblaban.

–Deja que se vaya.

Estaban frente a frente, sus rostros separados tan sólo por seis metros de niebla y oscuridad. Kasey sabía que apenas tendría tiempo de efectuar un disparo. Se concentró en lo que podía ver del cuerpo del hombre: la mitad de su cabeza, su hombro, su pierna derecha. Era más alto que la mujer que sujetaba, pero se había puesto de rodillas, agazapado detrás de ella.

–Déjala ir ahora –repitió Kasey–, y huye si quieres.

–Tira la pistola y la dejaré ir.

–Voy a disparar.

–¿Y arriesgarte a matarla? No es una opción.

Kasey dio un paso hacia ellos. El hombre reculó arrastrando a la mujer con él.

–Ya te lo he dicho. Corre.

El alambre estranguló a la mujer y la dejó sin aire. Sus ojos moribundos estaban a punto de salirse de las órbitas.

Kasey miró el cañón de su pistola. Asentó los pies en el suelo empapado. Exhaló lentamente y sintió como una calma serena se filtraba por su piel helada. Su dedo se deslizó sobre el gatillo.

Bajo el pasamontañas, el hombre la provocó.

–No lo harás –aseguró.

Kasey disparó.

Primera parte

Ataque de pánico

1

Jonathan Stride vio como el cuchillo caía al suelo.

Era sencillo que el cuchillo se cayera. Su mano había errado al depositarlo sobre la encimera y éste había resbalado, con la hoja apuntando hacia abajo. Pero durante el último mes, nada había sido sencillo para Stride. Sus ojos siguieron la trayectoria descendente del cuchillo, y, al igual que éste, también él empezó a caer.

Ya no se encontraba en la cabaña adonde había ido para recuperarse de sus heridas, sino en Superior Bay, precipitándose a través de cuarenta metros de vacío hasta la dura superficie del agua que había a sus pies.[1] Sintió la velocidad creciente de su cuerpo al convertirse en un misil; soportó la impotencia y el miedo durante esos tres segundos eternos; sufrió el atroz dolor del impacto, que quebró sus huesos, el agua privándole de oxígeno, las luces de su alrededor que se extinguían hasta la negrura y el frío. Recordó todo cuanto había intentado olvidar.

Los ojos de Stride se abrieron de golpe. Se quedó de pie en la pequeña cocina de la cabaña con las palmas apoyadas en la encimera de granito. Tanteó en busca del pulso en el cuello; su corazón latía desbocado. Se preguntó cuánto tiempo había estado ausente en esta ocasión. El cuchillo se aguantaba derecho, con la punta clavada en el suelo de madera, pero no vibraba como un diapasón. Stride se había quedado de pie allí, congelado en el tiempo, cautivo del *flashback*, durante un minuto, tal vez más.

Se agarró al respaldo de una silla para evitar que le fallaran las rodillas, y luego se sentó y apoyó la barbilla en los puños cerrados. Gradualmente, cuanto más tiempo permanecía sentado, más

1. Véase, del mismo autor, *Caso abierto*, Barcelona, Círculo de Lectores, 2009.

se alejaban los recuerdos. Su respiración se calmó. Examinó la cabaña y dejó que su mirada vagara por el mobiliario para recordarse que estaba muy lejos del puente. Un sofá de tweed marrón. Un trofeo de caza, la cabeza de un ciervo, con la cornamenta y la mirada fija, colgado en la pared. La foto de 1920 de los mugrientos trabajadores de las minas de hierro. La puerta de roble del dormitorio principal, donde Serena dormía, sin saber que Stride permanecía despierto por décima noche consecutiva.

Se pasó la mano por el despeinado pelo entrecano. Se levantó, recogió el cuchillo del suelo y abrió la nevera para coger una botella de agua medio llena.

Sopesó varias pastillas de Advil en la palma de la mano y las ingirió con un largo trago de agua. Cuando cerró la nevera, vislumbró su rostro reflejado en el horno negro y no le gustó lo que vio. La piel de su angulosa cara estaba pálida. Sus ojos oscuros mostraban cansancio.

Caminó cojeando sobre la pierna izquierda –que se había roto al caer desde el puente– hacia la habitación más grande de la casa. Después de seis semanas con la pierna enyesada ya podía andar, pero el persistente dolor constituía un recordatorio diario de que no estaba totalmente curado. Cuatro veces por semana se desplazaba en coche hasta la cercana ciudad de Grand Rapids para hacer ejercicios de rehabilitación. También realizaba ejercicios de respiración para restablecer la capacidad de sus pulmones, que habían sufrido un colapso cuando impactó contra el agua. Su estado mejoraba, aunque muy lentamente. Lo que no había admitido ante Serena era que a medida que sus heridas físicas sanaban, su salud mental se iba deteriorando.

Dos meses atrás, mientras subía a su Ford Expedition, se le cayeron las llaves. No sabía cómo, la visión y el sonido de éstas al golpear el suelo habían provocado una tormenta de recuerdos de su caída. El ataque de pánico le debilitó, como el fuego que consume el oxígeno de una habitación. Se convenció de que se trataba de un episodio aislado, pero le volvió a ocurrir varios días después. Y, después, otra vez.

Jonathan Stride decidió marcharse de la ciudad un mes antes de reincorporarse a su trabajo como teniente en el departamento de policía de Duluth, y Serena y él se escaparon a una apartada cabaña para pescar, dar largas caminatas y hacer el amor. Sin embargo, no habían hecho casi ninguna de estas cosas. En lugar de ello Stride se había encerrado aún más en sí mismo, alejándose de su trabajo, de su vida e incluso de Serena. Ahora se suponía que dentro de una semana debía volver al departamento y no estaba seguro de encontrarse en forma para hacerlo.

Stride vio parpadear la luz roja en su Blackberry: había recibido un nuevo correo electrónico. Extrajo el teléfono de la funda y vio un mensaje de su compañera de Duluth, Maggie Bei. En el asunto leyó: «Número cuatro».

Stride se puso tenso, pues sabía a qué se refería Maggie. Al abrir el mensaje, vio una breve nota: «Trae pronto tu culo de vuelta aquí, jefe. Tenemos otro cuerpo cerca del río Lester».

Durante el mes anterior, tres mujeres habían desaparecido de sus hogares en las tierras de labranza del norte de Duluth. A pesar de realizar una búsqueda intensiva no habían encontrado ni rastro de ellas, pero las pruebas indicaban que habían sido agredidas sexualmente y con violencia. Ahora el asaltante había atacado de nuevo y dejado tras de sí un cuerpo.

Stride se sintió frustrado porque Maggie debiera de ocuparse de una de las más perturbadoras series de crímenes que asolaban la ciudad de los últimos años, mientras él luchaba por recuperarse de sus heridas allí en los bosques, a más de una hora de camino. Confiaba en el instinto de Maggie como investigadora, pero ambos preferían trabajar en equipo. Sin él, ella se sentía a la deriva. Sin ella, él se sentía igual.

Quizá podría volver pronto. Mañana.

O quizá no, en absoluto.

No contestó a Maggie; no tuvo oportunidad. Antes de que pudiera teclear un mensaje, unos faros iluminaron brevemente la habitación. Al echar un vistazo por la ventana delantera vio como el sheriff del condado de Itasca aparcaba el vehículo en la tierra húmeda, cerca de su Expedition. Mientras observaba, las luces se apagaron y una mujer de uniforme salió del vehículo y se dirigió hacia la puerta delantera.

La conocía. Con el uniforme podría haber pasado por un agente que patrulla las calles, pero Denise Sheridan era la ayudante del sheriff del condado de Itasca. Era lo más cercano a un homólogo que Stride tenía en la extensa y escasamente poblada campiña del noroeste de Duluth. Abrió la puerta. Era una noche fría, y el viento diseminó hojas de roble por el parqué mientras esperaba.

–Hola, Stride –saludó Denise al tiempo que entraba en la cabaña sin esperar a que la invitara.

–Hola, Denise.

Denise olía a sudor y a humo. Tenía las rodillas de los pantalones mojadas y sus botas dejaron un rastro de barro sobre el suelo. Echó un rápido vistazo a la pequeña cabaña mientras Stride cerraba la puerta.

–¿Qué estás haciendo aquí? –le preguntó al tiempo que masticaba una uña que se había mordido–. He tardado veinte minutos en encontrarte con todas estas carreteras secundarias.

–Recuperándome –respondió él.

–Sí, me enteré de lo de tu caída. Me alegro de ver que no estás muerto.

Denise no malgastaba su tiempo en ser simpática. Desde que la conocía siempre había sido una policía sensata, ruda y disciplinada. Había cumplido los cuarenta recientemente y su cara mostraba una telaraña de arrugas alrededor de los ojos y los labios que lo probaban. Era alta, sólo unos cinco centímetros menos que Stride, que, descalzo, medía un metro ochenta y seis. Denise no era gruesa, pero sus musculosos brazos y piernas tensaban la tela de su uniforme. Su pelo castaño le caía hasta la mitad del cuello y lo llevaba con la raya en medio y recogido detrás de las orejas. No usaba maquillaje y se le marcaban unos semicírculos oscuros debajo de ambos ojos.

–Son las tres de la madrugada –observó Stride.

Denise se encogió de hombros como si no fuera necesaria ninguna explicación o disculpa.

–Maggie me contó dónde te escondías.

–¿Te ha mandado aquí para secuestrarme y enviarme de vuelta a Duluth? –inquirió él–. El tipo ha atacado otra granja esta noche. Esta vez ha dejado un cuerpo.

–Lo he oído. Pero no, no vengo por eso.

–Entonces, ¿qué pasa?

–Es otro caso. Necesito tu ayuda.

–Te recuerdo que estoy de permiso.

–Lo sé, pero yo también te recuerdo que una vez, hace tiempo, fuimos compañeros. No te voy a preguntar si eso no es importante.

Era cierto. Denise había empezado su carrera como policía quince años atrás en Duluth. Stride y ella trabajaron juntos durante cuatro años después de que él fuera designado para dirigir el departamento de detectives. Entonces Denise se casó con su novio del instituto y regresó a Grand Rapids. La siguiente policía que Stride contrató para trabajar con él fue Maggie Bei.

–No me mantengas en vilo –dijo Stride–, ¿de qué va el caso?

–Mira, vístete, ¿vale? No tenemos tiempo.

–Si quieres mi ayuda, empieza por contarme qué coño está pasando –replicó Stride.

Denise cruzó los brazos con impaciencia, ladeó la cabeza y frunció el ceño.

–Ha desaparecido un niño. Un bebé. Lo han secuestrado de su habitación esta misma noche, según dice su padre. Necesito que te encargues de la investigación.

Cuando Stride se deslizó en el interior de su habitación, vio que Serena Dial estaba casi vestida. Se había puesto una camisa de franela color burdeos sobre el sujetador y se había cepillado varias veces su larga melena negra. Ahora se sentó en el borde de la cama y empezó a enfundar sus largas piernas en unos tejanos.

–¿Qué pasa? –preguntó.

–Denise Sheridan quiere involucrarme en uno de sus casos. Un niño desaparecido.

–¿Por qué no puede encargarse la policía local?

–No lo sé, no hemos llegado tan lejos.

Serena se puso de pie, se abrochó la cremallera de los tejanos y se dejó la camisa de franela por fuera.

–¿Otra vez desvelado? –le preguntó.

–Sí.

Se puso las botas de piel y unos pendientes colgantes de rubíes.

Aunque estuvieran en plena noche y en medio de los bosques del norte de Minnesota, Serena no descuidaba su aspecto. Había vivido la mayor parte de su vida en Las Vegas y dos años en Duluth no habían acabado con su toque de glamur.

Stride se embutió en un jersey de cuello alto gris marengo y lo metió por dentro de los tejanos. Se frotó la barbilla y decidió pasarse rápidamente la máquina de afeitar. Cuando terminó, sacó una chaqueta sport de lana del armario y se la puso.

Serena se acercó a él y le besó en la mejilla. Con sus tacones, era tan alta como él.

–Es un error –murmuró.

–¿El qué?

–Que empieces a trabajar. Necesitas más tiempo.

–No le he dicho que aceptaba. Sólo que la escucharía.

–Seguro –replicó Serena.

Su voz era fría.

Stride abrió la puerta y esperó a que ella entrara en la sala de estar. Allí, Serena y Denise se estrecharon la mano. Pudo ver como esta última calibraba a Serena con suspicacia. La mayoría de los policías del norte la conocían debido a su relación con Stride, pero con la policía local eso no le franqueaba ninguna puerta. Para ellos, Serena era una detective de la gran ciudad pisando el territorio de una pequeña localidad.

–Maggie me ha dicho que eras policía en Las Vegas –empezó Denise.

–Sí, estuve diez años en la policía local –replicó Serena con una sonrisa cínica. Podía leer la hostilidad en la cara de Denise–. Homicidios, sobre todo –añadió.

Denise metió con brusquedad las manos en los bolsillos y su pistola sobresalió de la funda de su cinturón.

–Bien por ti.

–Si yo estoy dentro, Serena está dentro –le aclaró Stride–. La quiero en este caso conmigo.

–A mis chicos no les gustará –replicó Denise en tono ácido.

–Me trae sin cuidado. Haz lo que tengas que hacer. Serena ha trabajado en más secuestros que ninguno de nosotros. Ella está dentro.

Denise frunció el ceño, pero no protestó.

–Bien, como quieras. Entonces, vayamos al grano; el tiempo corre. Hay un cirujano llamado Marcus Glenn que vive en el lago Pokegama. Un médico rico, con una gran casa. Hace un par de horas ha llamado al número de emergencias para denunciar la desaparición de su hija de once meses. Los dos policías que se han personado allí han registrado la casa y no han encontrado ningún rastro de la niña, así que me han llamado.

–¿Los policías han registrado el escenario? –preguntó Stride, con evidente descontento.

–Sí, lo sé, probablemente han fastidiado la labor de los forenses. La verdad es que no tenemos demasiados casos como éste, y los chicos son apenas muchachos de veintitrés años que cubren el turno de noche.

–¿Encontraron algo?

Denise sacudió la cabeza.

–No, no había nada fuera de sitio en la casa, no habían robado nada, ningún signo de violencia en puertas ni ventanas. Todo estaba cerrado e intacto. Es como si la niña se hubiera desvanecido.

–¿Marcus Glenn vive solo? –quiso saber Stride.

–No, esta casado –replicó Denise en un sorprendente tono ponzoñoso–; su mujer se encontraba en la ciudad la pasada noche. Sólo tienen esta hija.

–Muy bien. ¿Qué ocurrió entonces?

–Marcus dice que el bebé dormía en su habitación desde las siete. Sobre las diez fue a echarle un vistazo y luego se acostó. Se levantó a la una, más o menos, y la niña había desaparecido. El bebé estaba allí, y después ya no estaba. O eso afirma él.

–¿Los policías buscaron una nota de rescate?

–En efecto, pero no encontraron ninguna. Marcus también revisó su correo electrónico. Nada. Es un hombre conocido en Grand Rapids; la gente sabe que tiene dinero.

–¿Cómo se llama la niña? –intervino Serena.

Denise se ablandó y sonrió por primera vez.

–Callie.

–¿Has reunido toda la información sobre sus características físicas? Fotografía, peso, color de pelo, señales identificativas...

–Sí, y le he pedido al BCA[1] que emita un comunicado de alcance estatal en la red de alerta por crímenes. También van a enviar un equipo por la mañana para que inspeccionen el escenario.

–¿Tienes su foto? –preguntó Serena.

Denise buscó en el bolsillo de la camisa de su uniforme.

–Ésta es Callie.

Serena sostuvo la fotografía y Stride la miró por encima de su hombro. Callie Glenn estaba sentada en una manta acolchada y les miraba con unos alegres ojos azules desde debajo de una suave y esponjosa mata de pelo rubio. Dos pequeños dientes asomaban en su sonrisa. Iba vestida con una camiseta blanca y unos pantalones de chándal rosas, y sostenía torpemente uno de sus pies desnudos con una mano regordeta.

–Qué dulce –comentó Serena–; ¿ya anda?

–Da unos cuantos pasos si se sujeta a algo.

–¿Y trepar?

–Todavía no ha salido nunca sola de su cuna, pero aunque pudiera, la ventana estaba cerrada, así como la puerta. No ha podido marcharse ella sola.

–Sin malos rollos, Denise –le dijo Stride–, pero ¿qué tiene esto que ver con nosotros?

–Quiero que lleves la investigación.

–Sí, pero ¿por qué no quieres hacerte cargo del caso? –insistió Stride.

Denise resopló.

–Marcus ha armado un escándalo. Me ha pedido que llamara al fiscal general, al FBI... coño, probablemente esperaba que llamara al gobernador. Quiere que pase el caso a los federales.

–Eso es lo que los padres quieren siempre –comentó Serena.

–Sí, pero la mayoría de los padres no tienen la influencia que Marcus Glenn tiene en el norte. Si otra persona va a llevar el caso, prefiero que sea alguien a quien conozco y en quien confío. Y ése eres tú, Stride. De todas formas, aunque esto nunca se lo di-

1. BCA: Bureau of Criminal Apprehension, cuerpo del estado de Minnesota que trabaja en la prevención y resolución de crímenes en colaboración con la policía y los distintos cuerpos de seguridad. *(N. de la T.)*

ría a ese cabrón, el hecho es que mi equipo no tiene los recursos o la experiencia necesarios para manejar algo así. Lo importante es la niña, no mi ego.

–Hay algo que no nos estás contando –declaró Serena.

–¿Qué quieres decir?

–Quiero decir que, obviamente, conoces a Marcus Glenn. En todo esto hay algo personal.

Denise recuperó la fotografía de Callie Glenn y la sostuvo con ternura entre los dedos.

–Vale, también hay un conflicto de intereses. No puedo dirigir esta investigación; interfiere en mi vida personal.

–¿Y cuál es ese conflicto? –preguntó Serena.

–Callie es mi sobrina –respondió Denise–. Marcus Glenn está casado con mi hermana.

2

Stride y Serena siguieron a Denise por carreteras secundarias sin asfaltar hasta la autopista 2, la principal arteria que conectaba la ciudad de la orilla del lago, Duluth, con su vecina más cercana del interior, Grand Rapids, situada al noroeste. Con buen tiempo, la distancia entre ambas localidades podía cubrirse en menos de noventa minutos. A las tres de la madrugada, la autopista estaba desierta y la densa niebla que había hostigado la zona durante casi toda la noche se había disipado a causa de un frente seco que avanzaba en dirección sur desde Canadá. A buena velocidad, alcanzaron el corazón de Grand Rapids en un tiempo relativamente breve.

Rebasaron la superestructura de la fábrica de la UPM, motor económico de la región gracias a su capacidad para zamparse árboles y convertirlos en productos de papelería. El otro pilar de la ciudad era el turismo. En un estado salpicado de lagos, Grand Rapids acomodaba a miles de turistas que se desplazaban a la zona para pescar en las estaciones más cálidas o a esquiar y montar en motonieve durante los rigurosos inviernos. Noviembre era, sin embargo, un mes intermedio, en el que los residentes veraniegos del lago ya se habían marchado pero todavía faltaban varias semanas para que empezara la temporada de deportes de invierno.

Stride navegó a través de las luces verdes de los semáforos. Serena, sentada a su lado, sentía como la tensión crecía entre los dos.

–Bueno, ¿quieres explicarme qué pasa, Jonny? –preguntó.

–¿Con qué?

–Contigo.

Stride mantuvo la mirada fija en la carretera, aunque sus manos se tensaron sobre el volante.

–Nada.

–¿Nada? No duermes, no practicamos sexo y tienes constantemente los nervios de punta.

–Soy impaciente –replicó Stride–; y la inactividad me produce ansiedad. Este caso es justo lo que necesito.

–¿Eso es todo?

–Es todo –insistió él–. Estoy bien.

No consiguió engañarla, pero Serena lo dejó en paz. Stride se arrepintió al instante de sus tercas negaciones, porque no era eso lo que quería decir. Quería hablarle de sus ataques de pánico. Quería admitir que estaba asustado porque se sentía como muerto, sin ninguna ambición o deseo. Pero se había escondido detrás de la mentira de que no ocurría nada.

Delante de ellos, Denise abandonó la autopista con su jeep por un desvío a la izquierda y cruzó el puente por Sugar Lake Road. Stride la siguió. Casi de inmediato, se alejaron de las tierras urbanizadas. Condujeron otro kilómetro y medio y entonces giraron a la izquierda de nuevo para incorporarse a la carretera 76, que seguía la ribera nordeste del lago Pokegama. Stride avanzó por caminos de tierra abiertos en el interior del bosque que conducían a las costosas residencias de la orilla. Era un área desolada.

–Esto no me gusta –comentó Stride–. Cualquiera podría entrar y salir fácilmente de aquí sin que nadie le viera.

Giraron a la izquierda en Chisholm Trail y se dirigieron hacia el lago. El camino se estrechaba durante algo más de medio kilómetro y se curvaba de repente frente a una extensa cerca blanca. A través de un hueco de la verja, Stride atisbó un camino de entrada circular donde había aparcados cinco vehículos de la policía con sus luces destellantes. Haces de luz blanca se movían como láseres mientras hombres uniformados peinaban los bosques y el jardín.

–Hijos de puta –mascculló Stride entre dientes.

Aparcó y ambos se reunieron con Denise Sheridan al principio del camino de entrada. Stride agitó un dedo en dirección a los policías que se hallaban en la propiedad.

–¿Qué diablos hacen esos chicos? –ladró Stride–. Los has mandado a pisotear toda la escena del crimen.

Denise cruzó los brazos sobre su pecho, visiblemente enojada, antes de responder.

–Estamos intentando encontrar un bebé desaparecido. Mira, Stride, los técnicos del BCA estarán aquí por la mañana, pero he llamado a mi gente para que realice una búsqueda ahora. Existe una remota posibilidad de que alguien la haya dejado tirada en los bosques y no pienso descartarla, ¿de acuerdo? Me arriesgo a que el fiscal del condado me meta un puro cuando tratemos de procesar a quien haya hecho esto, pero ahora me preocupa más cualquier cosa que pueda ayudarnos a encontrar a Callie.

Serena intervino.

–¿Habéis interrogado a los vecinos que viven a lo largo de la carretera?

–Los hemos despertado a todos y estamos tratando de peinar la zona del lago. Por lo que hemos descubierto hasta el momento, nadie ha visto ningún vehículo después de las diez ni tampoco se ha divisado ningún barco en el agua. Es una noche perfecta para raptar a alguien sin que nadie te vea. Suponiendo que sea eso lo que ha ocurrido.

–¿Qué quieres decir? –preguntó Stride.

–Nada. Ahora éste es vuestro espectáculo, no el mío. Sólo dime cómo pueden ayudar mis chicos.

–Tenemos que organizar un puesto de mando en tu oficina –señaló Stride–. Es necesario coordinar las preguntas de los medios, contestar a la línea de atención, buscar pistas para el seguimiento, coordinarse con el FBI, el Centro Nacional para Menores Desaparecidos y Explotados, la fundación Wetterling[1], etc. Todo esto requerirá mucho personal.

–Puedo conseguir gente de los condados vecinos. Tendremos todo el apoyo necesario.

Stride examinó las casas vecinas, totalmente iluminadas.

–Eres consciente de que esto se va a convertir en un auténtico circo, ¿verdad?

1. Fundación creada por Jerry y Patty Wetterling tras el secuestro y desaparición de su hijo de once años Jacob, para la protección y la seguridad de los menores. *(N. de la T.)*

–Oye, yo estaba aquí cuando robaron las malditas zapatillas de rubíes del museo Judy Garland –replicó Denise–. Aquello sí fue un circo.

–Necesitamos hablar con Marcus Glenn –intervino Serena.

–Perfecto. Hablad con él.

–Tú también deberías estar presente.

–De ninguna manera –negó Denise con brusquedad–. Él no quiere que esté allí y yo no quiero estar allí. Podemos hablar después.

–No te gusta Marcus, ¿verdad? –quiso saber Serena.

Denise se encogió de hombros.

–Es mi cuñado, ¿qué te sugiere eso?

Marcus Glenn era cirujano y para Stride, eso lo decía todo.

Un hombre que todavía no había cumplido los cuarenta, lo que significaba que tenía la arrogancia que le proporcionaban sus propios logros, pero no la edad suficiente para afrontar sus imperfecciones. Miraba con el ceño fruncido, víctima de la impaciencia e irritación a la vez que paseaba de un lado a otro por la terraza de su propiedad. Era extremadamente alto y sus largas piernas eran delgadas pero musculosas. Tenía el pelo negro azabache cortado muy corto y espesas cejas en un rostro anguloso, con rasgos bien marcados y la piel tersa, sin papada. Vestía una camisa de golf color burdeos con el logo del hotel Bellagio de Las Vegas, pantalones sport grises con pinzas y zapatos de vestir negros. Sus manos eran grandes y se pasaba con gran agilidad dos canicas de ojo de gato por encima y debajo de los nudillos, como un mago. Detrás de él, una cristalera enmarcaba su silueta contra la oscura noche y la extensión de césped que conducía al lago.

–Doctor Glenn –saludó Stride al tiempo que le tendía la mano–. Mi nombre es Jonathan Stride, y ella es Serena Dial.

Glenn rehusó estrechársela y, en su lugar, deslizó sus manos y las dos canicas en los bolsillos de su pantalón.

–Sí, sé quiénes son; Denise me ha llamado. Estoy seguro de que están ustedes muy cualificados y son muy eficientes, pero tengo que decirles que me sentiría más cómodo si fuera el FBI el que dirigiera esta investigación.

–Entiendo cómo se siente –replicó Stride–. Obviamente, coordinaremos nuestros esfuerzos con los recursos de las fuerzas del orden federales siempre que nos sea de ayuda.

Glenn le interrumpió.

–Sí, sí, coordinación, consulta... Estoy seguro de que todos se intercambiarán maravillosos memorandos. Pero yo hablo de experiencia. Mis pacientes no acuden a mí porque soy eficiente; me consultan porque soy el mejor. Y quiero *lo mejor.*

–Sé exactamente a qué se refiere –le tranquilizó Stride–, y la verdad es que somos nosotros, y no las autoridades federales, los que mejor podemos manejar esta situación. Usted quiere investigadores que conozcan el terreno y que tengan relaciones dentro de las fuerzas de la ley del estado. El FBI se vería obligado a destinar agentes especiales no familiarizados con la zona, la gente, la policía, los medios de comunicación, los recursos sin ánimo de lucro, todo lo que necesitamos para encontrar a Callie y traerla de vuelta a su casa sana y salva. Estas primeras horas son trascendentales. Nosotros estamos aquí, somos buenos y queremos ayudar.

Glenn frotó la punta de su zapato en una de las baldosas de mármol del suelo de la terraza.

–Sí, está bien. Les pido que disculpen mi actitud, detectives. Y aprecio su ayuda. Está siendo una noche muy larga.

–Por supuesto –dijo Stride.

Serena y él se sentaron el uno cerca del otro en un sofá de piel, mientras Glenn lo hacía en una butaca cerca de la ventana, cruzaba las piernas y tamborileaba con los dedos en su rodilla.

Serena cogió de una mesita una fotografía enmarcada. La imagen mostraba una mujer atractiva de treinta y pocos años, con el largo pelo rubio suelto y una constitución atlética. Sus ojos azules miraban más allá de la cámara, que la había captado en un momento de reflexión. Cuando Stride examinó sus rasgos, percibió un parecido con Denise Sheridan, pero las dos hermanas habían disfrutado de diferente suerte en el reparto de físicos. Denise tenía una cara que podías mirar y olvidar enseguida. Su hermana pequeña era memorablemente hermosa.

–¿Es su esposa? –preguntó Serena.

–Sí, ésa es Valerie –asintió Glenn distraídamente.

–Es muy guapa.

–Gracias –replicó él.

Stride pensó que eso era lo que contestabas cuando alguien alababa tu gusto al escoger un vino o una decoración. Observó la terraza cubierta y se dio cuenta de que Glenn coleccionaba objetos hermosos. Cristal de Europa del Este. Vinos franceses. Fotografías de Brandenburgo. Una mujer objeto. Eran las ventajas de su profesión.

–¿Dónde está su esposa? –preguntó Serena–. ¿Sabe que Callie ha desaparecido?

–Sí, por supuesto, la he llamado de inmediato. Se ha quedado a pasar la noche en la ciudad a causa de la nieve, pero he enviado un chófer para que la traiga de vuelta a casa. Llegará enseguida.

–Me gustaría conocer algunos datos personales, doctor Glenn –empezó Stride.

–¿Por ejemplo?

–¿Qué puede contarnos de su trabajo?

–Soy cirujano ortopédico especializado en la reconstrucción y artroplastia de rodilla –replicó Glenn–. Opero tres veces por semana en el St. Mary's, en Duluth. Lunes, miércoles y viernes. Naturalmente, voy a cancelar todas las citas de hoy.

–¿Se encontraba en casa el jueves?

–Sí.

Serena sonrió a Glenn.

–Tiene usted una casa preciosa.

–Traducción: ¿soy rico? Sí. Entre mis ingresos y mis inversiones gano unos dos millones de dólares al año, y así ha sido durante una década. He vivido en Grand Rapids la mayor parte de mi vida, por lo que eso no sería una sorpresa para nadie de la ciudad que me conozca, lo que incluye prácticamente a todo el mundo. Por favor, no hace falta que suavicen sus preguntas, detectives. Si quieren saber algo, pregunten.

–¿Por qué no nos cuenta qué ha pasado hoy? –inquirió Stride.

–Me gustaría que hubiera algo más que contar. Acosté a Callie por la noche, después de la cena. Me quedé en mi estudio el resto de la velada, leyendo revistas médicas. A las diez, fui a verla y entonces me metí en la cama. Cuando me levanté a la una y fui de nuevo a su habitación, había desaparecido.

–¿Durmió usted desde las diez hasta la una? –preguntó Serena.

–Me dormí a las diez y media, por lo que quienquiera que se la llevara lo tuvo que hacer después de esa hora. No oí nada.

–¿Dispone de un sistema de seguridad?

–Por supuesto, pero no lo activo cuando estoy en casa.

–¿Quién tiene llaves de la casa?

–Valerie y yo. –La calma estoica de Glenn se quebró por un momento–. Oh, y Migdalia también tiene un juego.

–¿Migdalia?

–Migdalia Vega. Es nuestra canguro.

–¿Dónde podemos encontrarla? –preguntó Stride.

–Vive detrás del viejo cementerio de Sago. Es de fiar. Respondo por ella.

–Todavía tenemos que hablar con ella –replicó Stride, que añadió–: Los agentes que registraron la casa no encontraron signos de que la cerradura hubiera sido forzada. ¿Tiene idea de cómo pudo entrar alguien?

–En absoluto, lo siento.

–¿Ha contactado alguien con usted para decirle que tiene a Callie? –preguntó Serena.

–No.

–Algunas veces los padres se niegan a admitir que tienen noticias del secuestrador –observó ella–. Una nota de rescate posiblemente le pedirá que no informe a la policía, o si alguien le llama quizás amenace con acabar con la vida del rehén en caso de que acuda a las autoridades. Incluso en ese supuesto, es mucho más seguro si nos lo dice.

–Lo entiendo, pero no se ha producido ningún tipo de contacto.

–Con su permiso, pondremos un micrófono en su teléfono por si recibe llamadas –le informó Stride.

Glenn dudó.

–¿Es necesario?

–Dada su situación financiera, tenemos que considerar el secuestro como una posibilidad real –explicó Stride–, incluso una probabilidad. En estos casos, por lo habitual se recibe alguna demanda de rescate. Un localizador de llamadas es esencial.

–Sí, lo imagino. Pensaba en las cuestiones de privacidad de mis pacientes; hay temas confidenciales. Tendré que encontrar un modo de arreglarlo, pero eso es asunto mío.

–El localizador estará instalado en cuestión de horas –informó Stride–. Hablando de sus pacientes, ¿hay alguno de ellos, o algún familiar, que pueda guardarle rencor por algún asunto?

La boca de Glenn se curvó en una sonrisa irónica.

–¿Quiere saber si he matado a alguien en la mesa de operaciones? No.

–A veces se producen accidentes y malentendidos.

–Cierto, pero soy muy bueno en lo que hago. Nunca me han demandado, lo que constituye casi un milagro en mi profesión.

Stride meneó la cabeza.

–¿Usted o su mujer han recibido amenazas?

–No.

–¿Ha tenido alguna vez la sensación de que le seguían? ¿O que un extraño le observaba en su casa o en el trabajo?

–No, nada de eso. Sin embargo, hay un aparcamiento para caravanas en el lago y si se da una vuelta por ahí puede encontrar algunos tipos desagradables. Tengo un gran barco y no hay duda de que muchos de ellos me han visto navegar con Valerie y Callie.

Stride asintió, pero no dijo nada. Lo había visto antes: víctimas ricas apuntando con el dedo a las clases sociales más bajas. Grand Rapids, como Duluth y otras ciudades del norte de Minnesota, sufría incómodas diferencias entre ricos y pobres. Había algunos profesionales y gente que se había mudado desde Minneapolis que podían permitirse casas de siete cifras en el lago. En el otro extremo, había una mucho más numerosa comunidad de obreros de la fábrica, camareras, empleados de la construcción en caminos y carreteras, y granjeros que lidiaban con los desorbitados precios de la comida, el gas y la sanidad.

–¿Qué edad tiene Callie? –preguntó Serena.

–Diez meses y medio. Fue una niña de Fin de Año. Nació poco después de la medianoche.

–¿Aquí en Grand Rapids?

–No, en el St. Mary's, en Duluth. Quería que Valerie diera a luz en mi hospital.

–¿Cómo es Callie? –quiso saber Serena–, ¿cómo reacciona con los extraños?

–Callie siempre ha sido una niña muy dulce –replicó Glenn–, se porta bien con cualquiera que le sonría. En estas circunstancias, supongo que eso juega en nuestra contra.

–Callie es su única hija, ¿es así?

–Sí.

–¿Cuánto tiempo llevan casados Valerie y usted?

–Ocho años –respondió Glenn.

–Tener un hijo puede cambiar tu vida por completo –señaló Serena–. ¿Han tenido problemas por esa razón?

Glenn la miró en medio de un silencio sepulcral.

–No.

–¿Y qué me dice de su esposa? Algunas mujeres caen en una depresión después de tener un hijo.

–Valerie no. Estaba radiante. Llevaba años intentando quedarse embarazada.

–Quiero hablar con su mujer tan pronto como llegue a casa –le pidió Serena.

–Lo entiendo. –Glenn se puso de pie y volvió a meter las manos en los bolsillos–. Por favor, manténgame informado del curso de la investigación, detectives.

Serena asintió.

–El teniente Stride o yo nos pondremos en contacto con usted cada pocas horas para informarle sobre cómo va la investigación, y siempre que nos necesite puede localizarnos en nuestros móviles.

–Gracias. ¿Durante cuánto tiempo habrá agentes de policía merodeando por los alrededores de mi casa?

–Me temo que tendrán que quedarse varias horas más –contestó Stride–. Mañana por la mañana vendrá un equipo forense del BCA de St. Paul; harán una búsqueda exhaustiva dentro y fuera de la propiedad.

–¿No lo han hecho ya?

–Ellos son los expertos en escenarios del crimen –le explicó

Stride–. Buscarán cualquier indicio de que un extraño se haya metido en la habitación de Callie, o cualquier otra prueba que sugiera que un intruso ha entrado y se ha ido.

Stride no mencionó qué más iban a buscar. En la cuna. Sobre las paredes. En el fregadero. Bajo la alfombra.

Sangre.

3

Stride encontró a Denise Sheridan sola en la orilla del lago Pokegama, en el límite sur de la propiedad de Marcus Glenn. La hermosa mansión de dos plantas resplandecía en la ladera situada tras ellos, gracias a las luces encendidas en cada una de las habitaciones. El enorme jardín se veía salpicado de abedules y de una espesa capa de hojas muertas.

Denise fumaba un cigarrillo. Cuando vio a Stride aproximarse a ella colina abajo, dio una última calada y lo tiró al agua.

–Lo siento –se disculpó–. Ahora mismo no necesito una charla, ¿vale? Ni sobre escenarios de crimen ni sobre los perjuicios del tabaco.

Stride también tenía ganas de fumarse un cigarrillo, pero no lo dijo. Se quedó de pie en silencio cerca de Denise con las manos en los bolsillos. En el centro del lago, vio la orilla de una pequeña isla rodeada de cedros. El agua estaba agitada y con crestas blancas, movida por una brisa fría. Vio que el amarre de los barcos de Glenn había sido ya retirado del agua debido al cambio de estación: cualquier intruso que se hubiera acercado a la casa desde el lago habría tenido dificultades para alcanzar la orilla.

–¿Cómo estás, Denise? –preguntó Stride.

–¿Yo? Voy tirando.

–Quería enviarte una postal el año pasado cuando nació tu hijo. Es el cuarto, ¿no?

–Sí, traigo niños al mundo como si fuera una coneja –saltó Denise.

–¿Cuántos años tienen? –preguntó Stride.

–Diez, siete y cinco, y el pequeño, dieciocho meses. Pensé que con tres ya estaba bien, pero Tom no era del mismo parecer. No es que tuviéramos mucho sexo después de eso, pero Tom se las arregló para dar en la diana el día que me emborraché.

Extrajo el paquete de cigarrillos del bolsillo de la camiseta, encendió otro, alzó la cabeza y exhaló el humo.

–No es que quiera devolverlos ni nada, ¿eh? Aunque, Dios, te aseguro que hay días en que sí.

–¿Bregar con dos trabajos y cuatro niños? –le dijo Stride–. No sé cómo lo hacéis.

–Ni yo. –Denise lanzó una mirada detrás de ella, hacia la extensa propiedad de Glenn–. A veces me revienta. Voy a pescar al Pokeg y veo todas esas jodidas mansiones en la orilla. Abogados, doctores, directivos, viudas ricas que pasan el invierno en Scottsdale. Y yo sentada allí preocupándome por el consumo de gasolina de mi furgoneta.

–Lo siento –dijo Stride.

–Sí, mírame, el monstruo de ojos verdes. –Denise tiró su segundo cigarrillo sin acabarlo–. Supongo que es el peor momento para decir esto, pero tienes un aspecto de mierda, Stride.

–Gracias.

–No es mi problema, excepto porque te acabo de pasar un gran caso. ¿Me he equivocado al involucrarte?

–Estoy bien –respondió él.

Era la misma mentira que le había contado a Serena.

–¿Has tenido una audiencia con el rey Marcus? –preguntó Denise–. Apuesto a que no te ha estrechado la mano.

–Estás en lo cierto. ¿De qué va eso?

–Manías de cirujanos. No quiere correr el riesgo de lastimarse las manos. Creo que también tiene fobia a los gérmenes.

–Dime lo que sabes de él –le pidió Stride.

–¿Marcus? Hay chicos que son machos alfa en el instituto, *quarterbacks* del equipo de fútbol y, veinte años después, gordos inútiles que trabajan en la gasolinera. Bien, Marcus sigue siendo un macho alfa.

–¿Le conoces desde hace mucho tiempo?

–Claro, se crió en esta zona. Iba dos cursos por detrás de mí y de Tom en la escuela. Ahora es rico, pero no procede de una familia adinerada. Sus padres tenían una granja cerca de Sago. Yo conocía a su padre: era un hijo de puta, nada de lo que hiciera su hijo era nunca suficiente. Muy irónico, pues Marcus era un chico alto y atlético que llevó dos veces al equipo de hockey de Grand Rapids al campeonato estatal. Quiero decir que si haces eso por aquí te conviertes de inmediato en una estrella. Pero en su casa, no.

–Me sorprende que se quedara en la zona –comentó Stride.

–Sí, bueno, Marcus es un chico de Minnesota. Fue a la Universidad de Minnesota y pasó varios años en la clínica Mayo antes de volver a casa. Creo que prefiere ser cabeza de león aquí que cola de ratón en otro sitio. Un cirujano de prestigio al que todas las mujeres le van detrás.

Stride se preguntó qué porcentaje de la opinión de Denise tenía que ver con Marcus y cuánto con su hermana, que se había casado con él y vivía en su propiedad en el lago.

–Valerie tiene un físico despampanante –comentó–. He visto una fotografía.

Denise dio una patada al suelo.

–Oh, sí, Valerie se quedó los buenos genes.

–No es lo que quería decir.

–No importa. No es nada con lo que no haya tenido que lidiar toda mi vida. No voy a decir que no esté cansada de oír todo el tiempo lo hermosa que es mi hermanita, y sí, no tienes que decirlo. Estoy celosa. ¿Quién podría no estarlo?

–¿Cómo empezó a salir con Marcus Glenn?

Denise rió con amargura.

–Valerie nunca ha querido nada aparte de a Marcus Glenn. Se prendó cuando tenía diez años y él era un adolescente que jugaba en el equipo de hockey. Había chicos que babeaban por ella en el instituto y en la universidad, pero se emperró en que Marcus era el hombre que quería. Cuando él volvió a Grand Rapids, Valerie era azafata en el club de campo y ése fue el momento en que se fijó en ella. Le costó otro par de años conseguirlo, pero si hay algo que a mi hermana le sobra es determinación.

–Lo cuentas como si fuera una interesada.

–Oye, si eres hermosa, el dinero es un derecho inalienable. Así es la vida. No creo que Valerie fuera detrás de Marcus por su dinero. Se trataba más bien de las expectativas: iba a poseer la mansión del lago. Yo tengo la choza en el río, la hipoteca, toda esa mierda que llaman la vida real.

Stride dejó que el silencio se cerniera sobre ellos. Entonces dijo en voz baja:

–Escucha, Denise, su hija ha desaparecido. Quizá deberías aflojar un poco.

–Lo sé. Tienes razón. Mira, intento que esto no me consuma, pero a veces no lo consigo, ¿vale? Querías la verdad. Me gustaría poder decirte que soy mejor persona, pero Valerie siempre ha sido la niña perfecta y yo he tenido celos de ella toda mi vida. Coño, estoy sentada en casa con cuatro niños y ahora todo lo que voy a oír es «pobre Valerie». ¿Me convierte eso en mezquina? De acuerdo, soy mezquina.

–¿De qué va esto en realidad, Denise? –preguntó Stride–. No creo que sólo se trate de rivalidad entre hermanas.

–Lo siento –se disculpó ella mientras se enjugaba los ojos–. Estoy asustada por Callie y, bueno, también estoy enfadada. Le advertí que algo así podía suceder y Valerie no me escuchó.

–¿Algo así? –repitió él.

–Le dije que nunca dejara a Callie a solas con Marcus –explicó Denise.

–Ah.

A Stride no le sorprendió. El lenguaje corporal de Denise había sido elocuente desde que apareció en la cabaña; sólo esperaba que ella lo dijera en voz alta: «No se trata de un secuestro».

–No puedo probarlo –continuó ella–. Sé que la intuición no vale una mierda comparada con las pruebas, pero eso es lo que me dice mi instinto.

–Las intuiciones son importantes para mí –observó Stride–. Cuéntamelo.

Denise se agachó, hundió su mano en el lago y se frotó los dedos mojados. Después se levantó y se secó la mano en la manga.

–Es arrogante, y ya sé que no es un crimen. Pero no es sólo eso.

–Entonces ¿qué?

–Le conozco –explicó Denise–. Valerie y Marcus llevan ocho años casados. Ella pronto se dio cuenta de que ganar el premio no era tan excitante como luchar por él.

–¿Qué quieres decir?

–Quiero decir que Marcus es exactamente lo que ves. Un témpano de hielo. No quiere a nada ni a nadie excepto a sí mismo.

–Un mal marido, entonces –concluyó Stride–. Pero eso sigue sin ser un crimen.

–Tal vez, pero Marcus nunca quiso hijos. Fue muy claro con Valerie antes de que se casaran: nada de niños. Él quería dinero, trabajo, viajes, todas las ventajas, pero nada que le atara.

–¿Por qué accedió Valerie a casarse con él si no era lo que quería?

–Oh, por favor, Valerie quería a Marcus Glenn y eso era todo lo que podía pensar. Se convenció a sí misma de que no quería niños. Imaginó que tener a Marcus sería suficiente. Muy pronto se desengañó.

–Entonces, ¿qué cambió?

La cara de Denise se oscureció.

–Hace unos cinco años, Valerie se tragó medio bote de aspirinas. Estuvimos a punto de perderla.

–¿Por qué lo hizo? –preguntó Stride.

–Si quieres saber mi opinión, estaba tan sola que ya no podía soportarlo más. Entonces fue cuando le dijo a Marcus que quería un bebé.

–¿Qué respondió él?

–¿Tu mujer está en el hospital y asegura que se matará si no tiene un hijo? Dijo que sí.

–Puede que Marcus cambiara de opinión acerca de los niños –señaló Stride.

–No, no cambió nada. Valerie intentó concebir durante casi tres años. Yo estaba preocupada por si se desmoronaba otra vez, pero ¿Marcus? A él le daba igual. Apenas disimuló su contrariedad cuando Valerie finalmente se quedó embarazada. Después de que Callie naciera, apenas la tocaba. Era como si fuera un huésped no deseado que estaba echando a perder su vida perfecta.

–Podría haberse divorciado de Valerie.

–Sí, claro, ¿y qué parte de su fortuna le hubiera costado eso?

Stride meneó la cabeza.

–No me estás dando nada, Denise. Mucho ruido y pocas nueces.

–Lo sé. Sólo digo que tienes que mirar a Marcus Glenn con ojos fríos y duros. Soy policía y madre, y lo que te estoy diciendo es que había algo raro en su relación con su hija. Me quedaba helada cada vez que los veía juntos porque no había ¡nada! Ni amor, ni interés ni emoción. Valerie cerró los ojos ante la situación. Y ahora nos encontramos aquí.

–¿De verdad piensas que Glenn podría haberle hecho daño a su propia hija? –preguntó Stride–. ¿Es eso lo que estás diciendo?

–Creo que es capaz de cualquier cosa, y que todo esto carece de lógica. ¿Alguien irrumpe en la casa sin dejar rastro, coge al bebé y luego se desvanece? Vamos, hombre. No tiene sentido.

–Siempre ha habido y habrá secuestros de niños –replicó él.

–Por supuesto, pero los raptan de la calle, no se los llevan de sus mansiones cerca del lago en medio de la noche. Mira, no puedo probarlo y, de todas formas, no es mi caso. Yo sólo te cuento lo que me dice el corazón, ¿vale?

–Lo entiendo.

–Hay otra cosa –añadió Denise–. Marcus dijo que hoy por la noche estaba solo, ¿no? Sólo él y Callie.

–Sí, así es.

–Bien, si eso es cierto, sería la primera vez en la vida que ocurre. Valerie cuidaba de la niña. La canguro cuidaba de la niña. ¿Marcus? De ninguna manera. ¿No consideras un poco extraño que se quede solo con el bebé una sola noche y que éste desaparezca?

4

Maggie Bei aparcó su Avalanche amarillo en los alrededores del escenario del crimen, cerca del río Lester. Podía ver la central lechera de ladrillos grises abandonada iluminada por los focos que había instalado su equipo y miró como sus técnicos pisaban la hierba alrededor del edificio y deambulaban por los bosques al otro lado de los rápidos. El personal de la oficina del forense se entregaba a una labor más truculenta. Dos de ellos, vestidos con batas blancas, se ocupaban del cadáver tendido en el campo.

La cuarta víctima.

Maggie se armó de valor para unirse a ellos. Durante años, había desarrollado una especie de inmunidad contra los horripilantes descubrimientos inherentes a su trabajo, pero los asaltos del mes anterior, uno tras otro, habían puesto a prueba su objetividad. Sabía que ella podría haber sido cualquiera de esas mujeres. Era demasiado fácil imaginarse a sí misma en el suelo, sin vida y humillada.

Unas uñas golpearon la ventanilla del acompañante de su camioneta, interrumpiendo sus pensamientos. Maggie vio la cara redonda, de querubín, de Max Guppo, quien la saludó con la mano y tiró del asa de la puerta para abrirla. Ella alzó a su vez una mano para detenerle.

–¡Detente! ¿Qué has comido?

Guppo se lo pensó.

–Chili con carne.

–Mierda, ¿qué intentas hacerme? No te atrevas a entrar aquí.

–Ahora tomo Beano –protestó Guppo–. Los anuncios siempre dicen: «Si tomas Beano antes, olvídate de los gases».

–Beano nunca ha sido capaz de encontrar tu tracto digestivo –le dijo Maggie–. Quédate donde estás; voy a salir.

Maggie saltó de su furgoneta y maldijo cuando sus botas de tacones cuadrados aterrizaron en el suelo húmedo y salpicaron de barro sus tejanos. Cerró de un portazo, se inclinó hacia delante con las manos sobre las rodillas y estornudó. Luego sorbió por la nariz, cogió de un tirón un pañuelo de papel de su bolsillo y se sonó ruidosamente.

–¿Has pillado un resfriado? –preguntó Guppo mientras se dirigía hacia la parte frontal de la Avalanche.

–Sí, justo lo que necesitaba. Estoy colocada de vitamina C.

Guppo señaló el diminuto pendiente de diamante en la nariz de Maggie.

–¿No te duele cuando estornudas?

–Una vez lo lancé hasta el centro de la habitación.

–Entonces, ¿por qué no te lo quitas?

–Porque me gusta.

Maggie olisqueó el aire cuando Guppo se acercó.

–¿Creías que no iba a oler eso?

–Lo siento.

–Chili con carne –recordó Maggie–. Increíble.

Los dos tomaron el puente de la avenida Strand sobre el río. Formaban una extraña pareja. Max Guppo tenía unos cincuenta y cinco años y, hasta donde a Maggie le alcanzaba la memoria, había dirigido las investigaciones en los escenarios del crimen para el departamento de policía. Era sólo diez centímetros más alto que ella, que apenas medía metro cincuenta con sus botas. Guppo andaba muy tieso por la vida, con unos muslos inmensos y un enorme flotador permanentemente anclado alrededor de su cintura. Había llevado los mismos tres trajes (marrón, marrón y azul) todos los días de la última década. Maggie, en contraste, era una diminuta policía china que compraba prendas juveniles en tiendas para quinceañeras. Cuanto más se acercaba a los cuarenta, más se vestía como si tuviera veinticinco.

Mientras se acercaban al camino de tierra que conducía al edificio blanco de la lechería, Maggie apuntó con el pulgar y el índice imitando una pistola a Kasey Kennedy, que permanecía sentada en la parte trasera del coche patrulla, unos veinte metros más allá.

–¿Cómo está la chica? –preguntó a Guppo.

–Conmocionada.

Maggie asintió. Kasey tenía la puerta del coche patrulla abierta y estaba sentada con una manta que le cubría los hombros. Vestía una ancha sudadera azul y unos tejanos rotos, y miraba al vacío con ojos nerviosos y perturbados.

–¡Uau!, mira ese pelo rojo –exclamó Maggie–. ¿Es natural?

–Eso, dame duro –replicó Guppo mientras se alisaba los mechones que le cubrían la calva.

–Es imposible que sea natural –continuó ella–. ¿Ha hecho Kasey una declaración?

–Sí. Cree que la vas a despedir.

–La tranquilizaré –aseguró Maggie–. ¿Habéis reconstruido juntos lo que ocurrió?

Guppo asintió y acompañó a Maggie a lo largo de la orilla del río. El agua caía frenéticamente sobre las rocas de los rápidos y su ímpetu se atenuaba cuando el cauce se volvía más profundo debajo del puente de la autopista. Maggie comprobó la tierra con su bota. Estaba blanda.

–Los tres se encontraron con el río aquí –dijo Guppo al tiempo que señalaba el punto donde la corriente era más rápida. Había unos seis metros hasta la orilla opuesta, que conducía bruscamente, colina arriba, a la granja de la mujer muerta–. La víctima, el sospechoso y después nuestra chica, Kasey.

–¿Bajaron por la colina? –preguntó Maggie.

–Sí. Kasey se cayó. –Buscó en su bolsillo–. Aquí está su placa. La encontramos entre las hierbas del otro lado.

–Y entonces ¿qué?

Guppo guió a Maggie por una pequeña cuesta bajo los árboles de hoja perenne, junto al muro trasero de la lechería y por el pequeño campo de hierba que se extendía detrás de ésta. Seis metros más allá, el equipo del forense cerraba con una cremallera la bolsa de plástico negro que contenía el cuerpo de la mujer.

–Esperad unos minutos, chicos –pidió Maggie, que se volvió hacia Guppo–. ¿Kasey se enfrentó a ellos aquí?

–Correcto. El asesino sostenía a la víctima con un cable que rodeaba su garganta. Kasey efectuó un disparo. Una decisión valiente, si me lo preguntas: había niebla y no tenía un buen ángulo de tiro.

–¿Falló? –preguntó Maggie.

–Sí, pero el asesino captó el mensaje: soltó a la víctima y echó a correr. Kasey dice que disparó otra vez y volvió a fallar, así que él corrió hacia la autopista y desapareció. Todavía tratamos de averiguar dónde aparcó el coche, por si se olvidó algo. Kasey intentó reanimar a la víctima, pero no había nada que hacer. Dos minutos antes y ella hubiera sido la gran heroína.

Maggie se metió las manos en los bolsillos y se dirigió hacia el cadáver de la mujer sobre la hierba húmeda.

–¿Cómo se llamaba?

–Susan Krauss.

–¿Casada?

–Divorciada. Tiene un hijo adolescente que está en Florida con su padre.

–¿A qué se dedicaba?

–Era entrenadora personal en la YMCA.

–¿Habéis encontrado algo que la relacione con las otras víctimas?

–Todavía no.

Maggie se apartó el flequillo de los ojos y contempló el cuerpo de Susan Krauss. Se la veía ultrajada de la forma en que lo parecen las víctimas de asesinato, mientras los técnicos vestidos de blanco la exploraban, despojada de su dignidad por los hombres que rastreaban por la hierba a su alrededor como si ella no se encontrara allí. La piel pálida. El cabello húmedo y despeinado. Las ropas destrozadas que dejaban al descubierto la mayor parte de sus intimidades. El cuello rajado, prácticamente seccionado por el cable que la había matado.

–Muy bien –dijo Maggie con calma, al tiempo que asentía en dirección a los médicos forenses–. Pueden llevársela.

Susan Krauss. La número cuatro.

La primera fue Elisa Reed, a mediados de octubre. Soltera, veintitrés años, era el primer año que ejercía como profesora. Vivía con sus padres en una granja a unos cinco kilómetros al norte de allí. Elisa desapareció un martes por la noche mientras sus padres se hallaban de vacaciones en San Francisco. Éstos la llamaron por la noche pero no contestó, y como el jueves seguían sin localizarla decidieron llamar a la policía. No había rastro de Elisa en su habitación, salvo por unos restos de sangre en las sábanas y un despertador destrozado en el suelo.

Dos semanas después, durante la noche de Halloween, Trisha Grange desapareció y se convirtió en la segunda víctima. Treinta y cinco años, casada desde hacía siete, madre de dos hijos. Su marido Troy llevó a la hija mayor a una fiesta de Halloween y dejó a Trisha en casa con la pequeña. Cuando él regresó a las diez, el bebé dormía pero su esposa había desaparecido. No encontró sangre, pero sí un zapato de Trisha en el campo que rodea su granja y mechones de su pelo rubio en la puerta que conduce al exterior. Vivían once kilómetros al noroeste de Susan Krauss.

La tercera víctima había desaparecido hacía sólo seis días. De otra granja, a apenas un kilómetro de distancia. Barbara Berquist era una viuda de unos cincuenta años que un día no se presentó en su trabajo en la biblioteca de Duluth. Motivo suficiente para despertar sospechas, dado que previamente habían desaparecido dos mujeres, y Maggie y su equipo registraron la granja sin esperar cuarenta y ocho horas a ver si Barbara aparecía en algún otro sitio, sana y salva. Volvieron a encontrar rastros de sangre. Montones. Pero ningún cuerpo.

–¿Qué habéis hallado dentro de la casa? –preguntó Maggie.

–Creemos que el sospechoso accedió por una ventana del sótano que tenía el cierre roto. Parece que Susan Krauss estaba levantada y en su baño cuando el tipo entró; es probable que eso le diera unos minutos de ventaja. Hay sangre y evidencias de lucha cerca de la entrada. Da la sensación de que ella consiguió escapar y salió disparada hacia fuera.

–Bien, sigue con ello. Dentro y fuera de la casa. Esta vez al tipo se le fastidió el plan, así que puede ser que cometiera un error durante la persecución. –Y añadió–: Mejor voy a hablar con la pelirroja.

–Espera –replicó Guppo, que observaba la pared de piedra blanca de la central lechera por encima del hombro de ella.

Se agachó respirando con pesadez y examinó la tierra donde

Susan Krauss yacía ahora en su bolsa, y entonces sus ojos se dirigieron a una zona alta de la pared del edificio.

–¿Alguien tiene un taburete con escalones? –preguntó.

Uno de los investigadores sacó uno del maletero de su coche y Guppo lo abrió cerca de la pared. Subió los dos escalones y Maggie hizo una mueca al oír como las junturas metálicas crujían bajo su peso.

–Dirige una luz aquí, ¿vale?

Maggie obedeció e iluminó una zona frente a su cara donde la pintura blanca se veía desconchada. Guppo se sacó una lupa del bolsillo de sus pantalones y miró a través de ella. Cuando se apartó tenía las mejillas ruborizadas y sonreía.

–Salpicaduras –señaló.

–¿De la víctima? –preguntó Maggie.

–Según el ángulo y el sitio en que la hemos encontrado, no lo creo. Diría que, después de todo, Kasey consiguió algo de nuestro asesino.

Kasey Kennedy tenía un aspecto muy juvenil, un detalle que le hizo recordar a Maggie que ella ya no era tan joven. Kasey tenía veintiséis años y había servido en las fuerzas del orden durante tres años. Maggie recordaba haberla visto en el ayuntamiento, pero era sólo porque Kasey y su cabello rojo neón resultaban difíciles de olvidar. Nunca habían hablado. Los rasgos de la joven eran comunes, pero tenía una piel tersa y pecosa y un cuerpo delgado y en buena forma; en conjunto resultaba atractiva. Era una rara combinación de rasgos aniñados e intensos. Ahora, sus ojos azules mostraban una mirada perdida. Su rodilla izquierda se balanceaba arriba y abajo en un gesto nervioso y sus uñas estaban pintadas de color rosa chicle. Parecía una niña inocente que necesitase ser rescatada, pero esa niña había estado muy cerca de atrapar ella sola a un asesino en medio de la niebla. Maggie no podía acusarla de falta de valor.

–Ten –dijo al tiempo que le tendía a Kasey la placa que el equipo de Guppo había encontrado cerca del río.

–¡Oh! La has encontrado. Gracias.

–¿Cómo estás, Kasey? –preguntó Maggie.

La joven agente bajó la cabeza y deslizó sus pulgares en los bolsillos de los tejanos.

–Lo siento, sargento. La he cagado.

–Llámame Maggie. Y no la has cagado.

Maggie le contó que Guppo había encontrado un rastro de sangre en la pared de la lechería.

–En el mejor de los casos, encontraremos una coincidencia en la base de datos de ADN y podremos identificar a ese tipo. Incluso si no está registrado, podremos vincularlo directamente a la escena del crimen cuando le cojamos. Gracias a ti.

–Ya, si no fuera porque el verdadero éxito habría sido conseguir matar a ese cabrón, ¿verdad? –replicó Kasey–. Dejé que se escapara.

Su voz tenía un tono cantarín que podría haber salido de la boca de una adolescente. Era extraño oírla hablar de matar a alguien; debería estar cuchicheando sobre chicos y compartiendo consejos de maquillaje.

–No tiene sentido que uno juzgue sus actos a toro pasado –le dijo Maggie–, y es necesario tener agallas para hacer lo que hiciste. Habrías podido ser tú la que acabara muerta; corriste un riesgo enorme.

–Lo sé.

–¿Por qué no llamaste para pedir refuerzos?

Kasey puso sus ojos en blanco.

–No tenía móvil.

–Eso sí fue una estupidez.

–Sí, estaba cargando la batería en el baño y me olvidé de cogerla antes de salir. Tuve que ir a casa para llamar a emergencias y luego volver aquí de nuevo.

–¿Vives cerca?

Kasey asintió.

–A sólo unos tres kilómetros de aquí, pero esta noche habría podido estar en la luna. No tenía ni idea de dónde me encontraba.

Maggie se apoyó en la puerta abierta del coche patrulla.

–¿Cómo te metiste en medio de este lío?

–Me perdí –le contestó Kasey–. Conduje hasta Hibbing después del trabajo porque había quedado con una amiga y volví tarde a casa. Me encontré en medio de la niebla y giré en un sitio que no debía.

–¿Qué me puedes decir del asesino? Eres la única persona que lo ha visto.

–Me gustaría poder decirte más. No vi su cara, pero era alto.

–¿Cómo de alto?

–Sobre un metro ochenta. No se le veía grueso; estaba en forma. También tenía ojos oscuros; marrón muy oscuro, casi negros.

–¿Caucásico?

–Sí.

–¿Qué me dices del pasamontañas? –Maggie señaló sus ojos con dos dedos–, ¿un agujero que abarcaba los dos ojos o dos agujeros separados?

–Un agujero para los dos ojos. No había agujero para la boca.

–Entonces ¿también pudiste ver el puente de la nariz?

–Creo que sí.

–¿Advertiste algún otro rasgo característico? ¿Lunares, pecas, cicatrices? Ese tipo de cosas. ¿Viste algún cabello que le cayera desde la frente?

–Lo siento, sucedió demasiado deprisa. No vi nada más.

–¿Podrías reconocerle sin el pasamontañas si le vieras otra vez?

Kasey sacudió la cabeza.

–No lo creo.

–¿Qué más? –preguntó Maggie.

–Eso es todo lo que vi.

–¿Cómo era?

–No te entiendo.

–¿Cómo se comportaba? ¿Estaba asustado? Necesitamos meternos en la cabeza de ese tipo.

Kasey apretó sus pálidos labios y su pecho se alzó al respirar hondo.

–No estaba asustado –declaró.

–¿No?

–No, era agresivo. Seguro de sí mismo. Cuando le miré a través de la ventanilla del coche, parecía como si me estuviera sonriendo. Más tarde, en la lechería, se rió. No creía que yo fuera a disparar. Estaba muy seguro de sí mismo.

–¿Te habló? –quiso saber Magie.

–Sí, lo hizo.

–¿Qué dijo?

–Dijo que si yo tiraba la pistola dejaría que la mujer se marchara. Y me provocó, ya sabes, dijo que yo no dispararía porque podía herirla a ella.

–Describe su voz –pidió Maggie.

–Um. Era una voz de chulo, arrogante.

–¿Tenía algún tipo de acento? ¿Había algo característico en su forma de hablar?

–No, nada.

–¿Reconocerías su voz si la volvieras a oír?

–Tal vez... –contestó Kasey–. Sí, lo más probable es que sí.

–Eso es excelente. –Maggie apretó el hombro de la joven agente y pudo ver como los ojos de Kasey se cerraban–. Oye, ¿por qué no te vas a casa? Duerme un poco.

Maggie se volvió para marcharse, pero Kasey la agarró del antebrazo.

–Sargento, hay algo más. Quiero colaborar en este caso.

–¿Qué quieres decir?

–Quiero ayudar en la investigación.

–Aprecio tu ofrecimiento, pero no es tu turno –replicó Maggie.

–Lo sé, pero ese tipo asesinó a la mujer justo delante de mis ojos.

Maggie se encogió mientras Kasey la miraba fijamente con sus penetrantes ojos azules llenos de fiereza. El pelo rojo mojado de la agente se había convertido en una maraña de rizos en su cabeza. Era muy joven. Demasiado. Maggie había trabajado con policías como Kasey durante años; agentes llenos de entusiasmo, pero que cometían errores inmaduros. Tenías que apechugar con lo bueno y con lo malo.

–¿Estás casada, Kasey? –preguntó.

–Sí.

–¿Cómo es tu marido?

Kasey sonrió.

–Oh, Bruce es como un oso. Tiene pinta de leñador rubio.

–¿A qué se dedica?

–¿Ahora? No trabaja. Nos mudamos aquí cuando Bruce consiguió un trabajo en Two Harbors, pero le despidieron. Por eso se dedica a la investigación de conspiraciones. Es su *hobby*.

–¿Qué tipo de conspiraciones? ¿Extraterrestres que abaten lanzaderas espaciales?

–Básicamente, quién disparó a JFK –contestó Kasey–. Bruce es un primo de un primo de un primo de un primo. Se lo toma como una cuestión personal.

–¿Tenéis hijos? –preguntó Maggie.

Kasey asintió y sostuvo un dedo en el aire.

–Jack.

–¿Jack Kennedy?

–Fue idea de Bruce.

–Bien, eso es bueno. Tienes una familia. No permitas que lo que ha pasado aquí esta noche se interponga.

–¿Qué quieres decir?

–Quiero decir que lo dejes. Tropezaste con algo horrible e hiciste cuanto pudiste por pararlo. Sigue con tu vida y deja que nosotros nos encarguemos del resto.

–De verdad, quiero ayudar –insistió Kasey–. En cualquier cosa, aunque sea algo insignificante. Quiero formar parte de la investigación.

Maggie se levantó y se secó la nariz con el reverso de la mano. Le picaba la garganta y tenía ganas de toser.

–Mira, mañana tengo que ver a Troy Grange. Es el marido de la segunda víctima y también es amigo mío. Necesito hablar con él de lo que ha pasado aquí. ¿Por qué no vienes conmigo?

–¿De verdad? Sí, por supuesto. Gracias.

–No será fácil, Kasey. Antes de esta noche no sabíamos de lo que era capaz ese hijo de puta, pero ahora tenemos un cuerpo. No importa lo que le contemos, Troy Grange sacará la conclusión de que su mujer probablemente está muerta. No hay nada más duro que eso.

–Lo entiendo. Aprecio de verdad que me dejes ir.

Maggie palmeó la rodilla de Kasey.

–Y ahora a casa, a dormir.

–Lo haré.

–Una última pregunta.
–¿Cuál es? –preguntó Kasey.
–¿Cómo consigues ese color de pelo? ¿Qué usas?
–Es natural.
–Increíble –dijo Maggie.

5

La tarde del viernes Serena Dial bajó caminando por Chisholm Trail desde la autopista hasta la propiedad de Glenn. La calle estaba oscura de una forma muy poco natural. La luz no penetraba con facilidad en las parcelas boscosas de los hogares del lago, y la puesta de sol había dejado el cielo de una tonalidad carbón. Olió la nieve en el frío aire y oyó el graznido de los gansos que volaban hacia el sur. La calle, muerta a su alrededor, hablaba de la estación aletargada. Las linternas elaboradas con calabazas vaciadas enmohecían y se pudrían en las verjas de los porches. Los árboles estaban casi desnudos.

Imaginó la misma calle durante la medianoche del día anterior. En medio de la niebla. En la oscuridad. Stride estaba en lo cierto: cualquiera habría podido entrar e irse sin ser visto ni dejar ningún rastro. Suponiendo que alguien hubiera estado allí.

Es más, no había ninguna evidencia concluyente que probara o desmintiera que un intruso había entrado en casa de Glenn. El equipo forense del BCA de St. Paul había llegado a las cinco de la mañana y, después de pasar siete horas en la escena del delito, no había obtenido demasiados resultados. Transcurrirían semanas antes de que analizaran las huellas encontradas en puertas y ventanas. Habían recogido en varias bolsas muestras de tierra mojada de la alfombra del piso superior, pero bien podía pertenecer a las botas del agente que se había personado en respuesta a la llamada a emergencias. El césped de la parte delantera y el de la trasera mostraban un embrollo similar de huellas de la primera oleada de investigadores que habían acudido al escenario.

En el noticiario de la mañana informaron de la desaparición de Callie, que competía con los reportajes del último asesinato en el norte de Duluth. Serena y Stride habían hablado en directo con una manada de reporteros. En ese momento, la mayoría de los habitantes de Minnesota ya había visto la fotografía de la pequeña desaparecida, con sus rizos rubios y su sonrisa de dos dientes.

Stride había pasado la mayor parte de la mañana movilizando el sistema de alertas del estado y Serena había visto hasta la saciedad la sucesión de entrevistas con los vecinos cuyas casas se levantaban junto a las carreteras que rodeaban la mansión de Marcus Glenn, hasta unos ochenta kilómetros más allá de la orilla poblada del lago Pokegama. Los resultados de todos estos esfuerzos resultaron ser mínimos o nulos, y la investigación no avanzaba. Sin testigos. Sin testimonios creíbles. Nadie había visto pasar ningún vehículo que pudiera encauzar su búsqueda.

Callie Glenn estaba allí y, de repente, ya no estaba. El mago había agitado su sábana negra y la había hecho desaparecer; y con cada hora que transcurría, aumentaba el riesgo de que nunca la encontraran.

Serena ya sabía lo que pensaba Denise Sheridan. Que Marcus Glenn había matado a su propia hija, de forma accidental o deliberada, y que había hecho desaparecer el cuerpo para encubrir su acto. No había ninguna prueba que indicara tal cosa, pero tampoco la había que no lo indicara, y en estos casos esa omisión resultaba condenatoria. Cuando un niño desaparecía, el dedo de la sospecha siempre señalaba primero a los padres. Serena sabía que el rumor había empezado a propagarse por la ciudad como un virus. Podía oírlo en las preguntas de los periodistas sobre Marcus Glenn, cuando la interrogaban sobre su pasado y personalidad, e insinuaban acerca de su capacidad para asesinar. El frío y distante cirujano era un objetivo perfecto.

Serena no descartaba la premisa de que Glenn fuera culpable, pero se descubrió dudando de las intuiciones de Denise sobre él. Había decidido que ésta sólo podía ser parcial debido a su propia relación con su hermana y con el marido de ésta. Era una policía intachable, pero despreciaba tanto a Marcus Glenn que creería cualquier cosa negativa sobre él. Para Serena, la actitud fría de Glenn en realidad le hacía parecer inocente. Había tratado con padres culpables de crímenes abyectos durante el tiempo que vivió en Las Vegas, y siempre eran los mejores actores, los que suplicaban en televisión para que sus hijos volvieran y se derrumbaban en brazos de sus esposas. Glenn no estaba exagerando su dolor ni convirtiéndolo en un espectáculo. De hecho, les había invitado a que lo examinaran mostrándose tal como era.

Y sin embargo... Y sin embargo, la teoría del intruso tampoco tenía sentido. Había demasiadas incógnitas en aquel caso.

Serena siguió bajando por la curva del camino de entrada que conducía a la puerta frontal de la casa de Glenn. Varios agentes de la policía de Grand Rapids formaban una cadena humana para preservar el escenario del crimen y mantener a los periodistas y a los curiosos alejados de la casa. La saludaron educadamente con la cabeza, pero pudo percibir su incomodidad. Lo entendió. Desde esa mañana, ella era una detective en nómina, pero continuaba siendo una desconocida, una extraña. Todos conocían a Stride por los años que había pasado en el norte de Minnesota, y los agentes de la policía local no tenían ningún problema para aceptar su autoridad. Pero no la de Serena. No importaba que ella hubiera lidiado con el crimen y la violencia callejeros durante una década en Las Vegas, a un nivel al que ninguno de ellos se enfrentaría en su vida. Ella era diferente y eso la convertía en sospechosa.

En Duluth era más fácil para ella. Era una ciudad más grande, y había algo en su remota y gélida lejanía que hacía que los lugareños dieran la bienvenida a los forasteros que tenían el coraje de ir a vivir allí. Pero aquí, en Grand Rapids, se hallaba en un pueblo pequeño. Aquí cada uno tenía su papel, independientemente de que fuera el de santo o el de pecador. Si no eras de aquí, tenías que demostrar tu valía.

Serena examinó la casa de campo. Era baja y ancha, con tres gabletes sobre las habitaciones de la primera planta y revestimiento de madera recién pintado de blanco. Había un garaje de tres plazas a su izquierda, y vio las ventanas del apartamento situado sobre éste. La cristalera del comedor de la planta baja se abría al jardín delantero, pero la mayor parte de la casa estaba construida para aprovechar las vistas al lago de la parte de atrás. Marcus Glenn, en el dormitorio principal, no podía haber visto lo que pasaba enfrente de su casa por la noche.

Si el secuestro era obra de un intruso, Serena estaba convencida que había llegado desde la carretera, en coche. Llegar en bote era demasiado arriesgado y tenía no pocos inconvenientes: botar un barco por la noche, navegar en medio de la oscuridad, mantener en silencio a un bebé en una zona donde el sonido se expandiría fácilmente a través del lago y atracar sin muelle. Había demasiadas cosas que podían salir mal. No, la estrategia más sencilla era aparcar en el camino de entrada bajo la cobertura de los árboles y alcanzar la casa desde allí.

Pero ¿cómo entrar en la casa sin llave? Las cerraduras de todas las puertas parecían intactas. Las ventanas estaban cerradas herméticamente. Serena cruzó la puerta principal y permaneció bajo la sofisticada araña de cristal en el lustroso vestíbulo de roble. Después del fresco del exterior, en la casa hacía calor. La alfombra color marfil de las escaleras situada enfrente de ella conducía a la primera planta. Subió por ella y miró a uno y otro lado del largo pasillo, lleno de puertas blancas cerradas. Al menos había ocho, que conducían a diferentes habitaciones. Cuatro dormitorios, dos baños, un vestidor y un lavadero en el piso superior. Ninguna de las puertas daba pistas sobre lo que había tras ellas. ¿Cómo podía haber encontrado un extraño la habitación de la niña? ¿Y cómo podía estar seguro de que Callie Glenn no dormía todavía en el dormitorio principal con sus padres? Era correr un enorme riesgo.

Serena se dirigió a la izquierda, hacia el fondo del corredor. La habitación de Callie era la tercera a la derecha. Abrió la puerta, esperando que estuviera vacía, pero se encontró a Valerie Glenn. Había una amplia ventana en la pared de enfrente desde donde se divisaba el lago, y Valerie estaba sentada en el impoluto alféizar con las rodillas recogidas contra el pecho. Permanecía inclinada hacia delante con la cabeza sepultada entre sus brazos, mientras su pelo rubio se desparramaba sobre sus piernas. Durante un largo minuto, no se percató de que ya no estaba sola. Serena vio la cuna vacía en medio de la alfombra. El empapelado infantil de las paredes mostraba dibujos de personajes de cuento, como princesas y ranas. Había juguetes diseminados por el suelo.

–¿Señora Glenn? –dijo Serena en voz baja.

Como Valerie no reaccionaba, Serena repitió su nombre. Esta vez, la madre de Callie, sorprendida, se incorporó bruscamente.

–Oh, Serena. Lo siento.

–No quería molestarla –se disculpó ella.

–¿Hay noticias?

Serena negó con la cabeza y el breve brillo de esperanza en los ojos de Valerie se apagó. Apoyó su espalda contra el marco de la ventana y volvió la cabeza para contemplar las aguas grises del lago, más allá del césped. Serena podía ver su perfil. Aun profundamente afligida, con mechones del pelo rubio despeinados sobre la mejilla y chorretones de lágrimas en el rostro, su aspecto era perfecto y resultaba atractiva. Su piel tenía un brillo bronceado, a pesar de estar en noviembre. Todo en ella estaba proporcionado. Sus piernas eran duras pero no musculosas, su constitución, estilizada pero no delgada. Vestía unos pantalones de color tostado y una camiseta de lana negra con mangas largas. Era un estilo que decía: «No trato de ser hermosa, de verdad, pero no puedo remediarlo».

Serena se sentó frente a ella sobre el alféizar. Valerie se apartó el pelo de la cara y la saludó con una débil sonrisa.

–¿Qué me puede decir? –preguntó.

–Puedo decirle que se ha puesto en marcha una búsqueda intensiva de Callie en todo el estado –la informó Serena–. Su foto está por todas partes. La policía, el FBI, los medios, los propietarios de negocios de la zona... todos nos ayudarán. Pronto llegarán las primeras pistas.

–¿Qué cree que buscan? –quiso saber Valerie–. ¿Dinero? ¿Cree que si pagamos me la devolverán?

–No sé lo suficiente sobre lo que ha ocurrido para ofrecerle respuestas –observó Serena–, pero le prometo que nuestra prioridad será siempre la seguridad de Callie.

–He oído a alguien en las noticias decir que los extranjeros ricos a veces pagan para que roben bebés para ellos. Dios, espero que no se trate de eso. Uno no se plantea que pueda convertirse en un objetivo viviendo en un lugar como Grand Rapids.

–No es bueno especular. Se volverá loca.

Valerie asintió.

–Lo sé. Debo dejarles hacer su trabajo. Honestamente, Serena, me alegro de que haya una mujer en el caso. Todos esos hombres deambulando alrededor de la casa... Para ellos, se trata sólo de otro crimen.

–Todos queremos traer a Callie de vuelta –aseguró Serena.

–Sí, pero ya sabe lo que quiero decir. Un hombre no puede entenderlo de verdad. ¿Tiene hijos?

–No.

Por un momento, Valerie pareció decepcionada.

–Oh, lo siento. Por favor, perdóneme, no debería hacerle este tipo de preguntas. Es sólo que me ayuda a conocerla mejor.

–Está bien.

–Durante mucho tiempo, pensé que no quería tener hijos. Pero entonces mi madre murió y los treinta empezaron a pesarme. De pronto, no podía pensar en otra cosa. –Miró la cuna vacía y se enjugó una lágrima que se escurría de uno de sus ojos–. Me costó tres años quedarme embarazada. Ya había perdido la esperanza.

Serena escogió sus palabras con tacto:

–¿Qué opinaba Marcus sobre tener hijos?

–Tenía dudas. Tuve que convencerle. –Su rostro se ensombreció y miró hacia el exterior–. He oído lo que la gente dice. Sobre Marcus.

–No debería escuchar lo que dicen en los informativos.

–Es ridículo. Mezquino. Marcus jamás jamás jamás haría daño a Callie. –Sus puños se crisparon–. La quiere.

–Por supuesto.

–¿Sabe la gente el daño que hace? –se lamentó Valerie.

–Lo único que puedo decirle es que haga oídos sordos ante los rumores. Céntrese en traer a Callie de vuelta.

–Supongo que lo próximo que dirán es que yo estoy involucrada –soltó Valerie.

–Nadie piensa eso. Usted no estaba en el pueblo.

–Pero lo comprobó, ¿verdad, Serena? Llamó al hotel para asegurarse que estuve allí.

–Es cierto, lo hicimos –admitió Serena, y añadió–: ¿Por qué fue a la ciudad?

–Tenía una reunión de la junta directiva de una organización sin ánimo de lucro en Minneapolis. Se me hizo tarde. Yo quería volver en coche, pero Marcus dijo que la niebla estaba empeorando. Por eso me busqué un hotel.

–¿La animó él a que no regresara a casa?

–Sí, dijo que no quería que saliera a la carretera. –Valerie interpretó la expresión de Serena y añadió–: ¿Lo ve?, ya piensa usted que es sospechoso, y es sólo una tontería. Ya nadie se fía de nadie. Imagino que todos odiamos enfrentarnos al horror de descubrir que la gente no es lo que pretende ser.

–Necesito hacerle algunas preguntas personales –dijo Serena.

Valerie se encogió, casi como si estuviera esperando un golpe.

–Muy bien, de acuerdo.

–Si el autor de esto es un desconocido, sabía cosas sobre usted, Marcus y Callie, y sobre sus vidas. El crimen estaba cuidadosamente planificado. Quienquiera que fuera, consiguió introducirse en su casa, encontrar a Callie y marcharse con rapidez y sigilo, como si supiera dónde dormía la niña.

–Y usted quiere saber cómo es posible que esa persona conociera todas esas cosas.

–Exacto.

–No cree que lo hiciera un extraño, ¿verdad?

–No lo sé. Es posible que alguien haya estado vigilándola y recopilando información sobre su vida. Pero no es fácil hacer algo así en una localidad pequeña sin llamar la atención. También es posible que alguien que la conozca haya dado información a la persona equivocada sin darse cuenta.

–Bien, creo que si alguien hubiera estado vigilando nuestra casa, me habría enterado. Está en lo cierto sobre los pueblos pequeños; por aquí a nadie se le pasa ni una. También creo que si un desconocido hubiera estado haciendo preguntas sobre nosotros, lo habría sabido.

–¿Y no ha pasado nada de esto?

–No.

–Perdóneme, Valerie, pero necesito saberlo. ¿Cómo va su matrimonio? ¿Tienen problemas?

Valerie alzó la vista al techo.

–¿Es realmente necesario?

–Lo es. Ojalá no lo fuera.

Valerie giró el anillo de diamantes que lucía en el dedo y escrutó a Serena con la mirada de una mujer que admira a otra mujer.

–Usted es guapa, Serena. Ya sabe cómo va esto.

–¿Qué quiere decir?

–Una mujer guapa no puede tener sustancia. La gente me mira y piensa: una mujer florero. Vamos, ésa fue también su primera reacción, ¿verdad? Marcus no se casó conmigo, me alquiló para guarnecer el decorado.

–No creo que sea así –objetó Serena.

–Bien, ésa es la opinión general en el pueblo –replicó Valerie–. Tenía veinticinco años cuando me casé. No soy tonta. Sé que soy atractiva, y cuando eres un hombre como Marcus no buscas nada más. ¿Que hay días que me siento más como un retrato colgado en la pared que como un ser humano que vive y respira? Sí. Por supuesto. Pero la verdad es mucho más complicada de lo que la gente piensa. Le quiero. Él me quiere.

A Serena le dio la impresión de que estaba intentando convencerse a sí misma de que era así.

–¿Lleva ocho años casada?

–Sí.

–¿Ha habido alguna infidelidad?

–No veo qué tiene que ver esto con Callie –respondió Valerie con acritud.

–Probablemente nada, pero no sabré qué es relevante y qué no hasta que lo sepa todo.

–El suyo es un trabajo horrible, Serena. Creo que ya entiendo por qué Denise no quería hacer esto –añadió–. Me siento bastante insignificante comparada con mi hermana. Cuatro hijos, y la clase de trabajo que tiene. Para que luego hablen de fuerza. Yo soy una persona débil comparada con ella. Por supuesto, tiene a Tom que la ayuda, y él es una joya.

–No ha contestado a mi pregunta.

–No, no lo he hecho, ¿verdad? Está bien, sí, ha habido otras mujeres. Aventuras. Los hombres viven estas cosas de forma distinta. Cuando estás casada, debes decidir si tiene importancia o no, y yo decidí que no la tenía. Al menos hasta que nació Callie.

–¿Hubo alguna relación que fuera más que una aventura? –preguntó Serena–. ¿Alguien que no fuera una historia de una noche?

El labio inferior de Valerie tembló.

–Sí. El año pasado.

–¿Quién era?

–No lo sé. Alguien del hospital. Me esforcé mucho por no saber quién era.

–¿Cómo se enteró?

Valerie suspiró.

–¿Sabe lo duro que es? ¿Cuántas veces tienes que oler el mismo perfume en sus ropas, y en tu cama? ¿Cuántas veces cuelgan el teléfono cuando contestas?

–Lo siento.

–Cuando nació Callie, le obligué a que pusiera fin a aquello –explicó Valerie–. No quería detalles. Sólo quería que se acabara.

–¿Y dejó de verla?

–Sí.

–¿Está segura?

–No, pero si me está engañando, lo hace mucho mejor ahora que antes. Y, honestamente, no creo que Marcus se preocupara de esconderlo.

–¿Cree que esa mujer ha estado en su casa? –preguntó Serena.

–Estoy bastante segura de que sí.

–¿Es posible que tenga una llave?

Valerie se encogió de hombros, como si el peso que éstos cargaban hubiera aumentado hasta resultar insoportable.

–No tengo ni idea. Por lo que sé, Marcus, Migdalia y yo somos los únicos que tenemos llaves.

–¿Migdalia es la canguro? –preguntó Serena.

–Sí.

–Hábleme de ella.

Valerie puso los ojos en blanco.

–Digamos que no hubiera sido mi primera elección. No quiero parecer una esnob, porque no lo soy, pero Migdalia es ordinaria. Es malhablada. No viste bien. Oh, es un cielo con Callie, no me malinterprete. Pero no es exactamente Mary Poppins.

–¿Por qué la contrataron?

–Micki vive en Sago, donde se crió Marcus. Su madre está enferma, su padre ha desaparecido. Marcus quería ayudarla.

–¿Eso es todo? –preguntó Serena en voz baja.

–¿Quiere decir que si se acuesta con ella? Él asegura que no. Créame, se lo he preguntado.

Serena percibió la resignación en la voz de Valerie y trató de imaginar ocho años de matrimonio llenos de soledad y de sospechas. Ya nada la sorprendía. Vidas que parecían bonitas y perfectas desde fuera eran a menudo tan frágiles como el cristal.

Se levantó del antepecho de la ventana.

–Le diré algo tan pronto como tengamos cualquier información.

Valerie tomó las manos de Serena. Sus dedos eran delgados y cálidos. Serena pudo sentir como la mujer se agarraba a ella como si fuera un salvavidas.

–Tiene que encontrarla, Serena. Necesito a mi niña en casa, conmigo. Si no tiene hijos, no estoy segura de que pueda entender lo desesperada que estoy.

Serena apretó las manos de Valerie para reconfortarla. Sabía que ésta, como Stride, se había desplomado desde un puente, sin nada ni nadie que la protegiera de la caída. Había visto a demasiados padres como ella, arañando cualquier rayo de esperanza, y deseó poder hacerle una promesa: «Le traeré a Callie de vuelta».

Pero no podía. Sólo podía prometer eso en su cabeza.

–Lo entiendo –dijo.

6

Stride encontró el cementerio de Sago en un camino de tierra a poca distancia de la autopista 2, a unos treinta kilómetros al sudeste de Grand Rapids. No había pueblo propiamente dicho, sólo algún que otro buzón abollado que marcaba el camino hacia una vieja granja oculta entre los árboles y los campos. Aparcó en el arcén y salió del vehículo. Unas cien lápidas se encaramaban por una suave pendiente que subía desde la carretera, algunas en campo abierto, otras bajo la sombra de altísimos pinos. Los gruesos troncos de los árboles de unos veinte metros de altura gruñían cuando el viento soplaba. Había un mástil blanco junto al letrero del cementerio, y los soportes metálicos de la cuerda de la bandera tocaban rítmicamente contra el poste creando un repiqueteo solitario.

Stride no vio otra alma viviente por ninguna parte. Tampoco él se sentía particularmente vivo en ese momento. No podía recordar una época en la que se hubiera sentido tan separado de su propio ser. Quería preocuparse de algo, pero nada parecía importarle. Cada ataque de pánico le dejaba más y más aislado, hasta que se sentía como si estuviera en el borde de un cañón en el desierto y su vida estuviera a un kilómetro de distancia, en el borde opuesto.

Con las manos metidas en los bolsillos, Stride paseó entre las tumbas. Leyó los nombres de las lápidas y de los letreros metálicos clavados en la hierba: Tolan, Niemi, Sorenson, Davis. A mitad de la subida, encontró dos monumentos grises gemelos en honor de Edward y Lavinia Glenn, los padres de Marcus Glenn, que habían muerto con un intervalo de dos años hacía más de una década. Tuvo dificultades para imaginar a Marcus Glenn, tan exquisito con las cosas selectas de la vida, creciendo en esas remotas y toscas tierras de labranza.

–Usted es el policía, ¿verdad?

Stride miró hacia arriba y vio a una chica de unos diecinueve años junto al límite del cementerio, donde se terminaba la hierba aletargada para dar paso a los árboles. Sostenía un rastrillo y permanecía de pie junto a un montón de hojas secas.

–¿Eres Migdalia Vega? –preguntó él.

–Llámame Micki –respondió ella mientras rastrillaba el suelo y añadía más hojas al montón–. ¿Han encontrado ya a Callie?

–No.

–Espero que la encuentren pronto. Es una niña preciosa.

Stride se aproximó a ella. Micki Vega parecía una niña que no hubiera dejado atrás la redondez de los bebés. Sus anchas caderas estaban embutidas en unos pantalones de pana beis. Tenía la cara llena, con un pequeño lunar sobre el labio superior, y una piel dorada. Llevaba el pelo negro recogido en una cola de caballo. Vestía una sudadera que no escondía los michelines que sobresalían por encima del cinturón de sus pantalones.

–¿Eres la encargada del cementerio? –preguntó él.

Micki se encogió de hombros.

–Corto la hierba, rastrillo las hojas, tiro las flores cuando se marchitan. Ese tipo de cosas.

–¿Vives por aquí?

Ella hizo un gesto con el hombro derecho y al seguir la trayectoria él vio un grupo de caravanas y unas cuantas *pick-ups* viejas escondidas tras los árboles.

–Mi madre y yo vivimos aquí.

–También trabajas para los Glenn, ¿es correcto?

–Sí, me llaman cuando necesitan a alguien que cuide de Callie unas cuantas horas. Son gente ocupada. Hago un montón de trabajos, porque mamá tiene cáncer de pulmón y tiene que quedarse en casa.

–Lo siento.

–Sí, bueno, es lo que hay. Mi padre se largó hace un par de años. Mamá tiene su cáncer por culpa del tabaco. Alguien tiene que ganar pasta.

–¿Cómo conociste a Marcus Glenn? –preguntó Stride.
Micki señaló cuesta abajo.
–Ya ha visto las lápidas. El doctor Glenn visita a su familia cada mes. Le conocí hace un par de años y él sabía que yo hacía canguros y cosas así. La verdad es que yo necesitaba el dinero, así que cuando nació Callie, él dijo que podía ayudarme. Fue muy amable. Si llega a ser por su mujer, no hubiera entrado en la casa.
–¿Y eso?
–Pues sí, la oí hablar. No quería que yo estuviera cerca de su bebé.
–¿Por qué no?
–Soy hispana y vivo en una caravana. ¿Cree que una mujer como ella se va a fiar de una chica como yo? Pero vio lo buena que era con Callie. Después de eso, ya no tuvo ningún problema. Todavía arruga su bonita nariz cuando me ve, pero sabe que a Callie le gusto. Eso es todo lo que le importa a la señora Glenn. Esa niña lo es todo para ella.
–¿Qué me dices del doctor Glenn? ¿Siente lo mismo?
Los ojos de Micki se entornaron con suspicacia.
–Sé lo que quiere que diga. Quiere que le diga que el doctor Glenn le hizo algo a Callie. Bien, eso es una gilipollez. La gente de la tele no ha entendido nada. El doctor Glenn hace más para ayudar a la gente de por aquí que ninguna otra persona en el mundo. Si le conociera como yo, sabría que él nunca sería capaz de herir a otra persona, y mucho menos a su bebé.
Stride se dio cuenta de que Migdalia Vega era la primera persona que había conocido que se molestaba en defender a Marcus Glenn.
–Te gusta, ¿no?
–Claro que me gusta. Lo que ha ocurrido con su hija es terrible, pero él no tiene nada que ver.
–Entonces, ¿tienes alguna idea de qué le ha ocurrido a Callie?
Micki meneó la cabeza.
–Alguien se la llevó. Probablemente alguien que intenta sacarle pasta al doctor Glenn. Cuando tienes dinero, todo el mundo quiere meter mano.
–¿No tienes idea de quién pudo ser?

–Si lo supiera, ¿no cree que ya se lo hubiera dicho? Podría ser cualquiera.

–Estamos intentando averiguar cómo pudo alguien entrar en la casa –le explicó Stride, y añadió–: Tú tienes una llave, ¿no?

–Por supuesto. –Micki cruzó los brazos sobre su pecho, enfadada–. ¿Qué?, ¿piensa que yo tengo algo que ver con esto? ¿Es eso lo que dice la señora Glenn? Porque yo nunca haría nada que pudiera herir a Callie. Nunca.

–No he dicho que lo hicieras. Sólo me estaba preguntando si alguien podría haber robado tu llave.

–De ninguna manera. –Micki buscó en el apretado bolsillo de sus pantalones y sacó un abultado llavero–. Aquí están las llaves de las casas en las que trabajo como canguro. Siempre las llevo conmigo. Nunca las dejo en ningún sitio excepto cuando me voy a dormir por la noche.

–Tengo que evaluar todas las posibilidades, Micki. No estoy diciendo que hicieras intencionadamente algo malo, pero es fácil cometer un error. Quizá comentaste con alguien lo bonita que es la casa de los Glenn o que Marcus Glenn gana mucho dinero. Puede que una chica le diga eso a su novio. Estas cosas pasan.

–Ya le he dicho que no –insistió Micki–. ¿Cree que tengo tiempo para ir de bares y beber margaritas y contar historias? ¿Cree que puedo plantar mi coño en la cama de alguien cuando trabajo cada día de la semana? Ya he aprendido la lección sobre los novios. Están contentos de meterse entre tus piernas, pero no quieren quedarse para ver cómo te lavas los dientes por la mañana. Así que yo hago esto por mí y por mi madre, y no hay más que hablar.

–De acuerdo –le dijo Stride–. Lo entiendo. Si recuerdas haber hablado con alguien, aunque fuera una conversación totalmente inocente, quiero que me llames. Es muy importante. Se trata de traer a Callie de vuelta a casa sana y salva.

–Lo sé, pero no puedo decirle qué pasó. No oí nada, ¿vale?

Micki bajó la vista hacia el suelo. Sabía lo que había dicho. Stride también. La verdad quedó colgada entre ellos como la colada en un tendedero.

–¿Cuándo fue la última vez que cuidaste de Callie? –preguntó Stride.

–La semana pasada, creo.
–¿Crees?
–Sí, el sábado, creo. El doctor Glenn y su mujer estaban en Duluth para alguna cosa de caridad.
–¿Ésa fue la última vez? –insistió Stride.
Su tono era duro.
–Creo que sí.
Micki la emprendió de nuevo con las hojas mojadas. Algunas terminaron en sus zapatillas deportivas.
–¿El doctor Glenn te llama para cuidar a Callie cuando su mujer no está?
–A veces.
–La señora Glenn se fue a Minneapolis ayer, ¿verdad? –preguntó Stride.
–Sí, eso he oído.
–Entonces, ¿te llamó él ayer?
Micki negó con la cabeza.
–No.
–¿No estabas allí?
–No.
–Entonces, ¿dónde estabas ayer por la noche?
–Aquí –respondió ella–. Estaba en casa.
–¿Sola?
–Mamá y yo. Puede preguntarle.
Stride esperó. Micki seguía sin mirarle.
–¿Qué tipo de coche conduces, Micki? –preguntó.
–Una furgoneta blanca, una Ford.
–Uno de los vecinos vio tu camioneta en la casa de los Glenn ayer –mintió Stride.
–Se habrán equivocado de día. No estuve allí.
«No oí nada, ¿vale?»
–Creo que sí estuviste allí –replicó Stride–. Estabas en la casa ayer por la noche, cuando Callie desapareció. Creo que será mejor que me digas qué diablos pasó.

7

–Vale –admitió Micki–. Estuve allí. Mierda, pues qué bien. No tengo ni idea de qué pasó.

–Marcus Glenn nos mintió –saltó Stride–. Dijo que estaba solo en casa.

–No es lo que piensa. No tiene nada que ver con Callie y no fue idea del doctor Glenn. Le rogué que no me involucrara. Lo último que necesito es tener a la policía encima, ¿vale?

–¿Por qué?

La cara redonda de Micki enrojeció de ira.

–¿Por qué coño cree? Soy una ilegal, y mi madre también. Sé lo que pasaría si me metiera en medio. Policías haciéndome preguntas. Periodistas haciendo fotos. ¿Cree que nadie caería en el hecho de que no soy de aquí? ¿No cree que acabaría saliendo en los periódicos? Lo siguiente que sabría de mí es que estoy en un avión rumbo a México.

–No me interesa tu situación como inmigrante –le dijo Stride.

–Sí, hasta que no me necesite más. –Micki arrojó el rastrillo.

–¿Por qué Marcus Glenn mintió por ti?

–¡Porque es un buen hombre! No es como dicen los periódicos. Siempre me ha ayudado, desde que le conocí.

–¿Te acuestas con él? –preguntó Stride–. ¿Estabas con él en su habitación ayer por la noche?

Micki se metió en el montón de hojas y las pateó mientras avanzaba, diseminándolas por la hierba. Su pecho subía y bajaba debido a la rápida y rabiosa respiración. Dirigió un dedo amenazador hacia Stride.

–Eso es lo que piensa, ¿verdad? Que me ayuda porque me lo follo. Bien, que te follen a ti, policía; vayáse a la mierda.

–Micki, podemos hacer esto aquí o podemos hacerlo en un calabozo en Grand Rapids –insistió Stride–, ¿lo entiendes? Ahora contesta a mi pregunta.

–¡La respuesta es no! ¿Cree que un hombre como Marcus Glenn necesita una chica como yo? Si él dijera una palabra, puedo prometerle que me pondría a horcajadas sobre él y que le pegaría el polvo de su vida, porque estoy en deuda con él. Pero él nunca haría eso.

–No te creo. Estabas en su habitación, ¿no es verdad? Tratas de protegerle.

–¡No estaba con él! Estaba en el apartamento que hay sobre el garaje viendo la televisión. Me quedé dormida. Eso es todo. No le vi hasta que entró en mi habitación y me contó lo de Callie. –Micki abrió los ojos de par en par y se encaró con Stride–. Tú, hijo de puta, eso es lo que querías, ¿no es verdad? Querías saber si el doctor Glenn estaba solo. Ya te lo he dicho, ¡no ha hecho nada!

–Empieza por el principio. Cuéntamelo todo.

–¿Lo ve? No confíe nunca en un policía. No diré una mierda.

–No te estás ayudando, Micki –dijo Stride–. ¿Cuándo fuiste a casa de los Glenn?

Micki se encogió de hombros.

–¿Te llamó el doctor Glenn?

–Sí, dijo que su mujer tenía que ir a la ciudad y me preguntó si yo podía ir a cuidar a Callie. Dije que sí.

–¿Cuándo fue esto?

–Sobre las dos. Estuve con Callie toda la tarde, le di la cena y la acosté sobre las siete. El doctor Glenn tenía trabajo y le pregunté si quería que me quedara hasta la noche y le echara un vistazo a Callie antes de irme.

–¿Dónde pasaste la tarde?

–Tienen una mesa de billar en el sótano. Estuve jugando y escuchando música en el estéreo.

–¿Viste u oíste algo durante la noche? ¿Alguien entró o salió de la casa? ¿Hubo alguna llamada?

–No, hasta donde yo sé, no había nadie excepto el doctor Glenn y yo. El teléfono sonó un par de veces, pero él debió de coger las llamadas en su despacho.

–¿Y qué ocurrió después?

–Sobre las diez, el doctor Glenn bajó las escaleras y dijo que su mujer no podía volver de la ciudad por culpa de la niebla. Me pidió que me quedara a pasar la noche en el apartamento del garaje por si Callie necesitaba algo. Lo hago de vez en cuando. No es ningún sacrificio. No me moría precisamente de ganas de salir a la carretera, así que me quedé.

–¿Cómo viste al doctor Glenn?

Micki meneó la cabeza.

–Estaba bien. No había nada raro. Callie estaba durmiendo.

–¿A qué hora te fuiste al apartamento del garaje?

–No lo sé, sobre las diez y cuarto, creo.

–Ese apartamento da a la parte frontal de la casa, ¿no? –preguntó Stride.

–Sí, hay un par de ventanas que dan a la calle. No vi nada. Ni faros ni nada. Tampoco oí nada.

–¿Saliste de la habitación?

–No. El apartamento tiene su propio cuarto de baño. Me quedé allí, me duché, me tumbé en la cama, vi la tele. Me quedé dormida con la tele encendida.

–¿A qué hora te quedaste dormida?

–Puse *Los Simpson* a las diez y media. No vi terminar el episodio. Lo siguiente que sé es que a la una el doctor Glenn estaba llamando a la puerta de la habitación.

–¿Qué quería?

–Saber si Callie estaba conmigo, pero no era así.

–¿Qué te dijo exactamente? –quiso saber Stride.

–Me dijo que Callie había desaparecido y que iba a llamar a la policía. Entonces empecé a asustarme de verdad.

–¿Cómo estaba el doctor Glenn?

–No lo sé. Alterado. No lloraba ni gritaba, pero porque él no es así. Es tranquilo, nunca pierde el control. Eso no significa que no tuviera miedo. Sólo intentaba comprender qué había pasado, mientras que yo... me puse muy nerviosa. Fue entonces cuando me pidió que me marchara. Le dije que yo no sabía nada, así que tampoco podía ayudar mucho.

–¿Oíste o viste algo entre las diez y media y la una de la madrugada?

–Nada –insistió Micki–. Estaba dormida como un tronco.

Stride meneó la cabeza, frustrado. Sabía que en algún momento durante este lapso de dos horas y media habían pasado una o dos cosas. O bien alguien entró en la casa y se llevó a Callie, o bien Marcus Glenn hizo desaparecer a su hija. Pero incluso con otro testigo en la casa en el momento del crimen, se encontraban de nuevo en el punto de partida. Sin respuestas.

Se despidió de Micki y bajó por la cuesta del cementerio, entre el conjunto de lápidas. Se paró en las tumbas de los padres de Marcus Glenn y se imaginó al cirujano realizando su peregrinaje al cementerio, retornando a sus raíces. Cerca, había varias lápidas con el apellido Glenn grabado. La esencia de la familia estaba enterrada allí, a través de múltiples generaciones: primos, tías, tíos, abuelos. Se preguntó si Marcus había previsto que lo enterraran allí también, o si preferiría tierras más altas.

Creía conocer la respuesta. Uno nunca vuelve al pasado, ni siquiera para reunirse con los muertos. Marcus Glenn ya vivía en un mundo aparte, en la orilla del Pokegama. Una esposa bonita. Una casa bonita. Una hija bonita.

La familia perfecta. Menos uno.

–¿Dónde estás, Callie? –preguntó en voz alta.

Esperó una respuesta, pero todo cuanto oyó fue la repiqueteante música de la cuerda del mástil.

8

Se lo preguntó otra vez: ¿habían hecho lo correcto?

Ahora que todo había terminado, creía que sus dudas desaparecerían. Miró la cama de la pequeña y se dijo: «La única manera de convertir algo malo en bueno es ocuparte tú mismo de ello». Habían hecho lo que había que hacer. Era lo único que se podía hacer. Estaban en el lado de los buenos.

Todo cuanto deseaba era olvidar. Desconectar la memoria. Perdonar el error. Parecía una petición insignificante después de los horrores del año pasado. Pero no. No podía escapar. Mientras trataba de dormir, lloraba en la oscuridad. Cuando finalmente cerraba los ojos, volvía a los bosques.

Escogió el lugar de la sepultura entre los acogedores brazos de las coníferas.

El frío viento bramaba en sus orejas. Avanzó con dificultad por la maleza baja llena de pequeñas ramas caídas, que crujían bajo sus pies junto con las piñas secas, hasta que encontró un hueco en el bosque en el que cavar. Desde donde se hallaba, observó a través de la maraña de troncos espinosos y más allá del camino de tierra las siluetas de las lápidas en la pendiente. Los árboles temblaban y susurraban como si le tuvieran miedo.

Se detuvo y esperó para asegurarse de que estaba solo. La noche envolvía el cementerio como una manta sobre la cabeza de un niño. No había estrellas y sobre las copas de los árboles y las enfurecidas nubes no se vislumbraba el cielo. Nada moraba en ese lugar excepto los animales y las almas de los difuntos. Ni siquie-

ra creía que Dios estuviera allí con él esa noche. Dios había pasado el último año de viaje en alguna parte.

Los animales permanecieron escondidos en la oscuridad, pero sentía sus ojos posados sobre él. La linterna iluminaba sus excrementos negros sobre el suelo del bosque. Temía que los merodeadores pudieran oler la carne enterrada en la tierra y escarbar. El pensamiento lo horrorizó. Por esa razón necesitaba cavar hondo.

Su pala traspasó el suave lecho de agujas de pino hasta la esponjosa tierra. Hizo palanca con el mango al tiempo que inspiraba pesadamente y sacó una palada de tierra negra como el café. Y luego otra y otra, provocando un nítido ruido metálico al rozar las rocas con cada movimiento. Trabajó rápido; quería terminar pronto la truculenta tarea. La boca que estaba abriendo en el suelo era cada vez más ancha y profunda. Algunas partículas de tierra rebotaban en la pirámide de hierba arrancada y volvían a caer en el agujero, que estaba casi listo para tragarse el paquete envuelto en una sábana que reposaba a sus pies. Engullirlo y consumirlo.

Continuó cavando la tumba. Al acabar, tiró la pala y se sentó con la espalda apoyada en un viejo tronco. Había sudado, y sintió frío. Su nariz goteaba, en parte por el aire de la noche y en parte por el profundo dolor que lo atenazaba. Había llegado a un punto de no retorno y se preguntó si realmente sería capaz de hacerlo. Acostar a la criatura en el terreno, cubrirla de tierra y dejarla atrás.

Al menos, la había traído allí, donde los fantasmas familiares podrían acogerla. Seguro que las almas de los muertos le darían la bienvenida en su seno. Quizá, finalmente, Dios volvería y haría lo que él no había podido hacer durante tanto tiempo. Vigilar. Proteger.

No podía demorarlo más. Aun a esa hora tardía y en una carretera solitaria, corría el riesgo de que alguien pasara en coche y se hiciera preguntas sobre su vehículo, aparcado en el arcén. Anotar el número de matrícula. Llamar a la policía. Un adolescente de las granjas cercanas podía ver su linterna y decidir explorar. No había ninguna razón para que nadie husmeara por allí después de que se marchara, si lograba irse sin ser visto.

Alzó a la pobre criatura envuelta en la sábana limpia. Era muy ligera. Se arrodilló, extendió sus brazos sobre el borde mojado del agujero y se inclinó para depositarla con cuidado en la superficie de la tumba. Luego se puso en pie y se enjugó la cara, recuperó la pala, tomó una palada de tierra y la devolvió a la fosa. Cuando la tierra cayó sobre el tejido de lino blanco, su boca se contrajo en un gesto de consternación. Aumentó el ritmo de las paladas para cubrir el cuerpo hasta que sólo quedó a la vista un fragmento de sábana blanca del tamaño de un sello, apenas visible en la oscuridad. Con la siguiente descarga de tierra, también lo cubrió. Su respiración se volvió menos trabajosa. Aplanó la tierra y luego empezó a cubrirla con puñados de pinaza amarillenta que diseminó por encima.

Cuando apagó la linterna, la superficie del bosque volvía a tener una apariencia inmaculada, como si nadie hubiera estado allí. No se distinguía ninguna evidencia que indicara que allí había una sepultura. Era como si la criatura nunca hubiera existido. Debería haberlo dejado así, pero sabía que tenía que poner alguna señal. Un recordatorio. Rebuscó en su bolsillo y encontró un juguete de papel arrugado y decidió desprenderse de él. Con la solemnidad de un padre que pone flores junto a una lápida, lo depositó allí, sobre las ramitas y la tierra.

Estaba hecho.

Recogió la pala y regresó a través de los bosques hasta su coche. Vio como la niebla se extendía por los valles y colgaba sobre la carretera como una nube. Con las luces apagadas, desapareció en ella.

9

Stride volvió del cementerio bien avanzada la tarde del viernes y aparcó frente al juzgado del condado de Itasca en Grand Rapids, donde estaba emplazado el departamento del sheriff. El edificio de tres plantas ocupaba una manzana entera e incluía la mayoría de las oficinas del condado. Serena y él podían sentirse afortunados de disponer de un despacho en la última planta, no mucho mayor que un armario, que se utilizaba como cuartel general para la investigación.

En su camino hacia el edificio, pasó junto al monumento de granito en honor a los veteranos y por debajo de la ondeante bandera, pero antes de entrar, su estómago soltó un gruñido. Se dio cuenta de que no había comido más que un donut de chocolate desde la noche anterior y estaba tirando de cafeína para mantenerse despierto. Vio un Burger King en la otra acera de la calle Cuatro y cruzó para zamparse una comida tardía y grasienta.

En el parking, pasó junto a un oxidado Ford Taurus. Una mujer delgadísima estaba sentada en el asiento del conductor engullendo un Whopper doble y un refresco extragrande. Sus ojos se encontraron y ella escupió un bocado de su hamburguesa en la bolsa de papel y bajó presurosa la ventanilla para saludarle con la mano.

–¡Oiga!

Stride se detuvo. La mujer se precipitó fuera del coche envuelta en el olor de comida rápida, y le tendió la mano. Él se la estrechó y se secó el ketchup de los dedos.

–Usted es el teniente Jonathan Stride, ¿verdad? Soy Blair Rowe, del *Grand Rapids Herald*.

Él soltó un gruñido.

–Nada de entrevistas, Blair. Si supiera algo nuevo, se lo habría dicho. Tengo diez minutos para comer y luego debo volver dentro.

–Diez minutos es genial. Perfecto. *Off the record*, sólo póngame en antecedentes, ¿por favor...?

La última cosa que deseaba Stride era comer con una periodista, pero este caso demandaba la máxima publicidad posible en los medios. Necesitaba que Callie permaneciera en la primera página de los periódicos hasta que alguien aportara una pista sólida.

–Diez minutos –concedió.

–Genial, fabuloso. Vaya a pedir la comida y yo le esperaré en la mesa. Se lo agradezco de verdad, teniente.

Stride pidió un sándwich de pollo, rechazó las patatas fritas y añadió al pedido una Coca-Cola *light*. Tras recoger su bandeja de comida, vio a Blair Rowe sentada a una mesa junto a la ventana y moviendo los dos brazos para llamar su atención. Ya se había comido casi toda su hamburguesa y se estaba metiendo tres patatas fritas a la vez en la boca.

–¿Cómo consigue mantenerse tan delgada? –preguntó.

–Adrenalina –respondió ella.

Blair no se estaba quieta. Incluso mientras se embuchaba comida en la boca, tamborileaba con los dedos en la mesa y cruzaba y descruzaba las piernas al tiempo que cambiaba de posición en la silla. Al mirarla, Stride se sintió un poco mareado.

–Está informando sobre el caso de Callie en la CNN ¿verdad? –le preguntó.

–¡Sí! Es algo grande, grande, grande. Voy a aparecer en *Nancy Grace* esta noche. Quieren a alguien que conozca la zona. Por una vez en mi vida, es una ventaja ser de un lugar en ninguna parte en medio de Minnesota.

–Felicidades.

Ella ignoró la ironía de su tono.

–¡Gracias! Es un cambio muy estimulante para mí; bueno, ya me entiende, lo que ha ocurrido es horrible, pero no se imagina lo guay que es estar implicada en una noticia de alcance nacional. Mi madre sigue todos los informativos. Normalmente, durante la temporada baja Grand Rapids es un muermo. El tipo de noticias que sacamos en noviembre es que un payaso ha vomitado en la fiesta de cumpleaños de un niño.

Las gruesas gafas negras de Blair resbalaron por su nariz. Se las volvió a colocar en su sitio con el dedo índice.

–¿Hace mucho tiempo que trabaja para el periódico? –preguntó Stride.

–Dos años –replicó ella, y sorbió el refresco con su pajita–. Me encantaría ir a la ciudad, pero los diarios están despidiendo personal a diestro y siniestro. Hoy en día es muy jodido ser periodista. Quién sabe, quizá pueda dar el salto a la televisión. Nunca me he planteado en serio eso de salir en la tele, pero es divertido cuando la luz roja se enciende.

Stride no replicó. La intensa personalidad de Blair se parecía al martilleo de una ametralladora, y dudó que pudiera adaptarla a la intimidad necesaria en un medio como la televisión. Tampoco creía que tuviera presencia para ser periodista televisiva: ni un peinado de peluquería informal ni un cuerpo escultural. Su pelo castaño era grasiento y los gruesos cristales de sus gafas dejaban claro que sin ellas casi no podía ver. Las lentes ampliaban sus ojos oscuros y hacían que parecieran enormes. Su cara era estrecha, con una nariz con aspecto de accidentada pista de esquí y una barbilla puntiaguda. Vio un par de granos disimulados con maquillaje, y sus dientes necesitaban aparatos correctores. La verdad era que no estaba lista para los primeros planos.

Blair terminó su hamburguesa y se chupó las puntas de los dedos. Echó un vistazo desconfiado al restaurante medio vacío y se inclinó hacia delante.

–Ya sabe cuál es la pregunta que se hace todo el mundo –susurró–. ¿Fue Marcus Glenn?

–Sin comentarios –respondió él.

–Oh, venga, teniente. Podemos ayudarnos el uno al otro. Conozco bien Grand Rapids. Mi padre trabajó toda su vida en la planta de UPM y mi madre enseña inglés en séptimo curso. Éste es mi pueblo.

–¿Y?

–Pues que nadie puede tener muchos secretos por aquí. ¡Qué diablos!, ¿para qué necesitamos intermitentes? Todo el mundo sabe adónde van todos los demás. ¿Piensa que no he oído rumores sobre Marcus Glenn durante años?

–¿Qué tipo de rumores? –preguntó Stride.

Blair esbozó una amplia sonrisa y se subió las gafas de nuevo.

–Usted primero.

–Esto no es un juego, Blair. Estamos intentando encontrar a una niña.

–Lo sé, pero los dos tenemos que hacer nuestro trabajo. El mío es fisgar en los asuntos de los demás.

Stride dio dos bocados a su sándwich de pollo y decidió que no tenía más hambre. Apartó su bandeja.

–Tengo que irme.

–Vale, vale. Le contaré lo que sé y usted me contará lo que sabe. Lo que se comenta en sociedad es que el matrimonio de Valerie y Glenn se tambalea. ¿Sabía que ella va a un psiquiatra?

–¿Cómo lo sabe?

–Ya se lo he dicho, es un pueblo pequeño. La confidencialidad doctor-paciente no sirve de mucho cuando la gente tiene ojos en la cara. Es fácil ver quién entra en qué puertas, ¿sabe?

Stride permaneció en silencio.

–Ha tenido al menos una crisis nerviosa –continuó Blair–, y todo el mundo sabe por qué: Marcus tiene un lío con otra mujer. Cada fin de semana coge un avión a Las Vegas, y ya puede imaginarse qué hace allí. La familia que vive en esa casa está jodida.

Stride se encogió de hombros.

–Muéstreme una familia que no lo esté.

–Sí, anótese el punto. Todo el mundo oculta secretos. Pero yo tengo instinto para descubrir lo que huele mal. ¿Ha estado en el hospital de Duluth donde trabaja Marcus?

–Mi compañera irá mañana.

–Estuve allí esta mañana –dijo Blair con una sonrisa petulante–. Apenas hay nadie que quiera hablar de él. Están asustados.

–¿Por qué?

Blair inclinó la bolsa de patatas para hacer caer las últimas migas y la sal en su boca.

–Me encantan las patatas fritas. ¿Puede haber alguien a quien no le gusten?

–¿Por qué tiene miedo la gente del hospital? –insistió Stride.
–Si no le gustas a Marcus, estás despedido –le contó Blair–. Nadie quiere dar la cara por él. ¿Sabe cuando alguien hace algo malo y sus vecinos y amigos dicen: «De ninguna manera, él no, no puede ser»? Bien, no había nadie en el hospital que estuviera deseando decirme que Marcus era inocente. Lo que sí les sorprendió fue que Valerie y él tuvieran un bebé.
–Eso no significa nada.
–Le he oído, teniente. Tendría que ser más discreto. Sólo contésteme a esto. ¿Ha barajado la posibilidad de que Marcus Glenn haya asesinado a su hija?
–Por lo que sé, Callie está viva y voy a encontrarla –replicó Stride–. Lo mejor que puede hacer es mantener su foto en las noticias, por si alguien la ve.
Blair mordisqueó el extremo de su pajita. Por debajo de la mesa, su pierna se balanceaba rítmicamente y movía la mesa con tanta fuerza que el refresco de Stride se agitaba en el vaso amenazando con derramarse por el borde.
–Oh, lo haré, pero si hay cadáveres en el armario de Glenn, los encontraré.
–No nos oculte pruebas –soltó Stride con brusquedad.
–¿Ocultarlas? ¿Está bromeando? Lo verá en la CNN.
Stride alcanzó la rodilla de Blair, la sujetó con un puño de hierro y la inmovilizó.
–Blair, usted es nueva en esto. Sé que los informativos de las televisiones no son un buen ejemplo: convierten cada crimen en un *thriller*. Pero ahora está tratando con personas reales, que viven aquí.
–No soy estúpida –repuso ella.
–No creo que lo sea.
–Pero sí soy impaciente y no me gusta esperar a que la policía me lance las migajas.
Stride se puso en pie.
–¿Tiene hijos, Blair?
–Sí, un niño pequeño. Mi madre lo cuida mientras yo trabajo. ¿Por qué?
–Entonces intente ponerse en la piel de Valerie Glenn por un minuto.

–Eh, estoy con usted. Lo estoy. Espero que encuentre a su hija. Es sólo que no tengo muy claro que lo vaya a conseguir.

Stride se dio la vuelta para irse.

–¿Teniente? –le llamó Blair.

–¿Qué ocurre?

–Sé lo de la canguro.

–Bien por ti –replicó Stride.

–¿Quiere oír mi teoría?

Él frunció el ceño.

–¿Cuál es? –preguntó.

Blair echó un nuevo vistazo al restaurante y luego se levantó, se puso de puntillas y acercó sus labios a la oreja de Stride.

–Creo que Marcus Glenn y Micki Vega cometieron este crimen juntos.

10

El sábado por la mañana, Serena cogió el coche para ir de Grand Rapids a Duluth. El cielo tenía un color gris pizarra, con pesadas nubes onduladas como senderos de humo, y los copos de nieve congelados golpeaban el parabrisas. Pasó por campos inundados donde los esqueletos de árboles sobresalían del agua estancada. Los bosques del norte no mostraban ya un color rojo ladrillo ni naranja llameante, como en septiembre, sino sombras color óxido y marrón. Cada pocos kilómetros, atravesaba ríos negros y ciudades dormitorio en los que sólo había una vieja licorería de ladrillo y un raído motel de cinco habitaciones para conseguir unos pocos dólares de los turistas. La mayor parte del tiempo circulaba sola en la carretera.

Mientras conducía, pensaba en Stride. Esa mañana se había sentado a los pies de la cama para observarlo mientras dormía. Dondequiera que estuviera, se encontraba a un millón de kilómetros de ella. Había ido apartándose, retirándose, escapando durante semanas, hasta que se habían convertido de nuevo en completos extraños. Se habían alejado uno del otro con la misma facilidad con que se acercaron. Lo que la ponía de mal humor era haber permitido que todo eso ocurriera sin luchar. En lugar de afrontar el dolor que sentía, había contemplado como él se marchaba. Si eso era lo que él quería, si así era como iban a ser las cosas, entonces ella se protegería y fingiría que había sabido todo el tiempo que esto sucedería.

Puede que así fuera. Puede que los dos se hubieran engañado a sí mismos. Siempre había habido fallas, finas grietas que parecían no ser nada hasta que el peso de la presión y del tiempo se había abierto paso entre ellas violentamente. Ella sabía cómo había sucedido, y no había nadie a quien echarle la culpa. Las cosas están bien hasta que, de repente, inesperadamente, ya no lo están, y los dos miembros de una pareja lo saben pero ninguno de los dos quiere admitirlo.

Su teléfono sonó. Era él. El hombre que amaba.

–No me has despertado esta mañana –le dijo.

Cuando oyó su voz, Serena se secó los ojos y silenció la angustia que sentía.

–Lo siento. No has dormido mucho últimamente y pensé que necesitabas descansar.

–Es verdad. Gracias. –Y añadió–: Suenas rara. ¿Va todo bien?

–Sí –respondió ella.

Era más fácil mentir. Era más seguro fingir. «Las cosas van bien, Jonny, pero los dos sabemos que no es así.» Se dio cuenta de que él vacilaba, como si fuera a presionarla para que dijera la verdad, pero sabía que no lo haría.

–¿Qué es lo último que se sabe de la búsqueda? –preguntó él.

Era un colega hablando con una colega. Serena oyó un ruido en su cabeza y pensó que era una falla, una grieta, una fractura que se escindía y se ensanchaba.

–Hemos comprobado la lista de huéspedes de los moteles de los alrededores de Grand Rapids –le informó con voz plana–. Todavía estamos haciendo el seguimiento, pero no hay señales de alarma. La patrulla de la autopista ha empapelado las gasolineras con la foto de Callie. Tenemos pistas, pero nada importante.

–¿Qué hay de las cámaras de las carreteras, dentro y fuera de la ciudad?

–Hemos encontrado un par de cámaras ATM enfocadas hacia la 169 y la autopista 2. Entre la niebla y la calidad del vídeo, no hay mucho que ver. Las he mandado a la BCA para ver si ellos pueden mejorar la imagen digitalmente.

–Creo que tendremos que dragar el lago Pokegama –dijo Stride.

Serena desplazó su Mustang hasta el arcén de la autopista. Apagó el motor y escuchó el silencio.

–Eso mataría a Valerie Glenn.

–Ojalá no encontremos nada, pero si esperamos demasiado tiempo, el lago se helará y perderemos la oportunidad.

–Dale unos días más.

–Sí, vale, pero no tengo buenas vibraciones. –Y añadió–: Si lo que buscan es dinero, ya habríamos tenido noticias de los secuestradores.

–Lo sé.

–Voy a hablar de nuevo con Marcus Glenn –le informó Stride–. No quiero que los periodistas lo aireen, pero creo que deberíamos pedirle que se sometiera al polígrafo. De momento, nos ha mentido sobre Micki Vega. Quién sabe qué más esconde.

–Contratará un abogado y dejará de hablar –vaticinó Serena.

–Eso querría decir algo.

–No lo sé. Glenn tampoco me gusta, pero no estoy segura de que sea violento o un depravado.

–Mira qué puedes averiguar en el hospital –le pidió Stride.

–Lo haré.

Cuando no hubo nada más que decir, la distancia que los separaba se agrandó y un silencio torpe e incómodo se instaló entre ellos. Serena miró más allá de la carretera hacia un desvencijado establo con su tejado, lleno de agujeros desiguales donde las vigas se habían roto, expuesto a los elementos. Pájaros negros salían volando del interior. La hierba crecía alta y ondulante alrededor de las paredes inclinadas.

–¿Jonny? –murmuró ella.

–¿Sí?

–No estamos muy bien, ¿verdad?

No podía creer que lo hubiera dicho en voz alta. Era lo único que necesitaban para dejar de fingir. Ahora se encontraban en un terreno peligroso.

Stride esperó durante largo tiempo y entonces dijo:

–Soy yo.

–No, no eres sólo tú –le respondió ella.

Dos horas después, Serena caminaba por Superior Street, en el centro de Duluth, con Ellen Warner, una enfermera del hospital St. Mary. En Lake Avenue, cruzaron la calle y encontraron un banco protegido del viento. Hacía demasiado frío para estar al aire libre, pero Ellen insistió en que fueran a algún sitio donde no hubiera riesgo de que las escucharan. Pocas personas en el St. Mary's parecían ansiosas por hablar sobre Marcus Glenn.

Ellen abrió una bolsa blanca de papel y sacó un perrito caliente del Coney Island, un restaurante situado más arriba en la misma calle. Le quitó el papel de aluminio y le dio un gran mordisco. Una gota de mostaza se le quedó en los labios.

–Le agradezco que haya accedido a verme –le dijo Serena.

–Bien, no se lo diga a nadie, ¿de acuerdo? –le pidió Ellen al tiempo que se limpiaba la boca–. El doctor Glenn es peligroso. Si una enfermera se le atraviesa, está lista.

Ellen vestía un uniforme de enfermera lavanda con una chaqueta tejana encima. Calzaba unas zapatillas deportivas de un blanco resplandeciente. Tenía poco más de cincuenta años, el cabello plateado y una constitución rechoncha y compacta.

–¿Cuánto tiempo lleva trabajando con él? –preguntó Serena.

–Debe de hacer casi diez años –respondió–. Y tengo que decirle que es bueno. Mejor dicho, buenísimo. Su ego no cabe en un campo de fútbol, pero es un mago en la mesa de operaciones. También se porta bien con los pacientes. No es fácil imaginarlo, porque es un grano en el culo tamaño Titanic para los demás. Pero con los pacientes cambia, y ellos le adoran. No entiendo a la gente que puede compartimentar su vida de esta manera, pero con el doctor Glenn tienes que pasar por alto su personalidad y respetar su talento.

–¿Conoce a su mujer, Valerie?

–Sólo de saludarla. Viene de vez en cuando.

Ellen se terminó el perrito, arrugó el envoltorio y lo metió de nuevo en la bolsa. Luego sacó del bolsillo trasero de su bata un paquete de cigarrillos y encendió uno.

–Es el estrés –explicó al darse cuenta de la expresión de sorpresa de Serena–. Sé que es estúpido, pero no es razón suficiente para dejarlo.

–¿Cómo es la relación entre el doctor Glenn y su mujer? –preguntó Serena.

–Tirante –contestó Ellen.

–¿Y eso? ¿Se pelean?

–No, nada de peleas, al menos en el hospital. Se les ve distantes. Ella intenta meterse en su cabeza, pero él no quiere a nadie más allí.

–¿Conoce a su hija Callie?

–Sí. La señora Glenn la trae a veces. Es muy mona.

–¿Cómo es el doctor Glenn como padre?

Ellen exhaló una nube de humo y miró a Serena con frialdad.

–¿Quiere decir que si sería capaz de hacerle algo a Callie? No, no lo creo. Si hay algo que defina a Marcus Glenn por encima de todo es que es médico. Nunca lastimaría a otro ser humano.

–No es eso lo que le he preguntado.

–Bueno, eso es lo que dice todo el mundo. ¿Diría de él que es un padre amantísimo y entregado? No. No se sienta en el suelo para ponerse a jugar ni a hacer hablar al bebé con una estúpida sonrisa en su cara. Él no es así. Pero ¿un monstruo? No lo creo. Aunque probablemente encontrará gente en el hospital que no esté de acuerdo conmigo.

–¿Hay alguien que le odie lo suficiente para querer hacerle daño? ¿O a su familia?

Ellen arqueó una ceja.

–Es una pregunta difícil. Hay un montón de gente a la que no le gusta porque es un perfeccionista. No tiene paciencia con los errores. Pero ¿querría alguien hacerle daño llevándose a su hija? Es difícil de imaginar.

–Ha dicho que hay enfermeras que han sido despedidas por su culpa.

–Sí, eso es verdad.

–¿Hay alguna que pudiera guardarle rencor?

Ellen se encogió de hombros.

–La mayoría de ellas fueron trasladadas a algún otro centro hospitalario. Un par quería dejar la profesión. Es un trabajo que quema mucho.

–¿Qué hay de su vida personal? –preguntó Serena–. He oído rumores de que Glenn había tenido aventuras con mujeres del personal del hospital.

Ellen ladeó la cabeza, apagó su cigarrillo en el brazo de cemento del banco y tiró la colilla al pavimento.

–Sí, Marcus tiene debilidad por las jóvenes bonitas. En su defensa, hay que decir que cuando las enfermeras entran a trabajar y ven a un cirujano alto, rico y guapo se lo rifan. Pero no es que él vaya a dejar a Valerie por ninguna de ellas.

–Quizás alguna pensó que lo haría.

–Oye, si te lías con un hombre casado, ya sabes lo que te espera. No me mires a mí en busca de compasión si sales malparada.

–He oído que hubo una aventura más seria –insistió Serena.

Ellen miró su reloj.

–Tengo que volver. Ya he hablado demasiado.

–Venga, Ellen. ¿Quién era? ¿La conoce?

–Sí, claro. Todo el mundo conoce a Regan.

–¿Regan?

–Regan Conrad. Es enfermera. Nunca les he visto juntos, pero he oído hablar de su aventura. Fue intenso y apasionado durante un tiempo, aunque no lo imaginarías si la vieras.

–¿Por qué?

–Bueno, Regan no es Valerie. Demonios, es casi anoréxica, montones de tatuajes, pecho plano, un *piercing* en el labio. La única explicación es que sea una bomba en la cama.

–¿Todavía se ven?

–No, oí que Marcus espabiló y la echó a principios de año. Creo que se dio cuenta de que está loca.

–¿Loca? –preguntó Serena.

–Bueno, es imprevisible –explicó Ellen–. Regan es una buena enfermera, pero puede llegar a sacarte de quicio. Y juega sucio, además. Hace algunos años discutió con un joven técnico de laboratorio. Poco después encontraron cientos de imágenes pornográficas en el ordenador del chico y le despidieron. ¿Y con quién se acostaba Regan por aquel entonces? Con un informático pirado.

–Parece que alguien sigue resentida.

–Oh, sí, pero si está pensando que tiene algo que ver con la desaparición de Callie, puede ir olvidándose. Ella no lo hizo.

–¿Cómo lo sabe?

–Trabajó en el turno de noche el jueves por la noche. Por eso lo sé. Recuerdo que la vi en la cafetería, porque discutió a gritos con el cocinero acerca de un cabello que ella aseguraba haber encontrado en su plato de pasta.

A Serena no le importaba que Regan tuviera una coartada.

–¿Dónde puedo encontrarla? –preguntó–. ¿Trabaja en el área de ortopedia con usted y Marcus Glenn?

Ellen sacudió la cabeza.

–Regan es enfermera de obstetricia en la sala de maternidad. Trabaja con madres y bebés.

11

Maggie Bei abrió la última carta del abogado de la agencia de adopción de Minneapolis, la sacó del sobre y la leyó cuidadosamente; y a continuación la rompió en pedazos. Los fragmentos de papel revolotearon hasta sembrar el suelo a su alrededor. Se apartó el flequillo negro de los ojos y dio un golpe en la mesa con la palma abierta.

–A la mierda –anunció.

Irrumpió en la cocina y abrió de par en par las puertas del armario de los licores. Sacó una botella medio vacía de cachaza brasileña y agarró una lima del cesto que había junto al refrigerador. Después de cortar el fruto en rodajas y exprimir su jugo en un vaso bajo, añadió azúcar y hielo y llenó el resto del vaso con ron brasileño. Como precaución para mantener la cabeza fría, también dejó caer un par de pastillas de vitamina C y contempló cómo se disolvían. Agitó la bebida, se la bebió en dos tragos y preparó otra.

–Así está mejor –dijo.

Maggie se llevó el vaso a la sala de estar. Vivía en el último piso de un edificio de apartamentos construidos cerca del hotel Sheraton en el centro de Duluth, con vistas al lago Superior. Todavía había cajas sin desempacar por todas partes. Se había mudado hacía un mes y, desde entonces, había dedicado la mayor parte del tiempo a la investigación de los asesinatos en las tierras de labranza del norte. Apenas pasaba en casa el tiempo suficiente para dormir.

Maggie sorbió su caipiriña y miró hacia el lago. Sabía que no debía beber, pero le daba igual. Era sábado por la tarde y tenía que recoger a Kasey Kennedy al cabo de unas horas. Las dos iban a visitar a Troy Grange, cuya mujer, Trisha, había desaparecido la noche de Halloween, hacía ya más de dos semanas.

Podía suavizarlo como quisiera, pero después del descubrimiento de la cuarta víctima, Troy sabía la verdad. Ahora era un padre viudo con dos hijas pequeñas.

El interfono instalado cerca de su puerta principal zumbó. Maggie dejó el vaso, se acercó a él y pulsó el botón.

–¿Sí?

–Tiene una visita –le comunicó el vigilante del vestíbulo–. Su nombre es Serena Dial.

–Dígale que tiene que desnudarse para que le haga un registro exhaustivo.

Maggie oyó un improperio.

–Está subiendo –dijo el vigilante entre risas.

Maggie volvió a coger su bebida y esperó. Dos minutos después, oyó un golpe en la puerta.

–Eh, desconocida –saludó a Serena.

–Eh, lo mismo digo.

Serena asintió con la cabeza, en un gesto de aprobación por lo que veía en el apartamento.

–Muy bonito. Me encanta tu casa.

–Algún día conseguiré mudarme –repuso Maggie, señalando las cajas con la cabeza. Hizo tintinear el hielo en su vaso–. ¿Quieres algo? Puedo preparar bebidas sin alcohol bajo coacción.

–No, gracias.

Maggie se desplomó de costado en un enorme sillón y dejó los pies colgando por encima del almohadón.

–Siéntate, cuéntame algo. La dieta funciona; se te ve fenomenal.

–Los dos últimos kilos son los más duros –dijo Serena, que se sentó en el sofá opuesto a Maggie, se inclinó hacia delante y apoyó los codos en las rodillas.

–Tú también tienes muy buen aspecto.

–¿Sí? ¿Cómo crees que me quedaría el pelo rojo? –quiso saber Maggie.

–¿Rojo? ¿Tú?

–He conocido a una policía llamada Kasey Kennedy con un asombroso pelo rojo. Ha hecho que me entren ganas de probarlo. Estoy aburrida del negro. –Y añadió–: He oído que has vuelto al trabajo.

Serena asintió.

–Estoy en plantilla.

–Bien por ti. ¿Has venido a la ciudad por lo de Callie Glenn?

–Sí, he estado preguntando en el St. Mary's –contestó Serena–. Esta noche voy a ver a una enfermera que vive en la zona norte de Duluth. Tuvo una aventura con Marcus Glenn.

–Los medios se han puesto las botas con el doctor –explicó Maggie–. ¿Crees que está involucrado?

–No lo hemos tachado de la lista.

–¿Cómo está Stride? –preguntó Maggie–. ¿Sigue con la idea de volver la próxima semana?

–Eso creo.

Maggie alzó una ceja.

–¿Eso crees?

–Le pasa algo, pero no quiere hablar de ello –le contó Serena.

–Lo siento.

Serena se tomó su tiempo pare responder.

–Sí, es la vieja historia de siempre. Dos personas tercas cada una con su equipaje.

–Él te quiere –dijo Maggie.

–Lo sé, pero si no me cuenta nada, ¿qué coño pinto yo ahí? Me estoy cansando de sentirme sola cuando aún estamos juntos.

Maggie no contestó. No es que se muriera de ganas de mantener esta conversación con Serena. Las dos sabían cómo iba el marcador. Maggie hizo su primer y único intento por conquistar a Stride durante los meses siguientes a la muerte de su mujer pero, para él, ella era todavía la joven que había contratado para que fuera su compañera en el trabajo. No una amante. Entonces Serena, que no era mucho mayor que Maggie, llegó a la ciudad y Stride se volvió loco por ella. A Maggie le gustaba Serena como amiga y como policía, pero ambas pasaban todavía de puntillas por el tema de sus mutuos sentimientos hacia Stride, tratando de no competir entre ellas. Pese a todo, no podía evitar sentir ocasionales pinchazos de celos porque Stride se hubiera enamorado de Serena y no de ella.

–¿Qué crees que debería hacer? –preguntó Serena.

–Me gustaría poder decírtelo.

–Sé que yo también tengo mi parte de culpa. Debería presionarle, pero estoy demasiado ocupada construyendo mi propia alambrada de espinos. –Se levantó, impaciente–. Quiero una copa.

–No, no la quieres.

–No me la voy a tomar, pero quiero una. Odio esto. –Sacudió la cabeza y cambió de tema–: ¿Qué hay de ti? ¿Cómo estás?

–Estoy pensando en teñirme el pelo de rojo, ¿qué te sugiere eso? –preguntó Maggie.

–He oído que obtuvisteis ADN del cabrón que está secuestrando a esas mujeres.

–Lo hicimos, pero aún no disponemos de los resultados. De todas formas, todavía tenemos que cogerle, y no creo que vaya a ser fácil.

–¿Te han dicho algo los de las agencias de adopción? –preguntó Serena–. ¿Algún avance?

Maggie chasqueó la lengua con frustración.

–Yo pensaba que lo bueno de Estados Unidos es que con dinero puedes conseguir cualquier cosa. Pues según parece, un bebé no.

–Dale tiempo.

–Sí, tiempo. No tengo tiempo para criar a un niño, así que no sé por qué lo estoy intentando. –Maggie alzó el vaso en un brindis–. Vamos a tener un día a lo Thelma y Louise, ¿verdad?

–Totalmente.

Maggie terminó su bebida y se levantó del sillón. Fuera, el cielo se estaba oscureciendo a medida que caía la noche. Serena se acercó y se quedó de pie cerca de ella y ambas miraron cómo se reflejaban las luces en el puerto que había debajo de ellas. Un carguero pasaba bajo el puente de acero de la ciudad. Más allá del puente había una franja de tierra llamada The Point, donde vivían Stride y Serena.

–La enfermera que vas a ver, ¿dónde vive exactamente? –preguntó Maggie–. ¿En la ciudad o en el campo?

–Al norte, en el campo, Lismore Road, cerca de McQuade –respondió Serena, que añadió–: y no, no tienes que recordármelo.

Maggie asintió, pero se lo recordó de todas formas:

–No es el sitio más seguro del mundo a día de hoy.

12

–¿Me estás diciendo que Trisha está muerta? –preguntó Troy Grange.

Maggie hizo una mueca. Troy no malgastaba su tiempo en buscar formas agradables de compartir las malas noticias.

–No lo sabemos con seguridad –le respondió–. No tenemos por qué temer lo peor. Una mujer ha muerto. Eso es lo único que sabemos con certeza.

–Mentirosa –le espetó Troy.

No estaba siendo hostil, sólo honesto. Maggie sabía que tenía razón, pero no podía reconocerlo. No podía reconocérselo al esposo de una víctima, y mucho menos a un amigo.

Troy Grange era el director de Salud y Seguridad en el puerto de Duluth. Habían trabajado juntos durante cinco años en temas relacionados con el tráfico de inmigrantes, brotes de enfermedades contagiosas y delitos cometidos en el muelle, que iban desde un incendio provocado hasta una violación. A pesar de todo, Maggie nunca había visto a Troy escudarse tras sus abogados o el presupuesto. Asumía personalmente cualquier problema que hubiera en el puerto. Era serio y responsable.

Troy se pasó la mano por su calva cabeza. Tenía cuarenta años y no era alto, pero tenía la constitución de un forzudo de circo. Su cara era grande: una nariz granujienta, barbilla ancha y pómulos prominentes como una ardilla con los mofletes llenos de bellotas. Vestía una camiseta roja de deporte y unos holgados pantalones de chándal negros.

–¿Sabes en lo que no puedo dejar de pensar? –comentó él–. Yo trabajaba en los cargueros, pero Trisha insistió en que lo dejara. Decía que era demasiado peligroso y que no quería quedarse sola con las niñas. Y ahora la he perdido dentro de nuestra propia casa.

–Lo siento muchísimo, señor Grange –murmuró Kasey Kennedy, que se sentó en el lado opuesto del sofá en el que estaba Maggie, con las rodillas juntas.

Se la veía incómoda y su mirada vagaba entre Maggie y Troy. Maggie lamentó haber metido a Kasey en esto, pero quería que entendiera que el trabajo de un detective no tenía nada de glamuroso. Con demasiada frecuencia, estaba lleno de sufrimiento.

–Le vio, ¿verdad? –preguntó Troy a Kasey–, usted vio a ese cabrón.

–Sí, pero no vi su cara.

Troy se levantó de la silla y cruzó los brazos sobre su fuerte pecho. El suelo tembló cuando pasó por delante de la chimenea.

–Decidme qué pensáis –pidió–. Visteis lo que le hizo a la otra mujer. ¿Es un jodido asesino? ¿Hay alguna posibilidad de que mi mujer esté viva?

–No sé qué decirle, señor Grange –tartamudeó Kasey–. De verdad espero que siga con vida.

Maggie quiso decir: «Si Trisha está viva, estaría mejor muerta». Pero no lo dijo.

–¿Cómo están las niñas, Troy? –preguntó en cambio.

Él se volvió a sentar y se secó la nariz con su grueso antebrazo desnudo.

–Las llevé a visitar a los padres de Trisha en Chicago el viernes y dejé a Emma allí. Tengo que volver al trabajo el lunes y ahora mismo no puedo cuidar de un bebé. Además, a sus padres les hará bien tener algo en lo que ocuparse.

–¿Y Debbie?

–Debbie no entiende lo que está pasando. –Troy giró su alianza de plata en el dedo y añadió–: No tenía que haber ido a esa maldita fiesta de Halloween. No después de que esa otra mujer desapareciera en octubre.

–No tenías forma de saberlo –señaló Maggie–. Nadie sabía que nos enfrentábamos a un asesino en serie.

–Sí, pero la seguridad es mi campo. Sabía que existía un riesgo. Mierda, actualicé nuestro sistema de seguridad tres días después de enterarme de que esa mujer había desaparecido. Está visto que no sirvió de mucho.

–No te culpes.

Troy se encogió de hombros.

–Lo hago.

–Vamos a destinar agentes para cubrir las autopistas del norte cada noche –dijo Maggie–. Si ese tipo lo intenta de nuevo, lo atraparemos.

–Eso es un montón de terreno para cubrir –replicó él con un movimiento de cabeza–. No quiero parecer escéptico, pero estaréis diseminados por varios cientos de kilómetros cuadrados.

–Tenemos refuerzos. Voluntarios. Nadie duerme, Troy.

–Lo sé. Y lo agradezco. –Miró a Kasey–. ¿Estará usted allí fuera también?

–Oh, sí, estoy segura de que sí.

–Sea prudente.

Kasey asintió y se miró las manos.

–¿Papi?

Los tres levantaron la vista. Debbie Grange estaba de pie en la entrada de la sala de estar. La niña de seis años vestía un pijama a topos y llevaba un osito de peluche bajo el brazo. Troy Grange saltó como movido por un resorte.

–¿Qué quieres, cariño?

–Quiero que mami me arrope –murmuró Debbie.

Maggie notó como su corazón se rompía. Vio a Kasey mirar hacia otro lado y morderse el labio. Troy arropó con sus brazos de oso a su pequeña hija.

–Yo te arroparé, peque –dijo.

–Quiero que mami me arrope –repitió la niña.

–Oh, cielo, lo sé, pero mami no está aquí. ¿Te acuerdas? Ha tenido que marcharse.

Gruesas lágrimas resbalaron por la cara de la niña.

–¿Dónde está?

–Te lo he dicho, cielo, ha tenido que salir de viaje, ¿vale? Yo te arroparé. Me quedaré contigo.

–No. Quiero a mami.

Troy acunó a su hija cuando ella se puso a llorar en su hombro. Le cantó una canción entre murmullos y Maggie se dio cuenta de que apenas podía mirar. Le hizo una seña a Kasey y ambas se pusieron en pie. Los ojos de Maggie se cruzaron con los de Troy y señaló la puerta delantera. Él asintió.

–Gracias por todo –dijo en voz baja–. También a usted, Kasey. Por favor, mantenedme informado.

Se marcharon sin decir nada más. Fuera, en el porche delantero, Kasey se apoyó pesadamente en la reja; parecía enferma.

–Dios –exclamó.

–Sí, ésta es la peor parte del trabajo –le dijo Maggie.

–¿Alguna vez llegas a acostumbrarte a esto?

–No, y espero no hacerlo nunca.

Las dos mujeres subieron al Avalanche amarillo de Maggie. Ésta solía conducir rápido, incluso de noche, y puso la furgoneta a ciento veinte en la autopista. A su lado, Kasey agarraba el tirador de la puerta. Los faros iluminaban la oscura franja de carretera a través de las solitarias tierras de cultivo.

–¿Aún quieres trabajar en la investigación? –preguntó Maggie.

Kasey apoyó su mejilla en la fría ventanilla y contempló como los campos desfilaban por delante de sus ojos.

–No lo sé. Ni siquiera sé si quiero seguir siendo policía.

Maggie volvió la cabeza y contempló a Kasey.

–Viviste una dura experiencia aquella noche –la tranquilizó–. Algunas personas nunca lo superan. Ni siquiera los policías más duros.

Al decirlo, Maggie pensó en Stride. Él era un policía duro, pero ella sabía que se tragaba todo su estrés y su dolor para esconderlos en su interior, de donde sólo una mínima cantidad escapaba alguna vez. Recordó la soledad en que se había sumido los meses posteriores a la muerte de su mujer, cuando las heridas eran más profundas. Ella había intentado acercarse a él para ayudarle, pero Stride la había echado, justo como estaba haciendo ahora con Serena. Se preguntó si él sabía cómo pedir ayuda.

–No puedo dejar de pensar en los ojos de esa mujer –oyó decir a Kasey.

–No puedes cambiar lo que ocurrió. Pero ya ha terminado.

–Sí, pero me siento muy culpable.

–Tienes que dejarlo atrás.

–Ése es el problema. No quiero verme envuelta en esto. Quiero olvidarlo todo. –Se volvió y miró a Maggie–. ¿Crees que cometería un error si lo dejara? ¿Pensarías que estoy huyendo?

–No es mi decisión, Kasey –señaló Maggie.

–No sé qué hacer –repuso Kasey–. No puedo quitarme a ese tipo de la cabeza, ¿sabes? Me siento como si tratara de cazarme. Como si todavía estuviera ahí fuera.

Bajo el cielo nocturno apenas era visible, sólo una silueta avanzando rápidamente a través de los campos de labranza del norte.

Llevaba las manos metidas en los bolsillos de su chaqueta de lana. Su respiración se convertía en una nube cálida frente a su cara. Cruzó chapoteando los charcos helados de los surcos donde los tractores habían arado la tierra; sus botas hacían un ruido semejante al de un cristal al romperse. Agujas de hielo volvían quebradiza la hierba marrón. Su olfato captó el olor animal del ganado del establo, al otro lado de la autopista.

El campo terminaba en un nido de árboles. Se deslizó entre las enmarañadas ramas y dejó rastros de pisadas húmedas en el camino de entrada al aproximarse a la casa. Era una modesta granja de dos pisos que mostraba signos de dejadez. La madera de las paredes exteriores necesitaba una mano de pintura. En el camino que llevaba a la puerta de entrada, dos losas de cemento se habían combado y agrietado. Flores muertas sobresalían de las macetas de barro situadas a cada lado del garaje, separado de la casa.

Examinó la vivienda con detenimiento, aunque sabía que ella se había marchado. Todas las ventanas estaban a oscuras.

Siguió avanzando hacia la parte de atrás de la casa. En la pared trasera, vio tres medias lunas de metal enterradas a intervalos regulares a lo largo de los cimientos. Eran anchas y profundas, de unos cincuenta centímetros de hondo, y protegían las ventanas que conducían al sótano. Avanzó hacia el hueco de una de ellas y dio una patada al cristal con la bota. Éste se rompió en fragmentos que se desparramaron por el suelo situado debajo. Dio varias patadas más para retirar los fragmentos que quedaban, se puso en cuclillas y deslizó sus piernas y su torso a través del agujero. Luego se dejó caer y aterrizó sobre el suelo de cemento.

Sacó una linterna del bolsillo e iluminó el espacio con un fino haz de luz. El aire era frío y rancio. Se agachó para evitar las cañerías del techo y avanzó por encima de los fragmentos de cristal hasta las escaleras que conducían al piso principal de la casa. Los viejos escalones rechinaron como ratones, así que los subió lentamente. Al llegar a la puerta, esperó y escuchó y, entonces, la empujó y entró en la cocina a oscuras. Los platos sucios se amontonaban en el fregadero. Media cafetera se enfriaba en la encimera. No habían limpiado la tabla de cortar y vio restos de zanahorias aplastadas y de plátanos esparcidos frente a una desvencijada silla alta. Olisqueó el aire y distinguió un aroma a pescado frito.

Fue del pequeño comedor hacia la sala de estar, abarrotada de muebles de saldo que salpicaban el pequeño cuadrado de la raída alfombra beis.

Encarado hacia el televisor, había un sofá de tweed marrón. La mesilla baja estaba saturada de revistas y de libros. Alcanzó a ver tres fotografías enmarcadas sobre el televisor e iluminó cada una de ellas con el haz de su linterna. Una mostraba un matrimonio mayor en una autopista del desierto; las otras dos eran de un hombre joven y una mujer. El tipo de las fotos era fornido, con el pelo rubio y un mostacho que se desbordaba de su labio superior. La mujer tenía el pelo de un rojo inverosímil.

«Hola, Kasey.»

Recordó vívidamente el momento en que ella le miró en el campo que había detrás de la lechería. Su cuerpo como el un gato mojado. Sus ojos grandes y desesperados. Sus brazos temblando y sus manos, que parecían pequeñas al agarrar la enorme pistola. Nunca imaginó que ella fuera a disparar. La herida de su hombro todavía le quemaba en el lugar en el que la bala le había hecho un rasguño.

–Has sido una niña mala –dijo en voz alta.

«Y las niñas malas se merecen un castigo.»

Exploró la planta baja y subió los escalones hasta la de arriba. La primera habitación a la que se accedía desde el distribuidor era un estudio con una mesa de ordenador y archivadores. Una pálida luz iluminaba la estancia debido al bucle de imágenes que se repetía en el monitor del ordenador. Era un salvapantallas de la película de Zapruder que mostraba el asesinato de Kennedy.

Mientras miraba, vio cómo el presidente recibía una bala fatal en la cabeza una y otra vez. «Vaya, ¿no te parece esto un poco enfermizo? –Sonrió ante su propia broma–. Dios los cría...»

Registró los archivadores y los cajones del escritorio, donde encontró extractos de banco y de tarjetas de crédito, y facturas de móviles. La gente nunca tiraba nada. Pasó de una copia del periódico de Duluth del enero anterior a un número de febrero de *Sports Illustrated*. El dedicado a los bañadores. Siguió rebuscando y extrajo carpetas con información sobre impuestos, que pasó página a página. Casi en el fondo del cajón encontró una fotografía de Kasey en albornoz, sosteniendo en brazos a su hijo recién nacido con su piel roja y arrugada. «Pareces cansada, querida.»

Pero sus ojos eran los mismos. Azules. Feroces. Deslizó la fotografía en su bolsillo.

La siguiente habitación era el baño. Kasey usaba jabón en pastilla con olor a lavanda. Encontró pelos rojos en la bañera, que recogió y enroscó alrededor de su dedo enguantado. La imaginó saliendo de la bañera de porcelana, cubriendo su cuerpo con la toalla y viendo su reflejo. La diminuta habitación estaría húmeda y fragante con su esencia. En el botiquín, encontró frascos de vitaminas que contenían aceite de pescado y hierba de San Juan, y recetas a su nombre de Xanax y Ambien.

«¿No duermes bien, Kasey? Pobrecita.»

Cerró el armarito y miró su propia cara reflejada en el espejo. Llevaba siempre el pelo negro cortado al rape, y un pendiente de oro abrazaba el lóbulo de su oreja izquierda. Su mejilla izquierda estaba marcada por el acné que había sufrido cuando era un adolescente. Al mirarse, vio sus ojos negros, ojos muertos que resucitaban, como una muñeca que cobrara vida con un interruptor. Sonrió burlonamente, cogió un lápiz de labios abierto y garabateó un mensaje para ella en el espejo. Unas sencillas palabras para contarle quién era.

«Quiero que sepas que he estado aquí. Quiero que sepas que esto no ha terminado.»

Encontró el dormitorio al final del corredor. Las sábanas estaban arrugadas y la enorme cama sin hacer. La puerta del armario permanecía entreabierta. La abrió por completo y exploró el contenido: acarició sus blusas, dejó correr los dedos a lo largo de las mangas de satén. En una percha, encontró un vestido de noche de encaje, que descolgó y sostuvo en su brazo. Apenas debía cubrirla hasta poco más allá de sus muslos. Las copas del escote eran muy finas. Cogió el vestido y lo extendió sobre la cama, como si ella estuviera tumbada allí.

Al mirar hacia abajo, sintió aquella rabia familiar bullendo como la lava. Para él, el deseo era rabia. Pero esta vez era diferente, porque Kasey era diferente. No era como todas las demás. Consideró la posibilidad de esperarla en la oscuridad y llevársela ahora, pero se ordenó a sí mismo ser paciente. Quería que ella lo supiera. Que le sintiera llegar. Que se diera cuenta de que no había nada que pudiera hacer para mantenerle alejado.

Mientras se dirigía a la entrada, oyó tres pitidos electrónicos. Metió la mano en el bolsillo de su camisa y extrajo un pequeño receptor. El piloto rojo en el frontal de la caja negra estaba parpadeando.

Lanzó una maldición en silencio.

Había alguien en la escuela. Alguien había hecho saltar los sensores instalados en el perímetro de las ruinas. Nadie podía descubrir el lugar de reunión. No ahora. No todavía.

No antes de que hubiera acabado con Kasey.

Se lanzó hacia el vestíbulo. Según sus cálculos, necesitaba dos minutos para correr a través del campo a oscuras hasta su furgoneta y otros diez minutos para conducir a toda velocidad por las autopistas vacías hacia Buckthorn.

«¿Quién está allí? ¿Quién ha entrado?»

¿Era la policía?

No tenía tiempo para pensar. Corrió hacia el descansillo donde empezaban las escaleras y se detuvo, helado.

Unos faros barrieron las habitaciones de abajo. Una llave arañó la cerradura de la puerta delantera. Alguien entraba en la casa. Estaba atrapado.

13

Kasey entró y cerró la puerta tras de sí. Su casa estaba a oscuras e inusualmente fría. Por la ventana delantera, vio las luces traseras de la camioneta de Maggie desaparecer en dirección a la autopista. Se quitó las botas de una patada y atravesó sin hacer ruido, con sus calcetines de deporte negros, la sala de estar convertida en una trampa de juguetes. Se sirvió una taza de café frío en la cocina, pero cuando lo probó, lo tiró al fregadero.

–¿Bruce? –llamó.

No hubo respuesta. Estaba sola. Cogió el móvil del bolsillo trasero del pantalón y marcó el número de Bruce. La llamada fue directa al buzón de voz.

–Soy yo –dijo ella con su voz nerviosa, como de niña–. Pensaba que ya habrías vuelto. ¿Va todo bien? Llámame cuando puedas.

Kasey colgó y se desabotonó la camisa del uniforme. Una corriente de aire se coló por debajo de la puerta del sótano y la hizo estremecer. La suya era la clase de casa donde el aire frío se colaba por todas las ventanas y puertas. En realidad no podía quejarse, porque el alquiler era escandalosamente bajo. La viuda de un granjero había muerto allí cinco años atrás y la familia de la mujer había decidido alquilar la propiedad para cubrir los gastos. No habían invertido demasiado en la casa, pero tampoco pedían mucho dinero a cambio. Ella y Bruce vivían allí desde que se mudaron a Duluth.

Se le cerraban los ojos. Quería esperar a que Bruce volviera, pero no podía pensar en otra cosa que no fuera dormir. Hacía un año que dormía mal, e incluso un par de horas de sueño constituían una bendición si se daba el caso. Frunció el ceño al ver los platos sucios en el fregadero, pero decidió que podían esperar hasta la mañana siguiente.

Kasey arrastró su cuerpo escaleras arriba. Su pie se posó en una mancha húmeda de la alfombra y lanzó una maldición cuando el agua empapó uno de sus calcetines. Se agachó y se lo quitó, dejando el pie desnudo. Apretó el calcetín húmedo como si fuera una bola antiestrés mientras se dirigía desde el descansillo hacia su dormitorio. Lanzó el calcetín al cesto de la ropa sucia y se quitó la camisa y la camiseta, quedándose sólo con el sujetador deportivo y los pantalones del uniforme puestos. Empezó a desabrocharse el cinturón de la pistola, pero se detuvo, sorprendida, cuando vio su atrevido vestido de noche extendido sobre la cama.

–¿Bruce? –llamó de nuevo.

Escuchó y esperó. No percibió ningún sonido, pero aun en el silencio, se percató de que algo no iba bien. Pasó el dedo por el encaje del vestido de noche y frunció el ceño. Con un rápido vistazo, se dio cuenta de que la puerta del armario estaba abierta. No era así como la había dejado. Se le erizó el vello de la nuca.

Volvió la cabeza hacia el pasillo y escrutó la hilera de puertas. El estudio. El baño. El cuarto de los niños. Algo brillante llamó su atención. Por la puerta entreabierta del baño, vio un cilindro de plata en el linóleo, junto al lavamanos. Era su pintalabios de Walgreens.

Eso también estaba en el sitio equivocado. Lo había dejado en el mármol.

Su piel se estremeció con una oleada de miedo. Asió la culata de su pistola con la palma de la mano y tiró de ella para liberarla de su funda. Avanzó sigilosamente hacia el cuarto de baño y empujó la puerta con la punta del pie para abrirla. La estancia estaba vacía, pero cuando entró y encendió la luz, sus ojos se posaron en el mensaje rojo garabateado en el espejo:

NIÑA MALA

Kasey retrocedió de golpe y su pie desnudo aterrizó en otra mancha húmeda de la alfombra. Entonces lo comprendió. Él había estado allí, él y sus zapatos mojados, que habían dejado huellas.

–¿Dónde estás? –gritó como un animal que eriza su pelaje para parecer mayor de lo que es–. ¡Sé que estás aquí! Esta vez no fallaré. ¡Esta vez te volaré la maldita cabeza!

Tanteó la alfombra con el pie y encontró otra huella mojada. Y otra. El rastro la condujo hasta el cuarto de los niños.

Kasey apuntó con su pistola hacia la puerta. Oyó un ruido dentro, como si alguien estuviera barajando un mazo de cartas. Era el sonido del viento al agitar las láminas verticales de la cortina a través de la ventana abierta. Se agachó para fisgar por debajo de la puerta. El aire frío gruñó a través de la ranura y le enfrió la cara. Miró a la altura de la alfombra, pero no pudo ver a nadie de pie en la habitación.

Sin esperar, dobló la rodilla y pateó la puerta con el talón, cerca del endeble pomo metálico. Ésta cedió y golpeó la pared. Kasey dio un paso hacia el hueco y la bloqueó para que no se cerrara de nuevo al rebotar y colisionara con su hombro. Efectuó un reconocimiento de la habitación. La cuna, sin cambios. El papel de la pared con estampado de piratas. El intercomunicador del bebé sobre el cambiador blanco. La puerta del armario, cerrada.

Echó un vistazo a la ventana abierta. Las láminas de la persiana bailaban y se rozaban entre ellas alocadamente a causa del viento nocturno que se colaba en la habitación. Avanzó hacia el marco de la ventana mientras comprobaba a cada paso la puerta cerrada del armario por si el pomo empezaba a girar. Al llegar, apartó las láminas a un lado y escrutó la oscuridad del exterior. Calculó la distancia que había hasta el suelo; se trataba de una altura considerable, y el terreno era duro.

Estaba demasiado alto para saltar, concluyó, pero ya era demasiado tarde.

Captó el movimiento con el rabillo del ojo. La puerta del armario se abrió de golpe. Él estaba dentro, alto, enmascarado, vestido de negro, igual que dos noches antes. Se dio la vuelta para apuntarle con la pistola, pero él se abalanzó sobre ella a través de la estrecha habitación antes de que pudiera mover el brazo. Su ímpetu hizo que ella saliera despedida hasta el hueco de la ventana. La mano de él se cerró alrededor de su muñeca y la obligó a golpear con sus nudillos contra el cristal, que se hizo añicos y le ocasionó punzantes cortes en la piel.

No pudo evitar abrir el puño y su pistola cayó y rebotó dando tumbos desde el alféizar hasta la tierra al pie de la ventana.

Él golpeó su barbilla con el antebrazo. Su cabeza retrocedió bruscamente y se estrelló contra la pared, y el impacto hizo repiquetear sus dientes. Antes de que pudiera recuperar el aliento, estaba en el aire: él la levantó de la alfombra y la arrojó contra la pared opuesta. Su pie golpeó el suelo primero y se introdujo en el armario después, mientras su pómulo se estrellaba contra el suelo de madera.

Mareada y sangrando, se dio la vuelta para apoyar la espalda. Esperaba que se abalanzara sobre ella pero en lugar de eso él la miró, inmóvil. Sus ojos brillaban debajo del pasamontañas. La intimidad de su expresión la puso enferma. De pronto se sintió expuesta, como si él pudiera ver todos sus secretos, ver a través de sus ropas, ver sus preocupaciones y sus sueños. Él sabía exactamente quién era ella, y eso la aterrorizó.

Luego el momento pasó y él echó a correr.

Kasey se puso en pie, tambaleante. En la distancia, oyó el eco de las pisadas de él en las escaleras, alejándose. Sintió como el ambiente de la casa se relajaba cuando la puerta principal se abrió de forma abrupta.

Se había ido. Todo estaba en silencio de nuevo, excepto por el roce de las láminas.

Kasey se dio cuenta de que no podía huir de él. Él no la dejaría. Ése fue su último pensamiento antes de perder el conocimiento.

14

Mientras Serena buscaba la casa de Regan Conrad en Lismore Road, una furgoneta blanca se acercó por detrás a gran velocidad. Uno de los faros estaba roto, pero el haz de luz del otro la deslumbró por el espejo retrovisor como si se tratara de un reflector. Cuando la furgoneta adelantó casi rozándolo su Mustang, una violenta ráfaga de aire la empujó hacia el arcén. La furgoneta continuó su camino hacia el este por las solitarias tierras de nadie con puebluchos como Stewart y Buckthorn y la dejó sola en la autovía de dos carriles.

Aminoró para meterse por McQuade Road y examinó los números de los buzones del otro lado del camino rural. Un kilómetro más adelante, vio la dirección de Regan Conrad y giró hacia el camino de entrada de la casa de la enfermera. Habían construido las viviendas lejos de la carretera y separadas entre sí por varios cientos de metros de campos y árboles. Cuando llegó, se sorprendió al encontrar el tipo de casa de campo lujosa que sólo los profesionales locales como médicos o abogados podían permitirse. No las enfermeras. Una piscina, cubierta ahora debido a la estación, se asentaba en medio de una amplia extensión de césped. Una valla de madera roja de varios niveles corría por el lateral de la casa, con acceso a través de unas puertas de dos batientes.

La ventana de la sala de estar, una cristalera panorámica, estaba intensamente iluminada, pero no vio a nadie dentro. Aparcó justo pasada la casa, donde acababa el camino de entrada, y salió del vehículo. Mientras se dirigía andando hacia la puerta principal, vio dos coches aparcados frente al garaje. Uno era un Hummer negro. El otro, un Ford Escort de los ochenta.

Serena llamó al timbre y esperó casi un minuto hasta que Regan Conrad entreabrió la puerta unos cuantos centímetros y la examinó con recelo. En el interior, Serena oyó la melancólica voz de una cantante de soul proveniente del equipo de música.

–¿Puedo ayudarla?

–¿Señorita Conrad? Mi nombre es Serena Dial. Estoy investigando para la oficina del sheriff del condado de Itasca la desaparición de la hija de Marcus Glenn.

La boca de Regan se torció en una mueca. Su pintalabios era tan oscuro que sus labios parecían de color púrpura.

–¿Qué tiene que ver eso conmigo?

–Me gustaría hacerle unas cuantas preguntas.

–¿Por qué? ¿Piensa que me colé subrepticiamente y robé al bebé y que ahora la estoy escondiendo en mi casa?

–No lo sé –replicó Serena–, ¿lo hizo?

Regan no contestó, pero la sombra de una sonrisa se dibujó en su cara de color marfileño. Con un movimiento de la mano, invitó a Serena a entrar. Giró hacia la derecha para dirigirse a la sala de estar, donde la ventana panorámica se abría al paisaje.

–Volveré dentro de un minuto –le dijo.

Serena pasó la mano por el sofá, de un tejido lujoso que parecía terciopelo.

–Menuda casa –exclamó–. ¿Le ha tocado la lotería?

Regan se detuvo en la puerta y cruzó los brazos sobre el pecho.

–Es lo que me tocó tras la separación, cortesía de un abogado corporativo de Minneapolis.

Y la dejó allí, sola.

Serena examinó la sala de estar. A Regan le gustaba el vidrio soplado. Había varios cuencos multicolores en forma de flor. Un cuadro al óleo abstracto con gruesos garabatos de color colgaba sobre la chimenea. Desde algún lugar de la casa, el volumen de la música subió. Serena se dio cuenta de que había altavoces ocultos en la sala de estar. Reconoció a la intérprete; era Duffy cantando a grito pelado *Mercy*. Justo cuando subió el volumen, le pareció oír algo más, como un ligero eco procedente de otra habitación. El ruido no se repitió, pero se preguntó si la función de la música era ahogarlo.

Creía haber oído a un bebé llorando.

Serena estaba a punto de indagar, cuando Regan reapareció en la puerta con un vaso de vino tinto.

–¿Le apetece beber algo? –preguntó.

–No –respondió Serena, y añadió–: ¿He oído un bebé?

–Sólo si ha traído uno con usted –replicó Regan–. Acompáñeme, podemos hablar en la biblioteca.

Regan la condujo hacia el vestíbulo. Al caminar a su lado, Serena tuvo por fin oportunidad de examinar a la enfermera de cerca. No era tan alta como ella y su cara era delgada aunque atractiva. Tenía un cutis blanquísimo y parecía aun más pálido en contraste con el oscuro maquillaje de sus ojos y su boca. Lucía un *piercing* en el labio inferior, cuatro pendientes en la oreja izquierda y tres en la derecha. Vestía una camiseta negra que le caía recta, apenas abultada por sus pequeños pechos, y Serena vio un elaborado tatuaje que bajaba desde su antebrazo hasta su huesuda muñeca. La cabeza de la serpiente asomaba por la camiseta de Regan, cerca de su cuello. Tenía el cabello negro con mechas azules. Serena le echó unos treinta años.

–¿Parezco la novia de un motero? –preguntó Regan al captar la mirada de Serena–, ¿o sólo basura blanca?

–Más bien una Kate Moss gótica –replicó Serena.

Regan sonrió.

–¿Vive aquí sola? –preguntó Serena.

–Sí.

–Espero que tenga cuidado.

–Duermo con un escopeta al lado de la cama –le dijo Regan–. Sé cómo usarla.

Condujo a Serena hasta un pequeño gabinete y usó el mando a distancia para hacer que volviera a sonar *Mercy* en su ipod. Cantó: «Yeah, yeah, yeah» junto con los coros de la canción y esbozó unos pasos de baile sobre la alfombra hasta sentarse en un sillón reclinable de piel.

–¿Le gusta Duffy? –gritó por encima de la música.

Serena asintió pero hizo una mueca para quejarse del volumen. Regan pulsó el botón de «silencio» para acallarlo. Se hizo un silencio impactante.

–¿Mejor?

–Gracias –dijo Serena.

Miró los libros de las estanterías y vio una colección de guías homeopáticas y libros de cocina vegetariana y orgánica. Los muebles de la biblioteca, como los del resto de la casa, eran exclusivos.

–Dejé la mayoría de las habitaciones tal como las decoró el pichaloca de mi abogado –explicó Regan–. Me encanta la idea de que él y su gorda mujer dedicaran años a dejar la casa tal como ella la quería, y que luego tuvieran que darme las llaves.

–Es un precioso premio de consolación por una ruptura –señaló Serena.

–Bien, si vas a jugar despreocupadamente con el dinero de tus clientes, ten cuidado de a quién se lo dices. Le gustaba susurrarme secretos al oído mientras me follaba. –Y añadió–: Cuando eres una pieza de museo como Valerie Glenn los hombres quieren hacerte el amor. Conmigo les gusta follar.

–He oído que Marcus Glenn y usted tuvieron una aventura –dijo Serena.

–No es un secreto.

–También he oído que él la dejó.

–¿Y qué si lo hizo?

–¿Se enfadó? –preguntó Serena.

–¿A usted qué le parece? Estaba furiosa. Pero no soy exactamente el tipo de chica a la que llevas al club de campo los sábados por la noche.

–La gente del hospital opina que es usted inestable.

–¿Inestable? Ésta sí que es buena. La inestable es su mujer. «Depresión clínica», en argot médico.

–¿Dónde ha oído eso?

–Se lo he dicho, a los hombres les gusta contarme secretos. También a Marcus.

–No ha parecido muy sorprendida al encontrar un policía en la puerta de entrada –observó Serena.

–No soy idiota. ¿Qué quiere saber exactamente, señorita Dial?

–Quiero saber si el doctor Glenn le dio una llave de la casa.

Regan se encogió de hombros.

–Oh, claro, ya entiendo. La puerta sin forzar. Ninguna ventana rota. Muy sospechoso. Tiene que haber sido la enfermera loca y celosa.

–La llave –repitió Serena.

–¿Qué importancia tiene? No estaba cerca de la mansión de los Glenn la noche del jueves. Estaba trabajando. Me vio un montón de gente.

–Es lo que he oído.

–Entonces, ¿por qué me molesta? –preguntó Regan.

–Culpa usted a Marcus de su ruptura. Trabaja con bebés. Un bebé ha desaparecido.

–Dedico mi vida a las madres y a sus bebés –replicó Serena blandiendo un dedo hacia Serena–. Soy enfermera. Comadrona. Una consejera. Ayudo a las mujeres, señorita Dial.

–¿Tiene hijos propios?

–Tengo cientos. Cada bebé que traigo al mundo o cuido es de alguna manera mío.

Serena se inclinó hacia delante.

–Es una curiosa forma de describirlo.

–Todas las enfermeras lo sienten así.

–¿Estaba presente cuando Valerie Glenn dio a luz? –preguntó Serena.

–Estaba en el hospital esa noche, pero no asistí al parto.

–Pero ¿estaba usted allí?

–Estaba allí, sí, ¿y qué?

–¿Fue antes o después de que Marcus la dejara?

La boca de Regan se torció en una mueca de enfado.

–Antes.

–¿Fue duro para usted verles a Valerie y a él con el hijo de ambos? –preguntó Serena–. ¿Supo en ese momento que él la iba a dejar?

–No se entera de nada, señorita Dial. El bebé no cambió nada para Marcus.

–Entonces, ¿por qué le dio la patada?

–Porque un divorcio podía ser demasiado feo. Y caro.

–Odia usted a Valerie Glenn, ¿verdad?

–Es exactamente la clase de zorra rubia y rica que desprecio. ¿Y qué?

–Valerie convenció a Marcus para que se deshiciera de usted como si fuera una bolsa de basura. Eso debió de escocerle.

Regan señaló la puerta con un dedo.

–La conversación ha terminado.

–No me ha dicho si tenía una llave de la casa de los Glenn –le recordó Serena.

–De acuerdo, tenía una, pero ya no.

–¿Dónde está?

–En el basurero. No la necesitaba después de que Marcus y yo rompiéramos. Ahora, me gustaría que se marchara.

Regan le dio la espalda y salió del estudio. Serena la siguió. En el vestíbulo, abrió la puerta de un tirón y, cuando Serena pasó a su lado, la cogió del hombro.

–En lugar de interrogarme a mí, debería buscar a la gente que estaba *dentro* de la casa esa noche, señorita Dial.

–¿Qué quiere decir?

–Quiero decir que no me ha preguntado cómo conocí a Marcus. ¿No tiene curiosidad?

Serena asintió.

–¿Cómo?

–Vino a verme el año pasado a causa de esa chica. La adolescente que vive en la caravana cerca de Sago. Migdalia Vega.

–¿Qué pasaba con ella?

–Marcus necesitaba que la ayudara. Un favor extraoficial. No quería que nadie se enterara.

–¿De qué? –preguntó Serena.

–Estaba embarazada –soltó Regan.

A continuación, empujó a Serena hacia fuera y cerró dando un portazo.

Serena estaba sentada dentro de su Mustang, en el camino de entrada a la casa de Regan Conrad. Presionó con más fuerza el móvil contra su oreja para oír la voz de Jonny a través de la estática. La señal iba y venía desde el lejano extremo norte de la ciudad. Su voz sonaba distante.

–¿Embarazada? –se sorprendió Stride.

–Es lo que dijo Regan.

–Entonces, ¿qué pasó con el bebé de Micki?

–No lo sé. Creo que deberíamos investigarlo.

–Hablaré con ella –asintió Stride, y añadió–: ¿Vas a volver esta noche?

Serena dudó.

–Creo que me quedaré.

–Oh.

–Está a dos horas de camino –argumentó–, y los culpables andan sueltos.

–Lo sé. Tienes razón, es una buena idea.

–Si de verdad quieres que vuelva, lo haré.

–No, quédate en casa –dijo él–. Te veré mañana.

El silencio le indicó que él había colgado.

Pensó en llamarle de nuevo, pero no lo hizo. Era más fácil estar sola. Puso en marcha el Mustang. En la radio sonaba una balada de Trisha Yearwood. Era una melodía triste, algo sobre la pérdida, y la voz de Trisha era tan suave que no te dabas cuenta de que tenías ganas de llorar. Apagó la radio porque no era capaz de enfrentarse a la canción y no quería que se repitiera una y otra vez en su cabeza durante toda la noche.

Tras girar el volante y enfilar el largo camino de entrada, vio que Regan Conrad la miraba desde el ventanal con las manos plantadas combativamente en sus caderas. También se dio cuenta de que uno de los dos coches aparcados frente al garaje de Regan ya no estaba. El Hummer seguía allí, pero el viejo Escort había desaparecido.

Había alguien en la casa. Mientras Duffy imploraba piedad,[1] alguien había usado la música para encubrir su huida.

1. Juego de palabras con el título de la canción *Mercy*, «piedad» en inglés. *(N. de la T.)*

15

Nick Garaldo examinó la silueta de la escuela en ruinas situada más allá de la extensión abierta de suciedad y hierba. Rebuscó en el bolsillo lateral de su mochila y se ajustó una grabadora manos libres en su oreja. Tras ponerla en marcha, empezó a hablar en voz queda.

–Me encuentro en el exterior de la escuela de Buckthorn. Me estoy preparando para realizar mi asalto.

Nick abandonó la protección de la maleza alta, bordeó la cuenca del arroyo y siguió su camino a través de un campo de minas de cristales sucios. Hurgó en su bolsillo para sacar un puñado de pistachos rojos. Uno a uno, los despojó de sus cáscaras y se los metió en la boca. A medida que los masticaba iba arrojando las cáscaras al suelo. Los pistachos eran su debilidad –comía tres bolsas a la semana– y también su carta de presentación. En cada asalto a las cuevas urbanas, dejaba tras de sí un rastro de rojas cáscaras saladas. La fábrica de armas de Duluth. Los túneles llenos de vapor bajo la Universidad de Minnesota. El hospital psiquiátrico abandonado de Cambridge. Los silos de un molino de harina cerrado en las praderas del oeste. Los había invadido todos y dejado su firma con pistachos. Era una pequeña broma para la policía y para las empresas de seguridad que intentaban pillarle.

Cuando en verano vio la vieja escuela de Buckthorn, a Nick no le preocupó cómo acceder. Las ruinas estaban abiertas para cualquiera que fuera lo suficientemente valiente o loco para explorarlas. Pero ahora no. Suponía que habían matado o violado a alguien en el lugar y que el imprevisto había obligado al municipio a cerrar el edificio para protegerlo contra los merodeadores y a colgar señales de «No pasar».

El popular deporte adolescente de lanzar ladrillos a través de las ventanas de la vieja escuela se había terminado. Las ventanas estaban ahora cegadas con robustas tablas de contrachapado aseguradas con clavos. Había candados y cadenas prendidos en los pomos de las puertas. No iba a ser fácil colarse dentro, pero para Nick eso formaba parte del reto.

Encendió su linterna. El haz de luz iluminó los brillantes ojos de un mapache que se escurrió hacia el campo. Avanzó sobre los escombros hasta el nivel inferior abierto que antaño había albergado las instalaciones de la escuela. La mayoría de las planchas del techo se habían caído y se habían podrido, y las que aún se mantenían en su sitio eran pasto de la humedad y el moho. La instalación eléctrica colgaba del techo.

–Pueden cerrarla a cal y canto, pero no pueden mantener alejados a los chicos –recitó a su grabadora–. Hay latas de Budweiser, cajas de Big Mac y condones usados. Dios, ¿quién puede estar lo suficientemente loco para practicar sexo en este estercolero?

Nick arrugó la nariz.

–También percibo un hedor repugnante. Creo que viene de la parte de arriba.

Hizo un reconocimiento de la escalera que conducía al primer piso de la escuela pero, al igual que las ventanas, la escalera de cemento había sido sellada. Trazó un círculo completo sobre sí mismo, contemplando las paredes caídas y las tuberías. No se dio cuenta de que había una caja negra pegada con cemento a las escaleras ni una luz roja que parpadeó una vez no bien atravesó un haz de luz electrónica.

Nick retrocedió hasta el campo de detrás de la escuela y subió la colina cubierta de hierba de la esquina noroeste hasta quedar al mismo nivel que la planta principal de la escuela. Comió más pistachos rojos y escupió las cáscaras. Siguió la pared de la escuela y pisó un radiador oxidado tumbado cual cerdo perezoso. Una hilera de dieciséis ventanas se abría en la pared de ladrillo. Podía alcanzarlas y tocarlas con la mano pero, como las otras, estaban selladas. Al doblar en la siguiente esquina despertó a los tordos de un nido, sobresaltándolo con sus chillidos, y que escaparon volando en una confusión de alas y de plumas.

Desde donde se encontraba podía contemplar el tráfico de la calle, pero hasta ahora no había visto un solo coche. Dirigió el haz de la linterna a la parte alta de las paredes, donde cinco ventanas se extendían en hilera hacia la fachada de la escuela. Los listones de dos de ellas se habían aflojado a causa de que la lluvia que goteaba del tejado había podrido la madera.

Las ventanas eran cuadradas y de cristales esmerilados, lo suficientemente grandes para permitirle embutirse a través de una de ellas, pero al menos estaban a seis metros del suelo.

Nick continuó avanzando hasta la parte delantera de la escuela, donde un amplio sumidero señalaba una sección del edificio que se había quemado. Se aupó hasta el borde desigual de una pared baja de cemento. Balanceándose, alcanzó el borde del tejado, se impulsó lo suficiente para poder deslizar la pierna sobre la alquitranada superficie y luego terminó de trepar. Se encontraba en el tejado de una de las alas bajas del edificio, colindante con la pared de ladrillos donde los listones colgaban a medias de la ventana.

Desclavó con tanta facilidad los tablones que estuvo a punto de caerse. La mitad de los cristales esmerilados de la ventana se habían roto hacía mucho tiempo. Se inclinó a través de la abertura y examinó el interior con su linterna. El haz de luz iluminó abrazaderas metálicas y el panel trasero de lo que alguna vez fue una canasta de baloncesto. Se disponía a entrar en el gimnasio de la escuela.

–Allá vamos –dijo Nick.

Sacó un rollo de cuerda de su mochila y la aseguró a una tubería de acero en el muro exterior del gimnasio. Luego lanzó el resto a través de la ventana para que cayera hasta el suelo.

Cogiéndose de la cuerda con las manos enguantadas, se empujó a través del hueco apoyando las piernas contra la pared interior. Centímetro a centímetro descendió así por la pared hasta que sus pies dieron con un charco de agua fría. Entonces se dejó ir.

–Estoy dentro de las ruinas –anunció.

Con las ventanas tapiadas, la oscuridad del interior de la escuela era mayor que la noche exterior. Escuchó el goteo del agua y sintió como salpicaba su cara. En algún lugar de ese gran espacio oyó un chillido familiar. Ratas. No podía verlas, pero sabía que estaban allí, hurgando entre el agua estancada.

Y luego estaba aquel olor.

Ahora que había entrado era muy violento, como de carne putrefacta expuesta al sol, tan intenso y nauseabundo que tuvo que taparse la nariz. Tenía arcadas y aunque respiraba por la boca, la fetidez llegaba igualmente a sus fosas nasales.

–Aquí hay algo muerto –dedujo Nick.

Agitó el haz de luz de la linterna delante de él. El suelo era una confusión de tuberías de ventilación, telas metálicas y estructuras de metal. Las paredes interiores mostraban huecos, agujeros irregulares donde los ladrillos se habían derrumbado como dientes caídos. Caminó con cuidado hacia la entrada, en la parte más alejada del gimnasio. A medida que se acercaba, siluetas oscuras correteaban por los charcos y se escondían dentro de las tuberías. Vio ojos rojos en el haz de la luz.

La puerta conducía a un estrecho corredor, donde la hilera de ventanas cegadas con tablas se extendía a lo largo de la pared. El suelo estaba cubierto de cristales. El frío y la humedad lo hizo estremecer. El hedor se intensificaba conforme avanzaba por el pasillo. Al igual que el trasiego de ratas.

Nick se detuvo.

Era imposible caminar en silencio a través de las ruinas y, por un momento, tuvo la certeza de haber oído el rumor de los pasos de otra persona en la parte más alejada de la escuela. Aguardó para comprobar si el sonido se repetía, pero pasó un minuto y no oyó nada. Se dijo que estaba dejando que el lugar se adueñara de su imaginación. Estaba solo. Nadie más se atrevería a entrar.

Tras dos minutos más de silencio absoluto, prosiguió en su avance.

Llegó a una puerta que conducía a una habitación más pequeña, donde una pared rota de ladrillos alcanzaba el techo como una colmena. Su linterna alumbró una hilera de vigas de hormigón. En el suelo florecían algas verdes. En esta habitación el olor se volvió mucho más intenso: alimentaba el aire con rancios olores pútridos. Se cubrió la parte inferior del rostro con la mano enguantada, pero no fue suficiente para mitigar la peste. Las ratas se movían de forma más audaz aquí, correteando de un lado a otro frente a él. Presurosas. Excitadas. Hambrientas.

Un metro más allá, donde la linterna iluminó el suelo, los vio.

Seis pies desnudos.

Nick alzó el haz de luz y entonces dejó caer la linterna y gritó. Ésta se cayó y se rompió, sumiendo la habitación en la oscuridad, pero era imposible borrar la horrible imagen de su cerebro. Tres mujeres, desnudas, atadas a las viejas sillas escolares. Su piel estaba pálida y sin sangre, en los lugares donde todavía tenían piel. La mayor parte ya había sido devorada, dejando al descubierto músculos, órganos y huesos. Las ratas correteaban por los pupitres, por sus regazos y por sus hombros y pechos.

–¡Joder! ¡Joder! ¡Joder!

Nick retrocedió y se tambaleó como un ciego, con las manos extendidas, chocando con los pilares de cemento mientras buscaba cómo salir de allí. Sus pies tropezaron con los escombros y cayó. Se cortó las manos y los brazos con un metal afilado. Su piel se volvió pegajosa a causa de su propia sangre. Se impulsó hacia arriba, anduvo a tientas siguiendo la pared hasta que ésta se acabó y entró en otro corredor, avanzando a través de un túnel del terror.

–¡Ayuda!

Alargó la mano con los dedos extendidos y encontró restos de cristales con forma de murciélago en una de las ventanas rotas. Golpeó con la palma de la mano ensangrentada los tablones clavados en la pared exterior, pero la madera no cedió a sus golpes histéricos. Aulló para que alguien le oyera en el solitario exterior.

–¡Ayuda! ¡Dios mío! ¡Ayuda!

Detrás de él, surgió de la oscuridad una mano humana que le agarró del hombro. Nick soltó un grito y se dio la vuelta. Una linterna lo deslumbró. Vio la sombra de alguien alto y grande que se cernía sobre él como un oso y por un instante pensó que le habían rescatado.

–Oh, gracias, Dios mío –lloró Nick.

Su alivio duró poco. Un puño tan duro y fuerte como un ladrillo impactó en su rostro y estampó su cabeza contra los picos de cristal. La luz que le enfocaba a los ojos se apagó. Nick notó el sabor de los pistachos y se dio cuenta de que tenía la boca llena de bilis. Sus rodillas se doblaron, pero al caer, un poderoso antebrazo se cerró en torno a su cuello, asfixiándole mientras le tendía en la tierra.

Su pecho bramó, clamando por aire.

Sus piernas pateaban y se sacudían.

Mientras luchaba, el frío y la fetidez desaparecieron lentamente y quedó sumido en una burbuja de perfecto silencio. Flotó lejos del dolor y, de hecho, flotó tan lejos que al final ya no sentía nada. Estaba en otro lugar, escuchando el goteo del agua como si fuera el tictac del segundero de un reloj. Estaba en una cueva para él solo. Explorando.

Segunda parte

Almas frágiles

16

El domingo por la mañana, tres días después de la desaparición de Callie Glenn, la frustración empezó a hacer mella en el cuartel general de la policía en el centro de Grand Rapids. Stride ya había vivido una situación semejante. Las primeras cuarenta y ocho horas eran una locura de adrenalina y determinación. Los teléfonos sonaban sin parar. El flujo de correos electrónicos entre las diferentes agencias de todo el estado era incesante. Los titulares saturaban el sistema del mismo modo que un chaparrón repentino desborda los desagües. Nadie se quejaba, porque cada contacto en esas preciosas primeras horas era una oportunidad de cerrar un caso abierto.

Encontrar a una niña. Devolverla a casa.

El domingo, sin embargo, la falta de progresos empezó a restar oxígeno a la investigación. Todo el mundo sabía que el tiempo era el enemigo, y el enemigo estaba ganando. Dos horas después de un secuestro, puedes dibujar un pequeño círculo en un mapa y estimar el área máxima en la que es posible encontrar una persona desaparecida. Puedes bloquear las carreteras. Peinar la zona. Diez horas después, el diámetro del círculo ha crecido unos cientos de kilómetros, lo que hace necesarios más efectivos y recursos policiales para acordonarlo e investigar. Dos días después, el universo de lugares donde esconderse es, en esencia, ilimitado.

Stride esperaba que Callie Glenn aún estuviera con vida en algún lugar del norte de Minnesota, pero la realidad era que, en esos momentos, podía estar en cualquier sitio.

Había estudiado detenidamente cientos de informes de pistas, en busca de una aguja en un pajar. La pequeña oficina en la tercera planta de los cuarteles generales del condado estaba cubierta por una espesa capa de papeles, tazas de café vacías y envoltorios de comida. Sabía que las dimensiones de la búsqueda le forzaban a confiar en una filosofía simple: haz las cosas correctamente y espera que haya suerte. Si encontraban a Callie, sería porque alguien recordara la cara de la niña. Alguien la vería y haría una llamada, y la policía, de dondequiera que fuera, procedería a realizar el seguimiento correcto. Si bien podía dirigir el proceso, era imposible que tanto él como el pequeño equipo del departamento del sheriff tuvieran ojos y orejas en todas partes.

Después de una hora, empujó los papeles a un lado, se levantó y borró la pizarra blanca colgada en la pared opuesta. Su instinto fue volver hacia lo que realmente había pasado la noche del jueves. Imaginar *por qué* y *cómo* había desaparecido Callie. Con un rotulador negro, dibujó una línea descendente en el centro de la pizarra y escribió FUERA en una mitad y DENTRO en la otra.

Ésas eran las dos posibilidades. Alguien de fuera de la casa había entrado y había secuestrado a Callie o alguien de dentro se la había llevado. Debajo del «FUERA», garabateó algunos puntos importantes:

- ¿Desconocido o del lugar?
- ¿Tenía que ser Callie o podría haber sido cualquier otro bebé?
- ¿Venganza u otro motivo?
- Tuvo que llegar a la casa, entrar, salir.
- ¿Viva o muerta?
- ¿Dónde está la niña ahora?

Debajo del «DENTRO», anotó diferentes comentarios:

- ¿Viva o muerta?
- ¿Accidente o asesinato?
- ¿Marcus o Micki? (¿Ambos?)
- ¿Dónde está la niña ahora?

Stride releyó lo que había escrito. En los últimos dos días, el equipo había reconstruido los movimientos de Marcus y Valerie

Glenn –y de su bebé– durante los cinco días que precedieron a la desaparición. Miembros de la policía de Grand Rapids y del departamento del sheriff del condado de Itasca habían comprobado cada edificio, casa, almacén y calle de Grand Rapids y Duluth que los Glenn habían visitado en ese período de tiempo, con la esperanza de encontrar algún testigo que recordara algo o a alguien desacostumbrado. La búsqueda continuaba, pero no había ninguna prueba creíble de que un intruso espiara a los Glenn o su casa.

No resultaba sorprendente. Grand Rapids era una ciudad pequeña. Incluso Duluth lo era en comparación con un gran centro urbano como Minneapolis. Dudaba de que un desconocido pudiera identificar un objetivo y planear un secuestro en una región tan cohesionada sin dejar alguna pista que pudieran seguir.

Así que tal vez no fuera un desconocido. Quizás era alguien que ya conocía a los Glenn, a su bebé y su casa. Pero si eso era así, no entendía cómo alguien del lugar podía esperar mantener oculto a un bebé secuestrado sin ser descubierto. ¿Durante cuánto tiempo podía hacerlo? ¿Una semana? ¿Un mes? Más pronto o más tarde alguien descubriría el secreto.

En el supuesto de que Callie aún estuviera viva. Si no, era fácil esconder un cuerpo en los bosques del norte.

La otra pregunta era *por qué*. ¿Por qué correría un desconocido semejantes riesgos para secuestrar a Callie Glenn? No se había producido ninguna exigencia de rescate y Grand Rapids era un lugar poco probable donde buscar bebés con buenos genes o para la trata de blancas. Aunque Stride no podía descartar totalmente esa opción. El mal tenía unos largos dedos capaces de alcanzar incluso los más remotos rincones del mundo.

Dirigió su atención a la columna «DENTRO», que en su opinión ofrecía una explicación más simple y plausible del crimen. Marcus Glenn o Migdalia Vega habían invertido el tiempo transcurrido entre las diez y treinta y la una para hacer desaparecer a Callie. Le resultaba mucho más fácil atribuir posibles motivaciones a cualquiera de los dos. Tenía pruebas de que ambos habían mentido o, por lo menos, ocultado aspectos relevantes de su relación.

Stride sabía que tenía que volver a hablar con ellos y decidió empezar con Micki. Era el eslabón débil.

Cogió su chaqueta de piel y bajó por las escaleras hasta la planta baja. Su coche estaba aparcado en la calle. Se dirigió hacia el sudeste por la autopista 2, libre de tráfico que pudiera ralentizar su marcha. Era domingo; todo el mundo estaba en la iglesia. Mientras conducía, pensó finalmente en la única cuestión que intentaba apartar de su mente.

Serena.

Esa noche había dormido solo. De hecho, se había limitado a dar vueltas y más vueltas en la cama vacía. Había pensado en Serena en su casa, en Duluth, y la distancia entre ambos le hizo sentir como si ella fuera otra de las partes de su vida varadas en otro lado del desfiladero. Podía imaginar su cara, oír su voz, sentir la suavidad de su piel y, a pesar de todo, ella había se convertido en algo plano. Bidimensional. Como todo en su mundo. Se dijo que estaba enamorado de ella, pero no lo sintió, porque ya no sentía nada.

Cuando sonó su teléfono, pensó que podría tratarse de Serena y se preguntó qué le iba a decir. Pero no, era Maggie.

–Qué tal, jefe –le saludó animadamente–. Echo de menos tu cara.

Stride se relajó y sonrió.

–Y yo la tuya, Mags. ¿Qué pasa?

–Tengo que ponerte al día sobre el caso de las tierras de labranza. Me he ofrecido a pagarle en especias a uno de los técnicos de la BCA para poner nuestra muestra de sangre la primera de la lista.

–Bien.

–Es gay, de modo que le he dicho que pagarías tú, no yo. Espero que no te importe.

–Todo por el bien del equipo –respondió él.

–Ya sabía que dirías eso. En fin, tengo los resultados y hay malas noticias. No han encontrado coincidencias. No está fichado.

–Mierda.

–Sí, las cosas nunca son fáciles.

–¿Cómo está Troy Grange? –preguntó Stride–. Le viste ayer, ¿verdad?

–Está hecho polvo. Su hija mayor está destrozada y ha tenido que dejar a la pequeña con sus suegros. Le he dicho que no pierda la esperanza, pero ya sabe cómo acaban estas cosas. Trisha no va a volver.

–Ya.

–Hablando de chicos duros –continuó Maggie–, ¿cómo estás?

–¿Yo? Bien.

La misma vieja mentira.

–Un pajarito me ha dicho que no estabas tan bien.

Stride se puso tenso.

–¿Has hablado con Serena?

–Bueno...

–No es nada importante –dijo él.

–A mí me suena a algo importante. Y también a ella.

–La verdad es que no quiero hablar de ello, Mags.

–Sí, ya, pues peor para ti –le espetó ella–. ¿Crees que puedes dejarme de lado de esta manera? Soy tu mejor amiga.

–Lo sé, pero no es fácil para mí...

–Me da igual si es fácil o duro. ¿Qué coño te pasa?

Stride cerró los ojos y los volvió a abrir. La autopista vacía se extendía hasta el límite del horizonte.

–No es Serena. Soy yo. Estoy agobiado.

–Dame detalles.

Stride no sabía qué decir.

–Me gustaría poder hacerlo, Mags. Es como estar muerto. No hay nada que me importe. Ni una maldita cosa.

–No me gusta oírte hablar así –dijo ella.

–Ni a mí.

Maggie permaneció en silencio. Stride aminoró y dejó la autopista cuando llegó al desvío que le conduciría hasta la población de Sago. Una nube de polvo se alzó tras sus ruedas y le siguió por la carretera desierta.

–¿Cuándo vas a volver a Duluth? –preguntó ella.

–Tengo un par de citas en el ayuntamiento pasado mañana.

–Quiero verte.

–Te lo agradezco, pero no hay nada que puedas hacer. Este problema tengo que resolverlo yo.

–No te hagas el héroe. Ponte las pilas. Te prepararé el desayuno.

–¿Tú? –se sorprendió Stride.

–Sí, joder. Un par de salchichas McMuffins y uno de esos bollos de canela.

Stride se rió.

–De acuerdo.

–Te veré el martes por la mañana –se despidió, y añadió–: Oye, ¿puedo decirte algo?

–Por supuesto.

–Siento no haber estado contigo.

–¿De qué hablas?

Él se dio cuenta de que tenía la voz tomada por la emoción, lo cual era inusual en Maggie.

–En el puente. Siento no haber estado allí cuando caíste. Eso es lo más duro para mí, no haber estado ahí cuando me necesitabas.

–No hubieras podido hacer nada –dijo Stride.

–Tal vez pero, aun así, lo siento.

Stride golpeó con el puño en la puerta de aluminio de la caravana de Micki Vega. Las cortinas estaban echadas, pero vio la camioneta aparcada en un camino cercano y distinguió el olor a beicon friéndose.

Como nadie contestaba, insistió.

–Micki, soy el teniente Stride. Abre.

Oyó el tintineo de una cadena cuando Micki descorrió el cerrojo de la puerta y se asomó. Llevaba el cabello negro suelto y encrespado. Tenía los ojos inyectados en sangre. Vestía la parte inferior de un pijama de franela y un top rosa con cuello *halter*. Iba descalza.

–Ha despertado a mi madre –le recriminó con la voz alterada.

–No contestabas.

–Creía que era la maldita *chica* de los periódicos. Blair Rowe. Me ha estado incordiando todo el fin de semana. ¿Le habló usted de mí?

–No.

–Bueno, pues aun así dio conmigo. Estoy jodida.

–Tengo que hablar contigo, Micki –dijo Stride.

–¿De qué?

–De Callie Glenn.

–Ya le he contado todo lo que sé, que no es mucho. Déjeme en paz, ¿vale?

–Tengo más preguntas. ¿Puedo entrar?

–Joder, no. No quiero que mi madre se preocupe.

–Entonces ponte algo encima y sal tú.

Micki frunció el ceño.

–Muy bien, lo que usted diga.

La esperó en el camino de tierra. Entre los sesgados troncos de los abedules, alcanzó a ver la ladera del cementerio de Sago unos veinte metros más allá. Ráfagas de copos de nieve navegaban a la deriva por el aire y aterrizaban sobre su piel en heladas motas. Era una mañana tranquila, apenas sin viento. Los árboles parecían estar conteniendo la respiración.

Micki se reunió con él dos minutos después. Se había calzado unas botas y vestía un abrigo azul claro. Su cabello negro le caía descuidadamente sobre el cuello mientras mordisqueaba un panecillo con un crujiente trozo de beicon.

–Y bien, ¿qué quiere? –le preguntó con la boca llena.

–Sé lo de tu hijo –dijo él.

Micki palideció. Dejó de masticar y unas cuantas migas se le quedaron pegadas en las comisuras de la boca. Se las limpió con la manga mientras sus mejillas enrojecían de rabia.

–Que le jodan. Eso es asunto mío.

–Callie Glenn ha desaparecido y ahora me entero de que tienes un bebé del que nadie sabe nada. Este tipo de coincidencias me hacen sospechar.

–¿Quién se lo ha dicho?

–Eso no importa.

–Sí, nada importa cuando eres una basura que vive en una caravana, ¿no? Otra gente debería poner el grito en el cielo para preservar su privacidad. No yo.

–¿Dónde está tu bebé?

–No tengo por qué decirle nada.

–¿Está dentro de la caravana?

Micki señaló el cementerio.

–Está en la tierra. ¿Contento?

–Lo siento –se disculpó Stride–. Cuéntame qué pasó.

–¿Qué voy a contarle? Me quedé preñada. No podía pagarme la píldora y salía con un tipo que pensaba que las gomas eran para los gays. Aprendí la lección. Ahora mantengo las rodillas cerradas.

–¿Quién era el padre? –preguntó Stride.

–Nadie. Un granjero.

–Yo creo que era Marcus Glenn –dijo él.

–¿El doctor Glenn? ¿Está loco? De ninguna manera. Ya se lo dije, no me acuesto con él.

–Entonces, ¿cómo se vio involucrado?

Micki metió las manos en los bolsillos de su abrigo.

–Cuando descubrí que estaba preñada, no sabía qué hacer. No tengo ningún seguro. Quería deshacerme de él, pero mamá dijo que era un pecado. Entonces pedí ayuda al doctor Glenn.

–¿Qué hizo él?

–Sabía que yo no podía ir al hospital, de forma que lo arregló todo para que una enfermera viniera aquí. Se suponía que también iba a asistirme en el parto, pero no llegué tan lejos.

–¿De cuánto estabas cuándo lo perdiste?

–Tres meses –contestó Micki–. Fue cosa de la naturaleza. No hice nada malo.

–¿Cuándo ocurrió?

–El verano pasado. En agosto.

–Entonces, ¿Valerie Glenn también estaba embarazada cuando tú abortaste?

–¿Cómo podría saberlo? No sé, me imagino que sí, pero entonces no lo sabía. El doctor Glenn nunca comentó que su mujer fuera a tener un hijo.

–¿Qué hiciste con el feto? –preguntó Stride.

Los ojos de Micki destellaron.

–Lo enterré.

–¿Y la enfermera? ¿Cómo se llamaba?

–Regan. Daba miedo mirarla, tenía una pinta rara de cojones, pero era guay. Incluso después de perder al niño, volvió para ayudarme. Estaba hecha una mierda y ella me dijo que era normal que me sintiera así.

–¿Sabías que tenía una aventura con el doctor Glenn? –preguntó Stride.

Micki pareció sorprenderse de verdad.

–¿El doctor Glenn y la enfermera Regan? No, no lo sabía.

–¿Los viste alguna vez juntos?

–Sí, un par de veces. Él la trajo para que viniera a verme. Eso no significa nada.

–¿Se ha puesto Regan Conrad en contacto contigo recientemente?

–¿Conmigo? No. ¿Por qué iba a hacerlo?

Stride no percibió el tono de la mentira en su voz.

–Lo siento, Micki, debió de ser una experiencia terrible para ti.

Ella se encogió de hombros.

–Estaba disgustada, pero es Dios quien decide, no yo.

–¿Dónde lo enterraste?

–Al otro lado de la carretera –contestó ella después de una larga pausa–. Ya sabe lo que pasa cerca de los cementerios. Mi mamá y yo oímos ruidos por la noche y luego encuentro sitios donde la tierra ha sido removida.

–¿La gente entierra cosas en los bosques? –preguntó Stride.

–Sí. Tengo una colección de cosas que he encontrado por ahí. Fotografías de animales domésticos. Objetos estúpidos como anillos y corchos de botellas de vino. Creo que a la gente le hace sentirse mejor si entierra algo cerca del cementerio. Como si creyeran que Dios anda cerca. Si cavara entre los árboles, le apuesto lo que quiera a que encontraría un montón de huesos.

17

El domingo por la tarde, Serena encontró a Valerie Glenn en casa de su hermana.

Denise Sheridan y su marido vivían en el centro de Grand Rapids, en una parcela con jardín cerca del río. Era una casa pequeña para una familia con cuatro hijos. El revestimiento de madera estaba sucio y necesitaba una mano de pintura y faltaban algunas de las tejas rojas del tejado. Un barco de pesca descansaba en un remolque oxidado al lado de la casa y el césped estaba sembrado de juguetes viejos. Media docena de altos pinos empequeñecían la casa y la ocultaban de la calle.

Denise abrió la puerta. No tenía muy buen aspecto y parecía impaciente. Al ver a Serena, dirigió un pulgar hacia el pasillo que quedaba detrás de ella.

–Valerie y Tom están en la sala de estar. Tengo que ir a vigilar a los peques. –Bajó la voz y añadió–: ¿Hay alguna novedad?

Serena negó con la cabeza.

Denise frunció el ceño y subió al piso de arriba, donde Serena pudo oír el alboroto de los críos. Encontró el camino a la sala de estar, un espacio cuadrado abarrotado de muebles viejos. Había un piano vertical apoyado contra una pared, con pilas de partituras sobre el banco. Un niño pequeño, de no más de cinco años, estaba sentado en el suelo tarareando mientras pintarrajeaba con un lápiz rojo la ilustración de una vaca en un libro para colorear. La habitación olía a tostadas quemadas.

Valerie Glenn estaba sentada en el sofá de piel. Parecía luminosamente fuera de lugar. Sus ropas, su maquillaje, su cabello eran perfectos. En contraste, el cuero donde descansaba su delgado brazo estaba raído, con cortes y pinchazos en el tejido. Valerie mostraba una sonrisa triste, lejana, mientras miraba al niño que jugaba a sus pies en el suelo.

Un hombre permanecía junto a Valerie y le cogía de la mano. Tenía unos cuarenta años; varios mechones grises adornaban su cabello castaño y su barba estaba pulcramente recortada. No era grueso, pero tenía los hombros fornidos y la barriga cervecera del típico hombre de Grand Rapids que pasa mucho tiempo al aire libre. Sus tejanos tenían un agujero deshilachado en el bolsillo y las mangas de su sudadera estaban arremangadas hasta más arriba de los codos.

–Oh, hola, Serena –murmuró Valerie levantando la cabeza al verla aparecer por la puerta–. ¿Conoces a Tom Sheridan?

–No, no le conozco.

Tom se levantó del sofá. Era un hombre corpulento, pero su apretón de manos fue suave.

–Soy el marido de Denise.

–¿Y quién es él? –preguntó Serena mientras se ponía de cuclillas frente al niño que estaba en el suelo.

–Es Evan –dijo Tom–. Evan, ¿por qué no dices hola?

El chico no levantó la vista del libro para colorear.

–Hola.

Serena se rió y se puso en pie.

–Tienen un artista en ciernes –dijo.

–Lo único que deseo es que no practique en las paredes del dormitorio –replicó Tom, que se sentó de nuevo y pasó un brazo sobre el hombro de Valerie para reconfortarla. Miró a su cuñada y dijo a Serena–: Lamento tener que ser el malo de la película, pero nos sentimos frustrados.

–Lo entiendo. Nosotros también.

–¿Cómo pudo Callie desvanecerse en el aire? –preguntó Tom.

–Créame, estamos haciendo todo lo posible para encontrarla –le aseguró Serena.

–Ya sé cómo va esto, señorita Dial. Estoy casado con la ley. Sé que no pueden chasquear los dedos y darnos respuestas. Pero estaría mintiendo si no le transmitiera nuestra preocupación e impaciencia. Cada día que pasa hace que Callie parezca más lejana.

Valerie dirigió una mirada al televisor situado en un rincón de la sala. El volumen estaba bajo.

–¿Hay algo que pueda hacer con los medios? –preguntó–. Sé que hay libertad de expresión y todo eso, pero me siento como si estuvieran tratando de destruir nuestra familia. ¿Vio a Blair Rowe ayer por la noche? No hace más que difundir mentiras sobre Marcus. ¿Quién va a buscar a Callie si creen que mi marido es un monstruo?

–El mejor consejo que puedo darle es que no vean la tele –dijo Serena–. Aunque den basura y chismorreos, queremos que la foto de Callie salga en las noticias noche tras noche. Cuanta más gente la vea, más posibilidades tendremos de encontrarla.

–Tiene razón, Valerie –intervino Denise mientras entraba en la sala de estar por detrás de Serena. Apartó una pila de libros infantiles del sillón reclinable y se dejó caer con un gruñido. Luego se mordió una uña y miró a su hermana–: Conozco a Blair Rowe. Es una novata engreída que se cree ante su gran oportunidad. Olvídala.

Tom Sheridan miró a su mujer con preocupación.

–¿Cómo está Maureen?

Denise se encogió de hombros.

–Bien.

–Nuestra hija pequeña tiene síndrome de Down –explicó Tom–. No oye bien y se pone muy nerviosa si se levanta de la siesta y ninguno de nosotros está cerca.

–No tienes por qué contar nuestra vida –le soltó Denise.

–No hay nada de qué avergonzarse –replicó Tom.

Los ojos de Denise fulminaron a su marido.

–¿Acaso he dicho que esté avergonzada? –Se inclinó hacia delante y cerró el cuaderno para colorear de su hijo–. Evan, ¿puedes llevar esto a tu habitación, por favor? Gracias.

El silencio se instaló entre los adultos de la habitación mientras el chico recogía sus lápices y subía las escaleras. Denise lo observó irse, con los brazos cruzados encima del pecho.

–De verdad, Tom, ¿en qué estabas pensando? Hablar de esta manera delante de los niños...

–Lo siento.

Denise no respondió.

–La condición de Maureen ha sido un golpe para nosotros –continuó Tom con una sonrisa de disculpa hacia Serena–. Como si cuatro niños no fueran reto suficiente...

–Oh, por el amor de Dios –ladró Denise.

Se levantó de un salto del sillón y pasó como una tromba a través de las puertas basculantes que llevaban a la cocina. Éstas oscilaron violentamente antes de volver a la quietud. Serena oyó un estruendo de ollas y un ruido exagerado de puertas de armarios de cocina al abrirse y cerrarse.

–Lo siento de verdad –se disculpó Tom–. Un mal día.

–No se preocupe.

Valerie se levantó.

–Supongo que querrá hablar conmigo.

–Sí.

Ella asintió y se inclinó para abrazar a su cuñado.

–Gracias por todo, Tom, de verdad.

Tom sostuvo su mano.

–Llámame si necesitas cualquier cosa, ¿de acuerdo?

–Lo haré –respondió Valerie, y se dirigió a Serena–: ¿Vamos a dar una vuelta?

Ya fuera de casa, Serena y Valerie anduvieron hasta el final de la manzana y siguieron hasta el puente que cruzaba el río. Los copos de nieve se posaban en sus cabellos y el frío enrojeció sus caras. Valerie se apoyó en la barandilla, fijó la mirada en el agua oscura y se frotó las manos.

–Le debo una disculpa –empezó.

–¿Por qué?

–En nuestra primera conversación, le dije que usted no podía entender cómo me sentía porque no tenía hijos. Fue una estupidez.

–No se preocupe por eso.

–Bueno, me sentí como una idiota después de que se marchara. Lo siento. Soy la última persona que debería hacer que otra mujer se sintiera mal por no tener hijos. Intenté quedarme embarazada durante tres años y fue un infierno.

–Estoy segura de que lo fue.

–Me gustaría poder decirle que Marcus ha sido un consuelo en todo esto, pero me temo que no es su especialidad. Es gracioso, ¿no? Marcus se dedica a sanar a la gente y Tom vende seguros, y ¿quién de los dos sabe escuchar mejor?

–Parece que Denise y Tom tienen problemas –observó Serena.

Valerie asintió.

–Están juntos desde el instituto pero, en algún lugar del camino, Denise olvidó que se supone que están enamorados.

–¿Qué me dice de usted y Marcus?

Una sonrisa triste se abrió paso en la cara de Valerie.

–Nunca hemos sido el mejor de los matrimonios. Pensé que tener un hijo facilitaría un acercamiento. O quizá quería un bebé para que me diera la clase de amor que mi marido no puede darme. No le culpo, él sólo es como es. Pero ¿tres años intentándolo sin conseguirlo? Cuanto más tiempo pasaba, más desesperada estaba. –Miró a Serena de reojo–. No parezco una mujer desesperada, ¿no? Honestamente, si Callie no hubiera nacido, no sé que habría hecho. Ella me salvó.

–Tengo una pregunta desagradable para usted.

Valerie se dio la vuelta y se apoyó en la barandilla. Miró el frío cielo azul.

–Parece que ésa es la única clase de preguntas que tiene.

–Lo sé. Y lo siento.

–Está bien. Adelante.

–¿Conoce una enfermera del St. Mary's llamada Regan Conrad?

Valerie bajó los ojos hacia el agua.

–¿Es ella? ¿Ella es la mujer a la que Marcus...?

–Sí.

–Lo siento, no, no la conozco. No debe de estar en Ortopedia. Conozco a todo el personal que trabaja con Marcus.

–Trabaja en Maternidad –dijo Serena.

Valerie volvió la cabeza con rapidez.

–¿Maternidad?

–Sí, eso es.

Valerie se tapó la nariz y la boca con ambas manos y sacudió la cabeza.

–Lo sabía. Sabía que estaba allí.

–¿Qué quiere decir?

Valerie se llevó las manos a la barbilla, como si estuviera rezando.

–Fui al hospital en Nochevieja –le explicó a Serena–. Sólo había unas cuantas mujeres más en la sala esa noche y uno de los bebés tenía problemas, por lo que la mayoría de las enfermeras no me prestaba atención. Estaban esperando que mi médico volviera de una fiesta y me tenían sedada para ponerme la epidural. Me dormía y me despertaba continuamente. Debía de ser después de la medianoche. Había mucho ruido; la gente tocaba esas pequeñas trompetas y gritaba cosas sobre el Año Nuevo. Me desperté y estaba sola, pero supe que ella había estado allí. Olí su perfume. Era el mismo que había olido en mi cama tantas veces. Después creí que había sido mi imaginación, pero ella debió de venir a verme.

Valerie se estremeció.

–¿Estaba Marcus con usted en el hospital esa noche? –preguntó Serena.

–Iba y venía –respondió un poco a la defensiva–. Ya se lo he dicho, dormí mucho por los medicamentos.

–Por supuesto.

Valerie movió la cabeza.

–Ella estuvo allí, en mi habitación. Esa noche. Dios mío, dígame que ella no...

–¿Qué?

–Nada. No es nada. ¿Qué quiere saber de Regan? ¿Cree que es posible que ella se haya llevado a Callie?

–La verdad es que no lo sé. Estoy intentando averiguar todo lo posible sobre ella. Al parecer estuvo en el hospital la noche del jueves, cuando se llevaron a Callie, pero eso no significa que no esté involucrada. Tenía una llave de su casa. Ella también conoce... Bien, ella también conoce a Migdalia.

–¿Conoce a Micki? Oh, Dios mío. Lo sabía. Nunca he confiado en ella.

–Eso no significa que Micki esté involucrada en lo que le ha pasado a Callie –aclaró Serena–. Pero estamos investigándolas a las dos. –Y añadió–: ¿Sabía que el año pasado Micki perdió el hijo que esperaba?

–¿Micki? No tenía ni idea.

–Su marido la ayudó. Regan era su enfermera.

Valerie se volvió de golpe y se inclinó tanto sobre la barandilla que Serena temió que fuera a arrojarse al río.

–¿Marcus hizo eso?

–Sí.

–¿Era su bebé? –preguntó Valerie con voz amarga.

–Micki asegura que no.

Valerie abrió la boca y la volvió a cerrar. Se abrazó a sí misma, temblando.

–Lo siento, ¿qué significa todo esto?

–No estamos seguros. Tal vez no sea relevante para el caso. Pero tengo que decirle que me preocupa que Marcus nos haya ocultado información. Nunca mencionó su relación con Regan y omitió el hecho de que Micki estaba con él la noche en que Callie desapareció.

–Cree que está involucrado, ¿verdad? –preguntó Valerie–. Usted piensa que le ha hecho algo a nuestra hija.

–No estoy diciendo eso –repuso Serena–. Pero vamos a hacerle algunas preguntas difíciles y queremos que se someta a la prueba del polígrafo.

–No me lo puedo creer.

–Valerie, la gente oculta cosas por todo tipo de razones. No saque conclusiones precipitadas. Si el polígrafo sirve para probar que Marcus no está implicado, podremos centrarnos en otras personas. También examinaremos con lupa a Regan y a Micki.

Valerie rozó a Serena al pasar junto a ella sobre el puente.

–Tengo que irme.

–Por favor, espere.

–Lo siento, ahora mismo no puedo enfrentarme a esto.

Serena la llamó, pero Valerie siguió caminando sin volver la vista atrás. Anduvo cabizbaja y con las manos en los bolsillos. Al final del puente, empezó a correr mientras su largo pelo rubio flotaba desordenadamente detrás de ella. Corrió hasta que desapareció detrás de los pinos que bordeaban la calle, donde Serena ya no podía verla.

18

La medianoche del domingo, Stride apagó las luces del cuartel general. De pie en la oficina a oscuras, dirigió su mirada hacia las calles de Grand Rapids, vacías bajo el brillo de los rótulos de neón y los semáforos. Había nevado la mayor parte del día y un manto de nieve cubría la hierba. Se arrebujó en su chaqueta de cuero y cerró la puerta de la oficina al salir. Mientras esperaba el ascensor, se pasó ambas manos por el pelo ondulado y se masajeó el cuero cabelludo. Tenía un terrible dolor de cabeza y nada deseaba más que dormir unas cuantas horas.

Las puertas del ascensor se abrieron, pero antes de que pudiera entrar, chocó con una mujer bajita y flaca que se interpuso como una flecha entre él y las puertas.

–¡Oh! –gorjeó Blair Rowe–. ¡Teniente Stride! Me han dicho que todavía estaba aquí.

Él negó con la cabeza.

–No estoy aquí, Blair. Esto es una grabación. Deje un mensaje y verifíquelo conmigo mañana por la mañana.

Ella soltó una risita.

–Muy gracioso. Es una monada. No, tengo algo para usted. Tiene que ver esto.

–¿Cómo ha llegado aquí, Blair? –preguntó Stride–. He dado órdenes abajo de disparar contra quien lo intentara.

–¡Muy gracioso otra vez! Pero no olvide que fui al instituto con la mitad de los policías del edificio. –Le tendió una caja de galletas redonda–. Además, mi madre ha hecho galletas de mantequilla de cacahuete. Ningún hombre puede resistirse a ellas. ¿Quiere una?

–No.

–Oh, anímese, teniente –le regañó Blair–. Estoy cumpliendo con mi parte. Le mantengo informado. Esto saldrá en los titulares de la mañana, pero he pensado que le gustaría echarle un vistazo antes. ¿Lo ve? Me gusta jugar en equipo.

Rebuscó en el bolsillo de su impermeable azul marino y agitó un DVD delante de él.

–¿Qué es?

–Algo caliente. ¿Conoce el dicho de que todo lo que pasa en Las Vegas se queda en Las Vegas? Pues esta vez no. Uno de nuestros periodistas ha encontrado una *stripper* que ha declarado que se acuesta con Marcus Glenn cuando él viaja a la ciudad del pecado. Tiene algunas informaciones jugosas.

Stride no quería que el asunto le sorprendiera por la mañana.

–Muy bien, de acuerdo. Venga conmigo; vamos a verlo.

Retrocedieron por el pasillo para volver a la oficina. Stride encendió las luces al entrar y tiró su chaqueta sobre el respaldo de una silla.

Blair se balanceó sobre sus tacones. Sus ojos se dirigieron a las pilas de papel que alfombraban la habitación.

–Nada de lo que vea por aquí –le advirtió Stride–. ¿Lo ha entendido?

–Sí, de acuerdo. ¿Me vio anoche en directo?

–Sí, la vi. Tenga cuidado, Blair. Casi acusó a Marcus Glenn de matar a su hija. Si sigue por ese camino se expondrá a una demanda.

Blair se encogió de hombros.

–¡Bah! Dije «presunto» y todas esas palabrejas. Me limito a señalar los hechos.

Blair abrió la tapa de la caja de galletas y cogió una redonda con un adorno de chocolate en el centro. Se la metió entera en la boca y la masticó.

–¿Está seguro de que no quiere una?

–Seguro.

Ella se chupó los dedos y lo escrutó a través de sus gruesas gafas negras.

–¿Qué aspecto tengo, por cierto? La cadena pagó el peinado y el maquillaje. Elegante, ¿eh?

Stride se dio cuenta de que Blair había ganado en refinamiento. Su pelo, sucio y grasiento cuando se conocieron, estaba ahora cortado, rizado y fijado en su sitio con laca. Su piel antes enrojecida lucía tersa y rosada.

–Tiene buen aspecto, Blair.

–¿Bueno? ¿No puede hacerlo mejor?

Él señaló el DVD que sostenía en la mano y el televisor del rincón.

–¿Qué hay en el disco?

Blair lo deslizó en el reproductor de DVD que había en la estantería debajo del televisor.

–Es una entrevista que un periodista de Las Vegas le hizo a una negra explosiva esta misma tarde. Hace *striptease* en un club del centro. Su nombre es Lavender no sé qué más.

–¿Lavender?

–Sí.

Stride se rió.

–¿Cómo la encontró ese periodista?

–Ella acudió a él cuando vio la historia de Callie en los informativos.

Cuando el reproductor se puso en marcha, la imagen de Lavender llenó la pantalla. Lucía una melena negra lisa y labios llenos rosa pálido, con dientes blancos que parecían llevar fundas. Se golpeaba impacientemente la mejilla con una larga uña mientras el cámara se tomaba su tiempo para enfocarla, desplazándose hacia arriba por sus largas piernas y demorándose en sus pechos operados, que llenaban su camiseta.

–*¿Cómo conoció a Marcus Glenn?* –preguntó el reportero.

–*Es un habitual del club de* striptease *en el que trabajo. Viaja a Las Vegas tres o cuatro veces al año.*

–*¿Cómo es él?*

Los labios de Lavender se curvaron en una sonrisa.

–*Es un médico, cariño. Los médicos tienen ese complejo de dioses... Cuando te follan, es como si estuvieran entregándote la semilla de la sabiduría. ¿Sabes lo que quiero decir?*

Blair se rió.

–Adoro esta parte.

–Entonces, ¿mantenía usted una relación sexual con Marcus Glenn?

–Sí.

–¿Sabía que estaba casado?

–Desde luego. Lo prefiero así. Sin ataduras. No vienen a verte con un anillo y se arrodillan en el suelo. El asunto va de cenas caras y unos cuantos polvos dulces, y luego se van a casa.

–¿Se trataba de... una relación con dinero de por medio?

Los ojos de Lavender se iluminaron de rabia.

–A mí nadie me compra.

–Sí, excepto por las cenas con langosta y por las «baratijas» –comentó Blair.

–¿Le contó Marcus Glenn algo acerca de su vida personal?

–No demasiado. Los hombres que van a Las Vegas quieren olvidar lo que tienen en casa, ¿comprende? Pero vi una foto de su mujer que llevaba encima. Es guapísima. Una vez le pregunté si estaba conmigo porque su mujer no era suficiente para él.

–¿Y qué le respondió él?

–Dijo que uno sólo usa la vajilla buena en las ocasiones especiales.

La risa de Lavender era profunda y gutural. Stride hizo una mueca de disgusto al imaginar este vídeo en las noticias; sabía que sería una cuchillada al corazón de Valerie Glenn. Stride no sentía ninguna simpatía por Marcus Glenn. Odiaba los daños colaterales que siempre sacudían a las familias cuando éstas se convertían en víctimas de crímenes. No era suficiente con perder una hija. Ahora Valerie Glenn tenía que enfrentarse a la vacua realidad de su matrimonio.

–Ahora viene lo bueno –señaló Blair–. Escuche.

–¿Sabe lo que le ha pasado a la hija de Marcus Glenn? ¿Que ha desaparecido?

–Desaparecido. Sí, eso es lo que él dice. No me lo creo.

–¿Qué quiere decir?

–Vi a Marcus en primavera. En abril, creo. Mientras cenábamos dejó caer que su mujer había tenido un hijo unos meses antes. ¿Qué iba a decirle? Le felicité.

–¿Qué dijo él?

–Que había sido idea de su mujer. Me contó que él hubiera sido infinitamente más feliz si la niña no hubiera nacido.

–¿Si no hubiera nacido? ¿Usó esas palabras?

–Sí. La verdad, para mí eso significó el final. La siguiente vez que vino a la ciudad, le esquivé. En cuestión de engañar a su mujer, los hombres son hombres, ¿vale?, pero no quiero en mi cama a alguien que es capaz de decir eso de su propia hija.

Blair pulsó el botón de «stop» del aparato reproductor y expulsó el disco.

–Eso es todo. ¿No le hiela la sangre? Ya le dije que Glenn es un tipo frío.

–¿Va a emitir esto? –quiso saber Stride.

–Puede jurarlo. Mañana por la mañana. He intentado conseguir declaraciones de uno o dos de los Glenn, pero se niegan a hablar.

–Me gustaría tener una copia del disco –le dijo Stride.

–Por supuesto. ¿Qué tal si hace una declaración sobre esta historia? O mejor aún, ¿una entrevista en directo?

–Todavía no.

La cara de Blair se contrajo de frustración.

–Parece que este acuerdo sólo funciona en un sentido, teniente. Yo le doy trapos sucios y usted no me da nada.

–Cuando tenga algo, estará en primera línea –le aseguró Stride.

–Sí, promesas, promesas. De todas formas, ¿qué piensa? ¿Cambia esto su opinión sobre Marcus Glenn?

–¿*Off the record*?

–Si no hay más remedio.

Stride metió una mano en la caja de galletas y sacó una. Se la comió de dos bocados, dejando para el final el chocolate.

–Tiene razón, son unas galletas excelentes –reconoció, y añadió–: *Off the record*, Marcus Glenn ha estado mintiendo desde el primer día. Me gustaría saber por qué. Me gustaría saber qué oculta.

19

Stride se desvistió en silencio en el dormitorio de la cabaña. Vio el hombro de Serena iluminado por la luna sobre la manta, pero no estaba seguro de si dormía. Cuando estuvo desnudo, se deslizó bajo la manta y se tumbó de espaldas con las manos entrelazadas detrás de la cabeza. Mientras conducía de noche por la autopista 2, había tenido que esforzarse por mantener los ojos abiertos, pero ahora estaba totalmente desvelado. Miró las redondeadas vigas de madera que se alineaban en el techo. Fuera, la nieve siseaba y se apiñaba en la ventana. Pudo oír como el viento, que se había calmado durante las horas diurnas, volvía a la vida con un rugido.

A su lado, Serena se volvió para tumbarse de espaldas. La manta resbaló y dejó al descubierto buena parte de sus pechos color crema. El negro cabello le caía en desordenados mechones sobre la cara. Vio que tenía los ojos abiertos. Permanecieron tendidos uno junto al otro durante largos minutos, sin hablar. Él quería hacerlo, pero sentía que decir cualquier cosa le requería un esfuerzo titánico. Hablarle de sus ataques de pánico, sus depresiones, su desesperanza, su miedo... Era imposible. Por eso no dijo nada.

Debajo de la manta, Serena deslizó una mano para acercarse a él hasta que sus dedos se tocaron. Él no apartó la mano, pero tampoco la movió para entrelazar sus dedos con los de ella, como hubiera hecho normalmente. Cerró los ojos, fingiendo que dormía, pero después de un momento desistió y los abrió de nuevo. Le pareció ver un rastro húmedo de plata en la mejilla de Serena. Lágrimas. Quería salir de sí mismo y consolarla, meterse en su cabeza, dejar que regresara a su vida. Sin embargo, lo único que podía hacer era quedarse tumbado inmóvil en la cama. Paralizado.

Serena se volvió y se quedó de lado. Le miró en la oscuridad, pero ninguno de los dos dijo una palabra. Ella le cogió el brazo y se lo pasó alrededor del cuerpo, y luego se acurrucó en el hueco de su cuello. Su piel desnuda en contacto con su propio cuerpo; la sentía suave y tersa contra sus músculos. Era consciente del tacto de sus pezones, endurecidos por el frío. La pierna de ella se encaramó sobre él y la calidez de su monte presionó su cadera. Su cara estaba apoyada en su hombro. Ella posó su brazo sobre el pecho de él y dibujó círculos con su pulgar en su esternón, pero la calidez de Serena y la presión de su cuerpo eran estériles. Las terminaciones nerviosas de Stride estaban muertas. Su mente y su cuerpo se habían escindido, como si fueran cosas independientes y sin conexión.

Ella besó su mejilla, áspera debido a la barba de tres días. Sus labios viajaron por su rostro en una suave retahíla de besos, hasta que alcanzó el lóbulo de la oreja, que succionó entre sus dientes y mordió tiernamente. Su lengua le lamió el cuello. Presionó su cuerpo firmemente contra él; él sintió su necesidad, estaba húmeda. Las uñas de ella le arañaron el estómago. Dejó la mano allí, mientras sus dedos se ondulaban como olas. En su oído, murmuró: «Te deseo».

Serena le pasó la mano por la cintura hasta llegar a la parte interior del muslo, alternando masajes enérgicos con caricias etéreas. Desde allí, sintió como las yemas de sus dedos se deslizaban hasta su sexo. Lo frotaban. Lo tocaban. Intentaban excitarle. Lo que más quería en el mundo era que su cuerpo reaccionara, pero a pesar de todas sus atenciones permaneció indiferente. Ella no se dio por vencida, al contrario, redobló su energía y mantuvo sus manos vivas y ocupadas. Se puso a horcajadas sobre él con sus senos turgentes danzando sobre el pecho masculino. Sus caderas se hundieron más profundamente sobre su cintura y le acarició con todo su cuerpo. Se inclino hacia delante, cubrió su cara y le besó profundamente, explorando su boca con la lengua.

Stride acarició la curva de su columna y se sintió torpe. Su boca se cerró sobre cada uno de los pechos y notó su respuesta, pero él sabía que era artificial para ambos. La gracia espontánea con la que antes se amaban se había desvanecido y los había convertido en extraños ajenos al cuerpo del otro. Él conocía cada centímetro de su piel, las caricias que le gustaban, cómo se tensaban los dedos gordos de sus pies cuando llegaba al límite y se desbordaba. No era que lo hubiera olvidado. Simplemente no tenía nada que darle.

–Serena –murmuró.

Ella se negó a abandonar, pero su intensidad parecía forzada. Su cara enrojeció de frustración y humillación como si el problema fuera de ella, y no de él. Al final, se alejó rodando de Stride y se quedó de espaldas, con la cara vuelta hacia la ventana. Sus hombros se sacudían por el llanto. Él le puso una mano en la espalda, pero ella no reaccionó así que la apartó. Contempló el techo durante largo rato y entonces se volvió hacia la pared. Cuando apoyó la cabeza en su brazo, olió el perfume de ella en sus dedos. Cerró los ojos, pero no se durmió.

Maggie llegó pronto al ayuntamiento el lunes por la mañana. Aún no había amanecido y las carreteras estaban cubiertas por dos centímetros de nieve. El viejo edificio de piedra tardaba siglos en caldearse después del fin de semana, y la oficina estaba congelada. Se quitó el largo abrigo de cuero color borgoña y lo reemplazó por un jersey de lana que Stride había dejado allí olvidado. Era tan grande que le llegaba hasta medio muslo, y tuvo que enrollarse las mangas unos quince centímetros.

Aun después de tres meses, no sentía que ésa fuera su oficina. Siempre sería la de Stride. Había dejado sus fotografías como un recordatorio de que iba a volver. De pie bajo la fría luz del fluorescente, alzó cada uno de los marcos, lo que le ofreció un tour por la vida de Stride. Les vio a él y a Cindy, diez años más jóvenes, antes de que el cáncer se la llevara. A Maggie le gustaba mucho Cindy. Los viejos tiempos, cuando Maggie era una cría, una inmigrante china que se despojaba lentamente de su educación almidonada y despertaba a una nueva personalidad. Cindy lo sabía todo sobre los sentimientos de Maggie hacia Stride, pero nunca había mostrado ni un ápice de celos. Se preguntó qué habría pensado Cindy acerca de que Maggie se metiese en la cama de

Stride seis meses después de su muerte, sólo para ser rechazada por un hombre que no quería herirla.

Maggie levantó la siguiente fotografía; era una instantánea de Stride y Serena en Las Vegas. La soltó rápidamente; prefería no verlos. La última fotografía era suya. Estaba en la playa de detrás de la casa de Stride, las gafas de sol embutidas en lo alto de su nariz de botón, el pelo cortado en forma de cuenco agitado por el viento del lago. Su sonrisa torcida y sarcástica. Ella creía que era una fotografía horrible, pero Stride no le había dejado cambiarla. La había tomado él mismo.

Se sentó y apoyó los pies en el escritorio. Guppo había preparado su típico informe forense de la escena del crimen cerca del río Lester, y lo releyó por enésima vez, buscando detalles que se le hubieran podido escapar. Alguna conexión entre las víctimas. Algún móvil extraño en las acciones de ese hombre aquella noche. Leyó el informe dos veces sin encontrar nada y las palabras se emborronaron en la página.

–Toc, toc –dijo alguien, sobresaltándola.

–Ah, hola Troy –saludó ella.

–¿Llego en un mal momento?

–No, entra.

El resto de la oficina estaba aún a oscuras. Troy, al igual que Maggie, era madrugador. Se sentó en una silla frente al escritorio de Maggie y la luz cenital rebotó sobre su calva como un rayo de sol.

–¿Cómo va eso? –preguntó ella.

–Bueno, en primer lugar, quiero agradecerte que vinieras a casa el sábado. A ti y a Kasey, a las dos. Os lo agradezco mucho, de veras.

–Me habría gustado tener mejores noticias. Lo siento.

–Lo sé. He vuelto hoy al trabajo, pero todavía estoy en una nube.

–Tómate más tiempo –sugirió Maggie–. El director del puerto lo entenderá. Puedo hacer que el jefe le llame.

–Probablemente me hará bien volver a trabajar –dijo él.

–¿Cómo está Debbie? –preguntó Maggie–. Pobre niña, esto ha debido de ser un golpe muy duro.

–Es duro ahora, pero será peor después. Odio la idea de que tenga que crecer sin su madre. Yo soy un hombre. ¿Qué diablos sé sobre criar niñas?

–Lo harás bien, Troy –le tranquilizó Maggie con una sonrisa–. Aunque sé que no es lo que habías planeado.

–No, nunca firmé para ser un padre soltero, eso seguro.

–¿Querías hablarme de algo más?

–Sí, pero no es sobre Trisha –dijo Troy–. Tal vez no sea nada.

–¿De qué se trata?

–Ayer por la noche me llamó una secretaria de mi oficina. Estaba muy alterada.

–¿Qué ha pasado? –preguntó Maggie.

–Bien, ella sale con un tipo llamado Nick Garaldo. Le conozco. Es joven, de veintitantos años, un mequetrefe fibrado. Trabaja en uno de los botes de arrastre del puerto. Honesto y fiable según lo que he oído sobre él.

–¿Y bien?

–Ha desaparecido.

–¿Eh? ¿Cuánto hace?

–Ésa es la cuestión. Sólo un día. La chica que me ha llamado habló con él el sábado por la mañana. Se suponía que iban a encontrarse para tomar café el domingo en Amazing Grace. Él no apareció. No contesta a su móvil ni tampoco a su teléfono fijo. Ella fue a su apartamento, pero nadie abre la puerta. Empezaba su turno en el puerto a las cinco de la mañana, pero no se ha presentado.

Maggie frunció el ceño.

–Es demasiado pronto para declararle persona desaparecida.

–Sí, lo se. Le he dicho a la chica que os informaría y que ya veríamos qué podíais hacer. Ella jura que él no es así y su jefe afirma lo mismo. Nunca ha faltado a un turno sin llamar previamente para avisar.

–¿Dónde vive?

–Tiene un apartamento en el centro, en Central Hillside.

–La gente a veces hace las maletas y se muda –dijo Maggie–. Especialmente en esa zona.

–Seguro que sí. Probablemente no hay nada de qué preocuparse y él aparezca mañana con resaca. O llamará desde South Padre Island o algo así. Pero su novia estaba muy inquieta.

–Claro. ¿Cuál es su dirección?

Troy le dio la dirección del apartamento de Nick, en Fourth Street con Lake. Era una de las áreas más peligrosas del centro, un paraíso para los traficantes de drogas.

–Haré que alguien lo compruebe –le aseguró Maggie.

–Te lo agradezco.

–Mientras tanto, si *tú* necesitas algo, llámame.

–Lo haré.

Troy se levantó y se estrecharon las manos. Ella escuchó sus pesados pasos alejándose y oyó como se abría y se cerraba la puerta exterior de la oficina de detectives. Estaba sola de nuevo.

Sola con una mujer muerta cerca del río Lester y otras tres mujeres desaparecidas y presumiblemente muertas.

Sola con las fotografías de la oficina.

20

Por la mañana, se comportaron como si nada hubiera ocurrido entre ellos.

Se levantaron, se ducharon, hicieron café, compartieron sus notas sobre el caso y actuaron como si el elefante de la habitación fuera invisible. En el fondo, Stride sabía que era lo peor que podían hacer, pero ellos eran así. Cada uno refugiado en su rincón para curarse sus respectivas heridas.

Condujeron despacio hasta Grand Rapids a causa de la nieve. La entrada a la casa de los Glenn lucía un blanco inmaculado y, detrás, el lago era de un azul profundo bajo la luz del sol. Valerie Glenn les abrió la puerta. Stride no necesitó preguntar si había visto el informativo de la mañana y la entrevista en Las Vegas con Lavender. Sus ojos azules refulgían de furia. Les condujo a una habitación cálida y soleada en la parte posterior de la casa, se sentó en una silla de mimbre cerca de la ventana y dirigió su mirada hacia la hierba cubierta de nieve que descendía hasta el agua.

–Sería mejor que no se quedara aquí –le sugirió Serena–. Puede que Marcus nos oculte información si usted está en la habitación.

Valerie rió sin ganas.

–¿De verdad cree que él tiene en cuenta mis sentimientos? Es un poco tarde para eso.

Serena había pasado más tiempo con Valerie que Stride pero, aun así, él pudo percibir el cambio que se había operado en ella. Era una mujer que no necesitaba maquillaje para estar guapa, pero esa mañana no se había preocupado en absoluto de su aspecto. Vestía una sudadera ancha del club de campo local, unos tejanos viejos y unos calcetines deportivos blancos. Stride se preguntó si era un mensaje solapado para su marido: «Hoy no soy tu trofeo».

Stride vio a Marcus Glenn en la puerta de la terraza interior. No hubo ningún contacto visual entre él y Valerie mientras el cirujano tomaba asiento en el sofá al otro lado de la habitación. Sus largas piernas sobresalían como zancos más allá del final de los cojines.

–Buenos días, detectives –saludó–. Espero que esto no nos ocupe mucho tiempo. Ya he tenido que cancelar dos operaciones para poder estar aquí.

–Hay algunas cosas que nos gustaría repasar con usted –empezó Stride.

–¿Necesito un abogado?

–No lo sé. ¿Ha hecho algo por lo que pudiera necesitar uno?

Glenn miró a su mujer.

–Un matrimonialista, quizá. –Y añadió–: Es broma, Valerie.

Ella no se dio por aludida.

–Doctor Glenn, esta mañana han emitido una entrevista en televisión con una mujer de Las Vegas que asegura haber mantenido una relación con usted –dijo Stride–. ¿Conoce a esa mujer?

–Sí.

–¿Manuvo usted una relación sexual con ella? –preguntó Serena.

–No sé qué importancia puede tener eso.

–¡Responde la pregunta! –ordenó con brusquedad Valerie desde el otro lado de la habitación.

Por primera vez, Glenn se estremeció.

–Sí, está bien, lo hice. Una relación intensamente sexual. ¿Es lo que querías oír, Valerie? Como parece que estamos compartiendo secretos familiares quizá querrás que los detectives sepan que no hemos mantenido relaciones desde que Callie nació. Las puertas que conducen al bosque mágico han estado férreamente cerradas mientras atendías todos tus asuntos. Bien, perdóname si no me siento satisfecho con un estilo de vida basado en el celibato.

–Eres un cabrón –murmuró Valerie.

–Esta mujer declara que usted le comentó que ojalá su hija no hubiera nacido –dijo Serena–. ¿Es cierto? ¿Hizo esa afirmación?

Él negó con la cabeza.

–No.

–Entonces, ¿ella miente? –preguntó Stride.

–Está confundida. Probablemente hice algún comentario sobre que mi vida era más fácil antes de que Callie naciera. Mucha gente se siente así cuando tiene un hijo.

–El periodista le preguntó específicamente si usted usó las palabras «no hubiera nacido». Ella asegura que sí.

–Y, como le he dicho, se equivoca.

–¿Nunca dijo eso? –preguntó Stride.

–No.

–¿Es así como se siente? –preguntó Serena.

–¿Qué quiere decir?

–Bien, independientemente de la forma en que lo dijo, ¿cree que sería más feliz si Callie no hubiera nacido?

–No, eso es ridículo.

–Su credibilidad ha perdido enteros, doctor –observó Stride–. Nos mintió sobre Migdalia Vega. Nos dijo que estaba solo en casa la noche que Callie desapareció. Sabemos que no es verdad. ¿Por qué no nos habló de ella?

–Creo que ya sabe por qué. No quería causar problemas a Micki. Es una ilegal y temía que la deportaran. O, peor aún, podrían haberla considerado sospechosa. Ella no sabía qué había pasado, así que no podía aportar nada a su investigación.

–¿Se encontraba ella con usted en su habitación esa noche? –preguntó Stride.

–No, ella estaba en la habitación de invitados que hay sobre el garaje, al otro lado del pasillo.

–Ella declara que se durmió a las diez y media –dijo Serena.

–Es correcto.

–Entonces no sabe usted dónde se encontraba Migdalia o qué hacía durante el tiempo que pasó hasta que descubrió que Callie había desaparecido.

Marcus vaciló.

–Supongo que no, pero es una locura pensar...

–¿Cree que puede haber alguna relación entre la desaparición de Callie y que Migdalia perdiera a su hijo el año pasado? –le cortó Stride.

–¿Qué? No, desde luego que no.
–¿Era usted el padre del niño?
Marcus se reclinó en el sofá y cruzó los brazos sobre el pecho.
–Por supuesto que no.
–¿Se ha acostado alguna vez con ella?
–No.
–¿Qué me dice de Regan Conrad? –preguntó Serena.
Marcus Glenn volvió la cabeza rápidamente ante la mención del nombre de Regan.
–¿Perdone?
–Ya me ha oído –replicó Serena.
–Sí. De acuerdo. Tuve, y hago hincapié en el tiempo pasado, una relación con Regan Conrad. –Se volvió hacia Valerie–. Corté con ella. Te lo conté hace meses.
Valerie no dijo nada.
–¿Cuándo cortó su relación con la señorita Conrad? –preguntó Stride.
–Este invierno.
–¿Después de que naciera Callie?
–Sí.
–¿Por qué decidió terminarla?
–Mi mujer sabía lo de mi aventura –respondió, con otra mirada a Valerie–. Después de nacer Callie, quiso que la terminara. Yo estuve de acuerdo.
–Me han explicado que estaba usted preocupado por el comportamiento de Regan Conrad –dijo Serena–. Le contaba a la gente que estaba loca. ¿Loca en qué sentido?
–Regan es extrema. Manipuladora. Intenta llevarte adonde quiere y es muy buena en eso. Dejé que nuestra relación durara más de lo debido precisamente por esa razón.
–¿Cómo se tomó que la dejara? –preguntó Stride.
–No muy bien –contestó Glenn.
–¿Qué quiere decir?
–Me golpeó en la cara e intentó romperme los dedos. Quería que me divorciara de Valerie y me casara con ella. Obviamente, eran falsas ilusiones. Nada de eso iba a suceder.
–¿Ha estado ella alguna vez en su casa? –preguntó Serena.

El cirujano resopló; parecía incómodo.

–Algunas veces.

–Entonces, ¿ella conoce la distribución de la casa?

–Supongo que sí.

–¿Le dio alguna vez una llave?

–Creo que en una ocasión le presté una llave de repuesto.

–¿Se la devolvió?

–La verdad es que no me acuerdo –replicó él, dudando–. No creo que lo hiciera. Pero esto es hablar por hablar, detectives. Regan estaba trabajando la noche en que Callie desapareció. Créanme, lo he comprobado.

–¿Lo ha hecho? –preguntó Stride–, ¿por qué?

–Ya se lo he dicho. Ella es imprevisible. Violenta.

–¿Por qué no nos habló de ella si creía que podía estar involucrada en el secuestro de su hija?

–¿Tengo que explicarlo? Mire lo que ha pasado en mi vida los últimos cuatro días. He sido condenado por la prensa y ustedes me han sometido a un interrogatorio humillante en presencia de mi esposa. Intentaba evitar todo esto.

–¿Profirió alguna vez Regan Conrad alguna amenaza hacia usted, su mujer o su hija? –preguntó Serena.

–No, explícitamente, no.

–¿Hubo entonces amenazas implícitas?

–Es vengativa e inteligente. Cualquier cosa es posible con ella. La han arrestado varias veces.

–¿Arrestado? ¿Bajo qué acusación? –preguntó Serena.

–No lo sé. Retiraron los cargos. Hizo referencia a ello una vez, de pasada.

–¿Hasta qué punto conocía Regan a Micki Vega? –quiso saber Stride.

–Estaban unidas –explicó Glenn–. Regan puede ser una persona inestable, pero es una enfermera brillante. La he visto con las madres que acaban de dar a luz. Se convierte en su apoyo. El vínculo entre la madre y la comadrona es excepcionalmente intenso durante y después del nacimiento de un niño. Sobre todo cuando hay problemas.

–¿Problemas?

–Un parto difícil. Depresión posparto. Cosas como ésas... y, obviamente, en el caso de Micki, perder el bebé.

–¿Pudo Regan haber manipulado a Micki para que la ayudara a secuestrar a Callie?

Glenn reflexionó sobre este punto y negó con la cabeza.

–No lo creo, de verdad. Micki no. Me es leal. Además, ¿secuestrar un bebé? Es un acto atroz. Micki nunca se metería en un asunto así.

Stride miró a Serena, quien asintió.

–Doctor Glenn, hablemos claro. ¿Hizo usted alguna clase de daño a su hija?

–No, absolutamente no.

–¿Está usted involucrado en su desaparición de alguna manera? Aunque sea porque se la llevó de la casa o ayudó a alguien más a hacerlo...

–No.

–¿Sabe qué le pudo ocurrir?

Marcus se puso en pie.

–No. No puedo decirlo más claro. No estuve involucrado en la desaparición de Callie, de ningún modo. Pierden el tiempo escuchando el discurso sin sentido de Blair Rowe y del resto de los medios. Sé que es muy televisivo pintarme como una suerte de demonio, pero el hecho es que soy inocente. Lo mejor que podrían hacer es dejar de hostigarme y dedicarse a su trabajo. Averigüen qué le ha pasado.

Se dio la vuelta en dirección a la terraza, pero Serena le detuvo.

–Podemos aclarar esto de una vez por todas, doctor Glenn. Nos gustaría que se sometiera a la prueba del polígrafo.

Marcus la miró con suspicacia.

–¿Al polígrafo?

–Sí.

–Los test del polígrafo son notablemente inexactos, e inadmisibles en un juicio, ¿no es así?

–Sí, pero nos ayuda a tachar gente de la lista –explicó Serena–. Cuando lo pase, sabremos si debemos enfocar nuestra investigación en otro sentido. Por lo demás, una nube de sospechas se cierne sobre usted, particularmente, dadas las omisiones en sus declaraciones.

Valerie se inclinó hacia delante.

–Creo que deberías acceder, Marcus. Y yo también. Dejemos que se aseguren de que estamos limpios, y así podrán averiguar quién ha hecho esto en realidad.

–Oh, entonces ¿tú también crees que estoy implicado? –Glenn meneó la cabeza con firmeza–. Lo siento, pero no. No voy a hacerlo. Desde luego no sin consultar antes a un abogado.

–Marcus –exclamó Valerie con un grito ahogado.

–He dicho que no. Eso no significa que tenga algo que ver con esto, pero con demasiada frecuencia la gente inocente se ve atrapada por los vericuetos legales. Lo lamento.

Marcus Glenn se metió las manos en los bolsillos y salió de la habitación visiblemente indignado.

21

Valerie conoció a Marcus Glenn mucho antes de que los presentaran.

Recordaba la gran celebración en el gimnasio del instituto, cuando ella tenía diez años. Su hermana Denise y el novio de ésta, Tom, habían llevado a Valerie con ellos a la fiesta que toda la ciudad celebró en honor del equipo de hockey de Grand Rapids, que había ganado el campeonato de institutos por segundo año consecutivo. Marcus Glenn era la estrella. El mejor jugador. El alto adolescente de cabello negro y sonrisa reluctante. Valerie había mirado a aquel chico vestido con una sudadera de hockey con la clase de embeleso que con anterioridad había reservado a los cantantes de la MTV. No importaba que Denise no dejara de hacer comentarios mordaces por lo bajini diciendo que Marcus se creía el rey del mundo. Valerie recordaba haberlo contemplado en aquel momento y haber pensado: «Me voy a casar con él».

Se trataba sólo de una fantasía juvenil. Nunca se lo tomó en serio, no hasta una docena de años después, mientras trabajaba en el restaurante Sugar Lake Lodge, dando la bienvenida a los comensales. Marcus Glenn entró con otros tres hombres y Valerie se sintió casi como cuando tenía diez años y lo vio por primera vez. Vestía un traje negro de corte perfecto y de él emanaba una leve fragancia a colonia; era más alto que cualquiera de los que le rodeaban y hablaba despreocupadamente sobre la estrella de golf de la PGA que había ganado el abierto de Phoenix un año después de que Marcus le operara la rodilla.

Marcus Glenn había vuelto a Grand Rapids. Joven, rico, soltero, un cirujano con manos de ángel.

Valerie recordaba cómo se habían encontrado sus ojos. Cómo la mirada de él se había detenido en su rostro. Ella sabía que era guapa –muchos hombres la habían pretendido en el transcurso de los años–, pero aun así se emocionó al darse cuenta de que *él* estaba interesado en ella. De todas las mujeres de Grand Rapids que se habrían echado a sus pies y a los de su Lexus, Marcus la elegía a ella.

Esa noche él le pidió para salir. Valerie había oído los rumores: Marcus iba de una chica a otra; se acostaba con ellas y seguía su camino. No estaba preparado para sentar la cabeza. Por eso se sorprendió cuando él no le propuso una cena romántica para dos, sino que la invitó a acompañarle a un cóctel que celebraban los miembros del consejo del hospital. Le compró un vestido increíble. Permaneció cogida a su brazo toda la noche. La besó en la mejilla cuando la llevó a su apartamento.

No hicieron el amor hasta seis semanas después, y fue breve, un encuentro sexual torpe, extrañamente desprovisto de pasión. Pero a ella no le importaba. Lo que sí le importaba es que, al día siguiente, le había pedido que se casara con él. A ella sólo le hicieron falta dos latidos para decir que sí.

Al echar la vista atrás, se daba cuenta de lo inocente que había sido. Nunca se le ocurrió que él simplemente quería añadirla a su colección como a una mariposa, que ella era exactamente la clase de esposa que un cirujano de éxito necesitaba para mostrar al mundo. Eso ocurrió tres años antes de que Valerie descubriera que él continuaba teniendo relaciones con otras mujeres a pesar de estar casado con ella. Por aquel entonces, ya vivían en su nueva casa del lago y ella tenía un hermoso guardarropía y un nuevo coche y formaba parte del consejo de varias organizaciones sin ánimo de lucro a las que Marcus hacía espléndidos donativos. Había vendido su alma y era demasiado tarde para recuperarla.

Valerie cayó en una soledad tan negra que no podía ver la salida. Iba por el mundo como un robot. Recordaba haber intentado sincerarse con Denise y Tom, pero Denise, que por entonces estaba embarazada de su tercer hijo, ni tenía tiempo ni sentía mucha compasión por una hermana que había sido bendecida en todos los aspectos de su vida: dinero, físico, un marido de éxito; el lote completo. Ése fue el principio, la intersección real donde las dos hermanas empezaron a distanciarse. Valerie nunca había imaginado cuán vacía se podía sentir una sin un compañero en la vida con el que hablar, sin nadie de fuera de la estéril mansión que quisiera escucharla.

Una noche de enero, cinco años después de casarse, Marcus llegó tarde a casa desde el hospital de Duluth. Se había vuelto descuidado –o quizá nunca le había importado– a la hora de ocultar las pruebas de sus aventuras. Cuando se deslizó en la cama, apestaba a sexo. Después de que él se durmiera, Valerie permaneció allí tendida cerca de tres horas, llorando en silencio contra su almohada, antes de levantarse y vaciar el contenido de un frasco de aspirinas medio lleno en sus palmas sudorosas y tragárselas.

Se despertó en el hospital. Marcus estaba allí y se dio cuenta de que, a su manera, él la amaba y se había asustado ante la idea de perderla. También supo que, si decidía seguir con él, necesitaba algo más en su vida que pudiera reemplazar a un marido emocionalmente distante. Al prometerse, él había dejado claro que no tenía ningún interés en tener un hijo, pero ella le chantajeó con la verdad: sin un hijo intentaría suicidarse otra vez, y lo seguiría intentando hasta que lo consiguiera. Así que él accedió. Dejaron de usar condones. Siguieron haciendo el amor como siempre, cada domingo por la mañana, ahora sin protección.

Valerie no podía imaginar que pasarían tres interminables años desde ese momento crucial. Ella se había hecho pruebas; él se había hecho pruebas. El primer año fue emocionante; el segundo, frustrante, y el tercero la había sumido en una depresión aún más profunda de la que había sufrido en los primeros años de su matrimonio. Sabía perfectamente que era la única que de verdad quería un bebé. Marcus y ella practicaban el mismo sexo mecánico de siempre, pero él no se preocupaba de ocultar que no se sentía disgustado cuando Valerie volvía a tener la regla un mes tras otro. La soledad volvió a convertirse en su única compañía. Y el vacío. Ansiaba la cercanía con su marido para alejar su desesperación, pero eso era algo que él nunca podría darle. Él no era así y nunca lo sería.

Una y otra vez pensaba en el suicidio. Incluso se juró a sí misma que la próxima vez que tuviera la regla sería la última. Dejaría de intentarlo. Simplemente, terminaría con todo. Y, como un milagro, la siguiente regla nunca llegó. En su lugar, nueve meses después, nació Callie. Su preciosa niña. Su salvadora.

Valerie se sentó en el suelo de la habitación de su hija, abrazada a sus rodillas. Mientras miraba fijamente la cuna vacía, no sentía las lágrimas en la cara. Detrás de ella, a través de la ventana abierta, el aire frío y los húmedos copos de nieve se colaban y aterrizaban en su cuello.

–Valerie.

Miró hacia arriba al tiempo que una sombra se dibujaba sobre la alfombra. Era Marcus.

–Vete –le pidió.

Él vaciló, pero no se marchó.

–¿Alguna vez te conmueves, Marcus? –le preguntó con la voz áspera a causa del dolor–. Ni siquiera creo que estés triste por su desaparición...

–Por supuesto que lo estoy.

Sonaba como un hombre que decía lo que el mundo esperaba que dijera. Valerie siempre había sabido que él no amaba a Callie de la misma forma que ella, pero nunca había imaginado que sería un padre tan yermo y distante.

–Dime que no has sido tú –susurró.

–Oh, por el amor de Dios, Valerie.

–Dímelo.

–No puedo creer que tenga que convencerte. No he sido yo. Es absurdo.

–¿Lo es?

Él dio un paso hacia ella.

–Tal vez sea un mal marido, pero eso no me convierte en un mal hombre, Valerie. Me conoces, con todos mis defectos. Tengo cosas buenas y cosas malas, pero ¿hacer daño a Callie? Nunca se me ocurriría arrebatártela. Sé que es toda tu vida.

–Tú podrías haber sido mi vida entera, Marcus. Pero supongo que no te follo como tu puta de Las Vegas.

Marcus suspiró.

–Ya hemos hablado de esto.

–Sí, lo hemos hecho.

–Sabes que sólo es sexo para mí. No cambia lo que siento por ti.

–Oh, lárgate, Marcus –le espetó ella–, apártate de mí.

–Te he explicado quién soy –insistió él agarrándose con fuerza al marco de la puerta–. Deseo cosas que a ti nunca te pediría. Si fuera capaz de resistirme, lo haría, pero no lo soy. Lo sabes. No puedo ser un gran cirujano y hacer como si mis otras necesidades no existieran. No funciona así. Pero esa chica de Las Vegas no significó nada.

–¿Y qué hay de la enfermera? ¿Regan Conrad?

Marcus meneó la cabeza.

–No sé «qué hay» de Regan. Ésa es la verdad. Pero también era algo relacionado con el sexo. Y cuando me dijiste que terminara con ella, lo hice.

–Ella estaba allí –dijo Valerie.

–¿Qué?

–La noche que nació Callie. Ella estaba allí, ¿verdad? Estaba en el hospital.

–Supongo que sí –dijo Marcus, que parecía incómodo.

–¿Supones? Dime la verdad. Te acostaste con ella esa noche, ¿verdad? ¡Dímelo! Yo estaba en la cama de un hospital dando a luz a tu hija y mientras tú te estabas follando a tu enfermera. ¿No? No te atrevas a mentirme.

Marcus se frotó los ojos cansados con una mano. Con la otra, se apoyó en la cuna de Callie.

–De acuerdo. Es verdad.

Valerie se levantó de golpe y se dirigió hacia la puerta; Marcus la cogió del brazo con fuerza en un intento de detenerla. Ella se zafó con un gesto de rabia que casi le hizo perder el equilibrio, y luego se precipitó por el pasillo hacia las escaleras.

–¡Valerie! –oyó a su marido gritar tras ella.

Siguió corriendo; no quería oír nada más. Voló escaleras abajo hasta el recibidor y abrió de un tirón la puerta principal.

–¡Valerie! –la llamó Marcus otra vez.

Ella se detuvo y le miró por encima del hombro. La cara de él estaba desfigurada por la rabia y la amargura.

–No te hagas ahora el ángel herido –bramó él desde la barandilla situada sobre ella, con una voz llena de sarcasmo–. Tú no eres exactamente inocente, ¿no?

Valerie atravesó el umbral y dio un portazo tras de sí. Avanzó por la nieve y vio los coches patrulla y las unidades móviles de televisión en la calle, al final del camino de entrada, y se quedó inmóvil cuando todas las cabezas se volvieron en su dirección. Así que cambió de dirección y se dirigió a la parte trasera de la casa, mientras dejaba pesadas huellas en la nieve medio derretida en su camino hacia el lago. Corrió hasta la orilla, donde una translúcida capa de hielo glaseado de unos cuantos centímetros cubría el azul del agua.

Valerie cayó de rodillas y enterró la cara entre las manos. Se le empaparon los tejanos y el frío se coló en sus ropas. Esperaba que no hubiera nadie detrás de ella, que nadie hubiera intentado seguirla. Contempló el lago y pensó en adentrarse en él y permitir que su cuerpo se entumeciera al sentir el agua helada sobre su piel.

«Tú no eres exactamente inocente, ¿no?»

No. Era verdad. Se preguntó si él había dado un palo a ciegas o si, de alguna manera, sabía lo que había hecho. Pero Valerie había dejado de intentar dilucidar qué significaba realmente ser inocente o culpable. ¿Dios castigaba cada pecado o quizá perdonaba aquello que uno hacía cuando estaba desesperado y no tenía adónde ir?

Su teléfono vibró en el bolsillo.

Valerie lo cogió con un gesto brusco dispuesta a lanzarlo al lago. Pero no era Marcus quien llamaba, para triturar sus últimos gramos de amor propio. Quienquiera que fuera, tenía un número privado.

–Hola –respondió con voz cansada.

–¿Valerie Glenn?

No reconoció la voz. Era de mujer.

–Sí.

–Sé qué le ha pasado a su hija –le dijo.

22

Maggie se sentó en la silla y se contempló en el espejo. Con la bata negra cerrada hasta el cuello y envolviendo su cuerpo, parecía un peón de un ajedrez gigante. Detrás de ella, Sara Wolfe tomó algunos mechones de pelo de Maggie entre los dedos y jugueteó con ellos.

–¿Estás segura? –preguntó Sara.

–Sí, estoy segura. Voy a hacerlo.

–Sólo quiero que mañana no te levantes maldiciéndome.

–Sé lo que me hago –replicó Maggie.

–Lo que tú digas. –Sara removió el tinte dentro del mortero–. ¿Dónde está Stride, de todas formas? Hace varias semanas que no le veo. O ha encontrado a otra persona o se está convirtiendo en un ermitaño greñudo.

–Ha pasado el último mes en una cabaña en Grand Rapids. Le veré mañana por la mañana.

–Oh, ahora lo entiendo –sonrió Sara, guiñando el ojo a Maggie en el espejo.

–¿El qué?

–Nada. Ahora entiendo por qué lo haces.

–Esto no tiene nada que ver con él –replicó Maggie.

–Sí, lo que tú digas. Bueno, pues dile que se pase por aquí. Sacaré el machete para abrirme camino por ese bosque enredado que él llama pelo.

Dejó el bol blanco y se hizo unas mechas en su propio cabello rubio rojizo.

–Mira, cuando mi marido está en el escenario haciendo un solo de guitarra, a veces todavía me quedo sin aliento, como si fuera una *groupie*.

Maggie la miró con recelo.

–¿Y?

–Pues que es bonito cuando conoces a alguien durante mucho tiempo y todavía hace que tus rodillas flaqueen.

–No tiene nada que ver con eso.

Sara asintió.

–Ya te he oído, muchacha. Mensaje recibido, alto y claro.

–Eres una zorra.

–Nunca digas eso a alguien que está de pie detrás de ti con unas tijeras.

Sara señaló a Maggie con el dedo y volvió a coger el mortero.

–Tienes razón, lo siento.

Sara se puso seria.

–¿Vais a echarle el guante al tipo que está cometiendo esos asesinatos en las tierras de labranza? Tengo que decirte algo: todas mis amigas están muy asustadas. Y yo también.

–Las patrullas circulan por las carreteras del noroeste de la ciudad durante toda la noche.

–Si viviera en una de esas granjas, no podría dormir –afirmó Sara–. Me quedaría sentada con todas las luces encendidas, una pistola enorme en mi regazo y un par de pastores alemanes a cada lado.

–No es mala idea –le dijo Maggie.

Sara inclinó el cuenco y le mostró el color del tinte.

–¿Cómo lo ves? ¿Es lo que quieres?

–Más rojo.

–Si lo hago más rojo, te parecerás al payaso de McDonald's.

–Quiero que pare el tráfico –repuso Maggie.

–Tú mandas.

A las nueve de la tarde del lunes, Kasey descubrió el solitario foco que circulaba tras su coche patrulla como un ojo vigilante. Apareció cerca del aeropuerto y la seguía por las remotas carreteras cada vez que giraba. No pensó que hubiera ningún problema hasta que giró por cuarta vez, en dirección al norte, hacia Island Lake, y el mismo solitario faro siguió su estela. Al aminorar para verlo de más cerca, quienquiera que estuviera detrás hizo lo propio. La estaban siguiendo.

Kasey se detuvo, con el motor al ralentí y los ojos clavados en el espejo retrovisor. Gigantes extensiones de agua negra bordeaban la autopista. Su coche patrulla se sacudía por el viento que soplaba desde el lago, trayendo consigo ráfagas de nieve. Medio kilómetro detrás de ella, el coche con el faro solitario también se detuvo. Estaban jugando al gato y al ratón en extremos opuestos del puente.

No quería dejarse llevar por la paranoia. Podía no ser nada. No era raro que los adolescentes devoradores de *thrillers* se dedicaran a seguir coches patrulla de la policía. Encendió la luz de la sirena y, casi de inmediato, el faro desapareció. Kasey vio unas luces rojas cuando quien fuera que iba tras ella giró en redondo y se alejó a gran velocidad. En la oscuridad, no pudo ver ningún detalle del coche que la había estado siguiendo.

Esperó otro minuto y cuando comprobó que la extraña luz no regresaba, continuó hasta la parte más alejada del lago. Siguió la autopista hasta el lugar donde abrazaba la orilla norte. En la radio, oyó el parloteo de otros policías mientras patrullaban por las tierras de cultivo, barriendo arriba y abajo las zigzagueantes carreteras. Era una noche fría, solitaria. Casi tenían la campiña para ellos solos. Su teléfono sonó. Lo desenterró del bolsillo de su camisa y vio que era su marido quien la llamaba.

–¿Va todo bien? –le preguntó Bruce.

–Sí. Estoy bien.

Él percibió el nerviosismo de su voz.

–¿Estás segura? Suenas rara.

–No es nada –lo tranquilizó Kasey echando otra mirada al espejo–. Creía que alguien me seguía. Pensaba que podía ser él, ¿sabes?

–Jesús. No me gusta la idea de que vayas por ahí sola.

–Estaré bien. ¿Cómo van las cosas en casa? ¿Has tomado precauciones?

–He comprobado el sótano y todas las ventanas –le respondió Bruce–. Y también he puesto un intercomunicador allí abajo, así que podré oír si alguien intenta entrar.

–Bien. Llegaré a casa un poco después de medianoche.

–Estaré levantado –le dijo Bruce, y añadió–: No podemos vivir así para siempre, lo sabes, ¿verdad?

–Lo sé. Vamos a irnos de aquí, tal como planeamos.

–Pues hagámoslo. Ahora. Hagamos las maletas y vayamos a Nevada. Podemos marcharnos esta misma noche.

Kasey dejó que el silencio se alargara.

–Todavía no.

–¿A qué estamos esperando?

–Si nos vamos y ese tipo todavía anda suelto por ahí, nunca podré dormir tranquila de nuevo –explicó Kasey–. Siempre lo tendré presente, no importa adónde vayamos.

–¿Crees que él nos seguiría?

–¡No lo sé! –gritó Kasey. Respiró hondo y bajó la voz, dando rienda suelta a su pánico–. No tengo ni idea de cuál será el siguiente paso que dará. Ahora está obsesionado conmigo. ¿No te das cuenta?

–Razón de más para irnos –la presionó Bruce.

–Hablamos cuando llegue a casa, ¿vale? Ahora no puedo.

–Lo sé. Vigila tu espalda.

Kasey colgó. Le temblaban las manos. Se mordió el labio superior y escrutó el exterior a través de las ventanillas. Las granjas y las segundas residencias surgían del bosque cada medio kilómetro a medida que ella serpenteaba a través de las carreteras que bordeaban Island Lake. Dedicó una hora a hacer un reconocimiento de los caminos de grava que había cerca del agua. Tuvo que frenar dos veces para no atropellar a sendos ciervos paralizados que la miraban fijamente. Los animales eran lo único que estaba vivo y despierto.

Sabía que Maggie había ordenado el despliegue de una presencia policial titánica para espantar al asesino. «Dejemos que vea policías en cada carretera. Dejemos que sepa que el riesgo de otro asalto es demasiado grande.» Si jugaban al ratón y al gato, lo tenían difícil para ganar. Había demasiados kilométros de tierras para vigilar.

Kasey radió su posición. El operador del 911 le dijo que se dirigiera hacia el sur y luego al este, a la autopista 44 Este. Más viajes por tierras de nadie.

Dio media vuelta y enfiló de nuevo por un camino que quedaba expuesto al lago y donde el viento era más intenso. Al pasar el puente, vio una furgoneta negra aparcada en la ladera, con las luces y el motor apagados. No recordaba haberla visto allí cuando conducía en dirección norte, pero la verdad es que estaba distraída. Al pasar junto a ella escrutó la ventanilla del conductor, pero no distinguió a nadie dentro. Tampoco había vaho acumulado en el cristal.

Se detuvo a un lado de la carretera, veinte metros más allá de la furgoneta. Tras asegurarse de que no hubiera movimiento tras ella, abrió la puerta y salió, aunque se quedó cerca del coche patrulla. Desprendió una linterna de su cinturón y la enfocó a la matrícula, pero la superficie de la placa estaba cubierta de barro. No pudo leer los números. Cuando dirigió el rayo de luz al parabrisas se dio cuenta de que las ventanas de la furgoneta estaban tintadas. No podía ver a través de ellas.

Eso no le gustó.

En ese momento, la radio de su coche patrulla volvió a la vida.

–A todas las unidades de los alrededores: respondan a una llamada de emergencia al 911, se está produciendo un asalto grave.

El operador dio la dirección, en la autopista 12, en medio de las tierras de labranza del norte. Kasey estaba a un cuarto de hora si conducía a toda velocidad. «Tiene que ser él.»

Vaciló mientras examinaba la furgoneta negra. ¿Había estado allí todo el tiempo? ¿Estaba abandonada? No tenía tiempo de preocuparse de eso. Volvió al coche patrulla, cerró con un portazo y salió disparada en dirección sur por la autopista, entre las oscuras columnas de pinos.

Menos de un kilómetro más adelante, sus ojos comprobaron el retrovisor, atraídos, como una polilla, por un súbito rayo de luz.

–Mierda –maldijo en voz alta.

El solitario faro había vuelto. Para seguirla.

Kasey tuvo una fracción de segundo para decidir si se unía a las unidades en respuesta a la llamada que había informado sobre el asalto o si iba a averiguar quién estaba en la furgoneta detrás de ella. Escogió la furgoneta. En la siguiente intersección, hizo un trompo para cambiar de sentido. Pisó el acelerador a fondo y el coche salió disparado hacia delante emitiendo un gruñido. Frente a ella, oyó el chirrido de unos frenos mientras la furgoneta avanzaba dando bandazos al intentar girar en medio de la autopista. Pero su motor no podía competir con el coche patrulla de Kasey.

–Te tengo –susurró mientras soltaba una mano del volante para desabrochar el cierre de la cartuchera.

Cubrió la distancia con rapidez, pero cuando se encontraba a unos cuatrocientos metros de la furgoneta, los faros de ésta se desvanecieron. Kasey encendió las largas, pero ante ella sólo había el negro asfalto. El vehículo había desaparecido. Demasiado tarde, descubrió un sinuoso camino de tierra que conducía en dirección este hacia el lago. Pisó a fondo el freno, pero cuando giró el volante, la parte trasera de su coche resbaló en la nieve apilada en la ladera y sus ruedas patinaron. Pisó el acelerador, pero la nieve derretida no le proporcionó ninguna tracción. Frustrada, aligeró la presión sobre el pedal y el coche avanzó lentamente dando vaivenes hasta que salió del arcén, donde las ruedas se afianzaron en la carretera y chirriaron al rodar sobre la calzada.

El camino de tierra era apenas una línea en el bosque de su izquierda. Una docena de buzones se alineaban en dirección a la autopista. Al girar se dio cuenta de que se había metido en un sendero privado que terminaba en el agua. No había salida. La furgoneta estaba atrapada en algún lugar delante de ella, entre su coche y el lago.

Frenó hasta que el coche avanzó muy lentamente. Examinó el laberinto de caminos de entrada que partían hacia las casas del lago, apenas unos cuadrados negros acurrucados entre los árboles. Ramas de abeto cubiertas de nieve se inclinaban hacia la carretera, y colgaban lo suficientemente bajo para cepillar el techo del coche. La grava crujía bajo sus ruedas. Condujo un kilómetro y medio hasta que el camino terminó en un embarcadero de hormigón que se inclinaba hacia abajo hasta desaparecer en las negras aguas.

La furgoneta estaba en el lago.

Flotaba en el agua lejos de la rampa, como un tentetieso. La puerta del conductor estaba abierta. Vio como el vehículo se sumergía a medida que el agua se colaba en su interior. La estructura se tambaleó y se hundió de lado con un salpicón. Las ruedas aparecieron en la superficie del agua. La furgoneta dibujó un lento círculo, alejándose lentamente de la orilla antes de que el peso del motor la hundiera. Entre lamentos y olas, el vehículo se posó sobre el fondo fangoso.

Kasey desenfundó la pistola, entornó los ojos para mirar a través de las ventanas y escrutó cuidadosamente el área alrededor de su coche antes de abrir la puerta y deslizarse al exterior. Se quedó detrás de él. Sus ojos se movían de árbol en árbol, escudriñando cualquier movimiento. Escuchó. Las hojas secas aplaudían ante el soplo del viento. La nieve se desprendía de los abetos y aterrizaba en su rostro. Un coro de cuervos graznó y Kasey dio un salto.

¿Dónde estaba?

Detrás de ella, algo pesado crujió en la maleza. Kasey se dio la vuelta y levantó el arma. Vio un camino de entrada cubierto de viñas muy crecidas. La silueta de una gran casa abrazaba la playa. Siguió el ruido y avanzó con pasos lentos y silenciosos hacia el acceso. Cada pocos segundos, miraba nerviosamente detrás de ella. Estaba asustada y ciega. El camino seguía unos cuarenta metros hasta perderse en el césped que rodeaba la casa. La nieve cubría los escalones que conducían a la puerta y no había pisadas en el manto blanco.

Del otro lado de la carretera, detrás de donde había aparcado su coche patrulla, Kasey oyó otro ruido. Un motor que se ponía en marcha. A través del entramado de árboles, vio unos faros y oyó patinar unas ruedas en la tierra. Retrocedió corriendo por el camino, pero tropezó con una raíz de árbol que sobresalía como una ballena fuera de su elemento. Perdió la pistola, que cayó sobre la maleza, y desperdició casi un minuto buscándola con las manos desnudas. Cuando la encontró, reemprendió la carrera siguiendo el camino de acceso hasta el sendero donde había aparcado su coche. Se detuvo y escuchó, pero el sonido del motor sonaba distante. Oyó el chirrido de los neumáticos al desviarse hacia la carretera principal en dirección norte.

Escapaba.

Kasey soltó una maldición. Se dirigió al coche patrulla para pedir refuerzos. Al inclinarse hacia el interior, vio un rectángulo de brillante papel blanco en el asiento. Lo recogió y le dio la vuelta.

–Dios mío –murmuró.

Se encontró mirando su propia cara. Era una fotografía de ella y de Jack que Bruce había tomado hacía un año. Dejó que el aire se escapara de su pecho como si lo hubieran succionado.

Aquí estaba otra vez. El mismo mensaje que él había escrito en su espejo. Dos palabras garabateadas en letras mayúsculas con un rotulador rojo sobre la imagen.

NIÑA MALA

23

A medianoche, Valerie Glenn abandonó la autopista 2 y entró en el aparcamiento vacío de la iglesia. Aparcó su Mercedes blanco, salió y se metió las manos en los bolsillos de la chaqueta de ante. Frente a ella se alzaba una iglesia de una planta rodeada de altos pinos cuyas ramas se alargaban hacia fuera de la misma forma que un predicador extendería los brazos. Cruzó el césped sobre la fina capa de nieve. Al llegar a la entrada, se sentó en los peldaños de cemento y sintió la frialdad de la piedra helada a través de sus tejanos.

«Sé qué le ha pasado a su hija.»

La mujer del teléfono le había pedido que viniera sola y que mantuviera en secreto la llamada, que no se lo contara a la policía ni a su marido. A pesar de todo lo que Serena le había dicho, Valerie había hecho exactamente lo que la mujer quería. Estaba allí, a kilómetros de su ciudad, por su cuenta y riesgo. Esperando.

Las huellas de los ciervos se entrecruzaban en la nieve. Arriba, en el cielo, la luna era un brillo apenas perceptible a través de la mortaja de nubes oscuras. Permaneció veinte minutos sentada en los escalones. Sintió como el mordiente frío entumecía su cara. Nadie vino. Empezó a pensar que la llamada había sido un engaño y que nadie aparecería para informarle sobre Callie. Se dijo a sí misma que esperaría diez minutos más y que entonces se iría a casa, pero lo cierto era que no iba a marcharse. Se quedaría allí toda la noche por si había la más mínima posibilidad de que eso pudiera devolver a su hija a casa.

En la autopista, desde el sudoeste, vio las luces gemelas de unos faros. Un Hummer negro emergió de la curva. El pesado vehículo aminoró la marcha y giró hacia el aparcamiento de la iglesia, donde pasó junto al Mercedes de Valerie. Sintió como su corazón se aceleraba y, surgida de ninguna parte, la rabia bulló en su interior y le hizo apretar los puños. No sabía quién conducía el Hummer, pero quería matarlo, fuera quien fuese. Si se había llevado a su hija, quería que pagara por ello.

La puerta se abrió y una mujer bajó del coche. Vestía un abrigo con una capucha de piel que le cubría la cabeza y ocultaba la mayor parte de su rostro. Era delgada, sus piernas como tuberías de desagüe. Valerie la observó acercarse. La mujer se detuvo en la nieve a unos tres metros de ella y deslizó la capucha hacia atrás. Su piel era blanca y llevaba maquillaje oscuro, casi púrpura.

Valerie estalló:

–¿Dónde está mi bebé?

Saltó desde los escalones y atravesó la corta distancia que las separaba. Su repentino ataque tomó a la mujer por sorpresa y no tuvo tiempo de apartarse antes de que Valerie chocara con fuerza contra su pecho, de forma que ambas cayeron al suelo. La mujer aterrizó de espaldas en la nieve y Valerie se montó sobre ella y golpeó su torso con los puños mientras gritaba:

–¡Dímelo! ¡Dime dónde está!

La mujer empujó con una mano el hombro de Valerie y se zafó de ella, pero Valerie volvió a subírsele encima y la golpeó repetidamente hasta que las lágrimas y el frío la dejaron sin fuerzas. La mujer le agarró los puños y los sujetó. Luego, la empujó de nuevo a la vez que rodaba hacia un lado para salir de debajo de ella. Ambas respiraban con dificultad. Valerie descansaba de espaldas como un ángel de nieve, mirando el balanceo de las ramas de pino situadas sobre ellas.

–¿Quién coño eres? –preguntó Valerie–. ¿Qué has hecho con Callie?

La mujer se puso en pie tambaleándose y se abrazó a la reja que había junto a los escalones de la iglesia.

–Yo no la tengo.

–¿Quién eres? –repitió Valerie.

–Soy Regan Conrad.

Valerie tardó un momento en identificar el nombre. Se puso en pie con dificultad y retrocedió para impulsarse y volver a abalanzarse sobre la mujer, pero Regan le sujetó las manos para impedírselo.

–¡Espera! Escúchame.

–¿De qué va esto? ¿Qué tratas de hacerme?

–No creo que hubieras venido si te hubiera dicho que era yo.

–Estás en lo cierto.

Regan se encogió de hombros.

–Sé que me odias a muerte. Lo entiendo. He pasado un montón de tiempo follando con tu marido. Podría decirte que lo siento, pero no es cierto y tú no me creerías. Así que no voy a hacerte perder el tiempo.

–¿Qué quieres? –preguntó Valerie.

–Hablar.

–¿Sobre qué?

–Tu marido –contestó Regan.

–No tengo nada que decirte.

–Entonces escúchame. –Regan se sentó en los escalones, se tocó el pecho con cautela y giró el cuello para estirarlo–. Pegas durísimo para ser una zorra ricachona. Imaginé que eras del tipo finolis y que no querrías ensuciarte las manos.

–Pues te has equivocado.

–No has llamado a la poli, como te dije. Eso ha sido inteligente.

–Puedo llamarles ahora si quieres.

Regan no pareció preocuparse.

–Hazlo. Les diré lo que iba a contarte a ti. Te he pedido que no llames a la policía porque me pareció que querrías oír esto tú sola. Luego puedes decidir qué hacer. Tú eres la única que puede saber si eres capaz de vivir con eso o no.

–¿De qué estás hablando? –preguntó Valerie–. Me dijiste que sabías qué había pasado con Callie.

–Las dos lo sabemos, ¿no?

–No, yo no lo sé. Dímelo.

Regan meneó la cabeza.

–Cierras los ojos porque no quieres verlo. Pero todo el mundo lo sabe. Esa reportera, Blair Rowe, ella lo sabe, pero tiene que marear la perdiz para mantener a los abogados contentos. Los polis lo saben, pero no pueden probarlo. Y tú lo sabes también. Lo sientes en tus entrañas, ¿verdad?

–No. Te equivocas.

–Tal vez no puedas decirlo en voz alta. Yo lo haré por ti. Soy enfermera y trabajo con madres de forma que, créeme, sé lo horrible que es. Pero Callie se ha ido. Marcus hizo que se fuera. Puede que fuera un accidente y luego tuviera que taparlo, pero no lo creo y tú tampoco. Las dos sabemos la clase de hombre que es. Frío hasta la médula.

Valerie le dio la espalda a Regan.

–Me voy.

Regan dejó que recorriera la mitad del camino hacia el Mercedes antes de llamarla.

–Sal corriendo si quieres, pero ¿no quieres saber el porqué?

Valerie se detuvo en seco. Sabía que tenía que entrar en el coche e irse. Sabía que la estaba manipulando, pero no pudo resistirse. Tenía que saber qué más iba a decir Regan. La zorra del demonio había hincado de lleno su afilada uña roja en todas las dudas y miedos de Valerie. Regan se había convertido en el eco de la voz que Valerie había oído, susurrándole como el redoble de un tambor desde que Callie había desaparecido. El mismo susurro, una y otra vez.

«Marcus.»

Se volvió hacia ella.

–¿Por qué?

Regan dejó los peldaños y se acercó. Valerie miró a esa mujer, que era más joven que ella. Una mujer sin curvas, con el cabello mal cortado y la cara estropeada por un maquillaje púrpura y unos feos *piercings*. Valerie intentó imaginar qué podía haber visto su marido en una mujer así, qué demonios le había ocurrido para meterla en la cama de ambos.

Fue como si Regan pudiera leer su mente.

–No es importante ser guapa –dijo–. La cosa no va de eso, y lo sabes.

–Lo que sé es que te vi en la habitación del hospital mientras estaba de parto. Lo que sé es que te acostaste con mi marido mientras mi hija venía al mundo.

–¿No te dice eso algo? –preguntó Regan.
–Me dice quién eres.
–También debería decirte quién es Marcus. Nunca se ha preocupado de Callie. Nunca la ha querido.
–Te equivocas.
–¿Crees que la puta de Las Vegas es la única chica con la que se ha sincerado? A mí me dijo lo mismo. Cómo deseaba que perdieras el bebé. Cómo deseaba que ella nunca hubiera nacido. Éste es el hombre con el que estás casada, Valerie.
Valerie se arrancó el guante de la mano y abofeteó a Regan en la cara. El arrebato hizo aparecer un verdugón de color fresa en la pálida cara de la enfermera.
Regan dio un traspiés hacia atrás pero, por lo demás, no reaccionó.
–No mates al mensajero –dijo con calma.
–Si crees que puedes jugar con mi mente, te equivocas.
Pero no se equivocaba. Las dos lo sabían. La cara de Valerie la traicionaba. Valerie se sintió como si una riada estuviera arrasando los cimientos de su mundo y Regan pudiera ver sus denodados intentos por aferrarse a un salvavidas.
–No tengo que decirte por qué, ¿no? –preguntó Regan.
–Estás loca.
–Venga ya, Valerie. ¿No es obvio? ¿No lo sabes?
–No sé nada –replicó Valerie con brusquedad–. No voy a escuchar nada más. Marcus quiere a Callie.
Regan rió. Sus dientes eran tan blancos como su piel.
–Dios mío, realmente no lo sabes. Es hilarante.
–¡Vete al infierno!
Valerie se alejó como una exhalación, pero Regan dio dos pasos apresurados hacia ella y la detuvo con una mano firme en su hombro.
–Espera.
Regan bajó la cremallera de su parka y extrajo de un bolsillo interior un sobre sellado que le tendió a Valerie. Ésta no lo cogió, así que la enfermera se acercó y metió un extremo en la cintura de sus tejanos.
–No puedo creer que no lo sepas –le susurró al oído.

Pasó sigilosamente junto a ella, que se quedó paralizada escuchando el sonido de los pasos de la mujer. Detrás de ella, Valerie oyó como se abría y se cerraba la puerta del Hummer. Siguió sin moverse. Se quedó de pie como una escultura de hielo mientras Regan se alejaba, dejándola sola frente a la iglesia.

24

En la luz grisácea del amanecer, Maggie miró cómo Guppo y su equipo analizaban la furgoneta negra que habían extraído de las aguas poco profundas del lago. Se frotó los ojos; estaba siendo una noche interminable. Tras ella, Kasey Kennedy permanecía tumbada sobre el confortable asiento trasero de la Avalanche. Con los ojos cerrados, el joven rostro de la policía resultaba angelical pero, una vez más, había demostrado tener insensatez y pelotas a partes iguales.

No había vuelta de hoja. A Maggie le gustaba Kasey. Su intensa terquedad le recordaba sus primeros años en el cuerpo. Tenía la clase de determinación que implica que nunca abandonas hasta que consigues llegar adonde quieres. Aunque tambıen puede hacer que te maten.

Cerca del lago, Guppo le hizo señas. Maggie se deslizó fuera de la camioneta sin despertar a Kasey y se acercó al obeso detective cerca de la rampa para las barcas. El pequeño claro estaba abarrotado de vehículos policiales y del equipo forense. Fuera adonde fuera Maggie esa mañana, una docena de cabezas la seguían.

La mirada de Guppo estaba fija a unos cinco centímetros por encima de los ojos de Maggie.

–Para ya –le dijo Maggie.

–No puedo evitarlo –respondió él–. Es que es tan tan...

–Rojo.

–Exactamente, rojo.

–Te dije que me lo estaba pensando.

–Sí, pero nunca creí que lo hicieras –replicó Guppo, riendo–. Y especialmente tan tan...

–Rojo.

–Sí. Rojo.

–¿Has terminado? –preguntó Maggie.

–Por ahora.

–¿Cuál es el informe?

–Es su furgoneta –le dijo Guppo, pero ella se dio cuenta que le hablaba a su cabello, no a su cara–. A pesar del agua que ha entrado, hay sangre por todo el interior. No es un panorama agradable.

–Mierda –maldijo Maggie–. Compárala con la de las mujeres desaparecidas y asegúrate de que no hay más muestras ahí dentro. No sabemos cuánto tiempo lleva haciendo esto.

Guppo asintió.

–Las placas de Minnesota no corresponden a la furgoneta. Son de un sedán Volvo. Hemos llamado al propietario. Es un abogado especializado en lesiones en el St. Paul, y dice que el coche está aparcado en el garaje de su residencia de verano al sur de Duluth. Sólo usa el Volvo cuando está allí, y no ha venido a la ciudad desde principios de septiembre. No tiene ni idea de qué ha pasado con las matrículas.

–Examinad su casa para buscar huellas.

–Estamos a punto de conseguir la orden.

–¿Qué me dices de la furgoneta?

–De acuerdo con el número de chasis, la robaron en Colorado Springs hace seis meses –la informó Guppo.

Maggie arqueó una ceja.

–¿Colorado? Eso es interesante.

–Hoy contactaremos con las autoridades de allí y veremos qué podemos averiguar.

–Comprueba si tienen asesinatos no resueltos en la zona que coincidan con su modus operandi –le dijo Maggie–, y hazles llegar nuestro informe de ADN para que lo cotejen con la base de datos del estado.

–Estoy en ello.

–¿Qué hay del coche que robó ayer por la noche para escapar?

–Es un Cadillac. El dueño lo dejó sin cerrar. La gente a veces es demasiado confiada.

–¿Alguien lo ha visto? –preguntó Maggie.

–No, todavía no.

Maggie asintió.
–Estamos acercándonos a ese cabrón.
–Eso parece.
–¿Hay alguna huella dentro de la furgoneta?
–Todavía estamos buscando –dijo Guppo–. No es de gran ayuda el hecho de que el trasto se diera un chapuzón.
–Te has enterado de que la llamada al 911 era falsa, ¿verdad? –preguntó Maggie–. Él nos alejó deliberadamente.
–Sí, ¿sabes lo que significa?
–Significa que iba a por la chica. Este tipo está obsesionado con Kasey.
–Sí, y eso podría ayudarnos –señaló Guppo–. ¿Tenéis la casa vigilada?
Maggie asintió.
–Sí, a ella no le gusta, pero tengo un monitor en blanco y negro al otro lado de la autopista.
–Bien, quizá no deberíamos asustarlo –sugirió Guppo–. A lo mejor tendríamos que usarla como cebo.
Maggie sacudió ferozmente la cabeza.
–De ninguna manera.
–Yo sólo digo...
–Te he dicho que no. No vamos a arriesgar la vida de esa chica. Es una policía, una esposa y una madre. Quiero atemorizar a ese tipo para que se aleje a cien kilómetros de ella.
–Lo que tú digas –aceptó él, pero frunció el ceño en su cara rubicunda.
–Voy a volver al ayuntamiento –añadió Maggie–. Me llevo a Kasey conmigo. Quiero que la foto de la furgoneta salga en todos los medios. Eso quizá refresque la memoria de alguien.
–Aquí todavía nos quedan unas cuantas horas de trabajo –dijo Guppo.
–De acuerdo; avísame cuando vuelvas. Tengo que ver a Stride esta mañana en The Point. También quiero averiguar algo más sobre Nick Garaldo.
–¿Es el chico que desapareció el fin de semana?
–Sí, es él. Todavía no ha dado señales de vida. Ya hace dos días. Voy a ir a su apartamento a ver qué encuentro.

Guppo señaló su melena.

–Vas a ver a Stride, ¿eh? ¿Le has dicho algo sobre tu pelo?

Maggie se encogió de hombros.

–¿De verdad crees que se dará cuenta?

Stride entró en Duluth por la carretera del norte, que le llevó a través de Hermantown y de Miller Hills. Al dirigirse colina abajo hacia las calles del centro, pudo ver el muelle y la gigantesca franja del lago Superior, que llenaba el valle. Olas blancas rompían contra la playa. Un estrato gris de nubes hacía que los edificios de ladrillo parecieran viejos, como si el tiempo se hubiera congelado allí en algún invierno extremo varias décadas atrás.

Tomó el paso elevado sobre la interestatal 35 y continuó a través de Canal Park hacia el puente elevado que conducía a la franja de tierra conocida como The Point. Siguió la carretera hacia su casa y se dio cuenta de que le costaba respirar. Sentía una opresión en el pecho. Al llegar a su camino de entrada en la calle Treinta y tres, redujo hasta detenerse e inspiró profundamente con la boca abierta hasta que sus pulmones se relajaron. Bajó la ventanilla y pudo oír el estruendo de las olas del lago al romper en la playa, al otro lado de la duna de arena. Estaba en casa.

Entró en el camino de acceso, pero antes de entrar prefirió subir andando la duna hasta el lago, que allí era salvaje y tempestuoso. Una gaviota se suspendía inmóvil sobre la playa, sujeta por las corrientes de aire. La arena estaba cubierta de maderas que el agua había traído hasta allí. El centeno se agitaba enloquecido y los pinos se mecían con una elegancia no estudiada. Continuó descendiendo por la colina hasta la larga franja de arena. Las olas se levantaban desde el lago en largas y silenciosas sombras que caían con una furia de trueno, espuma y barro. En el lapso de calma entre dos olas, oyó el rumor de las burbujas rompiéndose y vio miles de salpicaduras de plata sobre la arena, como estrellas asustadas que corrieran en busca de refugio.

Stride no podía posponerlo más. Trepó por la duna, subió los escalones traseros de la casa y entró. Todo estaba tal como lo había dejado, excepto por el polvo en las superficies y el olor a rancio del aire, que había permanecido estancado durante semanas. La casa tenía una quietud de funeral, y el único sonido era el de sus pasos sobre las desiguales tablas del suelo. Fue de una habitación a otra como un extraño, reencontrándose con sus posesiones. Cuando entró en el baño principal, detectó un rastro del jabón floral que usaba Serena y un persistente vestigio de su perfume. Había estado allí, pero se había ido. Como él. Contempló su reflejo en el espejo, pero nadie le devolvió la mirada.

Estaba sucediendo otra vez. La opresión en el pecho. La sensación de que sus pulmones pugnaban por conseguir aire. Se sostuvo en el fregadero cuando el mareo se adueñó de él y la cabeza empezó a darle vueltas. Se sentía como si un torno estuviera apretando su cráneo. Cuando se miró en el espejo de nuevo, su piel estaba pastosa y empapada en sudor. Sus párpados eran oscuras capuchas sobre sus ojos. Dejó que el agua corriera por la pila y se remojó la cara.

Necesitaba beber algo. Avanzó lentamente por el espacio principal de la casita hasta la cocina y encontró una lata de Coca-Cola en la nevera. La abrió, la puso sobre la encimera y luego alcanzó la estantería más alta del armarito para coger un vaso largo. No pensó en lo que estaba haciendo. Sus manos estaban mojadas. Alcanzó el vaso con los dedos, pero se le escurrió.

Cayó.

Y él cayó con él.

«Maldita sea.»

Volvía a estar sobre el agua, muy arriba. Su cuerpo salió disparado como una bala desde el puente, cortando el viento hacia la bahía. El aire de la noche se convirtió en un silbido abrasador en sus oídos. Tres segundos, eso es todo lo que duró. Tres segundos para darse cuenta de que iba a morir, tres segundos para golpear como un martillo la superficie. Sus terminaciones nerviosas explotaron de dolor. La dura y fría agua se convirtió en su tumba. Su mente le condujo a las profundas mandíbulas de la bahía, una y otra vez, y en cada ocasión su cuerpo salía disparado como un cohete a través del aire. Deseó que el impacto le matara de una vez por todas. Casi pudo oír las palabras que se formaban en su pecho.

«Mátame.»

Al despertar, Stride se encontró en el suelo de la cocina, rodeado por los cristales rotos del vaso; algunos fragmentos eran tan bellos como diamantes, otros grandes y mortíferos como puntas de flecha. Rastros carmesí rezumaban de los cortes de sus brazos. Su camisa estaba manchada por la sangre que había goteado de su mejilla y su cuello, ya que las esquirlas habían alcanzado su cara. Extendió las manos y miró los borrones que aparecían en ellas como si la sangre proviniera de un cuerpo extraño. Los cortes no le escocían. No sentía su pierna, la que se había roto en la caída. Se le había dormido.

En el suelo, vio un fragmento puntiagudo con bordes tan punzantes como una cuchilla. Era tan afilado que podía cortar el tejido como el bisturí de un cirujano. Lo cogió y lo frotó entre los dedos. El cristal destelló bajo la luz. Apretó los puños y vio las venas de su muñeca abultarse como dos cuerdas gemelas. Si los fragmentos le hubieran cortado allí, abriéndole como una fuente... Si no se hubiera levantado más...

No quería vivir así.

25

–¿Adónde fue ayer por la noche, Valerie ? –preguntó Serena.

Estaban sentadas frente al fuego en el vestíbulo del Sawmill Inn en Grand Rapids. Valerie vestía un traje clásico de color gris y llevaba el pelo rubio recogido. Contempló el fuego con una expresión incómoda y esquivó la mirada de Serena.

–¿Ir? ¿Qué quiere decir?

–No se haga la tonta. ¿Cree que no estamos vigilando su casa? La noche pasada salió a las once y media y volvió un poco antes de la una.

Valerie pasó los dedos por la suave madera de roble del brazo del sofá.

–¡Ah! Eso. No podía dormir. Salí a dar una vuelta.

–¿Adónde?

–Por la ciudad. Lo hago de vez en cuando. Me siento en un parque al lado del río por la noche. Me gusta estar sola cuando estoy triste.

Serena puso una mano en el hombro de Valerie.

–No avanzaremos nada si me miente.

–No estoy mintiendo.

Valerie miró la puerta. Serena la había interceptado cuando salía de un desayuno en el restaurante del hotel. Los amigos de Valerie se habían quedado allí mirándolas.

–Hace casi cinco años que formo parte de este grupo de oración –comentó, cambiando de tema–. ¿Es usted una persona religiosa, Serena?

–No.

–Yo lo intento.

Serena no dijo nada.

–Una de las mujeres de más edad me preguntó si había pecado –continuó Valerie–. Cree que estoy siendo castigada.

–Eso es una gilipollez –dijo Serena.

–¿Quién sabe? Quizás esté en lo cierto. De todas formas, cuando eres una virgen de sesenta y seis años es fácil ser beata. Para los demás, es un poco más duro.

Serena sorbió un poco de café de un vaso de plástico.

–¿Se encontró con alguien?

–¿Perdón?

–Ayer por la noche.

–Ya se lo he dicho, salí a dar una vuelta en coche.

Serena movió la cabeza.

–Entiendo que no me lo quiera contar, pero cuando la madre de una niña desaparecida empieza a mentirme, me pregunto por qué.

–¿Por qué está tan segura de que miento? –quiso saber Valerie.

–Porque su labio inferior está temblando, su sonrisa es falsa, cambia continuamente de tema y no quiere mirarme a los ojos. ¿Le parece suficiente?

Valerie no respondió.

–¿Era por algo relacionado con Callie? –preguntó Serena–. ¿Le han dicho que no se lo contara a la policía? Entiendo que esté asustada, pero si el secuestrador ha establecido contacto con usted, tiene que decírmelo. Necesito saberlo.

–No fue eso.

–Entonces, ¿qué fue?

–Sólo era alguien que quería jugar conmigo.

–¿Quién?

–Regan Conrad.

Serena se inclinó hacia ella y bajó el tono de voz.

–¿Qué quería?

–Dijo que sabía qué le había pasado a Callie, pero era mentira.

–¿Le dijo que no hablara con la policía?

Valerie negó con la cabeza.

–¿Qué dijo exactamente?

–No importa. No sabía nada.

–Cuénteme qué le dijo, Valerie. ¿Por qué quería verla? ¿Qué le contó sobre Callie?

–No quiero seguirle el juego –replicó Valerie–. Si se lo explico, le estaré dando lo que quiere.

–Voy a hablar con ella de todas formas. Lo sabe. Me da igual si usted piensa que ella le mintió. Si le dijo que sabe qué pasó con Callie, es sospechosa.

–Sólo pretendía sacarme de mis casillas. Quería que yo creyera que Marcus estaba involucrado en la desaparición de Callie. Sólo trataba de vengarse de nosotros; eso es todo.

–¿Le dio información nueva? –preguntó Serena.

–No.

–Entonces, ¿por qué pensaba que Marcus estaba involucrado?

Las mejillas de Valerie se sonrojaron.

–Ella dijo... Dijo que él le había contado cosas, como que no quería que yo tuviera el bebé. Lo mismo que le dijo a la *stripper* de Las Vegas. No la creo. Sólo deseaba torturarme.

–¿Qué más?

–Eso fue todo.

Serena se dio cuenta de que Valerie cubría con una manta el resto de la historia de la misma manera que una madre taparía a su bebé. Estaba protegiendo algún secreto.

–Me está ocultando algo –la presionó.

Valerie se levantó y alisó su falda.

–No pasó nada más. Regan Conrad no sabía qué le ha pasado a Callie.

–No puedo encontrar a su hija si me oculta cosas. Incluso las cosas a las que no se quiere enfrentar.

–Lo siento. No tengo nada más que decirle.

Valerie se alejó. Serena la vio abandonar el hotel con el elegante paso de una mujer acostumbrada a andar con tacones. Dos de las mujeres del grupo de oración la esperaban al lado de la puerta, pero Valerie no se paró. Cuando Serena salió a su vez, la vio subiendo a su Mercedes en el aparcamiento. Cruzaron sus miradas. En ese instante, Serena vio a través de la coraza de Valerie y sintió como la mujer alargaba la mano en busca de ayuda, como si se estuviera disculpando por tener un secreto que era demasiado horrible para compartirlo. Entonces el momento pasó y Valerie se alejó en dirección a la carretera de Pokegama.

Serena se preguntó cuál era el pecado por el que Valerie pensaba que estaba siendo castigada. ¿Cómo podía cualquier pecado ser más importante que la vida de un hijo?

Valerie no se dirigió a casa. No quería ver a Marcus o tener que someterse al escrutinio de la policía y de los medios. En su lugar, condujo hasta casa de su hermana junto al río y aparcó fuera. Denise no estaba; siempre salía temprano. Vio el coche de Tom en el camino de acceso. Los niños aún estaban en la escuela, excepto el menor, y Valerie sabía que Tom llevaba a Maureen al centro de día de camino hacia el trabajo.

Se quedó sentada en el coche con el motor encendido y se estiró para abrir la guantera, donde estaba el sobre que Regan Conrad le había dado. Lo sacó y le dio la vuelta con delicadeza entre las manos, sintiendo el ligero bulto del papel sellado bajo la solapa. Sólo tenía que abrirlo.

«No tengo que decirte por qué, ¿no?»

Valerie sacudió la cabeza. No permitiría que Regan Conrad envenenara su mente ni tampoco sería responsable de envenenar la mente de Serena. Fuera lo que fuese, no quería saberlo. Volvió a meter el sobre en la guantera y la cerró.

–Valerie.

Alzó la mirada al oír un golpe en la ventanilla y el apagado sonido de una voz. Tom Sheridan estaba de pie fuera del coche con Maureen en brazos. Vestía un abrigo pesado sobre un traje marrón.

–Hola –saludó ella desbloqueando la puerta.

Tom entró. Se calentó una mano poniéndola ante la salida de aire caliente y no dijo nada. Maureen estaba cubierta con una manta de lana y una gorra rosa sobre la cabeza. Valerie alargó el brazo y pasó un dedo por la suave mejilla de la niña, y ésta la recompensó con una risita.

–Hola, cariño –dijo.

Valerie no podía remediarlo. Ver a Maureen agudizaba el dolor de haber perdido a Callie. A pesar de la discapacidad de la niña había un parecido entre ambas. La hija de Denise tenía los ojos de Callie y el eco de su sonrisa.

–¿Cómo estás, Val? –preguntó Tom.

–Estoy bien –murmuró sin apartar los ojos de Maureen.

–¿Quieres entrar?

–No puedo. Sólo necesitaba huir del circo un par de minutos.

Tom asintió y miró su regazo. Valerie alzó la mano y dejó que Maureen agarrara sus dedos. Sus respiraciones empañaban las ventanillas del coche.

–¿Hay algo que pueda hacer para ayudarte? –preguntó.

–No. Ojalá lo hubiera.

–No puedo pensar en otra cosa.

–Lo sé. Te lo agradezco.

–¿Estás segura de que no quieres entrar conmigo?

–No. No he debido venir aquí. Lo siento.

–No lo hagas –la tranquilizó él–. Te iba a llamar esta mañana, pero será más fácil en persona.

Valerie se puso tensa.

–¿El qué?

–Esa reportera, Blair Rowe, vino a mi oficina ayer por la noche.

–¿Qué quería?

Tom vaciló.

–Hay un problema.

–¿Qué pasa?

–Alguien le ha dado cierta información. Le rogué que no siguiera con esto, pero lo va a sacar en el informativo de esta noche.

–¡Oh, Dios mío! –Valerie cerró los ojos–. ¿Qué es esta vez? ¿Algo nuevo sobre Marcus?

Tom sacudió la cabeza.

–No, lo siento mucho, Val. Esta vez no es sobre Marcus.

26

Maggie cogió dos bolsas de comida rápida y una bandeja de plástico que contenía café y zumo de naranja. Con las manos ocupadas, subió los escalones de la casa de Stride. Sus gafas de sol, que llevaba sobre todo para presumir, porque no hacía sol, se deslizaron hasta la punta de su nariz. El cabello rojo se agitaba frente a sus ojos. Llegó a la puerta delantera de la casa y llamó con la puntera de la bota.

–Hola. Soy yo –gritó.

Nadie acudió a la puerta. Maggie dejó en el suelo la bandeja con las bebidas y rebuscó en su bolsillo para encontrar las llaves. La llave de Stride tenía una etiqueta púrpura en la cadena. Maniobró entre la mosquitera y la puerta de roble para abrir las cerraduras de ambas. Con su hombro, empujó la puerta para abrirla y se coló dentro.

–¿Estás aquí? He traído McMuffins y un par de burritos.

Maggie oyó el ruido del agua, pero por lo demás la casa estaba en silencio.

–¿Hola?

Maggie dejó la comida sobre la mesa del comedor. Le quitó el envoltorio a una pajita y la metió por la tapa de uno de los vasos de zumo de naranja.

En sus mejillas se dibujaron unos hoyuelos cuando bebió. Rodeó la isleta que separaba el comedor de la cocina para dejar los platos sobre la mesa.

Entonces lo vio.

–Oh, Dios mío.

Maggie dejó caer la bebida. La tapa saltó y el zumo de naranja se desparramó por el suelo. Maggie se arrodilló. Stride estaba sentado con la espalda apoyada en los armaritos, rodeado por afilados fragmentos de cristal. Había sangre en su cara y en sus manos. Sus ojos estaban abiertos pero miraba a través de ella como si fuera invisible.

–¿Estás bien?

Él no respondió.

Maggie se arrastró hacia él, esquivando las esquirlas de cristal. Le cogió de las manos y enjugó parte de la sangre con su camiseta. Sostuvo la cara de Stride entre sus manos y le alzó la barbilla. Él enfocó lentamente sus ojos en ella. Estaban separados apenas por quince centímetros.

–Quédate aquí.

Stride intentó moverse, pero ella le sujetó por los hombros.

Cogió un trapo del tirador del horno, lo empapó de agua en el fregadero y le lavó la sangre de la cara. Luego, hizo lo mismo con sus brazos. Al terminar, vio que no tenía heridas graves, sólo cortes superficiales que habían sangrado profusamente. El agua fría empezó a devolverlo a la vida.

–Maldita sea, lo siento –murmuró–. Estaré bien.

Maggie le acarició el pelo. Uno de los cortes de su mejilla empezó a sangrar y ella uso de nuevo el trapo húmedo para limpiarle la cara.

–¿Puedes levantarte? –preguntó.

Él negó con la cabeza.

–Tómate tu tiempo –dijo ella.

Le rodeó con un brazo y le ayudó a ponerse en pie. Stride se tambaleó cuando quedó en posición vertical y se agarró a la encimera para no perder el equilibrio. Maggie lo condujo a través del espacio abierto hasta el cuarto de baño, donde él se sostuvo en el lavabo con ambas manos. Inclinó la cabeza y el pelo le cayó sobre la cara.

Maggie corrió la cortina de la ducha y abrió el grifo. Cogió una toalla, la mojó y la aplicó con cuidado a los restos de sangre que quedaban sobre la piel de Stride. Cuando la puso bajo el chorro de agua, un líquido rosado se arremolinó en el lavamanos.

Le ayudó a quitarse la camiseta manchada de sangre. Su pecho estaba empapado en sudor.

–Dúchate, ¿vale? –dijo ella–. Te sentará bien.

Al pasarse una mano por el pelo varios trocitos de cristal cayeron al suelo.

–Yo lo limpiaré –dijo ella.

Maggie lo dejó en el baño. Volvió a la cocina, cogió una escoba del armarito de la limpieza y barrió los cristales. Con un puñado de papel de celulosa enjugó la sangre y el zumo de naranja del suelo. Después lo tiró todo a la basura, se dirigió al dormitorio de Stride y encontró un par de *boxers* cortos en la cómoda. Abrió la puerta del baño y vio su sombra tras la cortina de la ducha. Tenía las manos apoyadas en la pared. Ella recogió la ropa sucia bajo su brazo y dejó los *boxers* en el toallero. Luego recogió con los dedos los cristalitos que quedaban.

Cuando terminó, se sentó en el suelo de la estancia principal con la espalda apoyada contra el sillón de piel roja de Stride y las rodillas abrazadas contra el pecho. Su corazón latía acelerado. Tragó con fuerza, miró sus pies e intentó mantener el tipo.

–Lo siento muchísimo.

Maggie miró hacia arriba. Stride estaba en la puerta del baño. Sólo llevaba los *boxers*. Las gotas de agua se pegaban a su cuerpo y su cabello oscuro estaba mojado. Maggie se frotó los ojos y miró sus pies de nuevo sin decir nada. Él avanzó con cuidado sobre la alfombra y se sentó junto a ella. Sus hombros se tocaron. La piel de él estaba cálida. Stride le pasó un brazo por los hombros y la atrajo hacia sí.

–Gracias –dijo.

Maggie se derrumbó. Lloró apoyada en su hombro, odiándose a sí misma por mostrarse tan débil y vulnerable ante él. Ella no era así. Se secó la cara y lo apartó de ella.

–Me has dado un susto de cojones.

–Lo sé.

–¿Qué te ha pasado? Cuéntamelo.

–Se me cayó un vaso –dijo él.

–¿Has tenido un ataque? ¿Un infarto? ¿Tengo que llamar a una ambulancia?

–No, no es nada de eso.

–Entonces, ¿qué ha sido?

Él vaciló.

–No creo que sea capaz de hablar de eso.

Ella se volvió para mirarle. Sus caras estaban otra vez muy juntas. Su voz se volvió más grave cuando le regañó.

–No me importa. Habla conmigo.

–Mags –murmuró él.

–Lo digo en serio. No vas a librarte de mí.

Juntó las yemas de los dedos, apoyó la barbilla y cerró los ojos.

–Me ha estado ocurriendo durante los dos últimos meses –susurró.

–¿El qué?

–Ataques de pánico. *Flashbacks*.

–¿*Flashbacks* de qué? –preguntó Maggie. Entonces lo entendió–. La caída.

Él asintió.

–Tiro algo, cualquier cosa y es como si estuviera de vuelta allí. No es sólo un recuerdo. *Estoy allí*. Y no mejora, va a peor. Me está volviendo loco.

Maggie exhaló un ruidoso suspiro.

–¿Se lo has contado a alguien?

Él movió negativamente la cabeza.

–No.

–Necesitas ayuda –le dijo bruscamente–. ¿Desde cuándo tienes que ser Superman? Oh, espera, ¿con quién estoy hablando? Tú no puedes apoyarte en nadie. Tienes que ser siempre fuerte.

Maggie se calló y se maldijo a sí misma. Luego se apoyó en él y descansó la frente en su mejilla.

–Lo siento.

–Tienes razón –dijo él.

–¿Son sólo los *flashbacks*? –preguntó ella–, ¿o hay algo más?

–Hay algo más –admitió él–. Me siento muerto por dentro. No me importa nada ni nadie. Cuando estaba sentado en la cocina, deseé estar muerto. Quiero decir, lo pensé de verdad...

Stride se calló.

–Me estás asustando –dijo Maggie.

–No iba a hacer nada, pero lo pensé.

Maggie cogió su mano entre las suyas. Sus ojos se encontraron y por primera vez en su relación, ella sintió que las diferencias entre los dos se fundían. No existía la diferencia de edad. La distancia entre un jefe y su compañero se había desvanecido. No existía una historia de sentimientos unidireccionales que ella había intentado olvidar. Estaban en un terreno de juego llano, un hombre, una mujer.

–No estás loco, ¿sabes? Es normal.

–¿Normal? Por favor...

–Si le pasara a otro, te darías cuenta enseguida. Lo que pasa es que no te ves a ti mismo.

–¿De qué estás hablando?

–TEPT. Trastorno por estrés postraumático. Por el amor de Dios. Despierta, ¿vale? Hace tres meses casi te mueres. ¿Crees que tu cuerpo puede curarse y que eso lo resuelve todo? Te has estado aislando porque te niegas a enfrentarte a ello.

Stride miró al techo.

–No tiene sentido, Mags. He pasado por cosas peores en mi vida. Incluso cuando perdí a Cindy, me mantuve en mis cabales.

–Yo estaba allí –le recordó–. Has bloqueado los recuerdos de lo horrible que fue.

No añadió que ella había intentado acercarse a él entonces y compartir su dolor y ayudarle a superarlo, y que él la había apartado de su lado.

–Pienso que es peor no sentir nada –insistió él–. Estoy en algún otro lugar, ido.

Maggie acarició su cuello con el reverso de sus dedos.

–No estás solo.

–Lo sé. Gracias.

–No es un pecado necesitar ayuda.

–Tal vez, pero estoy acostumbrado a resolver las cosas por mi cuenta –dijo él.

–No, no las resuelves en absoluto, pedazo de mula.

La expresión de él se suavizó y sonrió.

–Te he echado de menos.

–Yo también. No salgas corriendo de nuevo otra vez, ¿vale?

–Trato hecho.

Parecía normal continuar acariciándole, y lo hizo. Ella percibió lo que parecía una invitación en sus ojos y acarició con las yemas de los dedos la línea de su barbilla y luego sus labios.

–No has dicho nada –observó ella.

–¿Sobre qué?

–Sobre mí.

Él parpadeó sin entender. La miró hasta que finalmente la vio. La vio de verdad. Ella se dio cuenta de cómo la contemplaban sus ojos. Había permanecido alejada tanto tiempo que ahora se sentía desorientada mientras él la miraba de esa forma.

–Oh, Dios mío –dijo él con una sonrisa–. Tu pelo.

Alargó una mano y le apartó los mechones que caían sobre sus ojos. La intimidad del gesto la dejó sin respiración.

Ella le devolvió la sonrisa. Sólo con sus labios, burlona.

–¿Te gusta?

Él no tuvo que contestar. Su expresión lo decía todo. Ella no sabía si era gratitud o deseo, pero no le importaba. Las manos de él se deslizaron alrededor de la nuca de ella y la atrajo hacia sí.

La barbilla de Maggie se inclinó hacia atrás. Sintieron en la cara la calidez de la respiración del otro. Sus labios se acercaron, como atraídos por la fuerza de la gravedad, y se unieron con suavidad. Él la besó; ella le devolvió el beso. Cuando él se apartó, ella pensó en lo más recóndito de su mente: «Esto ha sido todo». Se había terminado, había habido un momento en que los dos habían danzado en el límite de una peligrosa línea y luego habían vuelto en sí, como si fuera lo único que podían hacer.

Pero no había terminado. El primer beso acabó, y mientras una fina capa de hielo se resquebrajaba bajo ellos, empezaron de nuevo. Su deseo era feroz, urgente. Antes de que Maggie se diera cuenta, la línea peligrosa se alejó tanto de ellos que ya no pudo verla. Una voz cantaba en su cabeza: «Error, error, error», pero ella cerró la puerta firmemente y aquella voz se volvió imperceptible e intrascendente. No pensaron en lo que estaban haciendo: sólo lo hicieron. Ella le ayudó a desnudarla y él se quitó los *boxers* de seda. Cuando los dos estuvieron desnudos, él se apretó contra ella presionándola contra la alfombra. Se afianzó sobre ella y sus brazos se abrieron camino bajo su espalda. Ella se arqueó para apretarse a él, mientras estrechaba su cara. Al momento siguiente, cuando las piernas de Maggie se tensaron en torno a la espalda de él, la penetró con un único y lascivo empujón.

«Error», dijo la voz de nuevo.

Maggie no la escuchó. Dejó de prestarle atención. La ahogó diciéndole lo mucho que le quería, pidiéndole que le hiciera el amor. Se aferró a él con tanta fuerza que sus uñas se clavaron en su piel. No podía estar más cerca, no podía dejar ni un centímetro cuadrado de su piel sin tocar. Él respondió con la misma intensidad, haciéndole el amor con el mismo abandono urgente.

En algún lugar, fuera de sí misma, se preguntó si también había una voz en la cabeza de él susurrándole que aquello era una equivocación. Si era así, tampoco la escuchó. Simplemente se aferraron el uno al otro y saltaron del puente juntos y, por un momento, ella tuvo la certeza de que podían volar. Y aun en el caso de que no pudieran, no importaba, porque el agua estaba tan lejos allá abajo que no podía ver como se acercaba.

27

Serena encontró a Regan Conrad sentada sola en la cafetería del hospital. La enfermera comía una ensalada verde y bebía de una botella de plástico de Aquafina. Vestía un uniforme color lavanda. Cuando Serena se sentó frente a ella, Regan echó un vistazo a las otras mesas para ver si alguien podía oírlas.

–Supongo que ha hablado con Valerie –dedujo Regan con una pequeña sonrisa.

Serena se inclinó hacia delante por encima de la mesa.

–No es una broma. Tiene suerte de que no la arreste.

–No sería la primera vez –replicó Regan masticando su ensalada–. Pero supongo que eso ya lo sabe, ¿no?

Serena lo sabía. Había hecho los deberes.

–Cuando tenía diecinueve años, la detuvieron por allanamiento de morada en Two Harbors –dijo.

Regan se encogió de hombros.

–Estaba sentada en el coche de mi novio. No sabía lo que él iba a hacer.

–Leí los informes de la policía –le contestó Serena–. Él dijo que fue idea de usted, que lo había incitado. La casa era propiedad de un hombre con el que usted se había acostado.

Regan pinchó un tomatito y se lo llevó a la boca.

–Los hombres dicen cualquier cosa. Ya lo sabe.

–Cuando tenía veinticuatro años, dejó mensajes amenazadores a una chica a la que acusaba de haberle robado el novio –continuó Serena.

–Me lo robó. La muy zorra.

–La chica encontró su gato decapitado en el patio trasero –señaló Serena.

–No fui yo –se defendió Regan–, aunque los gatos no me gustan demasiado.

–Además, alguien puso una bomba casera en su coche. La policía está convencida de que usted tuvo algo que ver en ello.

–Tenía una coartada. Nunca presentaron cargos contra mí.

–Creen que convenció a otra persona para que hiciera el trabajo sucio.

–Vaya, debo de ser muy persuasiva... –se burló Regan.

–También tiene una coartada para la noche en la que Callie Glenn desapareció –le dijo Serena.

–Ah, ya lo entiendo. Como no hay manera de que lo pueda haber hecho por mí misma, piensa que alguien lo hizo por mí. ¿Hay más crímenes que no he podido cometer de los que quiera hablarme?

–Le dijo a Valerie Glenn que usted *sabía* qué le había pasado a Callie.

–Lo sé. Y usted también. Fue Marcus.

–¿Tiene alguna prueba de su implicación?

–Marcus es listo. No creo que haya dejado ninguna prueba.

–¿Por qué se puso en contacto con Valerie? –preguntó Serena.

–Pensé que se merecía saber la verdad.

–¿La verdad? ¿Qué le dijo exactamente?

Regan se encogió de hombros.

–Sólo que Marcus me había contado las mismas cosas que a esa chica de Las Vegas. Él deseaba que Callie nunca hubiera nacido.

–¿Eso es todo?

–Si hubiera algo más, estoy segura de que Valerie se lo habría dicho.

–No se pase de lista –la atajó Serena–. ¿Por qué no quería que llamara a la policía?

–No creí que ella quisiera que ustedes se enteraran de la clase de persona que es Marcus. Las esposas tienen que tomar decisiones difíciles sobre las cosas con las que pueden vivir.

Serena agitó un dedo cerca de la cara de Regan. Había agotado su paciencia.

–No finja que está haciendo algo noble. No tiene ninguna

prueba contra Marcus. Simplemente pretende sabotear su matrimonio.

–Estoy siendo honesta –replicó Regan–. Usted es la única que está llenando la cabeza de Valerie de falsas esperanzas. Las madres desesperadas creerían cualquier cosa que les dijera. Si su hijo está en juego, creerían una mentira aun cuando la verdad les estallara en la cara. Usted le dijo a Valerie que Callie volverá a casa, pero en su interior, no lo cree. Piensa exactamente lo mismo que yo. Y su compañero también. Y Blair Rowe. La única diferencia es que yo tengo arrestos para decírselo a Valerie en la cara.

–Manténgase alejada de ella –le advirtió Serena en un tono brusco–. Está obstaculizando una investigación policial.

–¿Investigación? A mí me parece que están en un callejón sin salida.

–Creo que está ocultando algo –le dijo Serena–. La primera vez que hablé con usted, me presionó para que investigara a Micki Vega. ¿Sabe algo de ella y Marcus? ¿Piensa que ella está relacionada con la desaparición de Callie?

Regan sacudió la cabeza.

–No tengo ni idea, pero creo que Micki haría cualquier cosa que Marcus le pidiera. Obviamente, está enamorada de él.

–¿Por qué perdió Micki a su bebé?

–Fue un aborto espontáneo. Estas cosas pasan. No ocurrió nada raro.

–¿Cómo reaccionó ella? –quiso saber Serena.

–¿Cómo cree que reaccionó? Se puso histérica.

–Tuvo que ser duro para ella perder a su bebé y luego tener que cuidar a Callie.

–Estoy segura de que lo fue –dijo Regan–. ¿Qué está sugiriendo? ¿Qué Micki raptó a Callie Glenn para sustituir al bebé que había perdido?

–¿Es eso posible? –preguntó Serena.

–Todo es posible. Ya se lo he dicho, las madres pueden ser criaturas desesperadas.

–La gente desesperada puede ser manipulada.

–¿Por mí? ¿Piensa que persuadí a Micki para que se llevara a Callie?

–¿Lo hizo?

–Por supuesto que no.

–Tiene un historial de personas que comen de la palma de su mano y hacen lo que usted quiere –insistió Serena.

–No he hablado con Micki en meses. Si alguien la ha manipulado, es Marcus. Quién sabe qué ideas le ha metido en su cabecita enamorada.

–¿Por qué querría Marcus que Micki hiciera daño a su hija o que se la llevara?

–Si descubre por qué –dijo Regan, bajando la voz hasta convertirla en un susurro–, entonces supongo que lo sabrá todo.

–Le estoy preguntando a usted.

Regan se levantó.

–Lo siento. No quiero obstaculizar su «investigación».

Serena se puso también en pie y acercó su cara a la de Regan.

–¿Tuvo algo que ver con la desaparición de Callie?

–Sabe que no. Esa noche estaba aquí, en el hospital.

–¿Sabe qué le ha pasado?

–Las dos lo sabemos, pero usted se empeña en no aceptar la realidad. Usted quiere convertir algo simple en algo complejo. Marcus está, obviamente, involucrado. Y puede que Micki también.

–¿Quién había en su casa la noche que hablé con usted? –preguntó Serena.

–¿Perdone?

–Vi un viejo Escort en el camino de entrada a su casa cuando llegué. Cuando me fui, ya no estaba. Alguien se escabulló mientras yo estaba con usted. ¿Quién era?

–Soy una profesional de la medicina. No es de su incumbencia con quién hablo.

–Entonces, ¿se trataba de un paciente?

–Creo que hemos terminado –dijo Regan–. Si quiere hablar de mi trabajo, puede conseguir que un juez le dé una orden. Le deseo buena suerte con eso.

–Esto no ha terminado. Nos volveremos a ver.

–Estoy segura de que sí –la desafió Regan–. Obviamente está obsesionada conmigo, señorita Dial. Pero ojalá me dejara en paz e hiciera algo útil. Como coger al asesino de mi vecindario.

–La policía de Duluth le pillará.

–¿De verdad? ¿Se supone que eso es un consuelo?

–La policía hace todo lo que puede.

–Dígaselo a las cuatro mujeres que están muertas –replicó Regan–. Yo sigo durmiendo con mi escopeta.

28

Stride aparcó en la empinada cuesta del lado oeste de Lake Avenue, en la zona del centro de Duluth conocida como Central Hillside. Era la parte sórdida de la ciudad, que durante los meses cálidos se llenaba de vagabundos y prostitutas. El invierno mandaba a la mayor parte de la población itinerante al sur, como los pájaros migratorios, pero algunas almas bondadosas pululaban ociosas por allí para mantener ocupados a los policías y a las agencias de servicios sociales. Al aparcar, vio a un grupo de jóvenes con aspecto sospechoso y pesados abrigos que observaban su coche desde la esquina de la calle Cuatro.

Maggie estaba sentada cerca de él con la barbilla apoyada en el puño mientras miraba por la ventana. Apenas habían cruzado palabra desde que había sucedido.

–¿Ésta es la casa de Nick Garaldo? –preguntó Stride señalando con la cabeza al edificio de ladrillo de cuatro plantas con las ventanas rotas.

Maggie asintió.

–Sí, ésta es.

Stride sabía que debía ser el primero en hablar. Era culpa suya. Durante más de diez años, había ido con pies de plomo con Maggie; consciente de sus sentimientos hacia él, había tratado de no alentarla. Ahora les había metido a ambos en una situación imposible.

La miró, en el otro lado del coche. El pelo rojo como un camión de bomberos. Ésa era Maggie. Salvaje y a la última. Haciendo siempre lo que quería. Lo mismo que con el diamante en su nariz. Él siempre había sido un tipo reservado y serio, y ella era divertida y excéntrica, pero habían conectado. Yin y yang. No podía imaginarse su vida sin ella. Ésa era una de las razones por la que él siempre había mantenido una distancia de seguridad entre los dos, aun en esos momentos en los que ella le había dejado claro que él podía cruzar la línea. Ahora esa distancia había desaparecido.

Error. Tenía que admitirlo. Error. Ella esperaba que él rompiera el silencio y les diera a ambos la oportunidad de fingir que eso nunca había sucedido.

Excepto por el hecho de que él no lo sentía así. Algo había cambiado. Se sentía vivo de nuevo. Se dio cuenta de que el arca repleta de troncos muertos y escombros de su cabeza por fin se había roto, pero la avalancha que la acompañaba estaba fuera de control. Las emociones rebotaban por su alma amenazando con provocar serios daños. Como si él no le hubiera hecho ya suficiente daño a su vida.

Serena.

Sintió una punzante oleada de culpa. Serena. Ella había sido el centro de su vida durante los últimos tres años, y él le había dado la espalda y la había engañado. Serena no era tonta. Ella siempre había sabido lo que Maggie sentía por él. Si había algo que le preocupara es que pudiera acostarse con ella algún día.

Y ahora lo había hecho.

–Mags –dijo.

Ella volvió la cabeza para mirarle. Él contempló su rostro que mostraba una expresión paciente y expectante. Maggie asumió que él saldría corriendo como alma que lleva el diablo. Estaba esperando a que él lo dijera. Error.

Como él no dijo nada, Maggie acudió de nuevo a su rescate.

–Mira, ¿tenemos que sacar las cosas de quicio? –le preguntó–. Tú te sientes terriblemente culpable, pero no deberías. Yo no lo hago. Nos necesitábamos el uno al otro y ha sucedido. No es necesario que Serena se entere nunca. Puedes hacer que el tiempo retroceda y que todo vuelva a ser igual que antes.

–¿Y qué hay de nosotros? –preguntó él.

Ella se dio la vuelta sin responder. Stride sabía por qué. Aun cuando él se convenciera de que Serena y él podían llegar a estar como antes, tenía la absoluta certeza de que su relación con

Maggie había cambiado para siempre. No podían fingir que nada había pasado.

–Echemos un vistazo al apartamento, ¿vale? –propuso ella, eludiendo la pregunta–. Seguramente el propietario es ese de allí.

Salieron de la furgoneta y se acercaron a un hombre negro de baja estatura que caminaba arriba y abajo frente al edificio de apartamentos. Les saludó con un firme apretón de manos y se presentó como Rufus Durand.

Durand tenía el pelo color gris acero y rondaba los sesenta. Utilizó su llave para abrir la puerta de la calle.

–El apartamento del señor Garaldo está en la última planta –indicó al tiempo que les entregaba una llave maestra con una vieja cuchara de madera atada a la cadena con una goma–. Es el 405. Supongo que quieren ir solos, ¿no?

El tono de Durand no admitía dudas: no iba a subir con ellos. Si había un cuerpo dentro, no quería verlo. Probablemente no era la primera vez que uno de sus realquilados salía con los pies por delante.

–Le devolveremos la llave –dijo Maggie.

–Sí, tómense su tiempo. Estaré aquí sentado haciendo el crucigrama.

Se sacó un periódico de debajo del brazo y se sentó en una silla ante una mesa en la pared opuesta al ascensor.

Stride y Maggie tomaron éste para subir. El aparato era viejo y lento. Maggie se metió las manos en los bolsillos de sus tejanos y bailó impacientemente sobre las puntas de sus pies.

–¿Cuándo fue la última vez que vieron a este tipo?

–El sábado.

–¿Y desde entonces nada?

–No. Ni una llamada desde su móvil, y no se presentó en el trabajo. Llamé a sus padres en Des Moines. No tienen noticias de él.

Encontraron el apartamento de Nick Garaldo y llamaron. Nadie contestó. Maggie cogió la llave, la empujó dentro de la cerradura y entraron. El apartamento de Garaldo tenía un único dormitorio, un espacio abierto que hacía de salita y de comedor, y una pequeña cocina. El mobiliario era escaso y tenía aspecto de ser de saldo. Stride se dirigió al dormitorio y oyó como Maggie abría los cajones de la cocina. Se encontró con una cama individual, sin hacer, y una mesilla de noche con una lámpara, un despertador y un libro manoseado. Era una novela sobre un detective privado de Minnesota escrita por David Housewright.

Stride se puso los guantes y abrió el cajón de la mesilla. Garaldo no había acumulado demasiados trastos. El cajón contenía una caja medio vacía de condones, colonia Old Spice, varias novelas de misterio más y artículos varios que iban desde clips de papel a migas de patatas fritas. Cerró el cajón y se arrodilló para mirar debajo de la cama, donde encontró varios polvorientos pares de zapatillas deportivas. Cerca de uno de los zapatos, distinguió un disco negro no mayor que un sello de correos que recogió y sostuvo entre sus dedos. Era una tarjeta de memoria de una cámara digital. La guardó en una bolsa.

Registró el baño anexo y no encontró nada extraño. No había drogas ilegales en el armario botiquín. Una receta de un medicamento antialérgico. Botellas de champú con jabón seco. Volvió a la sala de estar.

–¿Has encontrado algo? –preguntó a Maggie.

Ella movió negativamente la cabeza.

–Le gustan los pistachos rojos. He encontrado un bote enorme en la cocina. Por lo demás, nada.

Él le alargó la tarjeta de memoria.

–Ha estado tomando fotos.

–¿Has encontrado su cámara?

Stride negó con la cabeza.

–No.

–Es interesante –observó Maggie.

Había un teléfono en la mesita baja situada cerca del televisor. Vieron que la luz roja del contestador parpadeaba. Maggie pulsó el botón para escuchar los mensajes. Eran siete en total, tres de su novia, dos de su jefe en el muelle y dos de sus padres, que mencionaban que la policía estaba preguntando por él. Parecían preocupados.

–No veo ninguna agenda –dijo Stride–. ¿Qué hay de su correo?

–Facturas. Cliente asiduo en REI. Debe de ser aficionado a la montaña.

–Quizá fue de excursión y tuvo un accidente –sugirió él.

–Es posible. Pasaré la alerta a los forestales.

Stride inspeccionó la habitación. El televisor de Garaldo estaba en las estanterías laminadas de una pared. Había un par de auriculares de ipod en el estante superior, pero la funda del ipod estaba vacía. Más allá de las estanterías, vio un escritorio de roble con una pantalla de ordenador Dell.

–¿Has encontrado botas de montaña en el armario o debajo de la cama? –preguntó Maggie.

Stride negó con la cabeza.

–Es imposible que este chico no tenga ni un par de botas –señaló Maggie.

–¿Qué hay de su coche?

–Tiene un Chevy Malibu registrado a su nombre. He emitido una orden de búsqueda. Todavía no hay nada.

–Echemos un vistazo en su ordenador –decidió Stride.

La luz verde del encendido brillaba en la pantalla sobre el escritorio de roble. Stride extrajo la balda del teclado y movió el ratón. Sin resultado, así que abrió el papel del compartimento para el ordenador. Dentro, encontró un SAI y el hueco para una torre CPU.

La torre no estaba. Los cables del teclado, la pantalla y la conexión de Ethernet colgaban dentro, sin conectar. Detrás de él, Maggie silbó.

–Alguien se lo ha llevado –concluyó–. Empiezo a tener un mal presentimiento, jefe.

Él notó como ella volvía a sus viejas costumbres y lo llamaba «jefe» como siempre.

–Tal vez sólo necesitara una puesta a punto –apuntó él–, o es posible que, después de todo, no estemos hablando de un accidente en una excursión.

–Ordenaré que venga un equipo forense.

El móvil de Maggie empezó a sonar. Tras sacarlo del bolsillo, ella le dirigió una mirada incómoda.

–Es Serena –dijo.

A Stride se le revolvió el estómago.

–Hey –saludó Maggie con una espontaneidad que a Stride le

sonó forzada. Escuchó y dijo–: Sí, de acuerdo, vale. Sí, está conmigo, se lo diré. Nos vemos dentro de unas horas.

Colgó. Stride alzó las cejas.

–Serena está en Duluth –le explicó Maggie–. Irá a buscar una pizza a Sammy's más tarde.

Stride cerró los ojos.

–Mierda.

–Traeré también a Kasey –propuso Maggie–. Eso hará que resulte menos embarazoso.

Stride asintió.

–No voy a decir nada –añadió ella. Mientras él permanecía en silencio, ella trató de leer en su rostro–. Te estoy proporcionando una salida, lo sabes, ¿no? Un pase libre. Di sólo que fue un error.

Ésa era la salida fácil. Para ambos. Añadirlo a la lista de arrepentimientos secretos que acumulas durante tu vida.

–No puedo decir eso –respondió–. No sé si fue una equivocación.

29

El martes por la noche, Serena estaba sentada en un reservado del Sammy's Pizza. Tenía la cabeza inclinada para revisar los correos electrónicos sobre Callie cuando Stride y Maggie llegaron. Alzó la vista cuando ella se deslizó en el banco de enfrente y al verle el pelo, tiró la Blackberry en el cesto de pan de ajo.

–Joder.

Maggie parpadeó.

–¿Qué, hay algo diferente?

–Uau.

–¿Un uau bueno o un uau malo?

–Un uau sexy –dijo Serena.

Serena sabía que Maggie era una de esas mujeres que criticaban su propio aspecto con comentarios sarcásticos. Pero no esa noche. Su cabello carmesí la hacía parecer una modelo de Nueva York. Cualquier otro día, Serena se hubiera alegrado por ella, pero la transformación de Maggie le molestó. No se sentía particularmente atractiva, y aquel cambio operado en su amiga la hizo sentir peor.

Stride se sentó junto a Serena y la besó en la mejilla. Ella vio como los ojos de Maggie iban de uno al otro, observando la evidente tensión.

–Hola.

Una policía joven con el cabello tan rojo como Maggie permanecía de pie junto a la mesa. Parecía incómoda.

–Serena, ésta es Kasey –la presentó Maggie.

–Ah, sí, he oído hablar de ti –le dijo Serena–. Demostraste tener un par.

El rostro de Kasey se contrajo en una sonrisa insegura. Se sentó muy erguida cerca de Maggie, como si estuviera en posición de firmes.

–¿Estás bien? –le preguntó Maggie.

–Estoy aterrorizada –admitió Kasey.

–¿Quieres que alguien se quede contigo está noche? Quizás os sentiríais mejor si no estuvierais solos.

Kasey negó con la cabeza.

–Estaremos bien. Bruce ha asegurado la casa como si fuera una prisión.

La camarera dejó entre ellos una humeante pizza de casi dos palmos de diámetro servida en una bandeja de aluminio. Trozos de salchicha y rodajas de salami la adornaban en pulcras hileras. Cada uno cogió en silencio varias porciones y las colocó en su plato.

–¿Hay novedades respecto a Callie? –preguntó Maggie, que frunció los labios y sopló sobre un pedazo de pizza para enfriarlo.

–Creo que Regan Conrad sabe más de lo que me cuenta –explicó Serena.

–Disculpa, ¿quién? –preguntó Kasey.

–Regan es una enfermera que tuvo una aventura con Marcus Glenn –aclaró Serena–. Tenía la llave de la casa y conocía su distribución. También conocía a Migdalia Vega, que estaba dentro de la casa cuando Callie desapareció. Son demasiadas casualidades.

–Entonces, ¿qué quieres hacer? –preguntó Stride.

–Conseguir una orden de registro.

–No estoy seguro de que tengamos suficientes razones –adujo él.

–Le dijo a Valerie Glenn que sabía qué le había pasado a Callie –insistió Serena–. Es más, oí un bebé cuando estuve en su casa el sábado.

–¿De verdad piensas que Regan tiene allí a Callie? –preguntó Maggie, dubitativa.

–Si dijera que sí, creo que un juez podría extender una orden.

Stride frunció el ceño.

–Tal vez.

Serena se metió un pedazo de pizza en la boca. Trató de descifrar la extraña dinámica que se había establecido entre los tres. Stride y ella actuaban casi como desconocidos, pero incluso éste y Maggie parecían evitarse el uno al otro. Se dijo a sí misma que se debía a un virus que había empezado en la cabeza de Stride, se le había contagiado a ella y ahora también había infectado a Maggie. Kasey parecía incómoda en aquella compañía. La joven agente jugueteó con la pizza en su plato y apenas probó bocado. Mantenía los ojos alerta, abiertos de par en par, como un gorrión saltando sobre la hierba, alerta porque un gato podría lanzarse sobre él en cualquier momento.

Juntó a ella, Stride miró su reloj.

–Van a dar las noticias.

Salió del reservado. Había un televisor en un estante alto en un rincón del restaurante, unos metros más allá. La encendió y cambió de canal hasta que encontró uno de informativos. No tuvieron que esperar mucho para ver la historia candente de la semana. Cuando la cadena dio paso a una conexión en directo con Blair Rowe frente al edificio de la oficina del condado de Grand Rapids, Stride subió el volumen del receptor. Serena podía oírlo desde la mesa.

–«...un nuevo giro en la desaparición de Callie Glenn –informó Blair en un tono chillón producto de la excitación, mientras se ajustaba las negras gafas sobre su nariz–. Como saben, durante estos días nos hemos enterado de hechos inquietantes en relación con el padre de Callie, Marcus Glenn. No obstante, esta noche la agitación en Grand Rapids no le tiene a él de protagonista, sino a la madre de Callie, Valerie. Ella ha sido la figura hermosa y trágica de esta historia, que rogaba para que su hija volviera e insistía en que su marido es inocente. La policía no ha considerado a Valerie sospechosa de la desaparición, en parte, quizá, porque su hermana es una veterana miembro del departamento del sheriff. Después de publicidad, sin embargo, nos fijaremos más detenidamente en Valerie Glenn y su historial de trastornos mentales. También compartiré con ustedes una asombrosa información que puede constituir el motivo oculto que la policía necesita en su investigación sobre Marcus Glenn.»

La cadena se fue a publicidad.

–¿El historial de trastornos mentales de Valerie? –exclamó Serena–. ¿Qué pretende hacerle esta zorra?

Stride volvió a la mesa.

–¿Insinuó algo Valerie sobre este presunto secreto?

Serena negó con la cabeza.

–No dijo nada.

Pensó en lo que había dicho Regan: «Si descubre por qué, entonces supongo que lo sabrá todo».

El teléfono de Stride sonó. Lo cogió y miró el identificador de llamadas.

–Las buenas noticias viajan muy deprisa –comentó–. Es Denise. Mejor contesto.

Se dirigió hacia la puerta, dejando a las tres mujeres solas.

Serena siguió mirando de reojo el televisor. Al irse Stride, Maggie empezó a moverse nerviosamente. Era como si el virus se hubiera propagado también entre las dos. Su relación era tirante.

–Debería irme –anunció Kasey en aquel silencio–. No quiero que Bruce se preocupe.

–¿Seguro que no quieres que un agente vaya a tu casa esta noche? –preguntó Maggie–. Puedo tener a alguien allí dentro de una hora.

–No, de verdad, gracias.

–De acuerdo. Te veré mañana.

Kasey vaciló y bajó la vista.

–Yo... eh, no sé qué pasará mañana.

–Si necesitas un día, tómatelo –dijo Maggie.

–Sí, de eso se trata. Lo voy a dejar.

–¿Te refieres a dejar el cuerpo?

Kasey asintió.

–Después de lo que pasó ayer por la noche, Bruce y yo creemos que es lo mejor. Ya sabes, irnos, empezar de nuevo. Ir a algún sitio donde ese tipo no pueda encontrarme.

–No quiero perderte, Kasey –replicó Maggie–, pero no te culparé si decides marcharte.

–Sería diferente si se tratara sólo de mí, pero tengo que pensar en mi familia.

–Por supuesto.

–De todas formas, te llamaré mañana.

–De acuerdo.

Kasey se levantó. Serena miró sus rizos rojos balancearse cuando dejó el restaurante con paso rápido y decidido. La joven agente empujó la puerta, salió, torció a la derecha hacia la calle Uno y desapareció.

–¿Qué harías si estuvieras en su pellejo? –preguntó Serena.

Maggie seguía sin mirarla.

–¿Qué pasa contigo? –preguntó Serena–. ¿Algo va mal?

–No, sólo lo de siempre –replicó Maggie.

–¿Te ha dicho algo Jonny?

–¿Cómo qué?

–Como qué es lo que le preocupa.

–No, no suelta prenda –dijo ella.

Serena escrutó la cara de Maggie y, para su consternación, se dio cuenta de que no la creía.

–¿No dijo nada? –insistió.

–No, lo siento.

Serena se inclinó hacia delante.

–Maggie, necesito tu ayuda. Tengo que saber qué coño le está pasando.

–No debería meterme en medio –le dijo Maggie.

–Creo que ya lo estás.

–¿Qué quieres de mí, Serena?

–La verdad.

–No podrías afrontar la verdad –dijo Maggie con voz de Jack Nicholson.

–No bromees –le pidió Serena.

–Estoy segura de que te lo dirá cuando esté preparado.

–¿Decirme qué?

–Lo que sea que le preocupa.

–Lo dices como si tú ya supieras qué es –observó Serena.

–¡Joder! ¿No podéis dejarme fuera de esto? –espetó Maggie, sobresaltándola–. Él es tu amante. Yo sólo soy la tercera en discordia desde que vosotros dos os fuisteis a vivir juntos. Habla con él, no conmigo, ¿vale?

Serena se levantó y pestañeó para reprimir las lágrimas.

–Genial.

–Lo siento –se disculpó Maggie.

Serena no respondió.

–Ataques de pánico, ¿vale? –dijo Maggie.

Serena la miró.

–¿Qué?

–Desde la caída, Stride empezó a tener ataques de pánico. *Flashbacks*.

–¿Te contó él eso?

Maggie asintió.

–Creo que es síndrome de estés postraumático. Necesita ayuda.

Serena se preguntó por qué no se había dado cuenta ella. Parecía obvio, al oírselo describir a Maggie.

–Pero yo no te he contado nada sobre esto –añadió ésta–. ¿De acuerdo?

Asintió.

–Claro.

Serena pensó en Jonny viendo como su vida se desmontaba y se sintió culpable por no haber podido ayudarle. Porque él no le había contado nada sobre su dolor. En cambio, había desnudado su alma con Maggie.

Pensaba que saber la verdad la haría sentir mejor, pero no fue así. Maggie y Jack Nicholson tenían la razón. No podía afrontarla.

–Denise –dijo Stride al teléfono al salir del restaurante.

–¿Estás viendo las noticias? –preguntó ella.

–Sí.

–Jodida Blair Rowe –dijo Denise.

–Parece como si tuviera sus cinco sentidos puestos en Valerie.

–Sí, el angelito de mi hermana.

–¿Sabes cuál es el gran secreto? –quiso saber Stride.

La voz de Denise sonaba apagada; se había vaciado de emociones, como el aceite de un coche.

–Sí, lo sé.

–¿De qué se trata? ¿Está relacionado con el caso?

–No tengo ni idea. En lo que a mí concierne, no pienso preocuparme más de lo que le pase a mi hermana.

–¿Qué ocurre, Denise? ¿Qué ha averiguado Blair sobre Valerie?

–Continúa mirando y lo descubrirás. Disfruta del espectáculo, como todos los demás. Blair va a contar al mundo entero que Valerie tenía una aventura.

Stride tuvo un mal presentimiento.

–¿Una aventura? ¿Con quién?

–Con Tom –replicó Denise–. Por lo que se ve, mi hermana no tenía suficiente con la belleza y el dinero. También tenía que quedarse con mi marido.

30

Regan Conrad salió de su Hummer en el camino de acceso a su casa y empujó la puerta cerrada. Detrás de ella, la luz del porche dibujó su sombra convirtiéndola en un gigante sobre los campos aletargados. Dio unos pasos sobre la tierra, allí donde los campos empezaban, ladeó la cabeza y escuchó. Entre los árboles, el viento sonaba como el murmullo de un río. Unos kilómetros más allá, un tren traqueteaba dirección sur desde Iron Range. Oyó la bocina de un camión bramando en la autopista. Eso era todo. Nada más se movió o le devolvió la mirada. En su lugar, el viento sopló con más fuerza y los lacios y pesados brazos de los abetos se sacudieron con una risa.

Debajo de la ropa, sin embargo, se le puso la carne de gallina. No era sólo el frío de la noche. También creyó ver unos ojos en la oscuridad.

«Estás paranoica», se dijo a sí misma.

Regan entró en su casa y encendió las luces. Se quedó en el vestíbulo, examinando las puertas cerradas en los dos niveles. La mayoría de las noches no les prestaba ninguna atención. Es extraño como puedes dejarte llevar por la imaginación; cuando lo haces, cada puerta y espacio oscuro es una amenaza. No hace falta ser un niño para tener miedo de los monstruos en el armario.

Entró en la cocina y se sirvió una copita de whisky. Antes de sentarse, vio la luz parpadeante del contestador. Dos mensajes. Pulsó el botón del «play» y dio un trago mientras escuchaba. El primer mensaje era de Marcus Glenn. Pobre Marcus. Estaba destrozado.

–«Regan, maldita sea, ¿qué intentas hacerme? ¿Qué le explicaste a Valerie? Mi enfermera me ha contado que te encontró en mi oficina el fin de semana. Quiero saber qué estabas haciendo allí. Tenemos que hablar cuanto antes, maldita zorra; estás loca. Tengo que verte. Quiero saber *qué coño has hecho.*»

Sus labios se curvaron en una sonrisa. Se preguntó si él sospechaba lo que había robado de sus informes. Qué tonto era; si hasta esa zorra rubia le ponía los cuernos. ¿Cómo podía tolerarla en su cama? Una mujer que apenas se movía cuando le hacía el amor y luego tenía el valor de entregarle su cuerpo a otro.

Marcus podría haber tenido a Regan.

Podrían haber seguido juntos. Fue su error equivocarse en la elección.

–¿Cómo sienta eso? –le gruñó a la máquina–. ¿Te gusta tener al mundo entero contra ti? ¿Incluso a tu bonita mujercita?

El segundo mensaje lo habían dejado una hora antes, pero estaba en blanco. Vacío. Un minuto entero con nada más que silencio. Su cara se torció en un gesto de preocupación mientras escuchaba. Cuanto más tiempo se alargaba el silencioso mensaje, más amenazador parecía.

Se levantó y comprobó los datos de las llamadas entrantes en el teléfono. La última aparecía como «PRIVADA».

Regan volvió a poner el mensaje y se inclinó para acercarse a la máquina. Esta vez, oyó una respiración de fondo. Quienquiera que fuese había dejado que la llamada transcurriera sin decir nada, pero había respirado lo bastante cerca del teléfono para que Regan pudiera oírlo.

Borró ambos mensajes. Quizás era Marcus otra vez, jugando con su mente. No le daría la satisfacción de asustarse.

Se sirvió otra copa, se la bebió de un trago y subió al piso de arriba. Pensó en dejar las luces de la planta baja encendidas, pero se dijo que estaba exagerando. La casa estaba vacía. Las puertas y las ventanas estaban cerradas con llave y aseguradas. En su habitación, se quitó la bata y la lanzó por el tubo de la ropa sucia hasta el sótano. Se cepilló los dientes y se dio una ducha. Luego se metió en la cama con el cuerpo tibio y húmedo.

Extendió la mano derecha. Cerca de la cama, apoyada contra la pared, tenía una escopeta. Con dos cartuchos cargados. Cogerla, apuntar y disparar. Acarició la empuñadura de madera brillante con los dedos y se sintió mejor. Apagó la lámpara de su mesita de noche, y la habitación quedó en la más completa oscuridad, apenas rota por el brillo verdoso del reloj.

Cerró los ojos. Unos momentos después, estaba soñando.

Regan no tenía ni idea de cuánto tiempo había pasado cuando se despertó de pronto.

Abrió los ojos de par en par. Miró hacia el reloj, pero estaba a oscuras, y el silencio absoluto de la casa le indicó que no había corriente. Con la calefacción apagada, la habitación se había enfriado. Sus brazos y hombros desnudos descansaban sobre la manta, helados. El sueño se esfumó progresivamente a medida que su mente retornaba al mundo real. Miró al techo sin ver nada.

La sensación de que había unos ojos en la oscuridad volvió, pero esta vez dentro, con ella, en la habitación. Permaneció tendida, petrificada, negándose a escucharse a sí misma. Pensó en cerrar los ojos otra vez y fingir que todo iba bien. Volver a dormir. Soñar. Sólo era su imaginación.

Quizás estaba soñando ahora. Pero sabía que no era así.

«Está aquí», pensó.

Su mano derecha volvió a la vida. Centímetro a centímetro sus dedos reptaron sobre la seda de la colcha, moviéndose invisibles en la habitación a oscuras. Nadie podría verlo. Su mano bajó por el lado de la cama y se extendió, intentando encontrar el cañón de la escopeta, lista para tirar del arma y lanzarla a sus brazos. Sabía exactamente dónde estaba, había medido la distancia en la oscuridad incontables veces en el último mes, había practicado una y otra vez por si acaso ese momento llegaba.

El arma había desaparecido. No estaba allí.

Su corazón se desbocó de pánico. Se irguió sobre la cama, dejando de fingir. La colcha cayó al suelo. Respiró con grandes bocanadas y su pecho se agitó de miedo. Se inclinó hacia abajo y buscó desesperadamente por el suelo con las manos, pensando tal vez que el arma había resbalado.

Pero no. Oyó un ruido. Había alguien más en la habitación, delante de ella, sentado en el sillón, mirándola. Se recostó en el cabezal y escrutó con la mirada, en busca de algún pequeño resquicio de luz, pero todo estaba oscuro.

Una voz llegó desde el otro lado de la habitación. Amarga e intensa.

–¿Por qué no pudiste mantener la boca cerrada?

Ella lo entendió. Ahora todo tenía sentido.

–Estás cometiendo un error –respondió Regan con su voz más tranquila–. No tienes que hacer esto.

Eran palabras dulces y persuasivas, pero esta vez no funcionaron. La voz rompió el silencio de nuevo.

–Me mentiste.

Regan se preguntó si tenía alguna oportunidad de escapar. Se había ido a dormir con la puerta de la habitación abierta pero ahora, tras un breve escrutinio en la oscuridad, se dio cuenta de que estaba cerrada. En menos de cinco segundos, podía salir de la cama y llegar al pasillo; desde allí, tendría una oportunidad. Buscó el momento oportuno para correr.

No había tiempo.

Regan oyó el ruido de alguien cambiando de postura en la silla. Levantándose. La madera y el metal de la pistola se movieron.

Tiró el cobertor y corrió hacia la puerta, pero no fue lo suficientemente rápida. Al tercer paso, justo cuando estaba en medio de su lujosa alfombra, la escopeta estalló y un fogonazo iluminó la oscuridad. Aulló cuando el proyectil hizo estragos en la carne y en el hueso de su cadera y la derribó hacia atrás. Sus piernas dejaron de sostenerla; cayó al suelo. Se arrastró hacia la puerta, pero los dos metros que la separaban del pasillo parecían infinitos.

Un líquido caliente fluía por su piel. Su cara se contrajo cuando el dolor irradió desde lo más profundo de su ser. Tenía sangre en la boca, justo en el lugar en que se había mordido la lengua. El olor de la pólvora quemada se suspendía como una nube en la habitación.

Oyó unos pasos de alguien que se acercaba y se quedaba de pie a su lado. Mientras se retorcía, el metal del cañón se apoyó en la piel de su frente. El peso muerto se posó allí y presionó su cráneo, como si la persona que sujetaba el arma estuviera dudando.

Regan se sorprendió echándose a reír. La sangre salía en burbujas de sus labios. Sólo podía pensar en la maldita canción de Duffy, como si oyera su ritmo acompasado al latido de su corazón, que derramaba sangre al suelo. Se le ocurrió implorar piedad, pero sería en vano. Era demasiado tarde para eso. No la esperaba y no la iba a obtener. Se produjo otra llamarada. A la velocidad de la luz, el destello alcanzó sus ojos un milisegundo antes de que el proyectil detonara dentro de su cerebro.

Sin piedad.

Tercera parte

Grito silencioso

31

El miércoles por la mañana, al abrir la puerta de su casa Valerie se encontró a Denise de pie en el porche. Se encogió al ver la expresión pétrea de la cara de su hermana, que ocultaba las heridas de la traición y la humillación. Valerie se habría sentido mejor si Denise le hubiera gritado pero, en lugar de eso, entró en la casa sin decir ni una palabra.

–¿Dónde está Marcus? –preguntó después de que Valerie cerrara la puerta.

–En Duluth. Tenía una operación esta mañana.

Denise movió incómoda la mandíbula como si tuviera algo entre los dientes.

–¿Quieres un café? –preguntó Valerie.

–Sí. Muy bien.

Anduvieron en silencio por el pasillo blanco. Valerie cogió una taza, la llenó de café y la empujó por la isleta de la cocina en dirección a Denise. Se sentó en un taburete y esperó, pero su hermana no se sentó enseguida. Valerie pudo ver como sus ojos comparaban las encimeras de granito y los electrodomésticos de acero inoxidable con su propia cocina, que era como una caja de zapatos. Cada vez que Denise ponía los pies allí se producía la misma rutina. Valerie era consciente de la amarga envidia que Denise sentía por su dinero. A su vez, ella se sentía culpable por cada mirada fulminante.

–Escucha, Denise –empezó a decir, pero su hermana alzó una mano para que callara.

–No digas que lo sientes. No quiero oír eso.

–Entonces, ¿qué puedo decir? –preguntó Valerie.

–De momento, no digas nada.

Denise contempló la vasta ladera de hierba que bajaba hasta el lago. Se atusó el cabello detrás de las orejas y bebió el café en silencio. Iba sin maquillar. Valerie sabía que Denise evitaba deliberadamente parecer femenina y, durante años, ella había asumido que era por su trabajo. Los polis no eran niñas. Tenían que ser duros. Ahora Valerie se preguntó si la verdadera razón era evitar comparaciones con ella; fingir que no había ninguna competencia entre las dos.

–Has sido una egoísta toda tu vida –le soltó Denise con voz áspera, furiosa–. Todo ha sido tan fácil para ti. Nunca te has preocupado por lo que yo he tenido que pasar. Me he partido el culo para conseguir una décima parte de lo que tú tienes y nunca te has esforzado por una maldita cosa, ¿o sí lo has hecho?

Valerie no dijo nada para negarlo ni como protesta. Denise lo creía así, y merecía una oportunidad de culparla para aliviar toda su furia.

–Siempre me he preguntado si alguna vez has dedicado un solo pensamiento a mí y a mi vida –continuó Denise al tiempo que se daba la vuelta desde la ventana–. Supongo que ahora ya lo sé, ¿no? Si hay algo que quieres, lo coges y a la mierda todos los demás. ¿Tienes la menor idea de lo que significa criar cuatro hijos y estar disponible cada hora del día y de la noche mientras te preguntas si conseguirás suficiente dinero para pagar la hipoteca este mes?

–No, no lo sé. Tienes razón.

–Bien, tal vez deberías intentar ponerte en la piel de los demás de vez en cuando. Sería bonito. ¿Crees que no me he dado cuenta de que Tom y yo nos hemos alejado? He visto cómo sucedía durante años. Pero ¿quieres saber una cosa? Algunas veces, la vida acaba con el amor. Es una putada, pero es así. Puede que tenga un matrimonio de mierda, pero es *mi* matrimonio. No el tuyo. O al menos lo era hasta que Tom decidió que prefería una fantasía contigo que la vida real conmigo.

–No culpes a Tom, por favor –le pidió Valerie–. Ha sido culpa mía.

–¿Crees que te necesito para que defiendas a mi marido? Conozco a Tom. Él quiere ser siempre el fuerte, el hombro sobre el que llorar. Y entonces llegas tú, toda hermosa y llorosa y solitaria, y, ¡vaya por Dios!, una cosa lleva a la otra. ¿No? ¿Es eso lo que me ibas a explicar? Bien, no te preocupes. Tom tenía que elegir y escogió mal. No importa si ninguno de los dos quería que esto ocurriera.

–No me vas a dejar que te pida perdón. No vas a dejar que me explique. No sé qué quieres que diga.

–Oh, ¿te lo estoy poniendo difícil, Valerie? –soltó con brusquedad Denise–. ¡Qué desconsiderada soy! Tendría que preocuparme más por cómo te sientes.

Valerie no quería llorar, lo último que deseaba era que su hermana creyera que, de nuevo, se compadecía de sí misma. Pero aun así lloró, y se secó los ojos.

–Sé que no te lo creerás, Denise, pero siempre he tenido celos de ti.

–Oh, claro.

–Es cierto –insistió Valerie–. Tienes a esos preciosos críos. Estás casada con tu amor del instituto y tu trabajo es apasionante.

–No adoptes esa actitud condescendiente conmigo.

–No lo hago. Sólo admiro tu fortaleza. Yo no soy así. He sido frágil toda mi vida y resulta que mi hermana es policía, esposa y madre, y es capaz de manejar cualquier situación. Por una vez en mi vida, me hubiera gustado tener el coraje necesario para hacer lo correcto y valerme por mí misma. Ser fuerte como tú.

Denise sacudió la cabeza. Sus cansados ojos la miraron con dureza.

–¿Cómo pudiste, Valerie? ¿Cómo pudiste acostarte con mi marido?

–No se trataba de sexo –le dijo Valerie–. No me importa el sexo. Nunca me ha importado. Yo sólo... Yo sólo necesitaba estar cerca de alguien. No hay explicación. No tengo excusa. Supongo que no te importará que nunca pensamos que se convertiría en algo físico, pero te aseguro que no queríamos eso.

–Me da igual.

Valerie asintió y habló en voz baja.

–No duró mucho. Sólo un par de veces, eso fue todo. Los dos sabíamos que estábamos cometiendo un error. Pero tienes que entenderlo, Tom me rescató. No sé si ahora estaría viva si no fuera por él. Pensaba de nuevo en suicidarme.

Denise tiró su taza, que se rompió con un ruido estruendoso al chocar. El café se derramó por la encimera de granito.

–Eres tan narcisista, maldita zorra. ¿Qué quieres que diga? ¿Que me siento muy feliz de que mi marido salvara a mi hermana follándosela como un loco? ¿Quieres saber lo que realmente pienso, Val? Ojalá hubieras tenido los huevos de hacerlo bien. Tom no es tu marido. Si necesitabas que te rescataran, podrías haber encontrado a algún otro que lo hiciera o haberte tomado un bote de píldoras y haber acabado con todo.

Valerie palideció y miró hacia otro lado; no quería que su hermana viera la herida sangrante que le había abierto. Tomó varias hojas de papel del rollo de cocina que había sobre la encimera y enjugó el café derramado. Mientras lo hacía, Denise se acercó y puso sus manos sobre las de Valerie.

–Lo siento –dijo.

–No tienes por qué disculparte –replicó Valerie–. Tienes razón. Estaba sufriendo, y para curarme hice daño a mi propia hermana. Soy una egoísta y una cobarde.

–No empieces con la autocompasión.

–¿Qué más puedo hacer? La única cosa buena que he hecho en mi vida fue tener a Callie, y ni siquiera he podido protegerla.

Denise se apartó, frustrada.

–Siempre haces lo mismo. Al final, todo gira a tu alrededor. Y yo te sigo el juego. Ha sido así toda nuestra vida.

Valerie no sabía qué decir. Frotó la encimera hasta que estuvo seca, asegurándose de que el café no dejara una mancha.

–Tengo que preguntarte algo –le dijo Denise–. Como policía y como esposa. Tengo que saberlo.

–¿Qué?

–¿Es Tom el padre?

Los ojos de Valerie se abrieron por la sorpresa.

–No juegues conmigo, Val –continuó Denise–. Necesito saberlo. ¿Es Callie la hija de Tom?

–No.

–¿Estás segura?

–Por supuesto.

–Tom no está seguro –replicó Denise–. Me lo dijo la otra noche.

–Él no es el padre de Callie.
–¿Cómo lo sabes?
–Lo sé. Puedo ver a Marcus en ella.
–¿Le has hecho pruebas?
–Por supuesto que no. No podía hacer eso.
–Entonces sólo son suposiciones –dijo Denise–. Le pregunté a Tom. Dice que os acostasteis poco antes de que te quedaras embarazada.
Valerie negó con la cabeza.
–Marcus y yo también nos acostamos. Él fue el último.
–Eso no significa nada.
–Mi marido es el padre de mi hija –insistió Valerie.
–¿Te lo crees de verdad o sólo estás tratando de convencerte?
–Es la verdad.
–Lo intentaste durante tres años y no te quedaste embarazada. Entonces, te empezaste a acostar con Tom. Despierta, Valerie. Créeme, sé cómo son de fértiles los nadadores de Tom.
–Callie es hija de Marcus. Lo sé.
–¿Y qué hay de Marcus? ¿También lo sabe?
Los ojos de Valerie se entrecerraron.
–¿Qué quieres decir?
–Quiero decir si Marcus se enteró de que tenías una aventura.
Valerie oyó a Marcus gritándole desde el rellano: «Tú no eres exactamente "inocente", ¿no?».
–No lo sabía –murmuró.
–¿Estás segura? Grand Rapids es un pueblo pequeño. Es difícil guardar secretos. Blair Rowe lo averiguó, ¿por qué no podría haberlo hecho Marcus?
–No pudo enterarse de ninguna manera –repitió Valerie.
Denise sacudió la cabeza.
–Sabes las implicaciones de que Marcus supiera lo de tu aventura, ¿no? Podría haber sospechado que Callie no era hija suya. ¿Nunca te has preguntado por qué era tan frío con ella? ¿Qué podría haber hecho si se hubiera dado cuenta de que la pequeña que estaba jodiendo su perfecta vida en realidad no era hija suya?
–No quiero oír esto.

Valerie se puso las manos sobre las orejas, pero Denise se acercó a ella esquivando la isleta y le apartó los brazos.

–No puedes huir de esto. Eso le da un móvil. ¿Lo sabía?

En su cabeza, Valerie oyó a Regan Conrad provocándola delante de la iglesia después de medianoche. «No tengo que decirte por qué, ¿no?» Pensó en el sobre del hospital, escondido en su vestidor, arriba, aún sin abrir. El sobre que Regan le había dado.

«No puedo creer que no lo sepas.»

–No –respondió Valerie a su hermana–. Marcus no tenía ni idea de la aventura. Nunca tuvo ninguna razón que le llevara a pensar que Callie no era hija suya. Y lo es. Ella es su hija. Él la quiere.

32

Maggie revisó el contenido de la tarjeta de memoria que Stride había encontrado en el apartamento de Nick Garaldo desplegada en vistas en miniatura en la pantalla de su ordenador. Se inclinó hacia delante y se mordió el labio inferior. Las fotos estaban muy oscuras y era difícil distinguir nada. Hizo clic en una de las imágenes para ampliarla en la pantalla. La foto mostraba un local industrial con suelo de cemento y tuberías polvorientas suspendidas del techo desnudo. Cuando amplió la siguiente imagen, vio un par de calderas gigantes rebozadas de óxido frente a una pared sin ventanas. Al ir avanzando, encontró más imágenes del mismo lugar desvencijado y en ruinas.

Una imagen, sólo una, mostraba la silueta de una persona. Maggie vio a un hombre bajo, fibrado, que vestía tejanos, botas de goma, una chaqueta de neopreno azul marino y una gorra de lana negra. Cuando la comparó con la fotografía del permiso de conducir en sus ficheros, reconoció a Nick Garaldo.

–¿Dónde diablos estás, Nick? –preguntó en voz alta.

Guppo asomó la cabeza por la esquina de la oficina. Se quedó de pie bajo una rejilla de calefacción que hizo ondear como una manguera descontrolada los pelos con los que intentaba cubrir su calvicie.

–Estamos teniendo interferencias ahí fuera –la informó.

Maggie se dio la vuelta en la silla.

–¿Sí?

–Sí, creemos que es tu pelo.

Soltó una risita ahogada y Maggie le gruñó.

–No eches más leña al fuego, Max. No estoy de humor. Ven y mira esto.

–¿Qué tienes ahí?

Se reunió con ella detrás del escritorio y escrutó la pantalla. Respiraba con dificultad y su frente estaba perlada de sudor.

–Stride encontró esta tarjeta de memoria en el apartamento de Nick Garaldo –le explicó Maggie–. Parece como si las fotografías se hubieran tomado dentro de una fábrica.

–No parece operativa. Este sitio es un desastre. –Movió el ratón con su robusta mano–. Eso parece una estufa de carbón. Debía de estar en el subsótano de algún lugar.

–Pero ¿por qué?

Guppo se enderezó soltando un gruñido.

–Quizás ese tipo sea uno de esos pirados que irrumpen en edificios antiguos.

Maggie puso a prueba su memoria.

–¿No tuvimos un intruso en la vieja armería hace un par de meses?

Guppo asintió.

–Sí, alguien hizo saltar las alarmas del interior. Enviamos una patrulla, pero no encontramos a nadie.

–¿Me buscarás el informe?

–Por supuesto.

Guppo salió de la oficina. Maggie puso las imágenes en modo pase de diapositivas y se inclinó hacia atrás en la silla con las botas apoyadas en el escritorio de Stride. Tras unas cuantas fotografías, se dio la vuelta para mirar por la ventana el cielo veteado de gris. Fue presa de una sensación de vacío y culpa en el estómago cuando pensó en Stride y ella juntos. Una cosa era desear algo diez años de tu vida y otra muy distinta que pasara cuando menos lo esperabas.

No creía que él hablara en serio antes. Al final, querría que las cosas volvieran a ser como antes. Cuando abriera los ojos –puede que en un día, en una semana o en un mes–, se maldeciría por haber dejado que su relación con Serena se le escurriera entre los dedos. La única pregunta era si estaría solo en la cama o Maggie estaría con él. Si así era como iba a terminar, ella no quería estar presente.

También sabía que su amistad con Serena estaba condenada. Stride le contaría la verdad. Maggie no sabía sí Serena perdonaría a Stride, pero estaba segura de que nunca la perdonaría a ella. Era justo. Su amistad siempre había estado en la cuerda floja. Tras cada paso, Serena le había mandado a Maggie un mensaje alto y claro. «Mantén las manos quietas. Él está conmigo, no contigo.» Y cada vez que Maggie hablaba del pasado le mandaba una respuesta: «Yo le conocí primero».

Tarde o temprano, una de las dos tenía que desaparecer.

–¿Estás bien?

Alzó la vista. Guppo había vuelto.

–Sí. Estoy bien –replicó–. ¿Has conseguido el informe de la armería?

–Sí.

–Deja que lo vea.

Él lo dejó en sus manos y ella echó un vistazo al montón de páginas.

Guppo se quedó un rato en el despacho, esperando que le dijera algo, pero ella agitó la mano en dirección a la puerta sin decir palabra. Entonces salió y cerró la puerta tras de sí. Maggie sabía que estaba enfadado. No acostumbraba a ser brusca con él, y en verdad no se lo merecía, pero no le importaba. Que les dijera a los demás que tenía el período.

Los agentes que habían respondido a la llamada de la armería de Duluth habían tomado fotografías del interior cerca de las puertas de acceso de la planta baja; era obvio que las fotografías coincidían con las imágenes de la tarjeta de Nick Garaldo. Por si no fuera suficiente confirmación, también había leído en una anotación del informe de la policía que habían encontrado cáscaras de pistachos rojos en las estancias de la armería. Recordó el enorme bote de pistachos rojos del apartamento Garaldo. El tipo había estado en el interior del viejo edificio.

No tenía ni idea de los motivos por los que Garaldo había entrado en una armería abandonada que no contenía nada que mereciera ser robado, salvo desechos fruto de años de abandono, pero sabía que los exploradores urbanos eran como los buceadores o los montañeros. Lo hacían sólo porque las ruinas estaban allí. También pensó que era bastante probable que Garaldo estuviera de expedición para allanar otro edificio cuando desapareció el sábado. Pero ¿dónde? Las ruinas urbanas eran inestables y peligrosas, y si algo le había sucedido, podían pasar años antes de que lo encontraran. Si es que lo hacían.

Maggie examinó detenidamente las fotografías que iban pasando como una cinta sin fin por su pantalla y vio una con una estructura diferente, en el exterior, bajo el sol. Detuvo la presentación y avanzó hasta la correspondiente imagen en miniatura, la última de la tarjeta. Al ampliarla, vio una escuela vieja emplazada en medio de un campo de hierba alta. Las ventanas estaban rotas a pedradas con agujeros desiguales que parecían murciélagos. Las paredes estaban erosionadas y se caían a pedazos. Había un agujero enorme en el lugar donde parte de la escuela se había derrumbado dejando sólo los cimientos.

Al verlo, Maggie reconoció aquel edificio. Era la vieja escuela de Buckthorn. Durante años, aquellas ruinas habían sido un dolor de cabeza para la policía y las autoridades locales. Los adolescentes acostumbraban a colarse en su interior y se hacían daño. Hacía sólo unas semanas, la ciudad había arañado el presupuesto necesario para tapiar el edificio y asegurarlo. Desde entonces, no se habían producido más llamadas a causa de ese lugar.

Mientras contemplaba la fotografía, se dio cuenta de que las ruinas de la escuela podían ser un imán para un tipo como Nick Garaldo. Maggie sacó la guía telefónica y buscó el número del administrador de Buckthorn. Marcó y Matt Clayton respondió al primer tono. Tenía una voz profunda, exuberante.

–Matt, soy Maggie Bei, de la policía de Duluth –dijo ella–. ¿Se acuerda de mí?

–Sí, claro, sargento. Encantado de hablar con usted. ¿Qué desea?

–Es esa maldita escuela de nuevo –le explicó Maggie.

Clayton gruñó.

–Oh, mierda, ¿qué ha pasado ahora? Tenemos ese lugar cerrado como si fuera Fort Knox.

–No sé qué está pasando. Quizá no sea nada. No hemos recibido más denuncias, pero me preguntaba si había oído a los vecinos de las granjas de por allí comentar algo. Quejas, molestias, esa clase de cosas que podría ser que no nos llegasen.

–Nada –respondió Clayton–. Pensaba que finalmente habíamos terminado con ese lugar. Tenemos un contratista que cerró el edificio y contratamos a un chico de seguridad que pasa cada dos días y echa un vistazo. Ya sabe, rodear el edificio, comprobar las cerraduras, ese tipo de cosas. No ha informado de nada raro.

–¿Cuál es su nombre?

–Um, aguarde un momento, déjeme comprobarlo. Aquí está. Es Nieman. Jim Nieman. ¿Quiere su número?

Maggie cogió un bolígrafo.

–Sí, ¿y puede llamarle y pasarle mi número también? Quisiera que fuera allí y echara un vistazo, dentro y fuera. Dígale que me informe de lo que encuentre.

–No hay problema. ¿Qué sucede?

–Un joven ha desaparecido –le dijo Maggie–. Un chico de veintitantos años. Nadie lo ha visto desde el sábado. Creo que podría ser uno de esos exploradores urbanos a los que les encanta colarse en propiedades abandonadas sólo para poder decir que han estado allí.

–¿Cree que ha estado en la escuela? –preguntó Clayton.

–Es posible. Encontré una foto del edificio en una tarjeta de memoria que tenía en su apartamento. Fue tomada antes de que sus chicos aseguraran la propiedad. Tal vez estuviera explorando para colarse.

–Maldita sea, ¿no podrían dedicarse a hacer *puenting* o algo así?

–Tiene razón... De todas formas, tal vez no sea nada. Por lo que sé, Garaldo estuvo allí hace varias semanas, pero creo que vale la pena comprobarlo.

–Llamaré a Nieman y le pediré que vaya allí hoy. Espero que ese chico no esté dentro. Hay un montón de escombros peligrosos en ese lugar. Por no mencionar las ratas.

–No soy una gran fan de las ratas –dijo Maggie.

–Yo tampoco.

Maggie echó otro vistazo al informe de la policía sobre el asalto a la armería.

–Oiga, dígale a Nieman que mantenga los ojos bien abiertos por si ve algo más.

–¿Como qué?

–Cáscaras de pistachos rojos.

33

Stride y Serena pasaron la mañana en silencio.

Estaban sentados en lados opuestos del escritorio de la central de operaciones de Grand Rapids, con un presunto montón de documentos de trabajo entre ambos. El perfume de ella, un olor dulce y familiar, le llegaba a través del corto espacio que les separaba. Habían graduado demasiado fuerte la calefacción del edificio hasta el punto de que en el pequeño despacho hacía un calor molesto. Stride se sorprendió mirándola cuando ella inclinaba la cabeza y el cabello negro le caía sobre la cara. Era una de las mujeres más guapas que había visto en su vida. Compleja, herida, atractiva. Tres años antes, parecía perfecta para él, como si dos almas rotas pudieran caminar juntas y convertirse en un todo.

Serena alzó la mirada y se encontró con sus ojos. No necesitaban hablar para comunicarse. Ella estaba enfadada, se sentía rechazada. Antes ya había sido bastante incómodo, pero ahora era peor, y Stride se dio cuenta de que la situación se les estaba yendo de las manos. Ella también lo sabía. Serena esperaba que fuera él quien hablara y, como no lo hizo, se levantó de la silla y cerró la puerta del despacho. Luego se apoyó de espaldas en ella y cruzó los brazos sobre el pecho.

–Se lo has contado –le espetó, con voz furibunda.

Stride no la entendió.

–¿A qué te refieres?

–No a mí. Se lo has contado a ella.

–Maggie –dedujo él.

–Sí, Maggie. Ella me ha explicado qué está pasando. –Serena juntó sus largos dedos frente a su barbilla–. Quiero que entiendas algo, Jonny. Sufro por ti. Sabía que me estabas apartando, pero no sabía por qué. Ahora ya lo sé. Y lo siento.

–Yo también.

–Pero tengo muchos problemas para enfrentarme a esto –continuó ella–. Estabas pasando por un infierno y en lugar de hablar conmigo, dejaste que esto saboteara nuestra relación. Y cuando finalmente te sinceraste, no fue conmigo. ¿Tienes idea de cómo me sentó que ella me lo contara?

–Tienes razón. Tendría que habértelo dicho yo.

–Pero no lo hiciste. No podías sincerarte conmigo. Esperaba que tú y yo superáramos esto, pero resulta obvio que no lo estamos haciendo.

–Supongo que no.

–Pero sí fuiste capaz de hablar con Maggie.

–A veces es más fácil hablar con alguien que no esté implicado en el asunto –dijo él.

–Sí, pero ella sí que lo está, en todo, ¿no? Siempre lo ha estado.

Stride se pasó la mano por el pelo despeinado. Normalmente sabía poner cara de póquer, pero no en ese momento. Sacudió la cabeza con frustración.

–Todo ha sido siempre muy complicado entre Maggie y yo. Ya lo sabes.

–No tanto. Ella está enamorada de ti.

–Eso fue hace años –protestó él.

–No es como una enfermedad, que un día te levantas y ya estás curado. El único que lo niega eres tú. Y creo que es porque también sientes algo por ella.

–Somos amigos. Siempre lo hemos sido. A veces cuesta saber dónde está la línea.

Serena se sentó frente a él de nuevo.

–Noté unas vibraciones extrañas en la cena ayer por la noche –comentó.

Él no contestó.

–He pensado en ello toda la noche, intentando descubrir qué pasaba –continuó ella.

–Serena –murmuró él.

Ella lo supo sin preguntarle, pero aun así lo hizo:

–Pasó algo entre vosotros, ¿verdad?

Ni siquiera se planteó negarlo. Buscó los ojos de ella y asintió.

Serena barrió violentamente el escritorio con el brazo, tirando pilas de papeles al suelo.

–¿Así que a mí no tenías nada que darme, pero a ella sí? –preguntó amargamente.

–Lo siento de verdad.

Ella se levantó.

–Creo que hemos terminado.

–Vamos a hablar de esto –le pidió él.

–¿Ahora quieres hablar? ¿No es un poco tarde? Tuviste semanas para hablar conmigo y no lo hiciste. Pero en un día con Maggie te las arreglaste para meterte con ella en la cama y contarle todo lo que rondaba por tu cabeza.

–No es tan sencillo.

–Quizá lo sea, Jonny, quizá lo sea.

Serena cogió su abrigo del perchero. Cuando giró el pomo de la puerta, se detuvo y cerró los ojos.

–Mira, sé que no estoy siendo justa contigo. Yo tampoco me he abierto a ti.

–No estoy buscando excusas –le dijo Stride–. Es culpa mía, no tuya. Ni de Maggie.

Serena movió la cabeza.

–No hablemos de Maggie. Ella sabía exactamente lo que estaba haciendo. No me digas que no.

–No fue así.

–Puede que no para ti, pero ella vio su oportunidad y la aprovechó. Fin de la historia. –Y añadió con voz más tranquila–: ¿Estás enamorado de ella?

–No tengo ni idea. Sé que te quiero.

–Pero eso no es suficiente para nosotros, ¿verdad? ¿Puedes decirme ahora mismo que me escoges a mí? ¿Que puedes olvidar los sentimientos que sientes por Maggie, sean cuales sean? Es lo que necesito oír. Si puedes hacer eso, entonces es posible que podamos intentarlo de nuevo.

–Quiero decir sí.

–Pero no puedes.

–Es demasiado pronto. No quiero decirte lo que deseas oír y acabar mintiéndote. Durante semanas, hasta ayer, no sentía nada. Ni por ti. Ni por Maggie. Ni por mí... Nada. Ahora todo está resurgiendo y me cuesta asumirlo de golpe. No puedes pedirme que lo supere todo en unas cuantas horas.

Serena asintió.

–Tienes razón. No es justo. Los dos tenemos que pensar qué queremos hacer.

Se acercó y le besó con sus suaves labios. Él no necesitaba que le recordaran lo bien que le sentaban sus besos. Luego ella dio medio vuelta, salió de la oficina y cerró la puerta tras de sí.

El miércoles por la tarde, Serena cogió el coche para ir Duluth y encontró un bar al norte del aeropuerto. Entró en el parking y miró la puerta de entrada. Dentro había vodka. Un vaso tras otro de vodka. Pudo saborearlo e imaginar como la llevaba a la inconsciencia. No había recaído durante quince años, pero ahora parecía un buen momento. Era como si el tiempo no hubiera pasado después de su último trago. Todavía podía recordarlo en sus labios.

No había previsto estos giros del destino. En su mente había crecido poco a poco la idea de que se quedaría en Duluth para siempre. De que estaría con Jonny para siempre. Dado su pasado, eran decisiones que no podía tomar a la ligera, pero había empezado a creer en ellas. Debería haber prestado atención a las señales de alarma, haberse dado cuenta de que nada duraba para siempre. Quería a Jonny. Él la quería a ella. Pero eso no significaba que fuera suficiente para hacer que lo suyo funcionara. Los dos tenían demasiados recovecos y aristas.

Serena no tenía ni idea de cuál sería el siguiente paso. Quedarse. Irse. Intentarlo de nuevo. Dejarlo. No era la primera vez en su vida que consideraba la posibilidad de empezar de nuevo, y probablemente no sería la última. Su instinto le decía que perdonara a Jonny, pero no podía hacerlo sola, y no podía hacerlo si él no se implicaba por completo. La mera idea de marcharse la destrozaba por dentro, pero no iba a sentarse a observar mientras Stride y Maggie trabajaban codo con codo cada día. El trío había terminado.

Miró de nuevo hacia la puerta del bar. La tentación del vodka era tan vívida y clara que podía oír cómo la llamaba. Podía ver el líquido en la botella. Cómo se vertía en su vaso y caracoleaba alrededor del hielo. Un trago después de otro y después de otro. Hasta que alcanzara el mismo estado mental de Jonny, sin sentir nada.

Serena abrió la puerta del coche.

Al hacerlo, su teléfono volvió a sonar. Era Denise Sheridan. Contestó y se sintió como si la hubieran rescatado momentáneamente, izándola desde el borde de un acantilado.

–¿Qué hay, Denise?

–Hemos recibido noticias del equipo que sigue los movimientos de Marcus –informó–. Esta mañana estaba en Duluth, operando.

–¿Y?

–Pues que dejó el hospital para volver a Grand Rapids y lo perdieron.

–¿Cómo?

–Sabía que lo seguían. Se saltó un semáforo deliberadamente y lo han perdido. Tal vez no signifique nada, pero quería que lo supieras.

–¿Dónde se encontraba cuando los despistó? –preguntó Serena.

–Rice Lake Road, cerca de Martin. Creían que se dirigiría a su casa, pero hemos puesto controles en la autopista 2 y no ha aparecido.

–¿Qué coche conduce?

–Un Lexus color borgoña.

Serena se imaginó a Marcus Glenn acelerando a través de las tierras de cultivo del norte. Ella se hallaba en la misma zona y estaba casi segura de que podía leer en la mente del cirujano.

–Sé adónde se dirige –afirmó.

34

«Kasey, Kasey, Kasey... Estás huyendo, ¿verdad?»

Enfocó su cara con los prismáticos. Ella se detuvo en la puerta de su granja como si supiera que la estaban observando. Paseó su mirada nerviosa por la leña apilada detrás del garaje hasta los campos y después hacia el camino de entrada de tierra, donde estaba aparcado el coche patrulla. Un policía aburrido vigilaba el tráfico en ambas direcciones.

Kasey portaba dos cajas en los brazos. Las llevó hasta un camión alquilado estacionado cerca del garaje y desapareció por la rampa de la parte trasera del vehículo. Un minuto después, volvió a la casa ya sin nada en los brazos a por más cosas. Él llevaba una hora observando sus idas y venidas desde su escondrijo en los árboles. El marido de Kasey había llegado con el camión hacia el mediodía y, desde entonces, ambos habían desfilado una y otra vez para cargar el camión con sus pertenencias.

«No puedes escapar, Kasey. No funciona así. No hemos terminado.»

Bruce Kennedy abrió la puerta delantera con la bota y bajó con dificultad los escalones. Él lo miró. El marido de Kasey era un hombre corpulento, con pelo rubio y una poblada barba. Vestía tejanos y una camisa de franela desabotonada. Tenía pinta de mandado, de alguien que siempre hacía lo que le decían. No había duda de que Kasey podía conseguir lo que quisiera de él sin esfuerzo, pero ella merecía algo mejor. Se puso de mal humor mientras observaba a Bruce Kennedy a través de sus prismáticos, al pensar que ese hombre patoso no tenía ni idea del premio que le había tocado. Y cuando perdiera a Kasey, ni siquiera podría imaginar lo que había sido suyo. El muy tonto.

Su teléfono vibró en su bolsillo. Estaba escondido en el bosque, invisible y fuera del alcance de que nadie lo oyera, pero miró a su alrededor con precaución antes de contestar.

–¿Sí?

–Nieman, soy Matt Clayton de Buckthorn.

–¿Qué puedo hacer por usted?

–¿Ha estado en la escuela últimamente? –preguntó Clayton.

Nieman vaciló.

–Sí, hago la ronda cada pocos días para asegurarme de que todo está en orden.

–¿Cree que podría haber entrado alguien?

–No lo creo. Está bien cerrada. ¿Por qué, hay algún problema?

–No lo sé. He recibido una llamada de Maggie Bei, de la policía de Duluth. Está tras la pista de una persona desaparecida que tal vez estuviera interesada en la escuela.

–No he visto nada raro por allí –repuso.

–¿Cuándo estuvo dentro por última vez?

–El domingo.

–Bien, se supone que ese chico desapareció el sábado, así que si ha estado dentro desde entonces, seguramente no hay nada de qué preocuparse. Aun así, le agradecería que se acercara hoy a echar un vistazo, ¿de acuerdo?

–Por supuesto.

–Lo último que necesitamos es que otra compañía de seguros haga una reclamación por ese lugar.

–Entiendo.

–Cuando termine, llame a la sargento Bei e infórmela. –Clayton soltó de carrerilla un número de teléfono–. Ah, y esté atento por si ve cáscaras de pistacho, ¿vale? Por lo visto el tipo las tira por todas partes.

–Sí, claro, no hay problema –dijo, y añadió–: ¿Por qué creen los policías que ese tipo estaba en la escuela? ¿Lo vio alguien merodeando por allí?

–No, nada de eso. Estaba haciendo fotografías del lugar. Como le he dicho, lo más probable es que no sea nada.

–Lo comprobaré.

–Gracias, Nieman. Es usted un buen hombre.

Colgó y se metió de nuevo el teléfono en el bolsillo. Estaba molesto por su mala fortuna. No había forma de que los policías hubieran relacionado a Nick Garaldo con la escuela con tanta rapidez. Él había encontrado la cámara digital del chico en su mochila, había ido a su apartamento y se había llevado su ordenador y todo lo que pudiera indicarles que Garaldo era un explorador urbano. Pero, obviamente, había olvidado algo, y ésa era la clase de error que no solía cometer.

Sabía que podía informar a Clayton y a los policías que no había encontrado nada extraño en la escuela. La evasiva le proporcionaría un margen de varios días, pero el reloj seguía corriendo. Tarde o temprano, volverían a tener la escuela en su punto de mira y la registrarían. Era sólo cuestión de tiempo que entraran y encontraran su colección. Tenía que desaparecer mucho antes. Mudarse a una nueva ciudad, a algún lugar del sur donde el invierno fuera cálido. Cambiar de identidad, como ya había hecho tantas veces antes. Empezar de nuevo.

Cuando levantó los binoculares, vio a Kasey de nuevo. El viento le despeinó el cabello rojo por delante de la cara. Tenía la mandíbula tensa. Parecía desesperada y feroz, como un animal herido que lucha con más fuerza cuando sabe que va a morir. Admiraba su coraje. Era por esa razón por la que había planeado algo especial para ella.

Al pensar en ello, se dio cuenta de que era el momento perfecto. Aquélla era la noche perfecta para concluir su estancia en Duluth. La caza de Nick Garaldo incluso podría jugar en su favor. Si no se daba prisa en actuar, Kasey se marcharía por la mañana, y no quería arriesgarse a perderla. Podía perseguirla por todo el país si era necesario, pero era mucho mejor hacerlo ahora. Tenían una cita en la escuela, como una pareja que baila bajo los focos en el baile del colegio mientras los demás los miran.

Sonrió mientras permanecía de pie entre las sombras de los abetos. Esperaría a que oscureciera y entonces terminaría con el juego.

35

Serena salió de la autopista y entró en el camino de acceso a la casa de Regan Conrad. Vio el Hummer negro de la enfermera cerca del garaje y, a su lado, un Lexus color vino con una placa de matrícula personalizada en la que se leía KNEEDOC.

Era el coche de Marcus Glenn.

Aparcó detrás de los dos vehículos, bloqueándoles la salida. No quería que se repitiera lo ocurrido en su visita nocturna a casa de Regan, cuando el viejo Escort se evaporó sigilosamente mientras ella permanecía dentro. Salió de su Mustang y no perdió de vista la ventana de la sala de estar mientras subía los escalones delanteros. No había nadie mirándola.

Cuando iba a tocar el timbre, se dio cuenta de que la puerta estaba entreabierta. Acercó una oreja en la abertura para ver si oía voces. No oyó nada, así que empujó la puerta con el hombro, la abrió y entró en el recibidor. La casa estaba oscura y helada. Se quedó quieta en medio del frío y escuchó de nuevo. Su instinto de policía le dijo que algo iba mal. La casa estaba demasiado fría. Demasiado oscura. Demasiado tranquila.

Serena bajó la vista y descubrió una mancha en el parqué de roble claro, cerca de la puerta. La mancha estaba seca y era roja. Se arrodilló y captó un olor mineral inconfundible.

Sangre.

Metió una mano dentro de la chaqueta y sacó su pistola. En el piso de arriba, oyó ruido de pasos. Se quitó los zapatos para que sus talones no hicieran ruido sobre el suelo de madera. Mientras avanzaba hacia las escaleras, vio la galería situada encima de ella. Las luces estaban apagadas y las puertas de la segunda planta, cerradas. Pisó con cautela el primer escalón, pero no hizo ningún sonido. Lentamente, fue subiendo hasta la planta de arriba.

Comprobó las puertas que había a lo largo del corredor. La del final estaba medio abierta. Oyó el ruido de un cajón al cerrarse de golpe, seguido del crujido de un papel. Con la pistola alzada frente a ella, dirigió sus pasos hacia la habitación. Por un resquicio vio un archivador metálico con el cajón de en medio abierto; había un montón de carpetas archivadoras desparramadas el suelo. Oyó una respiración agitada.

Serena sostuvo la pistola en alto mientras echaba un vistazo desde el marco. Vio a Marcus Glenn de espaldas a ella, a cuatro patas en medio del suelo del estudio. Estaba peleándose con una pila de carpetas de casi medio metro de alto. Lanzaba cada archivo a un lado una vez lo había revisado.

–No se mueva –ordenó Serena.

Glenn se dio la vuelta y se quedó petrificado, con los ojos abiertos de par en par. Estrujó en la mano una de las carpetas y los papeles se diseminaron por el suelo.

–Las manos arriba –le indicó ella.

Él vio la pistola apuntando su pecho, separó los dedos y puso sus manos por encima de la cabeza. La carpeta cayó a su lado en el suelo.

–¿Qué diablos está pasando aquí? –preguntó ella.

Glenn se tambaleó. El habitualmente imperturbable cirujano estaba aterrorizado. Estaba pálido como la cera.

–Estaba buscando algo.

–¿El qué?

–Yo quería... Pensé que ella podría tener... –empezó a decir, entonces se detuvo–. No creo que deba decir nada.

–¿Dónde está Regan?

–No está aquí.

–¿Cómo ha entrado? –preguntó Serena.

–La puerta estaba abierta.

Ella apartó las carpetas con el pie y se dio cuenta de que Glenn estaba revisando informes médicos. Informes de bebés.

–¿Quiere intentarlo de nuevo, doctor Glenn? Exactamente, ¿qué estaba buscando?

Él vaciló y Serena pensó que estaba ganando tiempo para elaborar una mentira convincente.

–Empecé a pensar que tenía usted razón. Me preguntaba si Regan podría haber encontrado a alguien que se llevara a Callie o que... que le hiciera daño. Pensé que podría hallar algo en sus archivos. Algo que me diera una pista sobre quién había sido.

–¿Y ha encontrado algo?

–No.

–¿Ha buscado en alguna de las otras habitaciones? –preguntó Serena.

–No. Sabía que guardaba los informes aquí.

Ella le miró.

–Hay sangre al lado de la puerta principal.

–¿Sangre? No me he dado cuenta.

Había un tono de falsedad en la forma en que lo dijo. El pánico que reflejaba su cara no se debía sólo a haber sido pillado in fraganti. Había algo más.

–¿Dónde está Regan? –volvió a preguntar ella.

–Ya se lo he dicho, no lo sé. La casa estaba vacía cuando he llegado.

–Dígame qué ha hecho, paso por paso.

Él tartamudeó de nuevo.

–La puerta estaba abierta y he entrado. He llamado a Regan, pero no ha contestado. Al darme cuenta de que no estaba aquí, he subido para ver qué podía encontrar en sus archivos.

–Sea lo que sea lo que está escondiendo, lo descubriré. Debería contármelo.

–No estoy escondiendo nada.

Serena frunció el ceño.

–Ponga las manos encima de la cabeza. Con los dedos entrelazados.

–¿Qué?

–Ya me ha oído.

Glenn obedeció.

–Ahora póngase de rodillas. Avance hacia mí. Despacio.

Serena retrocedió varios pasos hacia el pasillo. El alto cirujano avanzó de rodillas sin dejar de mirar la pistola.

–¿Podría bajar esa cosa, por favor? –preguntó.

–Cállese. –Cuando Glenn llegó a la puerta de despacho, le ordenó–: Deténgase aquí. Ahora póngase a cuatro patas.

Él se apoyó en las manos y las rodillas sobre la alfombra.

–Esto es una locura –dijo–. Yo no he hecho nada.

–Ponga las manos sobre la alfombra y túmbese con la cara hacia abajo; separe las piernas y los brazos. Mantenga los dedos extendidos.

–Mire, ya le he dicho...

–Hágalo.

Glenn captó el tono helado de su voz. Se deslizó hacia el suelo hasta que su cuerpo formó una X extendida sobre la alfombra.

–Quédese así –dijo Serena con brusquedad–. No se mueva. No mire hacia arriba.

Retrocedió hasta la primera puerta cerrada a su derecha. Giró el pomo con dos dedos y al abrirla vio una habitación de invitados vacía. No había nada raro. Sin dejar de apuntar a Glenn, retrocedió hasta la siguiente puerta y encontró un elegante baño con motivos de rosas y una ducha doble.

–¿Dónde está la habitación de Regan? –preguntó Serena.

–En el otro extremo del corredor.

Serena pasó junto a las escaleras hasta llegar a la puerta cerrada que daba al dormitorio principal. En la alfombra, vio otra mancha húmeda que se extendía desde el interior por debajo de la rendija de la puerta. Inspiró y no le gustó lo que olió. Al volverse hacia Glenn, vio que él tenía la cabeza levantada y la miraba.

–¿Qué voy a encontrar ahí? –preguntó.

–No tengo ni idea.

Estaba mintiendo.

–Si ha entrado ahí, encontraremos sus huellas –le advirtió.

La cara de Glenn se torció en un gesto de consternación.

–Yo no lo he hecho –se defendió.

–¿Hacer qué? –preguntó Serena, pero podía imaginarse lo que la esperaba.

–No le va a gustar –le dijo él.

Serena buscó uno de los guantes que tenía en el bolsillo. Se puso uno en la mano derecha, giró el pomo con un ligero toque y terminó de abrir la puerta con el pie. El dormitorio estaba en penumbra, con las cortinas echadas. La luz de la claraboya entró por la puerta abierta e iluminó un trozo de pared.

Serena contuvo la respiración.

Dio dos pasos hacia el interior de la habitación, lo suficiente para ver la enorme cama con las sábanas azul turquesa desordenadas, la escopeta que descansaba en la alfombra y de la que emanaba un olor a pólvora quemada, y la sangre. A medio camino entre la cama y la puerta había un enorme charco de sangre que se extendía como las patas de araña de un lago, y detrás, en la pared, vio unas truculentas salpicaduras de cerebro, tejidos y huesos.

No había cuerpo. Pero quienquiera que hubiera permanecido tendido en esa piscina no estaba vivo.

–Hijo de puta –murmuró Serena.

Miró hacia la pared y se dio cuenta de que alguien había mojado algo en la sangre como si fuera pintura roja y había escrito un mensaje. Cada letra tenía quince centímetros de alto y estaba escrita torpemente, como lo haría un niño. Varios regueros goteaban de las palabras y trazaban líneas paralelas pared abajo. El mensaje decía:

«HOLA, KASEY.»

36

Maggie llevó una silla a la sala de estar de Regan Conrad y la colocó con el respaldo encarado hacia el sofá y la ventana que daba a la bahía. Se sentó a horcajadas y apoyó los antebrazos, mientras hundía sus tacones en la mullida alfombra. Contempló las obras de arte de cristal de la habitación con distraída curiosidad y luego se centró en Marcus Glenn, que permanecía sentado en el sofá con las manos en el regazo.

–¿Cuándo podré irme a casa? –preguntó Glenn.

Maggie frunció el ceño.

–¿A qué viene tanta prisa, doctor?

–Tengo operaciones programadas para mañana. Y no puedo aparecer sin más en el hospital y abrir a un paciente. Debo prepararme.

–Sí, esas operaciones de rodilla. Dinero fresco, ¿verdad? –comentó ella–. He visto su Lexus fuera. KNEEDOC, es muy ingenioso. Pero ahora mismo no estoy muy preocupada por esos directivos que necesitan una ayuda para poder jugar al golf, ¿de acuerdo? Ha sido encontrado en la escena de un crimen, doctor Glenn. Que se vaya a casa hoy depende de la conversación que vamos a tener ahora mismo.

El cirujano se recostó en el sofá con un suspiro exagerado.

–Ya se lo he dicho a la señorita Dial, y se lo repito a usted: no he tenido nada que ver con lo que ha pasado aquí.

–Entonces, sólo estaba en el sitio equivocado en el momento equivocado. De nuevo. Se está convirtiendo en una especie de hábito para usted, ¿no? Estaba en la casa cuando su hija desapareció, pero no tuvo nada que ver. También estaba en la casa donde parece haberse cometido un asesinato, y tampoco tiene nada que ver.

–Así es.

Maggie había tratado con médicos antes y sabía que eran duros de roer, pero la mirada de Glenn denotaba nerviosismo bajo su apariencia de enfado. Le habían sorprendido con la mano en el bote de galletas y lo sabía. Maggie no dijo nada más, y él añadió:

–Mire, si alguien ha matado a Regan, sucedió horas antes de que yo llegara.

–¿De verdad? ¿Cómo lo sabe?

–Soy médico. Veo montones de sangre.

–Pero no es usted patólogo, ¿verdad?

–Tampoco soy mago. No puedo hacer desaparecer un cuerpo. Lo único bueno de que te vigilen es que la policía siempre sabe dónde estoy. La señorita Dial sabe perfectamente que sólo he llegado aquí una hora antes que ella.

–Sí. Hablemos de eso –dijo Maggie–. ¿Por qué estaba aquí?

Glenn se encogió de hombros.

–Pensaba que Regan podía tener algo que ver con la desaparición de Callie.

–¿Por qué?

–Tuvimos una aventura. La ruptura fue muy amarga.

–Entonces, ¿qué pensaba hacer? ¿Preguntarle si estaba involucrada en el secuestro de su hija? ¿Pensó que ella iba a venirse abajo y confesar?

–No conoce a Regan. Si hubiera hecho algo, es la clase de persona que me lo habría restregado por la cara.

–¿Pero ella no estaba en casa cuando usted llegó? –preguntó Maggie.

–Obviamente.

–¿Forzó la puerta o estaba abierta?

–Estaba abierta.

Maggie asintió.

–¿Tiene una llave?

–No necesité una llave. Ya se lo he dicho, la puerta estaba abierta.

–Trate de responder a mis preguntas. ¿Tiene llave de la casa de Regan?

–Sí, tengo una –admitió Glenn–. Regan me la dio mientras estábamos liados.

–¿La lleva encima?

–Supongo que todavía está en mi llavero. No he pensado en ella durante meses.

Maggie sonrió.

–Seguro. Viene aquí con la llave de la casa de Regan, pero ni se le había ocurrido entrar. Entonces, ¿por qué entró?

–Me preocupé cuando vi que la puerta estaba abierta –respondió Glenn–. Grité, pero no hubo respuesta. Empecé a mirar por la casa y fue entonces cuando me di cuenta de que había pasado algo terrible.

–¿Por qué no llamó a la policía?

–Iba a llamarles.

–¿De verdad? La señorita Dial me ha contado que estaba usted muy ocupado revolviendo los informes médicos de Regan.

–Pensaba que tal vez Regan hubiera guardado algo que me indicara si estaba involucrada en lo que le sucedió a Callie.

–¿Pensó que iba a encontrar algo que la policía pudiera pasar por alto? ¿O estaba planeando asegurarse de que *no íbamos* a encontrar lo que sea que estuviera buscando?

Glenn no contestó.

–¿Cuándo fue la última vez que habló con Regan? –continuó Maggie.

–Hace meses.

–¿La ha llamado recientemente?

–No.

–¿Está seguro?

Glenn dio marcha atrás al ver la expresión de Maggie.

–De acuerdo, le dejé un mensaje ayer por la noche. Le dije que quería hablar con ella. Pero no lo he hecho.

Maggie asintió.

–La gente cree que puede borrar los mensajes de los contestadores, pero son una de las cosas más fáciles de recuperar. Oímos el que le dejó. Decía algo acerca de que Regan había estado en su despacho el pasado fin de semana.

Glenn no parecía demasiado contento.

–Sí, mi enfermera me dijo que ella había estado allí.

–¿Por qué fue Regan a su oficina?

–No lo sé. Eso es lo que quería averiguar.

–¿Le gustaría hacer alguna suposición?

–No tengo ni idea –replicó Glenn.

–¿Estaba preocupado por que ella hubiera robado algo?

Él parpadeó, incómodo.

–Ya se lo he dicho, no lo sé –repitió.

–Regan le dijo a su esposa que creía que usted era el responsable de la desaparición de su hija –le soltó ella.

–Eso es mentira.

–Pues a mí me hace preguntarme si no nos ha contado la historia a la inversa, doctor Glenn.

–¿Qué quiere decir?

Maggie se inclinó hacia delante.

–Quiero decir, ¿está usted seguro de que no andaba rebuscando en los archivos de Regan para averiguar si ella tenía alguna prueba de que *usted* estaba involucrado en la desaparición de Callie? ¿Una prueba que podría haber cogido de su despacho?

–Por supuesto que no.

–Es una curiosa coincidencia que usted aparezca en la casa de Regan justo después de que alguien la haya asesinado.

–No tengo nada que ver con eso.

–¿Sabía que estaba muerta? ¿Vino aquí para borrar las huellas antes de que se descubriera el crimen?

Glenn negó con la cabeza.

–No sabía que algo le había sucedido a Regan hasta que he llegado aquí.

–¿Quién cree que la ha matado? –preguntó Maggie.

Él se encogió de hombros.

–Vive aquí, en las tierras de labranza del norte. Se han cometido crímenes terribles por aquí recientemente.

–Entonces ¿cree que la persona que mató a las otras mujeres también ha matado a Regan?

–No tengo ni idea, pero ¿no parece probable? Todas las mujeres del hospital están aterrorizadas por ese tipo, sea quien sea. Regan fanfarroneaba con el hecho de que dormía con una escopeta al lado de su cama.

Maggie alzó las cejas.

–¿Sabía que tenía una escopeta?

–Mucha gente lo sabía –replicó Glenn a la defensiva–. Regan no lo mantenía en secreto. Estaba asustada por ese maníaco, como todo el mundo.

–No todo el mundo se asusta cuando un asesino en serie llega a la ciudad –replicó ella.

–¿Qué coño quiere decir con eso?

Maggie se apartó el flequillo rojo de los ojos y frunció el ceño.

–Doctor, siempre hay alguien que lo ve como una oportunidad.

Serena estaba sentada en su Mustang, en el camino de entrada a la casa de Regan, mirando a través de la ventana abierta los campos cubiertos de nieve. Casi había anochecido, pero llevaba gafas de sol y Maggie sospechó que había llorado. No dijo una palabra cuando Maggie abrió la puerta del copiloto y se sentó a su lado. No se miraron. Maggie dejó la puerta abierta y golpeó la bota contra los bajos del coche para quitarse los restos de tierra. Cuando miró de reojo a Serena, se dio cuenta de que su cara estaba rígida de furia.

No la culpaba por estar enfadada y no tenía ni idea de qué decir. No había ninguna manera de suavizarlo.

–Glenn no lo hizo –anunció Maggie después de un incómodo silencio–. O, al menos, no apretó el gatillo. Eso no significa que no esté implicado.

Serena no dijo nada. Maggie echó un vistazo a la autopista y vio las unidades móviles aparcadas en la ladera.

–La prensa ya casi tiene la historia –continuó–. Blair Rowe estaba en la CNN hace media hora especulando sobre la relación entre este asesinato y la desaparición de Callie.

Serena se encogió de hombros.

–Blair Rowe conoce a todo el mundo en la policía de Grand Rapids. Alguien lo ha filtrado.

–¿Tú qué opinas? ¿Crees que los dos casos están relacionados?

–Creo que Marcus miente sobre la razón de su presencia aquí –repuso Serena–. Me gustaría saber qué buscaba realmente en esos archivos.

–A mí también.

–¿Qué dice Guppo sobre la escena del crimen? –preguntó Serena–. ¿Se trata del asesino de las tierras de labranza?

–El modus operandi es similar –contestó Maggie–. El escenario, el cuerpo desaparecido. Pero lo de la escopeta no me convence. A ese tipo le gusta usar sus manos.

–Puede que Regan le sorprendiera y que él le arrebatara el arma.

–Es posible, pero no es lo que parece. Guppo cree que él sostuvo el arma todo el tiempo. No hubo lucha. No es así como actúa ese tío.

–Excepto por el mensaje en la pared –observó Serena.

Maggie asintió.

–Sí. El mensaje parece auténtico. Ese tipo está jugando con Kasey. Pero sigo sin creerme que la elección de Regan Conrad sea una coincidencia. Todo esto está relacionado de alguna manera con Callie.

–¿Le has contado a Kasey lo del mensaje en la pared?

–Todavía no. Le he pedido que venga. No está lejos.

–He hablado con Stride –la informó Serena–. Va a hablar con Micki Vega. Ella es el vínculo entre Marcus y Regan.

–Sí. Yo también he hablado con él.

Serena sacudió la cabeza y rió amargamente.

–Por supuesto que lo has hecho. ¿En qué estaba pensando?

–Serena... –empezó Maggie.

Serena alzó una mano para interrumpirla.

–No creo que debamos hacer esto ahora. ¿De acuerdo? Somos profesionales. Eso es todo.

Maggie captó el mensaje: «Somos profesionales. No amigas. Ya no».

–Sé que no sirve de una mierda, pero lo siento –dijo.

Serena se quitó las gafas con un gesto feroz. Sus ojos estaban rojos y brillaban de ira.

–¿Quieres hablar de esto ahora? De acuerdo. No me vengas con gilipolleces ni me cuentes estúpidas historias sobre cuánto lo sientes. No fue un accidente. Sabías que Jonny y yo teníamos problemas, porque fui tan imbécil como para contártelo. Has saboteado nuestra relación para obtener lo que siempre has querido.

Muy bien, pues te felicito. Nunca creí que fueras así de despiadada. Fui tan inocente como para pensar que éramos amigas, y ahora pago el precio de haber confiado en ti.

Aquellas palabras golpearon a Maggie como si un gélido viento aguijoneara su cara. Tras el estallido, oyó a Serena respirar audiblemente.

–Puedes creerlo o no, pero no sucedió así –le dijo Maggie en voz baja–. Stride sufrió un ataque de pánico y yo lo encontré. Serena, necesitaba a alguien. Simplemente ocurrió.

Serena puso los ojos en blanco.

–¿Simplemente ocurrió? ¿Es tu mejor explicación? Sí, seguro que no planeaste nada. Oh, por cierto, bonito cabello, Maggie.

–Sólo quería algo diferente.

Maggie sabía que su excusa era muy pobre.

–Bien, pues ya lo tienes. Ahora sal de una puta vez de mi coche.

Maggie salió, cerró la puerta tras de sí y se inclinó hacia la ventana.

–Nunca he querido entrometerme entre vosotros dos –le aseguró–. Y sigo sin querer hacerlo. Estoy fuera. Sólo ocurrió una vez. Fue un accidente. Él te quiere, y no voy a estropearlo.

Serena se puso las gafas de nuevo.

–Demasiado tarde.

Maggie abrió la boca para replicar, pero no tenía nada que decir. Retrocedió un poco y luego se dirigió dando rápidos y furibundos pasos hacia la casa de Regan. Pudo ver mechones de pelo rojo danzando frente a sus ojos y, de pronto, se odió a sí misma y su condenado pelo de fresa y lo que le había hecho a Stride. Serena estaba en lo cierto. Podía tratar de convencerse de que nunca había querido que pasara nada, que no había pretendido entrometerse en su relación pero, de algún modo, sabía que era mentira. De forma consciente o no, siempre había sabido lo que hacía. Había entrado en la casa de Stride con los ojos bien abiertos.

37

Casi había anochecido cuando Stride llegó al pie de la ladera donde se hallaba el cementerio de Sago. Salió de su furgoneta y de repente le apeteció un cigarrillo. Había algo en el aire dulce y frío que le invitaba a fumar. Se apoyó en el vehículo y contempló los altos pinos que montaban guardia en torno al perímetro del camposanto, protegiendo a los muertos. Cuando el viento soplaba, ellos encogían sus poblados hombros negros hacia él.

Ascendió la ladera, avanzando sobre un delgado manto de nieve entre los oscuros contornos de las lápidas de mármol. El metal en el asta de la bandera golpeaba incesantemente, como un niño que reclama atención. En la cima de la colina, Stride avanzó con dificultad por los irregulares límites del bosque y buscó el sendero que conducía a la caravana donde vivía Micki Vega. Cuando lo encontró, se sumergió en la oscuridad entre las columnas de los troncos de los árboles. Avanzó con cuidado, sin hacer ruido, como si estuviera accediendo a un lugar sagrado. Recordó lo que Micki Vega le había contado: aquél era un sitio donde la gente enterraba cosas que no querían que nadie encontrara.

Delante de él, a unos cincuenta metros, vio las luces de una caravana en el claro. Era un sitio muy apartado para vivir, oculto a la vista. Al acercarse, oyó el sonido enlatado de la televisión, que sonaba extraño y artificial en el bosque. Tras llamar, oyó una voz femenina hablando en español y la televisión enmudeció.

Micki Vega abrió la puerta y su rostro se agrió en cuanto lo vio.

–Usted otra vez. ¿Qué quiere?

–¿Puedo entrar?

–¿Y qué pasa si le digo que no? ¿Echará la puerta abajo?

–No.

Micki se encogió de hombros.

–No sé por qué me preocupo. Entre. Mire cómo les quito el pan de la boca a los trabajadores americanos.

Él subió los tres escalones, que gimieron bajo su peso, y entró en la caravana. Era claustrofóbica, con el techo bajo de metal y las paredes angostando el habitáculo. Los muebles olían a moho, como un perro mojado, y el reducido espacio estaba desordenado, con revistas en el suelo, plantas muertas en el alféizar de las ventanas y latas de cerveza vacías amontonadas en mesitas. Hacía un calor sofocante y Stride empezó a sudar.

Micki no estaba sola. En el extremo opuesto de la caravana, cerca de una cortina medio abierta que daba al dormitorio, una mujer recia con largo pelo negro estaba tumbada en un sofá frente a un pequeño televisor. Tenía unos cincuenta años y llevaba puesta una mascarilla de plástico que le cubría la nariz y la boca y que estaba conectada a una botella de oxígeno que descansaba en el suelo. Stride pudo oír como sus pulmones resollaban con cada respiración. En la televisión, con el sonido apagado, pudo ver un puzzle de letras del concurso *La rueda de la fortuna*.

–Ella es mi madre –dijo Micki–. Ya le dije que estaba enferma.

Stride saludó con la cabeza educadamente a la mujer, pero la única reacción de ella fue dedicarle una mirada suspicaz con sus ojos oscuros.

–Como puede ver, nadamos en la abundancia –observó Micki–. ¿Qué esperaba encontrar? ¿Pensaba que tenía a Callie Glenn escondida aquí? ¿Cree que he cogido a un bebé de esa hermosa mansión para traerlo a este lugar?

–No estoy aquí por esa razón –replicó Stride.

–Ah, bueno, ¿qué pasa ahora? Es la hora de la cena.

Micki removió el arroz amarillo con carne picada en una sartén que tenía al fuego sobre un fogón cerca de la puerta, y luego bebió un sorbo de una lata de cerveza abierta. Vestía una amplia camiseta de la feria estatal de Minnesota y unos tejanos que aprisionaban sus carnosos muslos. Sus pies estaban desnudos.

–Creemos que Regan Conrad está muerta –dijo Stride.

Micki se secó la espuma de los labios.

–¿De verdad? ¿Cómo?

–Al parecer, alguien la ha asesinado.

Micki cruzó los brazos y murmuró entre dientes.

–Madre de Dios. Es terrible. ¿Asesinada?

–Sí.

–¿Cómo?

–Alguien le pegó un tiro en la cabeza.

–Dios mío.

–Encontramos a Marcus Glenn en su casa –añadió Stride–. Estaba buscando algo en los informes médicos.

La boca de Micki se abrió.

–¿El doctor Glenn? ¿Cree que el doctor Glenn la mató?

–Queremos saber qué estaba haciendo allí –dijo Stride.

–No estará satisfecho hasta que acabe con él, ¿verdad? El doctor Glenn nunca haría algo así. No podría.

–Actúa como si tuviera algo que esconder. Creo que tú sabes qué es.

–¿Yo? ¿Cómo podría saberlo?

–Conoces al doctor Glenn y conoces a Regan Conrad. Y estabas en la casa cuando Callie desapareció.

–¿Y qué? Hace meses que no hablo con la enfermera Regan. Ya se lo conté todo. ¿Por qué no me deja en paz?

Micki siguió removiendo el arroz bruscamente con una cuchara de madera, visiblemente enojada.

–Si sabes algo sobre el doctor Glenn y Regan Conrad, tienes que contármelo –la presionó Stride–. Entiendo que sientas gratitud por él porque te ayudó, pero si está involucrado en estos crímenes...

–No lo está –saltó ella.

–Regan Conrad pensaba que sí.

Micki alzó la vista de lo que estaba cocinando. El vapor de la sartén dejó un brillo húmedo sobre su frente que ella enjugó con un trapo.

–¿Por qué cree usted eso?

–Regan se puso en contacto con Valerie Glenn y le dijo que el doctor Glenn estaba implicado en la desaparición de Callie.

–¿Cómo podía saberlo? –preguntó Micki.

–No lo sé, pero ahora Regan está muerta, de manera que nunca tendrá la oportunidad de contárnoslo.

–Se equivocaba.

–¿Cómo puedes estar tan segura?

–Conozco al doctor Glenn –insistió ella–. Él nunca hubiera hecho daño a su hija deliberadamente. Nunca. No sé qué ocurrió, pero fue otra cosa.

–¿Deliberadamente? –repitió Stride–. ¿Crees que fue un accidente?

–Tergiversa mis palabras, teniente. Le estoy diciendo que él es inocente.

–Migdalia.

Una voz áspera la llamó desde el otro lado de la caravana.

Stride vio a la madre de Micki señalando con el dedo a su hija. Sujetaba fuertemente en su puño la mascarilla de oxígeno que había cubierto su cara. Inhaló y tosió y, luego, respirando con dificultad, escupió unas palabras en español.

–Migdalia, *díselo.*

Micki soltó la cuchara y apartó la sartén del fuego.

–Mamá, cállate. No te metas.

–Si no se lo dices, le estas dando la espalda a Jesús.

La madre parpadeó y se puso la mascarilla sobre la cara. Su pechó se elevó al inspirar.

–No lo voy a traicionar –replicó Micki, golpeando con el pie el suelo metálico.

Su madre agitaba insistentemente una mano en dirección a Micki y su cara palideció con el esfuerzo. Volvió a hablar desde debajo de la mascarilla, con palabras tensas y apagadas.

–Díselo.

Micki cruzó los brazos sobre el pecho, pateó una lata de cerveza que estaba en el suelo de la caravana y masculló algo entre dientes.

–¿Qué ha dicho? –quiso saber Stride.

–Ha dicho que debo mantenerme al margen de esto –contestó Micki de forma audible y mirando a su madre–. Ha dicho que hablar con la policía nunca trae nada bueno.

–Tal vez sea mejor que se lo pregunte yo mismo –señaló Stride.

–¡Deje a mi madre en paz! Ya ve cómo está. No tiene fuerzas. No quiero que la meta en esto.

–¿Está involucrada?

–Claro que no –saltó Micki.

Empujó a Stride al pasar y se sentó en una silla metálica plegable. Entrelazó las manos con fuerza y se quedó mirando a sus pies; el izquierdo se balanceaba.

–¿Por qué no se larga? –le pidió a Stride.

Stride se agachó junto a ella.

–Piensa en Callie. Tú sentías algo por esa pequeña, ¿verdad? Tú la cuidabas.

–Era un ángel –dijo Micki con una pequeña sonrisa.

Stride asintió.

–Imagina que tu propio bebé hubiera desaparecido y que no supieras qué le ha pasado. Imagina lo desesperada que te sentirías. Si sabes algo, Micki, no puedes callártelo. Callie merece algo más que eso.

–El doctor Glenn no le ha hecho daño –insistió Micki.

–Entonces, ¿qué esconde? ¿Qué hacía en casa de Regan Conrad?

Micki se encogió de hombros, se levantó de la silla y le dio la espalda a Stride. Anduvo hacia el sillón reclinable frente al televisor y usó el mando a distancia para apagarlo. Acarició el cabello de su madre. Las dos mujeres no hablaron entre ellas, pero Stride pudo ver que la madre de Micki alzaba la mano y agarraba la cintura de su hija con sus gruesos dedos. El labio inferior de Micki tembló como si estuviera a punto de llorar. Se separó con suavidad del abrazo de su madre y se agachó detrás del sillón. Su madre la miraba. Cuando Micki se levantó, sostenía una caja de zapatos de cartón entre sus manos.

Stride aguardó sin decir nada.

Micki se sentó otra vez con la caja en su regazo. Cubrió la tapa con sus antebrazos y miró a la puerta de la caravana.

–Esa noche volví tarde a casa –dijo–. Mamá estaba preocupada.

–¿La noche que Callie desapareció?

Micki asintió.

–Me esperaba mirando por la ventana.

–¿Qué vio? –preguntó Stride.

–Una luz –respondió Micki–. Vio una luz en los bosques cerca del cementerio. Había alguien allí.

–¿Cuándo fue eso?

–En algún momento alrededor de la medianoche. Me lo contó el sábado, y sólo podía pensar en cómo la gente enterraba cosas allí. Y pensé, ¿sabe?, que la familia del doctor Glenn está enterrada allí. Él suele ir con frecuencia a ver a su madre. Así que fui a echar un vistazo.

–¿Qué encontraste? –preguntó Stride.

Micki abrazó la caja de su regazo y no dijo nada.

–Por favor –la apremió Stride–. ¿Qué encontraste?

Ella abrió la tapa. Dentro, Stride vio una extraña amalgama de recordatorios. Flores de plástico sucias. Collares de perro con piedras brillantes. Fotografías arrugadas y desteñidas.

–Ésta es mi colección –explicó Micki–. La gente deja cosas en las tumbas. Y en los bosques también. Yo las guardo. Me gusta pensar que siento un poco de ese amor, ¿sabe? Es absurdo, pero puedo pasarme horas así.

–¿Encontraste algo en el bosque? –le preguntó Stride–. ¿Cerca de donde tu madre vio la luz esa noche?

Micki rebuscó en la caja y sacó un pequeño juguete, una trompetita de papel enrollado con una boquilla de plástico. Stride reconoció el objeto. Era un espantasuegras de los que se usan para celebrar la Nochevieja.

–Encontré esto en un pequeño claro –declaró ella.

–¿Sabes lo que significa? –preguntó Stride–. Callie nació en Nochevieja.

–Sí, lo sé.

–¿Encontraste algo más?

Micki asintió.

–Alguien trató de disimularlo, pero puedo contarle lo que vi en la tierra cuando aparté las hojas con el pie. Había algo enterrado allí.

38

Maggie vio como los ojos de Kasey se abrían de par en par por el miedo cuando la joven agente salió de su vehículo. Sobre su cuerpo se proyectaban las luces de los coches patrulla estacionados en los campos que circundaban la casa de Regan. Kasey entrecerró los ojos y se los protegió con una mano al atravesar el haz de luces.

–¿Qué sucede? –preguntó–. ¿Qué querías?

–Lo ha vuelto a hacer –le informó Maggie.

Kasey se estremeció y se ciñó aún más el abrigo alrededor de su cuerpo.

–¿De quién se trata?

–La casa pertenece a una enfermera llamada Regan Conrad.

–¿Una enfermera? ¿Es la misma de la que estuvo hablando Serena durante la cena de ayer? ¿La que está relacionada con el caso del bebé desaparecido en Grand Rapids?

Maggie asintió.

–Entonces, ¿para qué me has dicho que viniera?

Maggie frunció el ceño.

–Tengo que enseñarte algo. No es agradable, Kasey.

Ésta se metió las manos en los bolsillos.

–Sé que soy policía, pero no soy buena con los cadáveres, ¿sabes? No es que me muera de ganas de ver uno.

–No hay cuerpo.

Kasey ladeó la cabeza.

–¿Qué?

–No hay cuerpo, sólo sangre a montones. Se ha llevado el cuerpo, igual que con las otras mujeres.

–¿No hay cuerpo? –repitió ella–. ¿Cómo sabes que se trata de Regan? ¿Cómo sabes que está muerta?

–No lo sabremos con certeza hasta que tengamos los resultados de los análisis, pero nadie la ha visto hoy. Y respecto a la cuestión de estar muerta, nadie puede perder tanta sangre y tejidos y seguir con vida. Todo apunta a que recibió un tiro de escopeta en la cabeza.

Kasey parecía nerviosa.

–¿Qué quieres enseñarme?

Maggie señaló con la cabeza hacia la entrada de la casa.

–Vamos.

Mientras se dirigían allí, Kasey dijo:

–No sé si es relevante ahora mismo, pero hoy he entregado mi dimisión. Bruce y yo lo hemos hablado y los dos pensamos que es lo mejor. Sé que se suponía que debía llamarte, pero he estado ocupada organizando la mudanza y todo eso. Nos vamos mañana a primera hora.

–Lo entiendo.

–Me siento como si te dejara colgada.

–No me dejas colgada. En tu lugar, seguramente yo haría lo mismo.

–¿Crees que estoy paranoica?

Maggie negó con la cabeza.

–No, no lo creo. –En la puerta principal, añadió–: Sácate los zapatos y ponte unos patucos de plástico. No toques nada, ¿vale?

–De acuerdo.

El interior de la casa olía a pegamento debido a las cajas de humo que utilizaban los técnicos para revelar las huellas. Ya habían aspirado la alfombra para recoger restos de materiales. Maggie condujo a Kasey escaleras arriba. Ante la puerta abierta del dormitorio de Regan, Maggie se dio la vuelta y detuvo a la joven poniendo el brazo ante su pecho.

–No es mi intención ser cruel, Kasey. Si no quieres entrar, dímelo, pero creo que tienes que verlo por ti misma. Probablemente te reafirmará en tu decisión de marcharte con tu camión mañana por la mañana.

–¿Qué hay ahí dentro? –preguntó Kasey.

–Te ha dejado un mensaje.

Maggie dejó que Kasey entrara primero. La joven policía cruzó el umbral y sus ojos revolotearon por la habitación. La enorme mancha de sangre atrajo su atención; se acercó y se agachó allí donde el olor era más intenso. Maggie pensó que iba a tocar la mancha y se dispuso a llamarle la atención, pero Kasey retiró la mano. Entonces volvió la cabeza y vio lo que había escrito en la pared.

Dos palabras. Un saludo horrendo.

Se cubrió la boca con las manos.

–Lo siento –se disculpó Maggie–. No es lo mismo enterarse de esto por teléfono. Pensé que debías saber exactamente lo peligrosa que es para ti esta situación.

Kasey se tambaleó y chocó contra la pared del dormitorio. Maggie oyó el violento ruido del estómago de Kasey revolviéndose. Ésta corrió hacia el lavabo pero sólo consiguió llegar hasta la entrada antes de caer de rodillas. El vómito salió a borbotones entre sus dedos y salpicó las baldosas. Cayó hacia delante y quedó a cuatro patas, con la cabeza baja y el cabello rojo sobre su cara. Su cuerpo se estremecía con secos sollozos.

Maggie se acercó y le puso con suavidad una mano sobre la espalda.

–¿Estás bien?

Kasey respiraba profunda y entrecortadamente. No dijo nada. Se puso de rodillas y echó la cabeza hacia atrás. Parpadeó mientras miraba al techo.

–Joder, lo siento –murmuró.

–No te preocupes.

–¿Cómo he llegado a esto? –preguntó Kasey–. ¿Cómo se ha convertido mi vida en esto?

–No es culpa tuya.

–Tengo que irme –declaró Kasey, al tiempo que se levantaba tambaleándose.

Maggie puso un brazo alrededor de su cintura para mantenerla en pie y la ayudó a avanzar hacia la puerta del dormitorio, rodeando el charco de sangre negra y seca.

–No quiero asustarte –dijo Maggie–, pero tal vez huir no sea suficiente. Por alguna razón, ese tipo se ha obsesionado contigo. Eres especial para él. Quizá no desista sólo porque hayas decidido irte de aquí. Vayas adonde vayas, ten cuidado.

En el marco de la puerta, Kasey se detuvo y se mantuvo en pie por sí misma. Avanzó varios pasos hacia la pared desde donde la amenazaba el mensaje.

–Tienes razón.

Maggie vio algo inesperado en los ojos de Kasey. El miedo había desaparecido, como si hubiera tocado fondo y se hubiera dado cuenta de que no había otro lugar adonde ir. Parecía mayor, no una chica inmadura. Su cara revelaba una ira tan profunda que a Maggie le resultó inquietante.

–Se trata de él o de mí –añadió Kasey–. Es así. Sólo uno de nosotros saldrá vivo de esto.

Stride reconoció el Ford Taurus que había aparcado al final de la calle que llevaba a la casa de los Glenn. Cuando salió de su furgoneta, encontró a Blair Rowe sentada en la verja de tablones de madera blanca que bordeaba el camino. Golpeaba con sus talones la madera como un bailarín de claqué, y un cigarrillo colgaba de sus labios. Saltó de la valla en cuanto lo vio y avanzó a través del césped.

–¡Teniente! –le llamó.

Él metió las manos en los bolsillos de su abrigo de piel. La reportera se detuvo cerca de él, demasiado cerca.

–¡Ey! –saludó sin aliento–. Me imagine que vendría aquí.

–¿Por qué? –preguntó Stride.

–Oh, mantengo los oídos bien abiertos. –Blair cogió el cigarrillo de su boca y jugó con él entre sus dedos. La ceniza cayó en la calle–. ¿Cómo va eso?

–Nunca habría dicho que fumaras, Blair –le dijo Stride.

–No es sólo la adrenalina lo que me mantiene delgada –replicó ella, burlona–. Además, soy periodista. Tenemos que fumar. Es imprescindible. Es lo primero que te enseñan en la escuela de periodismo.

Le dio un golpecito al paquete de cigarrillos que había en un bolsillo de su chaqueta.

–¿Quiere uno?

Lo quería, pero movió negativamente la cabeza.

–¿Qué me dice de una nuez de pacana tostada? –preguntó ella. Rebuscó en otro bolsillo y embutió una nuez en su boca–. Las hace mi madre. Tienen un glaseado de canela. Realmente buenas.

–Su madre es un hacha de la cocina.

–Bueno, pasa mucho tiempo en casa con mi hijo y tiene que mantenerse ocupada cuando él duerme. Está delgada como un fideo, como yo, pero a las dos nos encanta comer.

–¿Qué quiere, Blair? –preguntó Stride.

Ella tiró el cigarrillo al suelo y se subió las gafas con un dedo.

–He oído lo de Regan Conrad. ¿Es cierto que Marcus Glenn ha sido arrestado por el asesinato?

–No.

–¿De verdad? Podríamos decir que lo pillasteis con las manos en la masa. Alguien me contó que preparó la escena del crimen para que pareciera que el asesino en serie se había cargado a Regan.

–No estoy al cargo de la investigación del asesinato, Blair –repuso Stride.

–Sí, lo sé, pero puedo hacer la conexión. Regan está muerta y encontraron a Marcus rebuscando en sus archivos. Da la impresión de que ella conocía algunos trapos sucios sobre él y Callie.

–Hemos terminado, Blair.

Él la rebasó en la entrada circular que conducía a casa de los Glenn. Blair se dio la vuelta y se esforzó por mantener el paso de él, moviendo a toda velocidad sus cortas piernas. Espirales de vaho salían de su boca y se perdían en el viento.

–Ha venido a ver a Valerie, ¿verdad? –preguntó Blair, jadeando–. Tendría que darme las gracias, ¿sabe? Soy yo la que descubrió la aventura de Valerie. Ustedes no tenían ni idea, ¿a que no?

–Irrelevante –gruñó Stride.

Las gafas de Blair resbalaron otra vez, quedándose en la punta de su nariz de forma que tenía que inclinar la cabeza hacia atrás para verle.

–¿Bromea? Vamos, hombre, eso le da a Marcus un móvil. Ambos lo sabemos. Su preciosa mujercita se la pega con su cuñado. Eso no debió de sentarle muy bien al rey Marcus. ¿Y quiere saber qué creo? Creo que Marcus y Regan hicieron una prueba de paternidad que demostraba que él no era el padre de Callie. Ésa es la información que él rebuscaba entre los archivos médicos de Regan. No quería que se supiera que él conocía la verdad sobre Callie.

Stride se detuvo y la miró.

–¿Tiene alguna prueba de eso?

–Todavía no, pero estoy buscando.

–Entonces no son más que especulaciones.

Stride continuó andando, pero Blair se colgó de su brazo.

–Bueno, ¿piensa cumplir el trato, teniente? ¿Cuándo van a empezar a buscar en el cementerio?

–¿Qué ha dicho?

Stride se había quedado estupefacto. Apenas hacía una hora que había salido de la caravana de Micki y la única persona a la que había llamado era a Denise Sheridan.

Blair esbozó una sonrisita, como si pudiera leer su mente.

–¿Va a empezar la búsqueda esta noche o piensa esperar hasta mañana? Va a empezar a nevar pronto, y eso dificultará la tarea. Mi apuesta es que traerá proyectores y empezará esta noche.

–Sin comentarios.

–Oiga, le guste o no le guste, la noticia saldrá a la luz. Sería mejor que se asegurara de que no hay errores en mi historia. Están buscando en el cementerio, donde está enterrada media familia Glenn y cuya encargada de mantenimiento es Micki Vega. ¿Qué le ha contado Micki? Ya le dije desde el principio que ella y Marcus están juntos en esto.

–No confirmo la búsqueda en el cementerio –declaró Stride.

–Correcto, tiene que hablar con Valerie primero y darle las malas noticias. Lo pillo. Pero voy a informar de la búsqueda.

–Ya se lo he dicho, no confirmo que haya ninguna búsqueda en marcha.

–Usted dice que no, pero Craig Hickey dice que sí y yo apuesto por Craig.

–¿Quién coño es? –preguntó Stride.

Blair se encogió de hombros.

–Pronto lo averiguará, así que qué más da. Craig tiene una finca cerca de Cohassset, y yo salí con su hijo Terry durante un par de años en el instituto. Todavía me veo con él a veces. Recuerde, teniente, ésta es mi ciudad. Conozco a todo el mundo.

–¿Y?

–Pues que Denise Sheridan ha llamado a Craig y Craig ha llamado a Terry y Terry me ha llamado a mí. Así es como funcionan las cosas aquí. Ya ve, Craig es el hombre al que recurre la policía cuando necesita perros. Perros de rescate, perros antiexplosivos, perros antidrogas... –Blair se puso de puntillas y susurró–: O perros para encontrar cadáveres...

39

Stride no había pasado demasiado tiempo con Valerie Glenn, pero sabía que era la clase de mujer a la que los hombres querrían salvar. Hablaron en la cocina, donde ella utilizó un reluciente cuchillo de chef para cortar en dados una cebolla amarilla sobre la tabla de madera. Sus ojos quedaban ocultos cuando prestaba atención a lo que hacía, pero con frecuencia se detenía y miraba por la ventana hacia la interminable noche negra. Luego, con un aleteo de sus ojos azules, ella dejaba que su mirada se posara en Stride, como si dijera: «Está oscuro fuera. Hay monstruos. Protégeme».

La cebolla hacía saltar lágrimas de sus ojos, pero eso no parecía afectarla. Cortaba con precisión, como si un dado más grande que otro pudiera destruir el orden de lo que hacía. Stride pensó que la entendía. Era una mujer con muros a su alrededor, como Serena, pero a diferencia de ésta, estaba desesperada por que alguien los derribara.

–No habla mucho, teniente –observó Valerie–. Cuando la gente evita contarme cosas, siempre creo que es porque tienen malas noticias. –Dejó de cortar y sus ojos tristes se fijaron en él de nuevo–. ¿Tiene malas noticias?

–Es demasiado pronto para decirlo –respondió él, evasivo.

Stride solía ser portador de malas noticias, pero era reacio a arruinar la vida de esta mujer y eso es lo que tenía que hacer. La trompetita de juguete estaba en su bolsillo. Tenía que enseñársela y sabía qué pasaría cuando lo hiciera. Destrozaría sus esperanzas. Sus oraciones se encontrarían con el silencio. Por encima de toda su calma, se vería abocada a un precipicio.

–Ya sé lo que le ha pasado a Regan Conrad –dijo ella–. No voy a fingir que estoy disgustada.

–Lo entiendo.

–¿Dónde está Marcus? –quiso saber Valerie.

–Todavía lo estamos interrogando.

Ella dejó caer con un golpe el filo del cuchillo.

–¿Estaba él en su casa?

–Sí, registrando sus archivos médicos –explicó Stride.

–Pero Denise dice que no creen que él la haya matado.

–Sea lo que fuere que ocurrió en el dormitorio de Regan tuvo lugar ayer por noche. ¿Estaba Marcus aquí?

–Sí.

–Entonces, él no la mató –señaló Stride–. Me preguntaba si usted tendría alguna idea de qué buscaba su marido en los ficheros de Regan.

Él vio como su mano vacilaba y la punta del cuchillo pinchaba su dedo, del que manó una gota de sangre. Ella hizo una mueca, se metió el dedo en la boca y succionó. Al sacarlo, reapareció un rastro rojo de sangre.

–¿Se encuentra bien? –preguntó Stride.

–Estoy bien. Normalmente no soy tan descuidada.

Dejó correr el agua fría del fregadero sobre su dedo y luego sacó una tirita del armarito.

–No ha contestado a mi pregunta –dijo él.

–Lo siento. No. No tengo ni idea de qué buscaba Marcus.

Era una pésima mentirosa. Lo sabía, pero no iba a contarle qué era. La miró de modo que entendiera que ambos sabían que estaba mintiendo, pero ella se limitó a recoger el cuchillo y siguió cortando. Esta vez, una solitaria lágrima manó de su ojo, y él no supo si era por la cebolla o por un sentimiento de profunda pena.

–Tengo que mostrarle algo –le dijo.

–¿Ah, sí?

Su conducta tenía altibajos, como si estuviera a punto de desintegrarse.

Stride buscó en el bolsillo interior de su abrigo y sacó la bolsa de plástico donde había guardado el juguetito azul que Micki había encontrado en el bosque. Dejó el objeto en la palma su mano, lo suficientemente cerca de Valerie para que pudiera verlo.

–¿Reconoce esto?

Ella se inclinó hacia delante, confundida.

–¿Qué es?

Entonces lo vio. Lo entendió. El cálido color sonrosado de su cara se transformó en blanco. Estiró la mano para coger la bolsa, pero Stride la apartó.

–Lo siento.

–¿Dónde ha encontrado esto? –preguntó ella.

–¿Lo reconoce?

Una lágrima dio paso a un torrente.

–Tenían estos juguetes en el hospital esa noche.

–¿La noche en que Callie nació?

Valerie no respondió. Se alejó aturdida e hizo correr el agua de nuevo, dejando que fluyera sobre la hoja del cuchillo para limpiarla. Usó una esponja nueva para frotar la brillante superficie y luego la secó con un trapo seco. Dejó el cuchillo cerca del bloque de madera. La cebolla descansaba en la tabla de cortar en una montaña de pequeños cubos perfectos. Se alejó de la isleta de la cocina y se sentó en una silla junto a la elegante mesa de cristal.

–¿Señora Glenn? –insistió Stride con voz suave.

–Le conté a Serena que esa noche estuve muy cansada y con dolores la mayor parte del tiempo –dijo–. No tenía ninguna noción del tiempo. Pasé mucho rato sola, esperando. Recuerdo que me despertó el ruido de los espantasuegras. La gente estaba en el pasillo y todo el mundo reía y se besaban los unos a los otros. Una enfermera entró para desearme feliz Año Nuevo y dejó una de esas trompetitas de juguete en la bandeja, cerca de mi cama.

–El espantasuegras que le dio, ¿era azul como éste?

–No me acuerdo. Creo que sí. ¿Dónde lo ha encontrado?

–Micki Vega afirma que lo encontró en los bosques, cerca del cementerio de Sago. La noche en la que desapareció Callie, su madre vio a alguien allí.

Valerie se abrazó a sí misma y se balanceó en la silla.

–Oh, Dios mío.

–Me temo que tenemos que buscar en el cementerio.

–¿Buscar? –preguntó ella, aturdida.

–Tenemos que averiguar si alguien enterró algo en la zona boscosa donde encontraron la trompetita de juguete.

–Callie –gimió Valerie.

–Por favor, no asuma lo peor. Tal vez no signifique nada.

Ella se cubrió la boca con las manos y no dijo nada. La inmensidad de su desesperación despertó en Stride el impulso de acercarse a ella y consolarla en sus brazos. Erguido como un soldado, se quedó donde estaba y la dejó sola en su sufrimiento.

–Tengo que hacerle unas cuantas preguntas más –señaló.

La mirada vacía de Valerie no cambió. No reaccionó.

–¿Trajo usted un objeto como éste del hospital?

Ella habló a través de sus manos.

–Quería hacerlo. –Valerie se secó los ojos y colocó las manos lentamente sobre su regazo–. Pensé que deberíamos guardarlo. Salvarlo. Era como un símbolo de lo que esa noche significó para mí. Un nuevo año. Un nuevo bebé. Un nuevo aliciente en la vida. Pero no estaba con todo lo que trajimos a casa del hospital.

–¿Qué pasó con él?

–Se lo di a Marcus. Se lo di para asegurarme de que no lo perdíamos.

–¿Le preguntó por él?

–Sí. Fue semanas después. Había tanto que hacer con Callie en casa... Ella me necesitaba mucho y yo siempre estaba tan cansada... Durante el primer mes apenas tuve respiro. Cuando empecé a reunir los recuerdos de su nacimiento, me di cuenta de que el juguetito se había perdido.

–¿Qué dijo Marcus?

Valerie movió la cabeza.

–Me dijo que lo había tirado.

40

–Lo tiré –le dijo Marcus Glenn a Serena.

Estaban sentados en el asiento delantero del Lexus, en el camino de tierra cerca del cementerio de Sago. La noche ardía en el resplandor de las luces giratorias rojas de los coches patrulla; los destellantes rayos de luz se cruzaban entre los árboles mientras los proyectores, sujetos en altos trípodes, se reflejaban en la nieve. Detrás de ellos, la carretera estaba bloqueada para mantener alejada a la prensa. Las ventanillas del lujoso coche permanecían cerradas, de modo que en el interior reinaba un silencio extraño, a pesar de la frenética actividad que se desarrollaba a su alrededor.

–¿Cuándo ocurrió eso? –preguntó Serena.

–No lo recuerdo.

–¿Lo trajo consigo a casa del hospital? ¿Lo dejó en su oficina? ¿O nunca llegó a cogerlo?

Glenn se encogió de hombros.

–No tengo ni idea. Era un estúpido juguete barato.

–¿De qué color era? –preguntó Serena.

–¿Cree que le presté atención? Podría ser lila, rosa, azul, quién sabe...

La paciencia de Glenn se estaba acabando después de horas con la policía. Habían pasado la tarde y las primeras horas de la noche en casa de Regan Conrad, en las tierras de labranza del norte. Justo cuando Serena estaba a punto de vencer la resistencia de Glenn, había recibido la llamada de Stride para informarle acerca del hallazgo de Micki Vega y la inminente búsqueda en Sago. Ésa era la razón de que se trasladaran hasta allí, escoltados por un coche de policía de Duluth durante el solitario tramo de la autopista 2. A Glenn no le gustó.

–No sé por qué me ha traído aquí –añadió–. No puedo contarle nada.

–Estoy intentando averiguar cómo llegó este juguete desde la habitación de su esposa en el hospital hasta la zona boscosa que hay junto al cementerio donde descansa su familia –le explicó Serena.

–Oh, por favor, ¿cuántos millones de juguetes de éstos salen de las fábricas chinas cada año? No pueden creer que exista alguna relación entre algo que Micki supuestamente encontró en los bosques y un recuerdo que mi esposa guardó cuando dio a luz a Callie.

–¿Su mujer sopló el espantasuegras? –preguntó Serena.

–¿Qué?

–¿Lo usó ella en el hospital aquella noche?

–No me acuerdo. Todo el mundo hacía pitar esas cosas tan molestas.

–Entonces tuvo que dejar ADN dentro de la boquilla. Lo comprobaremos.

–Maravilloso. Háganlo. Si encuentran ADN, estoy seguro de que será de cualquier otra persona.

–¿Por qué está tan seguro de eso? –quiso saber Serena.

Glenn golpeó el salpicadero con exasperación.

–¡Porque lo tiré! ¿Cree que alguien se puso a revolver en mi basura para luego plantar esta cosa ridícula en los bosques once meses después?

Serena se dio cuenta de que el cirujano se movía nerviosamente. Sus largas piernas apenas cabían en el sedán, incluso con el asiento echado hacia atrás.

–Las coincidencias se van amontonando en torno a usted, doctor Glenn –señaló.

–¿Qué quiere decir?

–Bueno, pongamos que usted tiene razón. Éste no es el juguete que Valerie tenía en el hospital. ¿No le parece raro que Micki Vega encontrara un juguetito igual cerca del cementerio que usted visita cada mes? ¿Que lo encontrara dos días después de que su hija desapareciera? ¿Que lo hallara en el lugar exacto donde su madre vio a alguien merodeando por los bosques la misma noche que su hija desapareció? ¿Que el juguete que dejaron sea exactamente igual al que Valerie le pidió que guardara como recuerdo del nacimiento de su hija?

Glenn miró a través del parabrisas a los policías reunidos en grupos sobre el campo de hierba. Sus largos y elegantes dedos aferraron con fuerza el volante como si estuviera conduciendo un coche de carreras.

–Estoy de acuerdo con usted –dijo.

Su tono era tranquilo y científico.

–¿De verdad?

–Sí, tiene razón. No parece que sean coincidencias.

–Entonces ¿cómo lo explicaría? –preguntó Serena.

Glenn se volvió para mirarla a la cara.

–Se me ocurren tres explicaciones. La primera es que realmente sea una coincidencia y yo tenga mala suerte. Cosas raras como ésta ocurren de verdad.

–¿Y las otras?

–La segunda posibilidad es que Micki esté mintiendo. Puede que no haya encontrado ese juguete en los bosques o que no lo haya encontrado cuando dice. Pero, personalmente, creo que Micki dice la verdad.

–¿Sí?

Glenn asintió.

–No creo que me perjudicara de forma deliberada.

–Excepto si usted se hubiera acostado con ella, si fuera el padre de su bebé y éste hubiera muerto... Eso puede dar que pensar a una chica...

–Nunca me he acostado con Micki –insistió Glenn–. No era el padre de su hijo. Si quiere desenterrar el bebé para probarlo, puede pedir una orden judicial y hacerlo. Pero sólo conseguirán parecer unos locos sin corazón. Señorita Dial, confieso de buen grado ser un caso problemático en cada aspecto de mi vida *excepto* en lo que concierne a mi trabajo. Ayudé a Micki porque soy médico y ella necesitaba a alguien. Eso es todo.

–Ha dicho que se le ocurren tres explicaciones –observó Serena–. ¿Cuál es la tercera?

–La tercera es que alguien trata deliberadamente de dar la impresión de que estoy involucrado en la desaparición de Callie. Pero no es así.

–¿Intenta decir que alguien puso el juguete allí?

–Sí.

Serena sabía que la siguiente pregunta era obvia, pero no estaba preparada para hacerla, así que quedó suspendida entre los dos. Se preguntó si Glenn quería oír cómo la formulaba. «¿Qué vamos a encontrar en los bosques?» En cambio, tomó otro camino.

–¿Cómo se sintió cuando se enteró de que su mujer le engañaba? –preguntó.

–No he sido un modelo de fidelidad y no puedo quejarme.

–Es posible, pero muchos hombres tienen un doble rasero. Está bien que yo engañe, porque es sólo sexo. Pero ¿mi esposa? Que no se le ocurra mirar a otros hombres.

Glenn se encogió de hombros.

–No estoy diciendo que me gustara.

–¿Cuándo averiguó que Valerie se acostaba con Tom? –preguntó Serena.

Él tardó en contestar.

–Lo averigüé en el mismo momento en que lo hizo usted –le dijo finalmente–. Cuando Blair Rowe lo soltó en las noticias.

–¿No lo sabía?

–No.

–Se ha tomado su tiempo para dar una respuesta. ¿Intentaba averiguar si hay algún medio por el que podamos probar que usted estaba al corriente de la aventura de Valerie?

Glenn no replicó.

–Espero que no se lo dijera a nadie –continuó Serena– ni que contratara a un investigador para que la siguiera. Si lo hizo, lo averiguaré.

–Confiaba en mi esposa –repuso él.

–¿Tenía alguna razón para dudar de que Callie fuera hija suya?

–Por supuesto que no.

–¿Y ahora?

–Ahora no puedo evitar preguntármelo –admitió.

–¿No se lo preguntó antes? Fueron tres años. En algún momento tuvo que pensar que era extraño que durante tanto tiempo Valerie no pudiera quedarse embarazada, y que de repente lo consiguiera.

–No es tan extraño después de todo. Soy médico. La gente piensa que la concepción es previsible, pero no es así. Puede suceder con la primera relación sexual o puede costar seis meses o seis años, o tal vez nunca ocurra, aun cuando los dos estén perfectamente sanos. No trate de anticiparse a Dios, señorita Dial.

–Pensaba que la mayoría de los cirujanos creían que ellos *eran* Dios.

–La confianza y el ego te convierten en mejor médico, pero también debes ser lo bastante inteligente para saber cuándo no tienes todas las respuestas.

–Usted parece tener todas las respuestas –señaló Serena.

–Ojalá fuera así.

–Dígame, ¿por qué engaña a Valerie? Ella es hermosa. Es inteligente. Le quiere. ¿No es suficiente?

–No tiene que ver con Valerie –repuso él–. No significa que no la quiera.

–Ella casi se mató porque usted no le hacía caso.

Serena se arrepintió al instante de sus palabras, pero él no reaccionó con ira.

En su lugar, había resignación en su voz.

–¿De verdad cree que su intento de suicidio fue culpa mía? Valerie ha sufrido trastornos depresivos la mayor parte de su vida. Es un diagnóstico médico.

–¿Está diciendo que no asume ninguna responsabilidad por su estado mental?

–Lo que digo es que yo no la hice ser como es. Puede que no vaya con el corazón en la mano, pero Valerie lo sabía desde el principio. La visto y la alimento y le doy todo el dinero que puede gastar. A un montón de mujeres le encantaría un matrimonio como éste.

No quería discutir con él. Su retorcido punto de vista sobre el amor y el matrimonio era irrelevante. Había llegado el momento de retomar la pregunta que realmente quería hacer.

–¿Qué vamos a encontrar en los bosques?

Él no contestó.

–¿Me ha oído? Están empezando la búsqueda. ¿Qué vamos a encontrar?

–No tengo ni idea.

Serena señaló la ventana. Al otro lado del camino de tierra, alejado del cementerio, un hombre bajo y con grandes entradas sostenía la correa de un beagle que tiraba de ella. Sus orejas se agitaban y tenía la nariz enterrada en la larga hierba. El perro ansiaba correr. Oler. Cazar.

–¿Ve ese perro? –preguntó–. Está adiestrado para reconocer los gases que desprende la carne humana al descomponerse.

Glenn observó al beagle.

–Es una horrible habilidad para proporcionársela a un animal, ¿no cree?

–¿Qué va a encontrar?

–Sólo puedo especular. No lo sé.

–Pues adivine.

La expresión de Glenn era extrañamente pasiva, como si estuviera desconectado de todo lo que sucedía a su alrededor.

–Creo que van a encontrar a Callie.

Serena sintió como su corazón se aceleraba.

–¿Piensa que Callie está enterrada allí?

–¿Usted no? ¿No es por eso por lo que estamos aquí?

–¿La enterró usted allí? –preguntó Serena.

–No –repuso Glenn con un áspero suspiro–. Pero si alguien está intentando inculparme, si alguien ha dejado el juguete allí para que lo encuentren... Bueno, no puedo evitar llegar a la conclusión obvia.

–Usted piensa que su hija está muerta.

–Me temo que sí. Pronto lo averiguaremos.

–¿Es todo lo que tiene que decir? –preguntó Serena.

–¿Qué más puede haber?

«Qué más, aparte de dolor –pensó Serena–. Qué más, aparte de lágrimas y desesperación. Qué más, aparte de la horrible e irreparable sensación de pérdida.»

–¿Quién ha podido hacerlo? –y no añadió: «Si no fue usted».

–Sólo puede haber sido Regan.

–Tiene una coartada –le recordó Serena.

–Entonces tal vez tuviera un cómplice.

Serena intentó leer en la cara del cirujano, pero su expresión no le reveló nada.

–Probablemente no lo crea, doctor Glenn, pero yo he sido la única que le he defendido. La única que no estaba convencida desde el principio que usted fuera culpable de asesinar a su hija.

–¿Y qué piensa ahora? –preguntó.

–Pienso que tal vez sea el hombre más frío que haya conocido nunca –contestó Serena–. Los hombres fríos no tienen conciencia. Ni empatía. Son capaces de hacer cosas horribles.

–O pueden salvar vidas en la mesa de operaciones –replicó Glenn encogiéndose de hombros.

Fuera del coche, el beagle tiraba de la correa y ladraba con furia, impaciente. Serena vio a Stride acercarse al hombre que sujetaba el perro y señalaba un claro en la parte norte del bosque. Cuando se volvió hacia el Lexus, su mirada se cruzó con la de Serena y apartó la vista.

Micki Vega caminaba a su lado. Ella también vio el coche; sus ojos se abrieron de par en par en una expresión de consternación y miró a Marcus Glenn. Su boca se abrió y dio un paso hacia el coche como si quisiera correr hacia él. Serena pensó que iba a echarse a llorar.

–Lo siento.

Micki lo dijo en alto, con una voz que apenas atravesó el cristal. Junto a ella, Serena vio como Marcus Glenn le sonreía brevemente. Él dijo sólo dos palabras:

–Está bien.

Micki se fue, con la cabeza inclinada.

–¿Estoy arrestado? –le preguntó Glenn a Serena.

–No.

–Entonces me voy a casa.

41

Valerie estaba sentada en el suelo, amasando con sus dedos la alfombra blanca. A unos tres metros, un fuego ardía en la chimenea de piedra que dominaba la pared. El hogar funcionaba con gas y falsos leños que ardían de continuo y que no crepitaban como la madera auténtica. El calor apenas se propagaba por la habitación, llena de corrientes de aire, hasta llegar hasta su hombro y caldearlo. Tenía frío.

Pensó en el lugar para hacer fuego que había tras la casa de Denise y Tom, junto al río. Cada año, en Nochevieja, Tom encendía una hoguera que ardía durante horas mientras los niños cantaban y jugaban y los adultos bebían cerveza y vino. Antes de casarse con Marcus, ella se les unía en esta tradición, se sentaba silenciosamente al cobijo de las llamas y envidiaba a su hermana por todo lo que ésta tenía. Marido. Hijos. Responsabilidades. Alegría. Cada año se había sentido como una extraña en una fiesta a la que no había sido invitada, pero de la que anhelaba formar parte. Echaba de menos la sencillez. Las Navidades con Marcus eran fastuosas pero estériles. Un año fueron a Italia. Al siguiente, hicieron un crucero por el Caribe. En otra ocassión, dieron una fiesta con servicio de *catering* para el personal del hospital con pavo asado, canapés y vinos caros de California. Aun en su propia casa, se sentía como si estuviera fuera mirando hacia el interior.

Había pensado que este año tal vez fuera distinto, porque tendría a Callie en sus brazos. Podrían instaurar sus propias tradiciones. Pero nada de eso iba a ocurrir ahora. Después de todo, las cosas no iban a ser así. Estaría sola como una isla en medio del lago.

Valerie sabía que estaban llevando a cabo una búsqueda. Se encontraban en los bosques con focos, perros y cámaras. No iban a devolverle a Callie rosada y feliz, haciendo gorgoritos mientras su madre reía y lloraba. Cuando la llamaran, las noticias que recibiría serían muy distintas. El teléfono sonaría en medio de la noche, haciendo añicos el silencio. Sería Denise, o Serena o Stride. Sus voces adoptarían el tono bajo y ominosamente grave de la tragedia, expresarían cuánto lo sentían. Marcus le pasaría un brazo alrededor de los hombros y su consuelo sería tan falso como los troncos que se negaban a quemarse en el fuego.

Marcus.

«Me preguntaba si tiene alguna idea de lo que su marido podría estar buscando en los archivos de Regan.»

Valerie miró el sobre del hospital. Lo había rescatado del cajón de lencería de su vestidor y lo había dejado junto a ella, sin abrir, en la sala de estar. Un reluciente par de enormes tijeras plateadas descansaba cerca de ella. Podía abrir el sobre de un tijeretazo y extraer lo que contuviera o podía cortarlo en pedazos diminutos y echarlos al fuego, donde se disolverían hasta formar la única ceniza real que iba a haber nunca en aquel hogar. Podía enterarse de la verdad o podía ocultarla.

«Esto es lo que buscabas en la casa de Regan, ¿verdad? –pensó–. Dime, Marcus. Esto es lo que estabas desesperado por encontrar. ¿Qué podría ser tan valioso? ¿De qué no querías que me enterara? Regan se rió porque yo todavía no lo sabía; creía que soy una tonta. Y puede que lo sea.

»¿Mataste a Regan, Marcus? ¿Tan terrible es el secreto que tuviste que silenciarla? Pero llegaste tarde.»

Todo lo que tenía que hacer era coger el sobre, pero no se veía capaz de tocarlo. En su lugar, levantó las tijeras. Eran pesadas y afiladas. Las tomó en su mano y las abrió. Formaron su inicial, una V, con un acabado de espejo. Las hojas le recordaron también otras cosas. Eran la boca de un pez, jadeando en busca de aire en la superficie de un barco. Eran unas piernas abiertas invitando a un hombre a que le hiciera el amor.

Tomó el extremo del sobre con la otra mano y lo alzó en el aire, donde lo sostuvo y sintió su peso. No alcanzaba a imaginar cómo una sencilla hoja de papel podía cambiar la existencia de alguien o ser tan valiosa como una vida. Es mejor no conocer algunos pecados, algunos secretos. Quería cortar la carta en pedazos, tirarla al fuego, fingir, olvidar, apenarse, pasar a otra cosa.

Pero no. Tenía que saberlo.

Valerie blandió las tijeras y de un solo tijeretazo abrió el sobre. Hizo un óvalo con él y dejó que el papel cayera sobre su mano. Estaba doblado. La verdad se escondía dentro.

Desdobló el papel, le dio la vuelta e intentó entender su contenido.

Era una fotocopia sucia difícil de leer. Un informe médico, lleno de códigos y garabateado con letra de médico. La primera cosa identificable que vio fue una fecha de hacía cerca de cinco años estampada en una esquina. Un documento antiguo. ¿Cómo podía algo tan lejano en el tiempo tener algún tipo de trascendencia para ella hoy en día? Cinco años eran toda una vida. Cinco años era el tiempo que había transcurrido desde que se había sentado a las dos de la madrugada, con el falso hogar ardiendo y su marido dormido en el piso de arriba, y había echado las aspirinas en la palma de su mano.

Se dio cuenta de que el mes del informe era el mismo. El mes de su desesperación y su renacimiento.

El informe estaba fechado dos semanas después de su intento de suicidio. Leyó detenidamente los códigos, la letra y las notas y trató de interpretarlas, como si estuvieran escritas en otro idioma. Y entonces una palabra le saltó a los ojos. Era un término médico que realmente no entendía, pero no importaba porque entonces lo supo. Otras palabras empezaron a cobrar sentido. La cronología, las implicaciones: todo estaba claro.

Ahora sabía cómo una simple hoja de papel podía reescribir una historia.

Lo que había descubierto la sacudió como una ola feroz. Su boca se abrió en un grito silencioso, tan profundo y angustioso que no podía traducirse en ningún sonido. El informe cayó de su mano mientras ella se desmoronaba despacio hacia un lado, hundiéndose en la alfombra como una estatua caída. Levantó las rodillas hasta su pecho y se las abrazó. El mundo exterior se desvaneció. Los aullidos perforaron sus oídos, pero sólo dentro de su cabeza. Las lágrimas fluyeron, pero permanecieron dentro de sus ojos. Se acunó hacia delante y hacia atrás, como una niña, desesperada por ignorar el descubrimiento mientras se hundía en su dolor.

La nieve empezó a caer.

Los copos navegaban a través de la red de ramas como las bolas plateadas del juego de Pachinko, hasta aterrizar sobre la piel de Stride y fundirse.

El lecho blanco de la superficie del bosque era delgado aún y con algunos parches sin nieve, pero a medida que la noche avanzara, el manto se volvería más denso.

Después de décadas en Minnesota, todavía se maravillaba de que la nieve pudiera ser tan insustancial y aun así acumularse en montones que detenían el funcionamiento habitual del mundo. El calendario decía que era otoño, pero noviembre aquí era sinónimo de invierno.

Los tres se detuvieron en los bosques. Sólo había treinta metros hasta la ladera del cementerio y Stride pudo ver las luces de los coches patrulla girando en el camino de tierra, más allá de las tumbas. Stride enfocó el haz de su linterna delante de él y vio a Migdalia Vega, que parecía inquieta mientras sus ojos escudriñaban los árboles. La luz iluminaba ráfagas de nieve. Dirigió la linterna hacia el suelo y lo barrió con el haz.

–¿Estamos cerca? –le preguntó a Micki.

–Así parece –respondió ella.

–Hace cinco minutos dijiste que casi habíamos llegado.

–Ahora no estoy segura.

Stride frunció el ceño. Tenía la sensación de que les estaba dando largas.

A su lado, Craig Hickey contenía a su beagle, cuya lengua colgaba por fuera de su boca como si quisiera atrapar los copos de nieve. El adiestrador llevaba guantes gruesos y un gorro de lana rojo calado hasta las orejas. El viento helado sonrojaba su cara.

–¡Qué mierda de noche! –exclamó al tiempo que pateaba el lecho de agujas de pino que cubría el suelo–. No sé por qué no podemos esperar a que amanezca para hacer esto.

–No hará más calor por la mañana –replicó Stride–, y habrá medio metro de nieve cubriéndolo todo.

Hickey se estremeció. Mascaba un chicle y movía la mandíbula sin parar.

–A mi *Cujo* no le preocupa la nieve. Puede olfatear a través de ella.

Stride no preguntó por qué alguien pondría *Cujo* a un perro que localizaba cadáveres. Quería empezar ya la búsqueda sin más dilación, en parte por cuestiones prácticas: no quería tener que sacar a paladas la nieve en el escenario del crimen. Y había otra razón, más humana: sabía que ésa iba a ser la noche más larga en la vida de Valerie Glenn.

–Tal vez tenga razón –señaló Micki–. Parece diferente en la oscuridad. Quizá sería mejor que probáramos mañana.

–Para entonces, la nieve habrá borrado todas las señales.

–Bueno, no sé si puedo encontrarlo de nuevo.

Stride observó como su labio inferior sobresalía con testarudez mientras hacía pucheros. Hizo un ademán con la cabeza a Craig Hickey.

–Concédanos unos minutos, ¿vale?

–Sí, como quiera.

Hickey arrastró a *Cujo* hacia atrás a través de la enmarañada maleza que crecía entre los abedules, dejando solos a Stride y Micki.

–¿Qué pasa? –le preguntó él.

Micki pateó el suelo.

–Nada. Intente usted encontrar algo en estos bosques por la noche. Me he perdido. Creo que estoy dando vueltas.

–Has visto a Marcus Glenn –dedujo Stride–. Creo que has cambiado de opinión respecto a ayudarnos.

Ella se frotó la llorosa nariz con el dorso del guante.

–Sé cómo funciona. Si encuentran algo, lo arrestarán.

–No necesariamente.

–Sí, claro, como si pudiera confiar en su palabra. Estoy muerta de frío. Vayámonos e intentémoslo por la mañana. No sé dónde estamos.

Stride negó con la cabeza, y la nieve salió despedida de su cabeza mojada.

–Vi tu cara hace un par de minutos, Micki. Sabes perfectamente dónde estás. Conoces cada centímetro de estos bosques ¿Nos acercamos? ¿Es eso?

–Creo que sí, pero no estoy segura.

Stride apagó la linterna y se quedaron a oscuras. Por encima de su hombro, podía distinguir las luces de la caravana de Micki, que no quedaba demasiado lejos.

–Supiste de la importancia de esa trompetita de juguete tan pronto como la encontraste, ¿verdad? Sabías qué significaba. Creo que memorizaste los puntos de referencia del bosque. Puede que incluso dejaras una señal para encontrar el lugar de nuevo. Sabías que tarde o temprano tendrías que volver.

Ella permaneció en silencio.

–Dime una cosa –continuó Stride–: ¿visitas a tu hijo?

–Sí, claro. Muchas veces.

–Es agradable saber dónde encontrarlo –comentó al tiempo que encendía la linterna de nuevo y la enfocaba más allá de donde ellos estaban–. Imagínate que no lo supieras.

Micki maldijo en voz baja.

–Se lo digo y me voy ¿vale?

–Bien.

Los ojos siguieron la luz y Micki señaló hacia los árboles.

–Hay un grupo de cuatro abedules allí. Seis metros hacia el norte, encontrará un viejo pino solitario con un grueso tronco. Grabé una cruz en el tronco; pensé que ella se lo merecía.

–¿Dónde encontraste el matasuegras?

–El pino está en el extremo de un claro no muy grande. Lo encontré justo en el centro. Como si alguien lo hubiera puesto ahí de forma intencionada, no por accidente.

Stride silbó a Craig Hickey, quien se acercó con *Cujo* atado con la correa.

–Sígame –le indicó.

Él abrió el camino con Hickey pisándole los talones, mientras Micki se quedaba donde estaba. Los cuatro abedules delante de ellos crecían de un solo tronco, inclinándose en diferentes direcciones, y supo que estaba enfocado hacia el norte orientándose por la posición del cementerio. Avanzó lentamente; antes de cada paso, barría el suelo con la linterna. La suave cama de agujas de pino no retenía las huellas. Vio una boñiga negra, piñas secas y una lata oxidada de café.

El árbol estaba exactamente donde Migdalia había dicho; se erguía solitario en el lugar donde había crecido durante años. Gruesos y espinosos setos lo abrazaban formando una pared. Stride se acercó, examinó el tronco y encontró una pequeña cruz, de ocho por ocho centímetros, grabada en la corteza con un pequeño cuchillo.

–Aquí –dijo, señalando la maleza.

Hickey soltó a *Cujo*. El perro se metió entre los arbustos y desapareció. Stride oyó el ruido frenético de sus patas.

–¿Cómo lo sabremos? –preguntó.

–Lo sabrá.

Stride se quedó de pie junto al pino, desde donde podía ver, por encima de la corona de maleza, un pequeño claro de tierra aplanada. La luz capturó a *Cujo* con el hocico en el suelo, olfateando entre el lecho de pinaza. El perro parecía ocupado y excitado. Corrió adelante y atrás alrededor del claro en un borroso ir y venir de pelaje blanco y marrón. Siempre volvía al centro y escarbaba con las patas. Fuera cual fuese el olor proveniente de bajo tierra, el perro enterraba su cara para poder aspirarlo mejor.

–Espera –ordenó Hickey.

Cujo se quedó quieto bruscamente, se sentó en el medio del claro y estornudó. Su morro apuntaba al cielo. Entonces, como un lobo lastimero bramando por la manada perdida, el perro empezó a aullar.

42

Kasey estaba llenando una caja en el sótano. Había mucha humedad. Llevaba calcetines de lana, pero podía sentir el frío del suelo de cemento bajo sus pies. Mientras cogía los libros de las estanterías metálicas, vio una mancha de moho negro en forma de araña que se había formado en la pared. No lo había visto antes y se preguntó horrorizada si las esporas habían flotado a través de los conductos de ventilación durante todo el año, infectando sus pulmones. Se quedó mirando la mancha gigante como si esperara que mutara ante sus ojos.

Cuando su teléfono vibró en su bolsillo, dio un respingo. Contestó, pero sólo oyó un largo silencio. Luego, finalmente, una voz le susurró:

–Hola, Kasey.

Sus manos se crisparon y apretó los puños. Reconoció aquella voz. Era él.

–¿Recibiste mi mensaje?

Instintivamente, sus ojos examinaron el sótano, pero estaba sola. El único movimiento que vio provenía de un ratón que correteaba por el saliente de los cimientos y que desapareció en un agujero del aislamiento color rosa. Se estremeció.

–¿Qué quieres? –preguntó.

Él se tomó su tiempo para responder.

–Te vas.

–Sí.

–Pero nuestro juego no ha terminado, Kasey.

–Sí, ha terminado. Yo lo he terminado. No voy a jugar más.

El silencio se alargó. Ella miró las manchas de óxido bajo el lavamanos y rezó para que él hubiera colgado.

–Se terminará cuando yo diga que se ha terminado, Kasey.

–Que te jodan –bufó cerrando de golpe el teléfono.

Sabía que su bravuconería era vana. Segundos después, el teléfono zumbó de nuevo en su palma, con el sonido de un insecto. Ella quería dejarlo sonar, pero no pudo.

–Déjame tranquila –insistió.

–Ya hemos dejado eso atrás. Tú lo sabes. Yo lo sé. Ahora hablamos de ti, no de mí.

–¿Qué quieres? –repitió ella.

–Quiero que nos veamos.

–Estás loco.

–Estás hablando como si tuvieras elección, Kasey. Pero no la tienes. Los dos lo sabemos.

Ella cerró los ojos con fuerza. Las lágrimas se abrieron camino bajo sus párpados.

–Nos vamos a marchar. Esta noche. Nos iremos muy lejos; nunca nos encontrarás.

–Te encontraré. Encontraré a tu marido, también. Y a tu retoño.

–¡Déjalos en paz!

Su voz era un grito estrangulado, denso y sofocado.

–Me gustaría. Esto es entre tú y yo. Pero si te vas, entonces no tengo elección. Tengo que asegurarme de que pagues y, después, de que tu familia pague hasta que no quede nada pendiente. Supongo que no querrás eso.

–Oh, Dios mío, ¿por qué haces esto?

–Tú eres quien se metió en mi juego.

–Fue un accidente. Nunca quise que ocurriera. Nunca quise tener nada que ver contigo. –Sus mejillas enrojecieron cuando empezó a llorar–. Por favor.

–Vas a venir a verme. Ahora. Quince minutos.

–No voy a hacerlo.

–Sí, lo harás. Harás cualquier cosa para salvar a tu familia. Te conozco.

Kasey no dijo nada. Su cerebro discurría a toda velocidad, pensando en una vía de escape. No vio nada excepto las paredes.

–Quince minutos –repitió él–. Reúnete conmigo en el lugar donde empezó lo nuestro. Sola.

–No.

–Si no apareces, los mataré, Kasey. De formas horribles. Sabes que lo haré. Y si llegas tarde o huelo a un policía, puedes dar por seguro que cuando llegues a casa, los dos habrán desaparecido. Date prisa.

El hombre colgó.

Kasey puso su mano abierta sobre el pecho mientras hiperventilaba. Vio un cuchillo de cazador oxidado en la estantería y pensó en matarse, abrir sus muñecas y desangrarse hasta morir en el suelo de cemento. Pero eso no les salvaría. Si ella desaparecía, él iría a por ellos de todas formas. Lo sabía. Conocía su juego. Así que cogió el cuchillo y lo guardó en su bolsillo trasero.

Quince minutos. No tenía mucho tiempo. Se secó la cara e intentó serenar sus nervios. Si quería pelea, la tendría. Sólo uno de los dos podía quedar vivo y sería ella, no él. Él tenía razón en una cosa: haría lo que fuera para salvar a su familia.

Kasey subió las escaleras para salir del sótano. Bruce estaba en la cocina y la miró, extrañado.

–¿Te he oído hablar? –preguntó.

–Era Guppo. Me necesita en la escena del crimen, en la vieja lechería.

–¿Por qué?

Ella se encogió de hombros.

–Hay algo que le trae de cabeza y necesita mi ayuda. Sabe que nos marchamos por la mañana.

–No tienes por qué ir. Ahora es su problema, no el nuestro.

–Mientras ese tipo esté suelto, es mi problema –le espetó ella, con la voz más aguda de lo normal a causa de la rabia y la frustración–. Es nuestro problema.

Bruce la miró.

–¿Qué pasa?

–Nada. No pasa nada. Tengo que irme; no tardaré.

Su abrigo estaba tirado sobre el respaldo del sofá. Se lo puso y subió la cremallera hasta el cuello. Bruce la miró y Kasey deseó que no pudiera leer su mente. Él siempre le decía que no confiaba en nadie excepto en ella, pero había días en que consideraba eso una carga que no podía asumir. Él era opuesto a ella en muchos aspectos, y ésa era una de las razones por las que lo suyo funcionaba. Kasey no habría sobrevivido al año anterior sin él.

–Todo será mejor cuando estemos en el desierto –le aseguró Bruce–. Ya lo verás.

Kasey asintió mientras se ponía los guantes e intentó no llorar. El desierto le parecía un sueño. Se preguntó si llegaría a verlo. Al abrir la puerta delantera entró una ráfaga de aire que trajo consigo una nube de nieve. Antes de irse, se dio la vuelta y puso una mano enguantada en la poblada barba de Bruce.

–Lo siento –dijo.

–¿Por qué?

–Por habernos metido en esto.

–No es culpa tuya –le dijo él–. No puedes culparte.

–Lo hago de todas formas.

Ella le besó y cerró la puerta antes de que sus emociones la traicionaran. Mientras avanzaba con dificultad por el camino de detrás del garaje, se encogió en el gélido aire. El feroz viento golpeaba su piel expuesta y los húmedos copos de nieve se agolpaban en sus párpados, cegándola. Sus ojos se movían constantemente, escrutando cada rincón, cada sombra. Se preguntó dónde estaba él. Cuando tiró de la puerta del garaje para abrirla, se aseguró de que el espacio estuviera despejado antes de apresurarse hasta su coche y meterse dentro. Cerró las puertas, puso el seguro y no dejó que el motor se calentara antes de dar marcha atrás a toda prisa y dirigirse velozmente a la autopista.

Kasey estaba sola en la carretera. La nieve caía frente a los faros y dificultaba la visibilidad. Recordó cómo había hecho el mismo trayecto una semana antes, perdida en la niebla, pero ahora sabía adónde iba. Recordó que aquella noche la pistola en el asiento del acompañante la había reconfortado, pero ahora había entregado su arma. En su lugar puso el cuchillo allí y miró de reojo su hoja roma, pero no le proporcionó ninguna seguridad.

Tardó menos de diez minutos en cubrir el tramo de la autopista 43 y volver sobre sus pasos hasta la lechería abandonada de Strand Avenue. Llegó desde el nordeste, pasó junto a la casa de la mujer que había muerto en el campo y cruzó al otro lado del puente que se erguía sobre los rápidos del río Lester. Su cuerpo sintió de nuevo el abrazo gélido del agua, la forma en la que la había derribado. Recordó los gritos y el sonido de los disparos. Recordó como había permanecido junto al cuerpo de la mujer después de que el hombre escapara.

Giró para coger el camino de acceso, cerca del edificio blanco de la lechería. No había más coches aparcados allí ni vio a nadie esperándola. Cogió el cuchillo y lo escondió en su bolsillo al salir del coche. El viento ululaba. Se tambaleó mientras las imágenes del mortal encuentro de la semana anterior martilleaban su cerebro. Había tratado de olvidar lo ocurrido durante días, pero ahora estaba de vuelta allí, en el último lugar en la tierra donde quería estar.

Kasey se metió las manos en los bolsillos y entrecerró los ojos al sentir la nieve. Mientras avanzaba hacia el edificio, vio charcos de agua en los bloques de hormigón y ventanas glaseadas rotas. Si prestase más atención, vería sus propias pisadas subiendo desde el río, serpenteando entre los pinos y bordeando la parte trasera del edificio. Al doblar la esquina de la lechería y alcanzar la abierta extensión de hierba, ahora blanca por la nieve, la asaltó una visión de la mujer, tumbada todavía allí, su cuerpo tendido en la hierba. Susan Krauss. Kasey podía correr y correr, pero nunca escaparía de ella.

Pero no era una visión. Era real.

Kasey forzó la vista para ver a través de la nieve que caía sobre la hierba y justo allí donde había estado la mujer, justo allí donde había muerto, distinguió otro cuerpo.

–Oh, no.

Corrió, patinando, hacia esa nueva víctima que yacía boca abajo y medio enterrada en el creciente manto de nieve. Era el cuerpo de una mujer. Estaba desnuda, con la piel extrañamente pálida y azulada, como si llevara horas allí tumbada. Su cabeza estaba vuelta hacia un lado, pero donde debería haber estado su cara, sólo había una pulpa carnosa de hueso y cerebro.

Era Regan Conrad.

Se dio la vuelta, pero él ya estaba detrás de ella, cerca de la pared de la lechería, a unos tres metros de distancia y sonriendo.

–Sabía que vendrías.

Su voz era ronca y segura. Esta vez no llevaba pasamontañas, y ella pudo ver su cara. Su mejilla derecha estaba señalada con marcas de acné, y su cabello negro era corto y áspero. Aquellos ojos oscuros se volvieron reptilianos cuando se fijaron en ella, mirándola como lo que era: una presa. Kasey no se hacía ilusiones sobre la razón por la cual a él no le preocupaba ocultar su identidad. Aquello era el final.

Kasey gritó pidiendo ayuda, pero su voz sonó como un susurro bajo el estruendo de la tormenta.

–Nadie te va a oír –dijo él–. Aquí sólo estamos tú y yo.

–Eres un enfermo hijo de puta –gritó con bravuconería, en un intento de disimular su terror.

–Esto no tiene por qué terminar mal, Kasey. Tu lugar está junto a un hombre como yo, no junto a ese marido con barriga cervecera que tienes. Huye conmigo.

–Vete al infierno.

–Piénsalo. Correr no te va llevar adonde quieres ir. Pero yo puedo protegerte.

Ella se sintió humillada y furiosa. Quería llorar, pero aún con mayor intensidad, quería destruirlo. Éste era el hombre que se interponía entre ella y el resto de su vida. Entre ella y todos sus planes.

–Adoro ver cómo trabaja tu mente, Kasey –observó él–. Ya te lo dije. Sé exactamente quién eres.

–¿Y si te mato ahora mismo? –preguntó ella.

Él sonrió al tiempo que daba un paso adelante, que le dejó más cerca de ella de lo que nunca había estado.

–Entonces serás libre, ¿no?

–Acércate más y te volaré la cabeza –lo amenazó.

–Si tuvieras una pistola, ya estaría muerto.

Ella dio un paso hacia atrás y él dio otro paso adelante, y la distancia entre ambos se acortó. Pero él aún estaba fuera de su alcance. Kasey era consciente de su altura y de su fuerza. Sus ojos no se apartaban de ella. Las manos enguantadas de él colgaban a ambos lados de su cuerpo. Ella mantuvo el cuchillo escondido en el bolsillo, pero su puño se cerró sobre la empuñadura.

–¿Qué quieres de mí? ¿Quieres matarme como a las otras?

–Las otras no significaban nada para mí –le dijo él–. Esto es algo más, Kasey. Tengo planes especiales para ti.

–¿Qué planes?

–Pronto lo averiguarás.

Ella se vio reflejada en sus ojos negros y el deseo de matar se adueñó de su corazón. Sólo podía hacer una cosa. Luchar. Atacar. Matar.

–¿Por qué haces esto? –preguntó–. ¿Quién eres?

–Mi biografía no importa. Lo único que importa es que yo soy quien soy y que tú eres quien eres.

Ella dio otro paso hacia atrás, pero esta vez dejó su peso apoyado en la pierna derecha y se preparó para cargar contra él.

–No merezco morir. No ahora. No de esta manera.

–Tampoco lo merecía Susan Krauss. Ni ninguna de las otras. Pero nuestros caminos se cruzaron. La vida está llena de casualidades como ésta –añadió–, o puede ser que Dios te guiara hasta mí. ¿Has pensado en eso?

–Dios no existe –replicó Kasey, e impulsándose con un grito, cubrió la pequeña distancia que los separaba.

Esgrimió el cuchillo en el aire frente a él e imaginó como se clavaba en su piel. Sintió como se hundía profundamente en la piel y en los huesos y en los órganos. Estaba tan cerca.

Pero fue en vano. Él lo había previsto, como si estuviera dentro de su mente y pudiera leer sus pensamientos. Cuando lo alcanzó, él volvió la mano y dejó al descubierto un aparato negro algo mayor que un móvil. Kasey apenas se dio cuenta, no supo qué era hasta que oyó el zumbido de la electricidad. El cuchillo resbaló de sus dedos yertos. En el siguiente milisegundo, el dolor estalló en todo su cuerpo, arrasando sus terminaciones nerviosas y derribándola al suelo. Su sangre se convirtió en fuego. Se retorció en la nieve, presa de un dolor insoportable, con su cerebro dividido en fragmentos flotantes.

Él se inclinó sobre ella, desenfocado, dando vueltas ante sus ojos. Kasey quería resistir, pero cayó como una muñeca de trapo, con los brazos inútiles y las piernas llenas de serrín. Era su juguete. Él la poseía ahora. Había sido su dueño desde aquella noche en medio de la niebla.

Se dio cuenta de que le estaba dando la vuelta. Sintió como la nieve y el polvo entraban en su boca. Sintió como le ataba las manos. Sintió como él acariciaba su cabello y le susurraba al oído: «Niña mala».

Luego se puso en pie, levantó su cuerpo inerte en brazos y cargó con ella sobre la tierra nevada.

Cuarta parte

En ruinas

43

Valerie oyó como se abría la puerta principal. No se había movido de donde estaba sentada, cerca del fuego. Las lágrimas se habían secado en sus mejillas. Oyó las pisadas de su marido en el recibidor y al escuchar el taconeo de sus suelas de piel se sintió como si le clavaran unas uñas en las palmas de las manos. Él no la llamó; anduvo por la casa de la misma forma en que lo haría un fantasma, ominoso e invisible. Valerie se aterrorizó al verlo en carne y hueso. Era como si durante todos esos años él se hubiera ocultado bajo un disfraz y finalmente ahora ella hubiera visto su verdadera faz.

Los pasos se detuvieron. Al alzar la vista, parpadeó al ver su alta figura, que llenaba el marco de la puerta. De él emanaba un olor a frío y sudor. Su traje estaba arrugado y se había aflojado la corbata. Una barba de varios días oscurecía su angulosa mandíbula.

–Necesito beber algo –dijo.

Fue hacia el mueble bar y puso hielo en un vaso bajo. Se sirvió dos dedos de whisky, lo bebió de un solo trago y rechinó los dientes cuando el calor irradió su pecho. Se sirvió más, hasta vaciar el resto de la botella.

–¿Lo has oído? –preguntó. Como ella no contestó, añadió–: Lo siento.

No hizo ningún movimiento para acercarse a ella o para consolarla. Gracias a Dios. No podría soportar que él la tocara. Marcus dio un sorbo a su bebida e ignoró aquel silencio hostil. La cabeza de Valerie bullía con las palabras que quería decir, pero ninguna de ellas le parecía correcta. Era como si la lluvia la hubiera sorprendido y se hubiera dado cuenta de que en realidad era un diluvio.

–¿Es todo cuanto tienes que decirme? –murmuró–. ¿Que lo sientes?

–¿Qué más quieres de mí? No tengo nada más que darte.

Era cierto. Él nunca había tenido nada para dar. Ni siquiera al principio.

–Quiero que me cuentes lo que hiciste –dijo ella–. Quiero oírlo de tus labios.

Él bajó el vaso y sacudió la cabeza.

–Oh, joder, tú también...

Valerie se levantó del suelo.

–Siempre me he preguntado cómo es posible que un padre odie a su hija –le espetó–. En el fondo de mi corazón, en secreto. Nunca lo admití ante nadie, incluso cuando veía cómo actuabas con ella. Denise solía decirme que tenía miedo, que no debía dejar a Callie a solas contigo. Le dije que estaba loca, pero en algún lugar dentro de mí, me preguntaba si era así.

–Eso es una gilipollez. Nunca me he sentido así. Te han lavado el cerebro.

–Tienes razón. Tú lo has hecho. He llevado una venda en los ojos durante años. No permitía que esa conclusión llegara a mi cerebro. La apartaba. Incluso cuando Callie desapareció, me convencí a mí misma de que el resto del mundo estaba equivocado respecto a ti. Blair Rowe estaba equivocada. Tus amantes estaban equivocadas. Realmente no les habías dicho que deseabas que Callie nunca hubiera nacido. Tú no. Tú no podías pensar eso. Ningún hombre podría pensar eso.

–Valerie, no lo decía en ese sentido.

–Entonces, ¿en qué sentido lo decías?

–Estaba enfadado. Me desahogué. Eso fue todo.

–¿Enfadado? ¿Con un bebé?

–Enfadado contigo.

Ella se puso tensa.

–Bien, me lo merezco. Te engañé.

–Oh, Dios, no es eso. No soy un santo y nunca he pretendido serlo. Joder, si Tom Sheridan quiere hacerte feliz, le deseo toda la suerte para él, porque estoy seguro de que yo nunca podría averiguar cómo hacerlo. Te di todo el dinero que pudieras desear.

Todas las mujeres de esta ciudad envidiaban la vida que tenías. Pero no era suficiente. Te paseabas por esta casa como si fueras un alma en pena. Una vez a la semana, te abrías de piernas y permitías que te penetrara como si estuvieras haciéndome algún tipo de favor. «Termina pronto, Marcus, para que pueda volver a compadecerme a mí misma.» Sí, estaba enfadado. Y aún lo estoy.

–Podrías haberte divorciado de mí –dijo ella–. Podrías haber encontrado a otra. ¿Por qué tuviste que descargar tu rabia con Callie?

–No hice eso. Y no quiero el divorcio.

–¿Estabas esperando que me fuera? –quiso saber ella–. ¿Necesitabas una noche en la que yo no estuviera en casa?

–Estás fuera de control. Déjame que te dé un sedante.

–Por supuesto. Drogarme. Ésa es la respuesta. –Él no dijo nada–. Al menos dime que fue un accidente –susurró ella–. Dime que no tienes la sangre tan fría.

–Estoy harto de acusaciones –dijo Marcus amargamente mientras se volvía hacia la puerta–. Me voy a la cama.

–Vas a quedarte aquí y me escucharás –gritó Valerie.

Él se detuvo y se dio la vuelta lentamente. Valerie cruzó a zancadas la habitación. Su rostro estaba desfigurado por la furia.

–¿Me has querido alguna vez, Marcus? Dios, a quién le estoy preguntando esto... Si ni siquiera puedes quererte a ti mismo. Sabía que eras un egoísta, pero no tenía ni idea de lo lejos que podías llegar para que mi vida se centrara exclusivamente en ti. ¿Era ése el problema? ¿Estabas celoso de que Callie me hiciera feliz y tú no?

–Sí, un poco –admitió él–. Pero eso no significa nada.

–Pobre Marcus. Su hermosa esposa no le prestaba la suficiente atención. Estaba demasiado ocupada con la hija de otro hombre.

Él abrió la boca para decir algo y luego la cerró. Se frotó la barbilla con las puntas de los dedos. Cuando habló, su voz era tranquila.

–¿Me estás diciendo que Callie no es hija mía?

–No me mientas fingiendo que no lo sabías –siseó Valerie–. No te atrevas.

Él se encogió de hombros.

–Tener dudas no es lo mismo que saberlo. Fueron tres años, Valerie. Estabas teniendo una aventura. Tú también deberías haberte hecho preguntas.

«Tres años.»

Valerie sintió como aquellas palabras la desgarraban. Él lo mencionó en un tono despreocupado. Tres años. Como si no hubiera existido una época en la que ella había sufrido mes a mes, mientras caía en la oscuridad de una sima sin fin. La sima que él había cavado para ella. De forma intencionada. Deliberadamente. Con malicia premeditada.

–Tres años –repitió, con la voz áspera por el dolor–. Tres años; Marcus. Viste por lo que estaba pasando.

Pudo verlo en sus ojos. Su mirada se volvió nerviosa y salvaje. Por primera vez, pensaba en la posibilidad de que ella lo supiera.

–Accediste a tener un niño para hacerme feliz –continuó Valerie–. Para cerrarme la boca. Para tirarle un hueso a tu pobre, sufriente y suicida esposa.

–Te dije desde el principio que no quería hijos –argumentó él–. Dijiste que estabas de acuerdo.

Valerie sacudió la cabeza.

–Entonces lo creía. Era cuando pensaba que tendría un marido con el que vivir, no un robot. Pero tú... tú te sentaste allí y accediste a que tuviéramos un bebé. ¿Viste lo que me hizo eso? ¿Viste que por primera vez en toda mi vida fui feliz? ¿Era mucho pedir hacer lo posible para que eso formara parte de nuestras vidas?

–Accedí –se defendió él sin convicción.

–¡Para ya! ¡Basta! Dios mío, ¿cómo pudiste? ¿Cómo pudiste hacerme eso? ¿Cómo pudiste permitir que estuviera tres años sintiéndome como una máquina rota? La única cosa que por fin descubrí que quería hacer en mi vida, y pensé que no la podía tener. Creí que Dios me estaba castigando, Marcus. Pero eras tú.

–Valerie, no.

–¿No? ¿No qué? ¿Que no diga la palabra?

Giró sobre sus talones y cogió el informe médico que había caído sobre la alfombra. El informe que Regan le había dado.

–Quiero asegurarme de que uso la palabra correcta –le dijo–.

Los médicos tienen sus propias palabras para todo. Deferentectomía. ¿Es así? ¿Es así como debo llamarlo?

Él cerró los ojos.

–Sí, así es.

–Yo lo hubiera llamado simplemente vasectomía, Marcus, pero no soy médico como tú. –Valerie agitó el papel en su cara–. Esto es lo que buscabas en los archivos de Regan, ¿verdad? Esto es lo que estabas desesperado por que nadie encontrara. Dos semanas después de que yo estuviera a punto de morir, Marcus. Dos semanas después de que accedieras a que tuviéramos un bebé, fuiste a hacerte una vasectomía. Para asegurarte de que eso no pasara. Y entonces me dejaste tirada durante tres años, mientras yo esperaba y rezaba y culpaba a Dios porque no me quedaba embarazada.

Su marido movió negativamente la cabeza.

–Mierda –murmuró. Miró al techo y añadió–: Regan, jodida zorra.

–¿La mataste? ¿Querías mantener el secreto a cualquier precio?

–No.

–¿Lo sabía todo? ¿Le contaste a ella la verdad sobre Callie?

–Lo sabía –asintió él.

–Dios, cómo os debisteis de reír de mí. ¿O era Regan la que se reía de ti? Tenías el plan perfecto y otro hombre llegó y me dejó embarazada. Y no podías decir nada. ¿Sabes qué tiene de irónico? Nunca dudé que fuera tu hija. No importaba que me estuviera acostando con Tom; siempre creí que Callie era tuya. Pensaba que finalmente teníamos algo que habíamos hecho juntos.

–Podría haberme divorciado de ti entonces –señaló él–. Pero no lo hice. Dejé que entrara en nuestra vida. La acepté como si fuera nuestra.

–No hagas que parezca como si hubieras hecho un gran esfuerzo, Marcus. No finjas que has invertido un gramo de compasión en mi bebé. Ojalá me hubieras dicho la verdad y nos hubieras dejado a las dos en la calle. En lugar de eso, te la llevaste de mi lado. La única cosa en mi vida que he amado, y te la llevaste.

–Es suficiente –le dijo él, abandonando la habitación–. Esto se ha acabado.

Valerie lo vio irse y supo que tenía razón. Se había acabado. La farsa terminaba aquí. No había nada que hacer salvo esperar en silencio y llena de culpa. Esperar a que los investigadores hicieran su trabajo y que el bosque revelara sus secretos. Esperar a que la noche pasara.

Esperar a que el teléfono sonara.

44

Kasey se despertó con el hedor de la muerte en la nariz, como si se estuviera hundiendo en una fétida piscina. En algún lugar cercano había carne podrida, que emanaba una nube de descomposición suspendida en el aire como una densa niebla. Trató de respirar por la boca, pero el olor le subió hasta la nariz y se quedó allí. Tuvo arcadas. Tosió y una violenta bocanada de ácido y amargos vómitos salió de sus labios.

Cuando abrió los ojos, no vio nada. Ni una luz, sólo la oscuridad más negra. Escuchó y oyó un constante flujo de agua que goteaba y salpicaba en los charcos desde el techo. Los animales huían por el suelo bajo sus pies, con las uñas arañando el metal y la piedra. Ratas. En un número incontable.

Hacía un frío punzante. No había viento, pero el aire helado mordía y entumecía su piel. Muy profundo, el dolor de los músculos a causa del impacto de la pistola paralizadora persistía. Kasey intentó moverse, pero no pudo. Sus brazos estaban por encima de su cabeza, atados con esposas a una especie de tubería. El frío casi la quemaba allí donde sus muñecas desnudas rozaban el metal. Sus tobillos estaban atados juntos y ella permanecía de pie en una plataforma de madera que se bamboleaba al menor movimiento.

–¿Dónde estoy? –preguntó en voz alta.

Su voz sonó con un extraño eco en sus oídos. Nadie contestó.

Volvió la cabeza. Tenía algo pesado y basto, un trozo de cuerda, anudado alrededor del cuello. Estaba tan tirante que le dificultaba la respiración hasta casi asfixiarla. Forcejeó con las ligaduras que la tenían atrapada y, al hacerlo, cayó de la plataforma que había bajo sus pies y trastabilló sobre sus piernas torcidas.

La voz de él surgió de la oscuridad. Sorprendentemente alta y cercana.

–Cuidado, Kasey.

Ella se mordió el labio y calló. El miedo se mezclaba con el dolor y el frío. Pensó en rezar, pero supo que de nada le serviría.

–¿Dónde estoy? –repitió.

–Éste es mi colegio –le contestó él, todavía invisible pero no a más de treinta centímetros de ella–. Es donde la gente viene a aprender la triste verdad de la vida.

Una luz la deslumbró y la cegó. La intentó evitar, y, al cerrar los ojos, vio ardientes círculos naranjas en su cerebro. La luz se atenuó. Cuando abrió los ojos de nuevo, estaba enfocada al techo. Pudo ver parte de la habitación donde se encontraba. Eran unas ruinas cubiertas con maquinaria oxidada y escombros, con enormes agujeros que perforaban las paredes. El agua goteaba por todas partes como si el techo fuera un colador.

–¿Qué mierda de sitio es éste?

–Hace mucho tiempo fue una clase. Ya ves lo que pasa cuando la naturaleza y los gamberros tienen a su disposición un edificio durante varias décadas.

Kasey intentó mirar hacia arriba, pero la cuerda alrededor de su cuello se lo impedía. No podía ver sus manos. Por debajo de ella casi alcanzaba a ver sus pies, que estaban atados con cinta gris. Le había quitado los zapatos y los calcetines. Permanecía en pie de forma precaria en una mesa circular de un metro y medio de diámetro con los desnudos y helados dedos apoyados en el borde redondo de la superficie.

Él esperó a que ella evaluara la situación. Estaba de pie sobre un gran escritorio de madera de roble, paseando tranquilamente de un extremo al otro y evitando los agujeros donde la madera se había podrido y había desaparecido. Ella trató de disimular el terror que se dibujaba en su rostro y mirarle con ira y desprecio. Contuvo la respiración y le escupió:

–Eres un jodido enfermo.

Su voz era áspera. La cuerda que oprimía su garganta le dificultaba articular palabras.

Él se secó la mejilla.

–Podrías enseñar a otras mujeres muchas cosas sobre el valor, Kasey. Es por eso por lo que te he puesto detrás del escritorio de la profesora, para que tus alumnas puedan verte.

Con un giro de su muñeca, dirigió el haz de la linterna por detrás de él hacia el suelo.

Kasey gimió. El rayo de luz iluminó cuatro cuerpos –tres mujeres y un hombre– atados en las sillas de la escuela. Las mujeres estaban desnudas. Debían de llevar muertas varios días, y los restos de piel colgaban de sus esqueletos, dejando los cuerpos hundidos y espantosamente blancos. Sus ojos estaban abiertos y miraban con un horror vacuo. Dos docenas de ratas negras, pilladas mientras roían los huesos y la carne descompuesta, salieron disparadas por el miedo cuando la luz las enfocó.

Kasey se retorció instintivamente para escapar. La mesa se tambaleó debajo de ella.

–No es una buena idea, Kasey.

Él se acercó y le acarició la cara con el dorso de la mano. Ella se encogió y trató de apartarse.

–Estás esposada a una de las viejas tuberías de agua –le explicó él–. Está corroída. No es muy resistente. –Tocó con un dedo la cuerda de su cuello–. La soga, sin embargo, está atada a una de las vigas del techo.

–Cabrón. ¿Qué quieres?

–Ya te he dicho que tenía planes especiales para ti.

–¿Qué planes?

–Esto es una escuela, Kasey –dijo él–. Tienes que aprobar un examen.

–Deja que me vaya. No me hagas esto. No me mates.

Él tocó los botones de su camisa, desabrochó juguetonamente los tres primeros y retiró la tela. Colocó la mano sobre el pecho y sintió como subía y bajaba.

–Tal vez no haga falta matarte. A lo mejor podemos vivir juntos. Tú y yo. ¿Quieres venir conmigo?

Ella hizo una mueca.

–¿Ir adónde?

–Lejos.

–¿Y si lo hago?

–¿Estás diciendo que te quedarías conmigo?
–¿Para salvar mi vida? –tartamudeó–. Sí.
Lentamente, él desabrochó el resto de la camisa y dejó que colgara abierta.
–Olvidas que no puedes mentirme. Soy como tú.
–¿Por qué me preguntas si no me vas a creer?
–Porque me encanta oírte decir que sí. Me gusta cuando eres maquinadora e implacable. ¿Qué harías si nos fuéramos juntos? ¿Intentarías matarme? ¿Pasarías cada minuto buscando tu oportunidad?
–Sabes que lo haría –saltó ella.
No había lugar para la farsa; no iba a cambiar el resultado.
–Eres la mujer más excitante que he conocido nunca –declaró él con admiración.
Posó la linterna a sus pies. De dentro de su bolsillo, sacó el cuchillo de Kasey. Ella contuvo la respiración. Él tiró del fino elástico en la base de su sujetador y, tras pasarle la oxidada punta del cuchillo por la piel, cortó el elástico y separó las copas del sujetador, dejando sus pechos al descubierto. Con el frío, sus rosados pezones se endurecieron como piedras. Él se inclinó, cubrió, por turno, cada pezón con su boca y succionó. Ella sintió como de sus pechos manaba leche.
Él se relamió, saboreándola.
–He oído que las mujeres se ponen cachondas al dar el pecho. ¿Es verdad?
Él se irguió y acarició sus redondos pechos con las manos.
–No me toques.
–No puedo parar –dijo él.
Alcanzó el botón de la cintura de sus tejanos y lo desabrochó. La mandíbula de Kassey se endureció de furia cuando él bajó la cremallera. Apretó con fuerza las rodillas para dificultarle que la desnudara. Él prestaba atención a su ropa, no a ella, y cuando ella vio su oportunidad, la aprovechó. Dobló sus rodillas en el aire y quedó colgada de la tubería que había sobre ella, que gimió y se hundió unos cinco centímetros, tensando la soga de forma que casi la estranguló. Sus rodillas agarraron con fuerza a su atormentador por debajo de la mandíbula y le lanzaron hacia

atrás, donde dio una voltereta sobre el gran escritorio y aterrizó en el suelo con estrépito. La linterna rodó alejándose y se apagó. Ella fue por la tambaleante mesa con los pies y la cogió antes de se precipitara fuera de su alcance. Con un grito ahogado, se asentó sobre ella y se soltó de la tubería. La cuerda permaneció tirante y tuvo que esforzarse por recuperar el aliento.

Por debajo de ella, oyó como él se movía despacio y dolorido. Se levantó, cojeando, y buscó la linterna en medio de los escombros.

–Eso ha sido un error, Kasey –gruñó en la oscuridad.

El tono burlón de su voz había desaparecido. Sólo quedaba la crueldad. A ella le dio absolutamente igual.

La luz se encendió de nuevo, pero era muy débil. Él se subió otra vez al escritorio y ella pudo ver su cara. La sangre le goteaba de la boca. Sus ojos se habían estrechado hasta convertirse en puntos de furia y frialdad. Él retrocedió e impulsó su puño derecho de improviso contra su abdomen. El cuerpo de ella se dobló de dolor y la cuerda se tensó todavía más. El aire abandonó sus pulmones. Le costaba un mundo respirar mientras pugnaba por conseguir algo de oxígeno. Pensó que iba a ahogarse en su propio vómito.

–Iba a dejarte aquí así, esperándome –le dijo–. Pero ahora ya no. El examen se ha vuelto más duro.

Extrajo una llave de su bolsillo, alargó las manos, abrió las esposas y dejó que cayeran al suelo.

Kasey bajó las brazos. No sabía qué estaba haciendo. Por qué la estaba liberando.

Entonces, él bajó del escritorio y lo apartó, y Kasey entendió su plan. Ella permanecía de pie sobre la mesa, sostenida sólo por su tambaleante pie. La soga tiraba de su cuello, inclinando su cabeza hacia delante. Si la mesa caía, se ahorcaría.

Él respiró hondo y prestó atención a la sangre de su cara.

–¿Cuánto tiempo puede sostenerte la tubería, Kasey? ¿Cinco minutos? ¿Quince?

Ella no contestó.

–Tengo que irme, pero volveré pronto. ¿Podrás permanecer colgada hasta entonces? ¿O simplemente abandonarás y morirás? Te doy a elegir, Kasey, pero recuerda, si suspendes el examen, tu familia morirá. No es agradable, pero ésas son las reglas. ¿Lo entiendes?

Ella no contestó.

–¿Lo entiendes? –repitió él.

–Sí –jadeó.

–Bien. Eso está bien. Ahora sujétate fuerte.

Kasey sabía lo que iba a suceder. Lo miró fijamente, pero no subió las manos de inmediato. Quería que la sangre fluyera a sus brazos todo el tiempo posible para darles fuerza. Sólo cuando le vio acercarse, con su cara negra y amenazadora, se agarró de nuevo a la tubería. El metal helado era como una llama. Tocarlo le quemaba y apenas se podía sostener. Pero tenía que aguantar.

Él gritó, cargó y apartó la mesa de debajo de sus pies. Las piernas de ella se doblaron en el aire. Sólo la sostenían sus manos agarradas a la tubería.

–Si sobrevives a los próximos cinco minutos, el resto será fácil para ti –dijo él acariciando la piel desnuda de su estómago mientras ella se retorcía por encima del suelo–. Quiero que te prepares mientras estoy fuera, porque tu familia cuenta contigo. Mira por dónde, voy a traerte a alguien, Kasey. Un nuevo alumno para tu clase. Y todo cuanto tienes que hacer para aprobar el examen... es matarlo por mí.

45

Serena se metió en el coche patrulla y se sentó en el asiento del copiloto junto a Denise Sheridan, que sacó el cigarrillo por fuera de la ventanilla del conductor y tiró la ceniza al suelo. Cuando no fumaba, se metía los dedos de la otra mano entre los dientes y se mordía las uñas. Permanecieron sentadas en silencio en el camino de tierra, cerca del cementerio. Cincuenta metros más allá, las brillantes luces bailaban como rayos de sol blancos entre los árboles. Las siluetas de los técnicos encargados de recoger pruebas iban y venían, portando bolsas de plástico. Habían cavado en el bosque durante una hora, abriéndose camino a través del terreno duro y helado para descubrir lo que fuera que estuviera enterrado debajo.

–Siento que hayamos llegado a esto –le dijo Serena a Denise.

La hermana de Valerie suspiró. Su cara estaba tensa por el enfado y la resignación.

–Sabía que tarde o temprano terminaríamos en un sitio así.

Un sitio así. Un sitio del que desenterrar a los muertos.

Serena se alegraba de no hallarse en los bosques. No estaba segura de poder soportar el momento en que los hombres encontraran lo que estaban buscando. No podía dejar a un lado sus emociones en aquel caso; había sacrificado su objetividad al acercarse demasiado a Valerie y a Callie.

–Es mejor que no saber nada –señaló Serena.

Denise se encogió de hombros.

–Si no lo sabes, todavía tienes esperanza.

La nieve formó una capa mojada sobre el parabrisas mientras esperaban. Cuando se hizo difícil ver, Denise puso en marcha los limpiaparabrisas, que empujaron el manto a un lado y dejaron un arco despejado en el cristal. Dentro, el calor que desprendía la calefacción mantenía el coche caldeado.

–¿Cómo estás? –preguntó Serena.

Denise no dijo nada, se limitó a morderse con más ahínco las uñas.

–Lo siento –se disculpó Serena–. Un mal tema de conversación.

–Sí.

–¿Quieres hablar de ello?

Denise miró a Serena como si estuviera loca. Luego se encogió de hombros, como si cualquier cosa fuera preferible a permanecer sentadas en silencio mientras las palas desbrozaban la tierra.

–No esperaba que una bomba se cargara mi vida –respondió.

–¿Qué vas a hacer?

Denise cogió un paquete de cigarrillos de su bolsillo, pero frunció el ceño y lo volvió a guardar.

–Cuando llevas casado tanto tiempo como Tom y yo, el divorcio no es fácil. Hay un montón de mierda práctica que resolver. Empezando por los niños. Aun así, no voy a hacer como si nada hubiera sucedido. Algunas mujeres son capaces de ponerse una venda en los ojos y conformarse con un matrimonio de mentira, pero yo no.

–¿Y qué pasa con Valerie? –preguntó Serena–. Si Callie está ahí, en los bosques, va a necesitar tu ayuda.

–Tendrá que conseguir ayuda de otra persona, no de mí.

Serena vaciló.

–Va a estar muy sola.

–¿Me estás leyendo la cartilla? –soltó Denise, enfadada.

–No, pero Callie es todo su mundo.

Denise sacó una fotografía de su bolsillo. Serena vio la imagen de Callie que se había difundido por todo el país.

–¿Qué pasa con las mujeres que se casan con un gilipollas? Siempre creen que tener un hijo mejorará su relación. Como si fuera una especie de milagro curativo. Valerie debería haber conseguido el divorcio, no quedarse embarazada.

Serena no contestó.

–No me malinterpretes –añadió Denise–. Estoy loca por Callie.

–Lo sé. No lo disimulas tan bien como crees.

Denise frunció el ceño y guardó la fotografía.

–Ya que estás entrometiéndote en mis secretos, ¿qué hay de ti? ¿Qué pasa contigo y con Stride?

A Serena le pilló con la guardia baja.

–¿Qué quieres decir?

–Oh, no te hagas la tonta. Me he dado cuenta de que tenéis problemas.

A Serena se le pasó por la cabeza poner una excusa, pero supo que necesitaba decirlo en voz alta.

–Se ha acostado con Maggie.

Denise no pareció sorprendida.

–Bueno, han coqueteado con ello durante años. ¿Y qué vas a hacer?

–Lo mismo que tú –contestó Serena–. No tengo ni idea. Pero no tenemos críos de los que preocuparnos; supongo que me resultará más fácil largarme.

–¿Crees que las cosas habrían sido diferentes si tuvierais un hijo? Te aseguro que no.

–Quizá me pregunte si *yo* habría sido diferente.

Denise se volvió hacia Serena y la señaló con un dedo.

–No es la panacea, Serena. No hay manera de sentirse más vulnerable que cuando tienes un hijo. Si dejas que eso ocurra, la responsabilidad te matará. Si algo sucede, corres el riesgo de volverte loca. –Se volvió hacia delante y miró a través del cristal empañado del coche patrulla–. Oh, mierda.

Serena también miró. A través de la nieve, vio a Stride dirigirse hacia ellas, con expresión cansada y grave. Aun en medio del frío, tenía las mangas enrolladas y mostraba sus brazos desnudos manchados de tierra. Se detuvo en la trayectoria del haz de los faros.

Ambas salieron del coche y se reunieron con él. Serena vio como le temblaba la mandíbula a Denise. Ahora era la hermana y la tía, no la policía, y no quería oír las noticias. Tampoco Serena. Desde el principio sabía que las probabilidades de un final feliz eran pocas. Los casos de niños desaparecidos no solían terminar así. Siempre mantenías la esperanza de un milagro, pero la cruda realidad te ponía en su sitio. La mayoría de los niños no volvía a casa. La mayoría de los niños no sobrevivía.

Stride se secó la frente bañada en sudor, dejando en ella un rastro de barro. Su grueso cabello estaba mojado y aplastado. No las hizo esperar.

–Hemos encontrado el cuerpo de un niño.

Denise se giró sobre sus talones, golpeó con la bota la rueda del coche y aporreó con ambos puños el capó.

–¡Mierda!

–Espera, Denise –dijo Stride, pero ella no le oyó.

Siguió golpeando el coche y por un momento Serena temió que se rompiera los huesos de las manos. Las lágrimas fluían de sus ojos y le corrían en brillantes regueros por la cara.

No importaba que supieras que iba a pasar. Una cosa era esperar la verdad y otra oírla. Una cosa era estar furiosa con Valerie y otra oír que su hija estaba muerta.

–Denise, espera –la llamó Stride.

Serena observó su expresión. Por debajo de su pena, leyó algo distinto. Fuera lo que fuera lo que hubiera pasado, no era lo que todos imaginaban. Había algo más.

–Escúchame. No es Callie –dijo él.

La cabeza de Denise se volvió de golpe.

–¿Qué?

–No es Callie quien está en el bosque.

Denise se tapó las manos con la boca.

–Oh, Dios mío, ¿estás seguro? ¿Cómo puedes estar seguro?

–No es una niña –le dijo Stride–. El cuerpo que está enterrado allí es de un niño.

46

Valerie estaba de pie en la entrada de su dormitorio. La luz del pasillo dibujaba un rectángulo luminoso frente a ella. Marcus estaba tumbado de espaldas en la cama, dormido. Su respiración era fluida y relajada. Se quedó mirando a su marido y se preguntó cómo podía dormir tan tranquilo mientras buscaban a Callie bajo tierra, cuando su precioso bebé estaba frío y solo.

Conocía la respuesta. Callie nunca había sido su hija. Era una extraña que había vivido en su casa. Era la hija de otro. El retoño fruto de la aventura de su esposa. Conocía la verdad desde el principio.

–¿De verdad desearías que ella nunca hubiera nacido? –preguntó ella.

Él siguió durmiendo y no contestó.

Se acercó a la cama y se quedó de pie junto a él. Era un hombre guapo. En forma, fuerte, atractivo. Se preguntó si realmente estaba dormido o si sólo lo fingía. Una parte de ella quería gritar y hacer ruido, para obligarlo a que le hiciera caso, pero no lo hizo. Estaban más allá de eso. Más allá de poder rescatar nada.

Valerie se desnudó, entró en el baño principal y cerró la puerta tras de sí. Las baldosas de mármol estaban frías bajo sus pies desnudos. Abrió el grifo de la ducha y esperó a que el agua saliera caliente. Contempló el reflejo de su cuerpo desnudo en el espejo. La gente le decía que era guapa, pero no podían entender lo mucho que ella odiaba su cuerpo. Nunca veían que uno de los pezones era ligeramente mayor que el otro. Que sus rodillas eran feas. Que su estómago era una constelación de pálidas pecas.

Se metió bajo el agua, que caía de la ducha como una lluvia directamente sobre su cabeza. Fluía a través de su cabello rubio y sobre sus hombros y pechos y entre sus piernas y sobre sus pies y luego hacía un remolino hacia el desagüe. No se movió ni lavó su cuerpo con gel ni se aplicó champú en el cabello. En lugar de eso, se quedó quieta, con los ojos cerrados, los brazos a ambos lados y la cabeza alzada hacia el grifo. La piel le quedó limpia y rosa. Permaneció así, sin moverse, hasta que el agua caliente se acabó y empezó a salir fría.

Una vez fuera de la ducha, se estremeció sobre la esterilla del baño. Se secó con la toalla, pero dejó su cabello mojado. Volvió al dormitorio, miró a Marcus y no sintió nada. Se vistió de nuevo, no para dormir sino para el día que le esperaba. El día en el que finalmente sería libre.

Tenía hambre, así que bajó las escaleras. Se sintió extraña por pensar en comer ahora, pero no lo había hecho en horas. Encendió las luces de la cocina y cogió un pequeño bol de uno de los armarios. Dentro de la nevera, encontró una ramita de apio, un racimo de uvas blancas, un aguacate, una manzana Granny Smith, un limón y una taza de yogur. Puso los ingredientes en la encimera.

–Esto se llama ensalada Waldorf –le dijo a su hija.

No importaba que Callie no estuviera allí. En su imaginación, vio a la niña en la silla alta junto a la isleta de la cocina, sonriéndole.

–Uso yogur en lugar de mayonesa, porque ¿quién necesita toda esa grasa y esas calorías? Y añado la mitad de un aguacate porque me gustan.

Separó un trozo de apio, le seccionó la cabeza y, cuidadosamente, cortó el tallo en pequeñas rodajas que echó al bol. Lavó las uvas bajo el chorro, cogió una docena, las cortó por la mitad y las añadió.

–Se supone que hay que poner nueces, pero no tengo. Las manzanas son lo bastante crujientes, así que no echaremos de menos las nueces.

Valerie cortó la manzana en rodajas, probó una e hizo una mueca. Estaba ácida. Como un ángel, Callie saludó con una risita a su madre y dio un manotazo con sus pequeñas manos a la bandeja que tenía delante. Sus rizos rubios bailaron sobre su frente. Valerie parpadeó, cortó en dados las rodajas y las mezcló con el apio y las uvas.

–Ahora vamos a por mi ingrediente secreto –dijo.

Valerie cortó en dos el aguacate negro y separó las mitades. Al meter la hoja bajo el hueso para extraerlo, el teléfono sonó sobre la encimera de la cocina. Se quedó helada, con el labio inferior temblando. El sonido se repitió, musical e insistente. Cuando lo miró, vio el nombre de su hermana en el identificador de llamadas.

–Es la tía Denise –anunció con un extraño tono de voz–. No creo que necesitemos hablar con ella ahora mismo, ¿no crees? No cuando estamos ocupadas preparando una ensalada.

El teléfono enmudeció. La sonrisa de Valerie se quebró cuando miró a Callie.

–Tenemos todo el tiempo del mundo para devolverle la llamada. Cuando hayamos terminado, ¿vale? ¿Por dónde iba? Creo que casi habíamos terminado.

Peló una mitad del aguacate y lo cortó a lo largo en rodajas que colocó una a una sobre la ensalada. Quitó la tapa del yogur y echó unas cucharadas en el bol, luego cortó un limón por la mitad y exprimió el zumo por encima. Con un tenedor y una cuchara, lo mezcló todo.

–¿No tiene un aspecto delicioso? –preguntó, antes de pinchar con el tenedor y probarla–. Está buena.

Se sentó a la isleta y masticó cada bocado lentamente, mirando a Callie mientras lo hacía. Los ojos de la niña la seguían, y hacía ruidos; pronto hablaría, aprendería palabras. Memorizó su pequeña cara de niña, sus dos nuevos dientes blancos, su sonrisa con hoyuelos. Saboreó esos momentos de tranquilidad en los que sólo estaban ellas dos.

Cuando su bol estuvo casi vacío, el teléfono sonó de nuevo. Detuvo el tenedor a medio camino de su boca. El horror de lo que se avecinaba le ensombreció el rostro.

El identificador de llamadas indicaba que era Blair Rowe.

Valerie puso los ojos en blanco. El teléfono sonó y sonó, y luego la música terminó. Valerie salió de su trance.

–¿No es increíble como todo el mundo se empeña en llamar

cuando estás en medio de una comida? –le preguntó a su hija–. Creo que vamos a apagar este teléfono tonto ahora mismo. La verdad es que no hay nadie con quien quiera hablar esta noche. Excepto tú, por supuesto.

Apagó el teléfono. Cuando se inclinó sobre el bol de la ensalada de nuevo, algo cayó desde su cara y salpicó la encimera. Lágrimas. Tocó su mejilla con sorpresa.

–Mira. Estoy llorando. ¿No es raro?

Callie ladeó la cabeza con una expresión seria en la cara. A Valerie siempre le había parecido que esa expresión indicaba que la niña estaba pensando algo muy importante.

–Estás creciendo mucho –le dijo–. Y eres muy bonita. Cuando te hagas mayor, serás una joven impresionante.

Puso el bol vacío en el fregadero, lo lavó y lo guardó. Volvió a meter el medio aguacate, el medio limón, el apio y las uvas en la nevera. Abrió el cubo de basura cromado con el pie y echó los restos en el interior y luego secó la encimera con un papel de cocina. Dejó correr el agua del fregadero sobre el cuchillo y lo frotó con una esponja hasta que quedó impoluto.

Cuando terminó, abrió el armarito de las especies y le dio la vuelta al panel giratorio del interior hasta que encontró lo que quería. Era un frasco que había adquirido hacía un año, antes de quedarse embarazada. Un frasco que nunca había abierto. Un frasco lleno hasta su estrecho cuello de tabletas de aspirina.

Se dio la vuelta y miró a la trona. Callie se había ido. La sonrisa de Valerie se desvaneció lentamente y la luz abandonó sus ojos.

–Desde ahora, nunca más te dejaré sola –le prometió Valerie–. Nunca más. Siempre estaré contigo.

Kasey no tenía ni idea de cuánto tiempo llevaba colgada de la helada tubería metálica. Podían ser sólo segundos o una hora. El tiempo no significaba nada en la oscuridad. Sentía sus brazos hinchados y pesados, el frío quemaba su piel y su único deseo era dejarse ir. Pero no lo hizo. No podía.

Él se había marchado. De momento. Le había visto coger la

linterna y abrirse camino entre los escombros, y luego la luz se desvaneció tras un fragmento de pared. En algún lugar en lo más alejado del edificio, oyó una puerta de acero abrirse y cerrarse. Desde ese momento, sólo escuchó los ruidos de las ruinas: la tortura del agua goteando desde arriba y el morboso chillido de las ratas.

Tenía pocas esperanzas de que la rescataran. Gritó.

–¡Socorro! ¡Socorro!

Pero su voz rebotó en el destrozado edificio y, tras las reverberaciones, no oyó nada. Nadie vino corriendo. Nadie le devolvió el grito. Dondequiera que estuviera, sólo contaba consigo misma.

Durante los primeros minutos, no se había atrevido a moverse por temor a romper la tubería o a resbalar y perder su punto de sujeción. Finalmente, a medida que su fuerza menguaba, decidió intentarlo. Si cometía un error, moriría, pero si no hacía nada, moriría de todas formas. Tenía que seguir con vida. Tenía que escapar.

Con cuidado, soltó una de las manos de la tubería y examinó la cuerda con los dedos, buscando un modo de deshacer el nudo y quitársela de alrededor del cuello. Intentó meter los dedos, pero el nudo estaba prieto y duro. Con las dos manos seguramente podría deshacerlo, pero no con una. Forcejeó con él hasta que su otro brazo crujió en señal protesta, y al sentir que la mano que la sostenía resbalaba, devolvió la otra mano a la tubería.

Pensó en trepar por la propia cuerda hasta donde se ataba a la viga del techo, pero no creía que tuviera suficiente fuerza en los brazos. También pensó en alzar las piernas como una gimnasta y rodear con ellas la tubería, pero temió que el frágil metal pudiera doblegarse con la presión.

Kasey decidió averiguar adónde iba la tubería. Separó los dedos del metal y movió lentamente la mano izquierda cinco centímetros. Repitió el proceso con la mano derecha. El metal estaba frío y mojado, y sus dedos casi perdieron el agarre. Avanzó un poco más, otros cinco centímetros. Y luego cinco más. El progreso era horriblemente lento. El dolor y el frío se le clavaban en el cerebro y le provocaban mareos. Sus ojos vieron cosas extrañas en la oscuridad. Intentó moverse otra vez pero no pudo. Cuando gritó a sus músculos, éstos rehusaron obedecer sus órdenes. Se quedó allí colgada, paralizada, sintiendo como la tubería se volvía más esquiva y resbaladiza bajo sus dedos.

Sería tan fácil dejarlo. Abandonar. Dejar que el metal se deslizara y que la cuerda ganara la partida.

No.

Aquello era un examen. No podía suspenderlo. La calma se apoderó de ella como una ola, y relajó el cuerpo. Maniobró con sus piernas atadas y lentamente tanteó el espacio hacia su izquierda con los pies extendidos. Notó algo duro en la punta de los pies. Cemento. Una pared. Deslizó los dedos de las manos y avanzó cinco centímetros más, y luego extendió las piernas y apuntaló la planta de los pies contra la pared. La pintura se desconchó al contacto con su piel. Si encontraba un pequeño hueco donde apoyarse, podría recolocarse y usar las dos manos para manipular la cuerda que rodeaba su cuello.

Kasey intentó deslizarse otros cinco centímetros más, pero su cabeza se inclinó a la derecha mientras el lazo de cuerda la ahogaba. Había apurado todo el espacio que la soga daba de sí desde el lugar donde ésta se unía al techo. No podía avanzar más. Estaba atrapada.

Estiró de nuevo las piernas, pero esta vez se movió demasiado deprisa y su mano izquierda perdió agarre y se soltó. Su mano derecha se crispó sobre la tubería helada y aguantó, pero la cuerda se hincó en su cuello y le cortó la respiración. Jadeó y escupió, mientras colgaba de una mano. Frenéticamente, se agarró de la tubería con la otra y, cuando lo hizo, sus dedos rozaron un pedazo de metal que colgaba justo encima de ella. Lo agarró, lo soltó e intentó llegar a la tubería de nuevo. Finalmente cerró sus dedos sobre el grueso tubo y se impulsó de nuevo hacia arriba. La presión en su cuello se aligeró lo suficiente como para permitirle respirar.

Kasey se tomó unos segundos para recuperarse, pero se estaba quedando sin tiempo. Y sin fuerzas.

Gruñó y estiró la mano izquierda. Sus dedos chocaron contra algo cuadrado y afilado que pendía de un delgado cable de plástico. Tiró y sintió como cedía, pero antes de que pudiera cogerlo, su mano derecha resbaló y tuvo que sostenerse para evitar caer. Respiró hondo varias veces. El sudor manaba de sus palmas volviéndolas resbaladizas.

Lo intentó de nuevo. Esta vez, la chapa de metal y el delgado alambre le dieron un margen. Su cara se inundó de polvo. Tosió y casi perdió la estabilidad de nuevo, pero consiguió sostener la chapa en su mano. Su brazo derecho aulló de dolor mientras los dedos de su mano izquierda reseguían el contorno y encontraban una esquina curvada y afilada en la chapa, en el lugar por donde, obviamente, se había desgarrado de un plafón mayor.

Kasey sabía que sólo tenía una esperanza: cortar la cuerda.

Encontró una reserva de fuerzas y dobló los codos para alzar la barbilla hasta la tubería. Su cuerpo ascendió lentamente, centímetro a centímetro, mientras el tubo temblaba. Sus dedos se escurrían y resbalaban debido al sudor y la sangre que se acumulaban bajo su piel. Cuando sintió que su barbilla tocaba el metal, pasó el brazo derecho por encima de la tubería, soltó el brazo izquierdo y se quedó colgando de la curva de su codo.

La tubería dio un preocupante bandazo hacia abajo. La cuerda tiró de su cuello, lo que provocó que su cabeza se inclinara hacia atrás. Con el filo de la placa de metal, Kasey serró la cuerda que rodeaba su cuello. Sintió como ésta se deshilachaba y las hebras iban separándose a medida que las cortaba.

La tubería cedió de nuevo. La cuerda la asfixiaba. No podía respirar y sintió como sus mejillas se hinchaban en su desesperado intento de conseguir más aire. Su cara estaba húmeda por las lágrimas. Su brazo derecho se estaba quedando totalmente entumecido.

Serró frenéticamente. La cuerda se estaba adelgazando pero no acababa de ceder. Su cuerpo se movía al compás del ir y venir del metal desgajado y el continuo movimiento añadía más tensión a la tubería.

Aquello era demasiado. No tenía aire. No tenía fuerzas. Su brazo izquierdo se colapsó y la placa de metal cayó de su mano y chocó contra el suelo con un sonido metálico. La inconsciencia empezó a adueñarse de ella.

«Oh, Dios mío, no.»

Entonces, desde la pared junto a ella, oyó el gruñido y el chirrido de un metal desgarrándose.

La tubería se separó y se desgajó. Kasey sintió como su cuerpo caía con la cuerda todavía agarrando su tráquea como unas poderosas manos.

47

Troy Grange abrió la puerta de su casa con un botellín de cerveza en la mano. Por encima de su hombro, Maggie vio un partido de baloncesto en el televisor de pantalla panorámica de la sala de estar. Troy vestía una camisa de franela desabrochada y tejanos. Tenía los ojos enrojecidos y la piel pálida.

–Perdona por venir a estas horas –se disculpó.

–Está bien. Entra.

Troy la condujo hasta la sala de estar y bajó el volumen del televisor.

–¿Quieres una cerveza?

–No, gracias.

–¿Has perdido una apuesta? –preguntó Troy.

–¿Qué?

–El pelo.

–Ah, vale; muy gracioso. Fue sólo un capricho absurdo.

–Ajá –asintió Troy, que tras una larga pausa, añadió–: He visto las noticias.

–Ya.

–Es el mismo tipo, ¿verdad?

–Eso parece.

Troy maldijo, terminó la cerveza y se limpió la boca.

–¿Vais a cogerle?

–Me gustaría poder decirte que sí, pero no es el caso; va un paso por delante de nosotros. Estamos siguiendo una pista en Colorado, pero es demasiado pronto para saber si es buena. El coche que conducía fue robado en Colorado Springs, y buscamos crímenes con el mismo patrón en la zona.

–¿Crees que lo ha hecho otras veces?

–No lo sé, pero por lo general estos tipos nunca se detienen hasta que los pillan.

Troy sacudió la cabeza.

–El mundo está enfermo.

–¿Cómo te ha ido en el trabajo? –preguntó Maggie.

–Oh, es una locura, lo cual está bien. Llego a la oficina y la primera crisis estalla unos dos minutos después, y la mierda continúa hasta que oscurece y me voy a casa. No tengo tiempo de pensar en nada hasta entonces.

–¿La niña todavía está con los padres de Trisha?

Troy asintió.

–Seguramente iré a recogerla este fin de semana. Debbie la echa de menos. Yo también.

–La oferta sigue en pie, Troy. Cualquier cosa que pueda hacer para ayudar...

–Lo sé. Te lo agradezco –y añadió–: ¿Qué hay del chico? ¿Se sabe algo de Nick Garaldo?

–Creemos que es uno de esos tipos a los que les gusta entrar en sitios «prohibidos» –le explicó Maggie–. Ruinas urbanas.

–¿De verdad?

–Encontramos una tarjeta de memoria en su apartamento. Estuvo en la armería de Duluth hace unos meses.

Troy se acarició la barbilla.

–En los últimos dos años, se han producido allanamientos en algunas de las zonas del puerto que no se usan. Me pregunto si Nick estaba involucrado.

–Buena parte de la diversión de estos chicos consiste en mantenerse alejados de gente como tú y yo –dijo Maggie.

–¿Crees que sufrió un accidente en algún lugar?

Maggie asintió.

–Ahora mismo, es la hipótesis que consideramos más probable. Nick estaba reconociendo el terreno circundante de una escuela abandonada en Buckthorn. Un hombre de la agencia de seguridad de allí está echando un vistazo al lugar. Todavía no he tenido noticias de él.

–Bien, mantenme informado. La novia de Nick está terriblemente preocupada.

–Lo haré.

–Pareces cansada, Maggie. ¿Acaso estás agobiada por esta investigación?

–Sí, un poco –admitió.

–Stride se reincorpora al trabajo la semana que viene, ¿no? Te irá bien.

Maggie gruñó a modo de asentimiento, pero Troy percibió su mezcla de emociones.

–No pareces muy ansiosa de que vuelva –observó–. ¿Le has cogido gusto a estar al mando?

–Se lo regalo.

–Entonces, ¿cuál es el problema?

Maggie se encogió de hombros.

–Es complicado. No quiero preocuparte con mis problemas.

–En estos momentos me resulta más fácil preocuparme de los problemas de los demás –la tranquilizó Troy–. Somos amigos. Si quieres hablar, hazlo.

Maggie suspiró. Estaba cansada de mantenerlo en secreto.

–Se trata de Stride y yo. Ha pasado algo.

–¿Algo? –preguntó Troy. Entonces descifró su expresión–. Oh, esa clase de «algo». Vaya, sí que es complicado.

–Qué me vas a contar...

–¿No salía con alguien?

–Sí.

–Y, ahora, ¿qué?

–Ahora me digo a mí misma lo idiota que soy.

Troy se rió.

–Vaya, lo siento. Me gustaría poder ayudarte, pero los consejos acerca de cuestiones amorosas no son mi especialidad.

–Ni la mía. Oye, guárdame el secreto, ¿vale? No lo sabe nadie.

–Mis labios están sellados.

El teléfono de Maggie sonó. Lo sacó del bolsillo y miró el identificador de llamadas, pero era un número privado.

–Soy Maggie Bei –contestó.

–Señorita Bei. Mi nombre es Jim Nieman.

Maggie no reconoció ni el nombre ni la voz.

–¿Qué puedo hacer por usted, señor Nieman?

–Hoy he recibido una llamada de Matt Clayton, de Buckthorn. Me ha dicho que estaba haciendo averiguaciones sobre esa escuela medio en ruinas que tienen allí. Yo me encargo de la seguridad del lugar a petición del municipio.

Ella recordó el nombre.

–¿Ha tenido oportunidad de echar un vistazo?

–Sí. De hecho, estoy aquí. Quería llegar temprano, cuando aún hubiera luz, pero me he liado con varios asuntos de seguridad.

–¿Qué ha encontrado?

–Matt dijo algo que buscara cáscaras de pistachos rojos. ¿Es correcto? ¿De qué se trata?

–¿Ha encontrado alguna? –respondió ella con otra pregunta sin dar ninguna explicación.

–De hecho, sí.

Maggie cubrió el teléfono con la mano y le explicó a Troy:

–Es el tipo de seguridad de la escuela de Buckthorn. Creo que Nick Garaldo se coló dentro. –Volvió a hablar al teléfono–. ¿Ha echado un vistazo dentro de la escuela?

–Iba a hacerlo, pero he pensado que era mejor llamarla antes. Cuando encontré esas cáscaras no sabía si querría que buscara en el interior. No quería fastidiar ninguna prueba si usted cree que se trata de una escena del crimen.

–¿Cuándo fue la última vez que estuvo dentro? –preguntó ella.

–Hace un par de días, creo.

–¿Ha entrado desde la noche del sábado?

–Sí, diría que fue el domingo –contestó Nieman.

–¿Encontró algo fuera de lo normal?

Él se rió.

–Bueno, si quiere saber mi opinión, el sitio en sí es bastante espeluznante.

–¿Algo le hizo sospechar que alguien hubiera entrado recientemente? ¿Es posible que hubiera alguien y usted no se diera cuenta?

Él hizo una pausa.

–Supongo que todo es posible. Hay un montón de rincones y agujeros en este sitio. No he visto ninguna señal que indique que alguien haya irrumpido en el interior, pero eso no tiene por qué significar nada.

–Muy bien.

–¿Quiere que entre? –preguntó Nieman–. Como le he dicho, estoy en la escuela ahora.

–Sí, entre. Quiero que lo rastree todo con cuidado. Tenemos a una persona desaparecida y creemos que ha estado en la escuela recientemente. Es posible que entrara o tratara de hacerlo, y que se hiriera. Llámeme cuando lo haya comprobado, ¿de acuerdo?

–De acuerdo.

Maggie le oyó vacilar.

–¿Hay algún problema?

–Oh, no. Me encanta ayudar. Lo que sea por los chicos y las chicas de azul, ya sabe. Sólo pensaba que si algo le ha sucedido a ese chico ahí dentro, quizá le gustaría que hubiera un policía conmigo cuando registre el lugar. Sé que es tarde, pero tal vez pueda enviar a alguien para que se reúna conmigo.

Maggie pensó en ello.

–Sí, es una buena idea.

–Queda en sus manos, yo sólo soy el tipo de las llaves –añadió.

–Entendido.

–Esperaré a la caballería antes de abrir las puertas. ¿Cree que tendré que esperar mucho tiempo?

Maggie miró su reloj.

–Le diré qué vamos a hacer, señor Nieman. Estoy a sólo cinco minutos de la escuela. Me acercaré yo misma.

48

Denise Sheridan cerró su móvil con fuerza.

–Sigue sin contestar –informó.

–¿Vas a conducir hasta allí? –preguntó Serena.

Denise negó con la cabeza.

–Es tarde. Si Valerie está en la cama, creo que será mejor dejarla dormir.

Serena no creía que Valerie estuviera durmiendo. Si se había ido a la cama, estaría mirando al techo. Si había apagado el teléfono, era porque no quería oír las noticias sobre Callie.

Las dos mujeres se reunieron con Stride entre las lápidas del cementerio. Detrás de ellos, una de las torres de luz que los técnicos habían emplazado proyectaba las sombras de los árboles en la hierba. Stride se detuvo frente a una hilera de tumbas que llevaban inscrito el nombre GLENN.

Serena lo miró. Sus brazos estaban cruzados sobre el pecho y su cara se veía seria y pensativa. La nieve caía a través de la luz y aterrizaba sobre él, convirtiéndole en una estatua blanca. Vestía la chaqueta de cuero que tenía desde hacía años, y llevaba el pelo como si acabara de levantarse. Serena vio en su mirada la intensidad de un hombre que nunca se rendía. No podía evitarlo; aún estaba enamorada de él. No podía imaginarse dándole la espalda a sus sentimientos, no cuando habían pasado tres años juntos. Lo más fácil para ella sería susurrar: «No voy a ir a ninguna parte», y esperar a ver qué hacía. Cómo reaccionaba. Comprobar si todavía sentía lo mismo por ella.

Pero no lo hizo. No dijo nada.

–¿Qué coño significa esto, Stride? –preguntó Denise–. ¿Quién es el chico que había en la tierra?

Stride miró las tumbas.
–Todavía no lo sé.
–¿Qué opina el equipo médico? –quiso saber Serena–. ¿Se sabe cuáles fueron las causas de la muerte del bebé?
–No se observa ningún signo de violencia –respondió él–. Ningún traumatismo, ni señal obvia de heridas o abusos, pero no lo sabremos con certeza hasta que terminen la autopsia.
–¿Ha muerto hace poco?
–Basándonos en el estado del cuerpo, sí. Estamos hablando de días, no de semanas.
–¿No hay nada que pueda ayudar a identificarlo?
–No.
Serena dirigió una mirada al cementerio y al bosque que lo rodeaba. Se puso en la piel de alguien que hubiera llevado un bebé a los bosques y hubiera cavado su tumba. Había muchos lugares donde podías enterrar un cuerpo sin que nadie lo encontrara nunca. ¿Por qué tan cerca del cementerio?
–¿Cómo estaba colocado el cuerpo en la tierra? –preguntó a Stride.
Quería saber qué tipo de entierro había tenido lugar, si era de carácter sagrado o profano. Sus ojos se encontraron y ella supo que él estaba pensando lo mismo. Ése era otro aspecto de su relación que ella no podía eludir: sus mentes estaban conectadas.
–Envuelto en una sábana blanca.
–¿Con cuidado?
Stride asintió.
–Quien lo hizo se tomó su tiempo para hacerlo adecuadamente. Fue casi tierno.
–Esto no tiene sentido –protestó Denise–. ¿Quién se toma la molestia de arropar a un niño muerto y luego lo entierra en los bosques como si fuera basura?
–No, no como basura –repuso Serena, meneando la cabeza–. Quienquiera que hizo esto no podía enterrar al bebé en un cementerio, donde sería descubierto. Pero el bebé estaba cerca del camposanto. Creo que eso es significativo.
–Estoy de acuerdo –dijo Stride.
–Parece un ritual casi religioso.

–Pero ¿qué tiene que ver esto con Callie y Marcus? –quiso saber Denise.

–No lo sé. Tal vez nada, después de todo. Puede que hayamos tropezado con algo que no esté relacionado con el caso de Callie.

–O puede ser que Micki esté mintiendo –sugirió Denise.

Oyeron una voz áspera, cansada, a través del viento.

–No estoy mintiendo.

Cuando se dieron la vuelta, vieron a Migdalia Vega en la ladera del cementerio, detrás de ellos. Su cara redonda brillaba a causa de la nieve que se fundía sobre ella. Sus pies estaban bien afianzados en el suelo y tenía las manos apoyadas en las caderas.

–¿Me han oído? –continuó–. No estoy mintiendo. He hecho lo que me han pedido. Les he mostrado el lugar donde encontré el juguete. Donde mamá vio la luz.

–Sabías que encontraríamos un cuerpo –le espetó Denise–. Pero sólo tenemos tu palabra de que fue allí donde encontraste el juguete. ¿Quién es el niño, Micki? ¿A quién hemos encontrado?

–No lo sé. Yo encontré la trompetita en los bosques, tal como le dije.

Stride puso su mano suavemente en el brazo de Denise, se acercó a Micki y le dijo con voz tranquila:

–No creemos que estés mintiendo.

–¡Dígaselo a ella! –replicó Micki.

–Todos estamos cansados, Micki. Ha sido una noche muy larga. Nos has ayudado mucho y te lo agradecemos, ¿de acuerdo? Pero necesito saber si tienes alguna idea acerca de la identidad del niño.

–Ya se lo he dicho. No lo sé. Pero no es Callie y eso es bueno, ¿no? Sabía que el doctor Glenn no estaba involucrado. Él no podría hacer algo así a su hija.

–Callie no era su hija –intervino Denise.

Stride le lanzó una mirada de advertencia y se volvió hacia Micki.

–Me dijiste que perdiste a tu propio hijo a los pocos meses de quedarte embarazada –dijo en voz baja–. Lo lamento, pero debo preguntarte si es cierto.

–¡Sí! ¡Ya sabe lo que le ocurrió a mi bebé!

–Muy bien; sí, lo sé. En cuanto a la luz que tu madre vio en los bosques, ¿estás segura de que fue la noche en la que Callie desapareció?

–Sí, me lo contó el sábado y fue entonces cuando estuve buscando y encontré el juguete.

Stride asintió.

–De acuerdo, Micki. Eso es todo por ahora. Puedes irte a casa.

La chica pasó frente a ellos colina arriba pisando el suelo con fuerza.

Serena la vio desaparecer entre los árboles en dirección a las luces de su caravana.

–¿Dónde nos deja eso? –preguntó.

–En ninguna parte –respondió Stride.

Denise cogió un cigarrillo y se lo puso en la boca sin encenderlo.

–Mirad, el espantasuegras obviamente es un intento de hacernos pensar que había una conexión con Callie, ¿no es así?

Stride reflexionó sobre ello pero negó con la cabeza.

–No, no tiene sentido. Tan pronto como alguien cavara, se daría cuenta de que no era Callie quien estaba enterrada allí.

Serena pensó de nuevo en alguien capaz de llevar el cuerpo de un niño a los bosques en la oscuridad y en las similitudes del enterramiento con una ceremonia religiosa. Un acto privado y doloroso.

–¿No puede ser el juguete exactamente lo que parece? –sugirió–. Una conmemoración.

–¿Qué quieres decir? –preguntó Stride.

–Quiero decir que quizá nadie esperaba que lo encontráramos. Lo pusieron ahí de la misma forma que se ponen flores en una tumba.

–Pero ¿en la tumba de quién? –preguntó Denise.

Serena repasó mentalmente sus conversaciones con Valerie y se dio cuenta de que cuando Stride le habló de que Micki había descubierto la trompetita de juguete le había resultado familiar. Ya formaba parte de su conciencia sobre el caso porque había oído hablar sobre ella antes.

Valerie le había contado que la noche que pasó en el hospital, en Nochevieja, el personal hizo sonar espantasuegras cuando el reloj dio la medianoche.

Casi podía dibujar la escena en su mente. Verla. Oírla. Valerie adormilada por el dolor y las drogas. El ruido y la excitación por el Año Nuevo en el turno de maternidad. Las trompetitas chillando. Las canciones de cuna sonando por los altavoces anunciando cada nacimiento de un bebé.

–Otro bebé –dijo Serena.

Denise la miró. El cigarrillo sin encender se le cayó de la boca.

–¿De qué hablas?

–Aquella noche tuvieron que nacer otros bebés en el hospital. La noche de Año Nuevo.

–¿Y qué? –preguntó Denise.

–Pues que quiero averiguar quiénes eran. Y si Regan Conrad fue la enfermera que asistió a alguna de las madres.

–Sí, pero si se trataba del niño de una desconocida, ¿por qué enterrarlo aquí? –preguntó Denise–. ¿Qué tiene esto que ver con Callie?

–No lo sé –admitió Serena.

Aun así, su instinto le decía que el cuerpo que había en la tierra estaba inextricablemente relacionado con la desaparición de Callie. De alguna forma sabía que, fuese quien fuese, era la llave del caso.

Stride ya estaba telefoneando. Serena le contempló marcar.

–Guppo, soy Stride –oyó que decía–. Necesito información. Busco la lista de bebés que nacieron el 1 de enero, preferiblemente los del St. Mary's. Mira si puedes encontrar los anuncios de nacimientos en el *News-Tribune*, ¿de acuerdo? Sólo chicos, no te preocupes de las chicas. Espero.

Esperó. Miró a Serena y ella le devolvió la mirada. Ella supo entonces que lo que más deseaba en el mundo en ese momento era besarle.

–Estoy aquí –le dijo él al teléfono–. Qué rápido. Dame los nombres y las direcciones de los padres, ¿vale? –Al cabo de unos momentos exclamó–: Espera, repítelo. ¿Lo dices en serio? –Stride cortó la comunicación–. Tenemos que regresar a Duluth ahora mismo.

Troy Grange activó el sistema de seguridad en la planta baja de su casa antes de subir las escaleras para acostarse. Era un gesto inútil. Había adquirido el sistema para proteger a Trisha y a las niñas, pero el asesino había conseguido entrar de todas formas y llevarse a su bella esposa. Quería arrancar el panel de la pared y lanzarlo al campo.

Troy se echó a llorar. No se permitía hacerlo a menudo; nunca en público ni, sobre todo, delante de sus hijos. Tenía que ser fuerte por ellos. No podía devolverles a su madre, así que lo único que le quedaba por hacer era continuar su vida. Mantenerlos a salvo. Tratar de que fueran felices. Pero cuando se quedaba solo, en la intimidad, lloraba. Recordaba la cara de Trisha tan vívidamente como si aún estuviera a su lado. Su tacto. Su risa. La sensación de su piel cuando estaban en la cama. Aporreó la pared al darse cuenta de que esas sensaciones se irían desvaneciendo y, finalmente, se borrarían de su memoria.

Seguridad. No existía tal cosa. Podías vivir en una fortaleza y aun así no ser capaz de mantener fuera a los monstruos. Los sensores, las alarmas, las cerraduras, las rejas... todo era una ilusión. Si alguien quería entrar, lo haría. La gente como Nick Garaldo siempre podría encontrar la manera. Algunas veces su única motivación era cometer una travesura, decir que habían conseguido entrar donde nadie quería que entraran.

Algunas veces su motivación era matar.

Troy pensó en Nick Garaldo. Y en Maggie. Y en la escuela en ruinas. Se preguntó si encontrarían a Nick dentro, atrapado, ahogado, desnucado o desangrado. Había mil maneras de morir en unas ruinas.

Fue entonces cuando el pensamiento, el recuerdo, le vino a la cabeza. Miró el panel de seguridad de la pared y recordó al hombre que lo había instalado hacía algunas semanas. Un tipo alto con la cara llena de marcas y ojos de pez muerto. La clase de hombre que sonreía de un modo que te hacía pensar que no estaba sonriendo. A Troy no le gustó.

No sabía por qué su mente había rescatado del olvido la cara del agente de seguridad, y entonces se acordó de que estaba pensando en la llamada de Maggie. Un guardia de seguridad la había llamado para informarle sobre Nick y las cáscaras de pistacho. Un guardia de seguridad que estaba en el exterior de la vieja escuela.

Jim Nieman. Ése era el nombre. Estaba casi seguro de eso.

Era el mismo hombre que había estado dentro de su casa.

49

Mientras Kasey caía, la cuerda tiró su barbilla hacia atrás y un escalofrío de dolor recorrió su columna. Sintió una aplastante opresión en la garganta cuando su cuerpo convirtió la gruesa cuerda en un torniquete alrededor de su cuello. Sus piernas danzaron espasmódicamente. Clavó los dedos en la cuerda, pero los nudos aguantaron y todo lo que logró fue que la sangre rezumara de su piel abrasada. Alzó los brazos por encima de su cabeza para izarse y aliviar la presión, pero no tenía fuerzas para levantar su cuerpo.

Se le nubló la mente. Sabía que se estaba muriendo.

Entonces la erosionada sección de cuerda que había serrado con la placa se deshilachó y cedió. La cuerda se rompió y ella cayó en la oscuridad y aterrizó con un agónico golpe que le sacudió los huesos cuando sus pantorrillas toparon con el suelo de cemento. Un clavo suelto se le clavó en la carne de la pierna y tuvo que morderse la lengua para evitar aullar de dolor. Pero podía respirar. El dulce aire inundaba sus pulmones. Se puso sobre las manos y las rodillas y dejó que su pecho se llenara de oxígeno.

Algo se escurrió entre sus dedos y ella retrocedió. Era una rata y no estaba sola. Los animales chillaban excitados muy cerca de ella. Apoyó los pies en el suelo y se puso en pie. La oscuridad la mareó, así que esperó a que su cabeza se aclarara. Escuchó para ver si oía algún ruido producido por su captor, pero en este momento estaba sola.

Sola sin ninguna luz. Sin armas. Sin teléfono. Era como si estuviera perdida en la niebla otra vez.

Empezó a andar con los brazos y las manos extendidos delante de ella. Casi de inmediato, tropezó y cayó. Al explorar el suelo con los dedos encontró un bloque desgajado de cemento de aproximadamente un metro por metro veinte. Trazó sus contornos y luego se subió encima de él. A medida que avanzaba centímetro a centímetro, sus pies entumecidos pisaban fragmentos de cristal que los hacían sangrar. El agua goteaba en su cara. Dio una patada a una pieza de metal que resonó contra el cemento y después de soltar un bufido de dolor se inclinó y recogió una viga en forma de L, pesada y oxidada. La agarró con el puño y se sintió mejor al tener algo que podía usar para defenderse.

Sus manos tocaron una pared lisa y suave delante de ella. La exploró con los dedos y percibió líneas de lechada entre las baldosas cuadradas. Con las manos abiertas, siguió la pared dejando que dirigiera sus pasos. Encontró una puerta abierta, pero el paso estaba bloqueado por una pila de planchas de madera empapadas y podridas de al menos un metro de altura. Se detuvo y entornó los ojos escrutando si había una ruta de huida al otro lado de la puerta, pero sólo distinguió oscuridad.

Más allá de la puerta, la pared continuaba y la siguió hasta que sus dedos toparon con una nueva pared, hecha de madera contrachapada, no de baldosas.

Anduvo hasta que encontró una esquina. Giró, guiándose por la pared perpendicular, y apresuró el paso. Sus manos encontraron una viga de madera que estaba apoyada en la pared a la altura de la cintura y, antes de que pudiera cogerla, cayó con gran estruendo contra el suelo.

Se quedó quieta esperando que él viniera, que un cono de luz acuchillara la oscuridad.

No pasó nada. Sólo las ratas continuaron con su actividad.

Kasey se sintió más audaz mientras se preguntaba si él la había dejado completamente sola. Decidió que ahora su peor enemigo era el tiempo, no el ruido, así que avanzó deprisa siguiendo la pared. El agua caía más rápida y de forma más audible. Sus dedos rozaron frías tuberías que colgaban del techo como telarañas. Topó con una doble T de cemento y zigzagueó para dejarla atrás. La pared terminó y dio dos pasos hacia el espacio abierto, en medio de la oscuridad.

Oyó algo muy cerca. Suave, como un silbido distante. Viento. El mundo exterior no estaba lejos. Intentó localizar el sonido y se dio cuenta de que procedía de una ventana cegada con tablones, y que al otro lado estaba la libertad. Examinó frenéticamente el marco con sus dedos, buscando algún punto débil donde el agua hubiera ablandado la madera. La nieve se precipitaba contra la ventana a pocos centímetros de ella. Podía sentir el frío.

–Déjame salir –susurró.

Antes de poder golpear el pesado contrachapado con la viga metálica que sostenía en la mano, se le agotó el tiempo. Oyó voces. La voz de él.

En el largo y negro túnel, vio una luz que se filtraba a través de las grietas.

Maggie salió de su Avalanche amarillo frente a la escuela de Buckthorn. La luna, apenas un halo brillante tras las nubes grises, iluminaba las desoladas ruinas. La nieve caía contra las paredes de ladrillo y se amontonaba en el tejado plano. La escuela, o lo que quedaba de ella, estaba flanqueada por dos robles gigantes cuyas delgadas ramas parecían los dedos de una bruja. Cada ventana estaba asegurada con pesadas planchas de madera. Cada puerta metálica estaba cerrada con una cadena y un candado.

Imaginó cómo debía de haber sido la escuela después de la guerra, junto al polvoriento camino de tierra, rodeado de campos de maíz, con los hijos de los granjeros que llegaban a sus puertas con camisa y corbata. Aquello había ocurrido hacía mucho tiempo y ahora se había olvidado, se desvanecía, erosionándose un poco más con cada duro invierno. Después de treinta años de abandono, los animales y el tiempo se habían adueñado del edificio. Eso era lo que atraía a los exploradores urbanos como Nick Garaldo.

Maggie vio a un hombre alto, atlético, de treinta y pocos años que se acercaba a la camioneta. Vestía una chaqueta negra de lana y tenía las manos en los bolsillos. Le dedicó una sonrisa de chulito. Llevaba una mochila en un hombro.

–¿Nieman? –preguntó.

–El mismo.

–Gracias por esperarme –le dijo.

–No hay problema. –Señaló la escuela con la cabeza–. ¿Quiere entrar?

–Vayamos a echar antes una ojeada al perímetro.

–Asegurémonos, sí.

Él la guió a través del campo, que crujía bajo sus pasos por la nieve, las ramas de roble y las hojas secas. La tierra se inclinó hacia abajo a medida que avanzaban rodeando la pared oeste. Maggie arrastró los pies colina abajo a través de un grupo de abetos altos como torres. En el lugar donde se allanaba la tierra, encontraron el muro trasero de la escuela. El nivel inferior estaba abierto a los elementos. Asomó su cabeza entre los expuestos pilares de cemento y examinó el desorden de ladrillos y tuberías.

Nieman encendió la linterna y la apuntó al suelo.

–Aquí hay cáscaras de pistacho –indicó–. Esto significa algo para usted, ¿no?

–Así es. Siga enfocando con la linterna, por favor.

Maggie se inclinó y vio la tierra alfombrada de cáscaras. Se dio cuenta de que no estaban cubiertas de suciedad y de que aún tenían una tonalidad rojo brillante. Nick Garaldo había estado allí hacía poco. Se incorporó y preguntó:

–¿Ha visto algo que indique la presencia de intrusos recientemente? ¿Alguien que haya retirado los tablones de la ventana o que haya intentado forzar las cerraduras?

–No, nada de eso. Este lugar está sellado.

Maggie asintió. El viento cambió de dirección, haciendo caer pequeños remolinos de nieve desde el tejado de la escuela hasta los escombros del nivel inferior. Olió el aire dulce y frío, pero en algún lugar del torbellino de la brisa, algo iba y venía. Resultaba un olor tan vago que no estaba segura de si era real o era producto de su imaginación.

Retrocedió hasta el campo de detrás de la escuela y miró hacia el piso superior, cuyas ventanas estaban cubiertas con contrachapado. Nieman la observó con curiosidad.

–¿Hay algún problema? –preguntó él.

–No estoy segura. ¿Huele usted algo?

Él se encogió de hombros.

–Hay muchos animales muertos dentro. Comadrejas. Perros. Ardillas. Ratas. No me pagan para llevar a cabo un control de animales.

–Sí, claro.

El hedor que llegaba a las ventanillas de la nariz de Magie era fresco y vomitivo. Se quedó de pie en el campo mientras las ráfagas de la tormenta luchaban entre sí, y cuando el aire sopló directamente hacia ella a través del tejado de la escuela, el olor la golpeó de nuevo. Esta vez, persistió e incluso en la fría noche la obligó a taparse la nariz con los dedos.

No se trataba de una ardilla muerta. Era el olor de un cadáver, la clase de gas en efervescencia que un cadáver exhala cuando está encerrado con aire estancado.

–¿Qué coño es eso? –preguntó Maggie.

Nieman olisqueó el aire.

–Mierda, tiene razón. Esto es nuevo. No olía así el fin de semana.

–Vamos. Aquí hay un muerto.

Ella encabezó la marcha esta vez, de vuelta por la colina y alrededor de la esquina hasta la parte frontal de la escuela. Cuatro escalones de cemento conducían a una serie de puertas de acero. Aquí, el viento no les alcanzaba de modo que ella no percibía el olor. Sentía urgencia, pero sabía que su ansiedad era irracional. Si Nick Garaldo se hallaba dentro, no estaba vivo.

–Abra esto, ¿quiere? –pidió.

Nieman buscó la llave que abría la cerradura que sostenía la cadena que unía todas las puertas. Cuando la encontró, abrió el candado, lo deslizó en su bolsillo y dejó que la cadena cayera en los peldaños. Maggie pasó junto a él, abrió la puerta de golpe y entró como una exhalación. Nieman la siguió, dejando que la puerta oscilara hasta cerrarse tras él.

Maggie se detuvo. No veía nada. El mundo se volvió negro.

El hedor la asfixió. Encerrado dentro de las ruinas, se multiplicó como una cadena de bacterias, tornando el aire fétido. Sucedió de forma tan súbita y aplastante que apenas podía respirar y tuvo náuseas. Se puso la mano sobre la cara, intentando que el olor no le llegara, pero aun así se coló.

–Oh, Dios mío –gritó–. ¡Encienda la linterna!

Nieman no contestó. Maggie alargó la mano en la oscuridad para asegurarse de que estaba allí y, mientas lo hacía, oyó que su teléfono sonaba en su bolsillo. Lo sacó y vio el nombre de Troy Grange en el identificador de llamadas.

–Troy –empezó a decir, pero entonces algo arrebató el teléfono de su mano y oyó como se destrozaba en el suelo de cemento.

Intentó gritar, pero las palabras murieron en su garganta cuando un alambre de acero ciñó su cuello.

50

Stride y Serena apenas hablaron mientras circulaban por la autopista vacía a través de la noche. Él conducía rápido. Los dos sentían el apremio del tiempo o de no saber qué iban a encontrar cuando llegaran. Stride estaba concentrado en la carretera, resbaladiza por la nieve, pero aun así, se volvió hacia el asiento del copiloto para mirar a Serena. Sabía que ella había sentido sus ojos, pero no le devolvió la mirada. Su cara se mantuvo de perfil en la oscuridad junto a él.

–Ten cuidado con los ciervos –le advirtió cuando entraron en un tramo de la autopista bordeado a ambos lados por un espeso bosque–. Salen cuando menos te lo esperas.

–Lo sé.

Él pensó en la máxima que los conductores de Minnesota aprendían en la autoescuela: no mires los ciervos, pasa por encima de ellos y mátalos. Mejor tú que ellos, porque si los intentas esquivar lo más probable es que te mates. Había chocado con ciervos algunas veces en los últimos años. En cada ocasión se había dicho a sí mismo que habría sido diferente si hubiera conducido más despacio, si hubiera mantenido los ojos fijos en la carretera, si hubiera llevado las largas. Pero no importaba. No podías evitar que los ciervos corrieran, y si cruzaban la carretera en el momento en que tú pasabas, chocabas con ellos. Lo mejor que podías hacer era salir con vida.

«Salen cuando menos te lo esperas.»

Serena no hablaba de ciervos. Estaba hablando de ellos dos. O quizá de los tres. De su choque.

Stride sabía que, al acabar del día, Serena no se preocupaba por Maggie; lo conocía todo sobre los sentimientos de Maggie hacia él y, ya fuera mejor o peor, había aprendido a lidiar con ellos. Lo que importaba era si Stride era capaz de alejarse del accidente por su propio pie. Si podía marcharse y dejar a Maggie atrás. Eso era lo que ella estaba esperando que dijera. Stride no estaba seguro de si ella podría vivir sabiendo que él trabajaba codo a codo con Maggie cada día, pero le correspondía dar el próximo paso. Tenía que decírselo: «Te quiero a ti. Quiero que te quedes».

Pensó en Maggie. Aún podía sentirla en sus brazos. Después de tantos años, había sido extrañamente fácil cruzar la línea que separa a los amigos de los amantes. Sus sentimientos hacia ella se habían enredado con su historia. Ésa era la razón que le impedía decir aquello que Serena tanto deseaba. No podía mentirle cuando ni siquiera él estaba seguro de lo que sentía. Al no decir nada, sabía que le había contado algo que ella no quería oír.

No hablaron durante el resto del viaje. Volvieron a Duluth, cruzaron la ciudad y luego se adentraron en las tierras del norte, en silencio.

Stride aparcó en el arcén de la autopista y los dos salieron del coche. Guppo, que había aparcado su camioneta al otro lado de la carretera, salió en cuanto los vio.

La autopista estaba desierta. La nieve batía el asfalto.

–¿Tienes la orden? –preguntó Stride.

Guppo sacó un papel blanco doblado del bolsillo posterior.

–La juez Kassel no está muy contenta contigo. He interrumpido sus dulces sueños.

–Nunca está contenta conmigo –repuso Stride, que miró los dos coches patrulla de Duluth aparcados detrás de la camioneta de Guppo–. Que estos chicos no usen sirenas en el camino, ¿de acuerdo?

–Avance silencioso –dijo Guppo.

Stride vio a Serena contemplar la granja. Estaba inusualmente tensa y no sabía si se debía a los problemas que había entre ellos o a la ansiedad por la investigación. Él sabía, sin que ella le hubiera dicho nada, que se había comprometido emocionalmente con Valerie y con Callie. Era uno más de los temas de los que no habían hablado.

Serena se volvió hacia Guppo y preguntó:

–¿Has subido ya a la casa?

–No. Os estaba esperando. –Se metió las manos en los bolsillos y añadió–: Bueno, chicos, ¿sabéis cómo queréis hacerlo?

–Mi intención es actuar del modo más fácil –respondió Stride–. Sea lo que sea lo que está pasando, no creo que nadie quiera salir herido. El mayor riesgo es que alguien trate de huir. Que uno de los coches patrulla bloquee el camino de entrada, y mantened los motores en marcha.

–¿Queréis que vaya con vosotros? –preguntó Guppo.

–Te llamaremos cuando estemos listos para hacer el registro. Pero Serena y yo queremos ir primero y hablar. No quiero que nadie se ponga nervioso, ¿de acuerdo? La clave es hacerlo con calma y firmeza.

–Perfecto.

Guppo se dirigió a los coches patrulla para darles las instrucciones. Stride y Serena continuaron por la carretera y se detuvieron al principio del camino de acceso. La casa estaba a unos cincuenta metros, rodeada de árboles. Pudieron ver luces encendidas.

–¿Has llamado a Valerie?

Serena negó con la cabeza.

–No sabemos qué vamos a encontrar aquí. Podríamos estar equivocados.

–He dicho que lo vamos a hacer fácil, pero ¿llevas pistola? –preguntó.

Ella lo miró.

–Sí, pero ¿de verdad crees que es necesaria?

–No lo sé. Espero que no, pero tal vez estén desesperados –señaló él–. No quería decir nada, no hasta que lo supiéramos, pero todo esto suscita un montón de preguntas.

–Te refieres a Regan.

–No sólo a ella.

Serena pensó en ello y maldijo entre dientes.

–Dios mío. ¿Realmente crees que es posible?

–Ahora mismo, todo es posible –replicó Stride.

En ese momento su teléfono sonó; lo sacó del bolsillo y lo sostuvo cerca de su oído para oír la voz a pesar del rugido del viento.

–Stride.

–Teniente, soy Troy Grange.

Stride se sorprendió.

–Troy, ¿qué ocurre?

–Siento llamarte a estas horas, pero hay algo que me preocupa y no podía dormir.

–¿De qué se trata?

–Maggie vino a verme a primera hora de la noche. Mientras estaba aquí, recibió una llamada del guardia encargado de la seguridad de la escuela Buckthorn. Ya sabes, ese edificio en ruinas en Township Road.

–Lo sé –dijo Stride–. ¿Tiene algo que ver con Nick Garaldo?

–Sí, en efecto. El guardia le contó a Maggie que había encontrado algo allí y quería que un agente lo acompañara para entrar en la escuela. Ese viejo edificio no está lejos de mi casa y Maggie le dijo que iría ella misma.

–Sí.

–La cuestión es que, al pensarlo después, me he dado cuenta de que ese guardia es el mismo tipo que instaló el sistema de seguridad en mi casa. Fue justo después de que empezaran los asesinatos.

–¿Y hay algún problema?

Troy vaciló.

–Oh, mierda, no lo sé. Es sólo que no me gustan las coincidencias. Y para ser sincero, tampoco me gusta este tipo. Por eso he llamado a Matt Clayton, el administrador del distrito. Él y yo jugamos a tenis un par de veces al año. Le he preguntado a Matt qué sabía sobre este tipo, Jim Nieman.

–¿Y qué ha dicho? –le preguntó Stride.

–Me ha contado que nunca ha tenido quejas, pero hay algo. Cuando le he preguntado si había comprobado las referencias de Nieman, ha dicho que sí. Nieman le dio el nombre de un tipo que es propietario de un pequeño centro comercial en Pueblo.

–No te sigo, Troy.

–Pueblo está a media hora de Colorado Springs. Maggie me dijo que la furgoneta que conducía el asesino fue robada en Colorado Springs. –La mano de Stride se crispó alrededor del teléfono–. He llamado a Maggie para contárselo –continuó Troy–, pero justo cuando ha contestado, se ha cortado la comunicación. He intentado ponerme en contacto con ella varias veces más, pero no contesta.

–Lo comprobaré, Troy –le dijo Stride–. Has hecho bien en llamarme.

–Házmelo saber cuando hables con ella, ¿de acuerdo?

–Lo haré.

Stride colgó. Serena le miró con las cejas alzadas en gesto interrogativo, pero él no dijo nada. En su lugar, marcó el número del móvil de Maggie y se mantuvo a la escucha. La llamada fue redirigida directamente a su buzón de voz.

–¿Hay algún problema? –preguntó Serena.

Stride intentó convencerse de que no pasaba nada, pero su instinto le decía otra cosa. Todo iba mal. El aire frío enredaba sus dedos alrededor de su garganta. Tenía un nudo en el estómago debido al miedo. No lo dudó.

–Debo irme –le dijo–. Maggie tiene problemas.

51

Kasey se había acurrucado en la oscuridad. Estaba tumbada sobre su estómago, helada y mojada, escondida detrás de una pila de maderas podridas. Su cabello caía en mustios rizos sobre su cara mientras ella apretaba los puños para evitar que su cuerpo temblara. El agua fría que caía del techo le mojaba la espalda y las piernas. Casi no podía sentir sus pies. No estaba segura de cuánto tiempo llevaba escondida, pero sabía que él la estaba buscando y que, tarde o temprano, la encontraría.

El haz de luz de la linterna rastreaba en la habitación como un láser. Lo dirigía a los rincones y a las grietas, esperando sorprenderla. La luz se detuvo un instante en la pared que había justo sobre su cabeza y ella se aplastó más sobre el suelo de cemento y contuvo la respiración. En el lugar donde el haz de luz iluminó la pared, pudo ver manchas naranjas de óxido, pintadas de graffiti y marcas como de viruela en la zona donde alguien había usado la piedra para hacer prácticas de tiro. Cinco segundos después, la luz desapareció y volvió a quedarse a ciegas.

Él le hablaba a través de la oscuridad. No podía encontrarse a más de seis metros.

–Sé que estás aquí, Kasey.

Ella esperó con creciente desesperación a que él buscara en otra zona de la escuela, pero después de un minuto de silencio que se hizo eterno, encendió la linterna de nuevo e iluminó el suelo a escasos centímetros de la cara de ella, que se encogió hacia atrás. El cemento estaba cubierto de clavos y ladrillos. Una rata de treinta centímetros se detuvo y la miró con sus ojos rosados. El roedor se hallaba a pocos centímetros de su cara. Asustado por la luz, se lanzó directamente hacia Kasey y ella tuvo que cubrirse la boca para no gritar cuando su cuerpo peludo arañó la piel de su espalda.

–No puedes esconderte eternamente, Kasey –continuó él–. Alguien te está esperando.

Kasey se tensó y avanzó un centímetro. Oyó una violenta palmada y un quejido de dolor.

–Habla –ladró él.

Oyó una nueva voz.

–No te preocupes por mí, Kasey. Sálvate.

Maggie. Era la voz de Maggie. Kasey sintió deseos de golpear el suelo con los puños; se asomó un poco por la pila de vigas de madera, lo bastante para ver cómo él pasaba la luz por el cuerpo de Maggie, atada a una silla con las manos detrás de la espalda. Su cuello lucía un collar de sangre y Kasey recordó la noche en la niebla y a Susan Krauss apareciendo de improviso en la ventanilla de su coche, con el mismo aspecto, con su garganta a medio seccionar. Detrás de Maggie, en la menguante luz de la linterna, vio los demás cadáveres, postrados como si fueran muñecas en descomposición.

Estaba enfadada. Enfadada porque Dios la había soltado allí en aquel lugar sin estar preparada. Enfadada porque Dios la había abandonado. Pero tal vez ésta fuera Su venganza. Durante el año anterior, había dejado de creer en Él y lo había sustituido por la creencia en la desesperación y en la traición. La vida la había arrollado. Nunca hubiera imaginado que el horrible camino que había recorrido la acabaría conduciendo hasta aquí.

–No puedes huir, Kasey –la amenazó él–. ¿Qué vas a hacer ahora?

Kasey se mordió el labio y escuchó sus lentos pasos a medida que se alejaba. La luz de la interna se movió, colándose a través de un agujero en la pared más lejana. Él le daba la espalda. Era su oportunidad, y no se atrevía a esperar más.

«Te mataré –se juró a sí misma–. Voy a hacerlo ahora.»

Gateó hasta ponerse de pie y recogió la pesada viga de metal. La sostuvo como si fuera un palo a medida que avanzaba rodeando la pila de maderas. Puso un pie delante, comprobó la firmeza del suelo y posó su talón sin hacer ruido. Permaneció atenta a la luz de la linterna en el pasillo a medida que avanzaba lentamente, pero mientras lo hacía, se apagó. Se detuvo, sintiéndose expuesta, y pensó en retroceder hasta su escondite, pero sabía que se hallaba cerca de Maggie. Con una voz apenas audible, murmuró:

–Estoy aquí.

Oyó ruido de refriega. La silla en la que Maggie estaba atada cayó con estruendo al suelo y oyó como ella gruñía por el esfuerzo mientras forcejeaba con sus ataduras. Intentaba liberarse.

Dio otro paso y habló de nuevo con un susurro.

–Maggie.

Esta vez Maggie respondió inmediatamente con otro murmullo.

–Vete de aquí, Kasey.

Demasiado tarde para huir. La luz inundó la habitación e inmovilizó a Kasey como lo haría un reflector con un convicto. Todavía tenía la viga de metal agarrada sobre su cabeza, pero él estaba en la entrada, a seis metros, demasiado lejos para atacarle. Tras la luz sólo se veía su silueta, pero alcanzó a distinguir la pistola de Maggie apuntando a su pecho. Él se acercó, pisando los cristales polvorientos, y se detuvo a dos metros de ella. Sostenía la pistola delante de él con la mano izquierda.

La espalda de Kasey se irguió en un gesto de rebeldía.

–Dispara. Es la única manera de que puedas acercarte a mí de nuevo.

–Esto no funciona así, Kasey –repuso él–. Sabes lo que quiero que hagas.

–Que te jodan, cabrón.

–Quiero ver cómo la matas –insistió él.

–Estás loco.

–Coge la viga y aplástale el cráneo.

–No voy a hacerlo.

–Sí, lo harás. Harás lo que sea para salvarte.

–No me conoces.

–Te conozco mejor que nadie –le dijo–. Eres como yo.

–No soy como tú –le espetó Kasey mientras respiraba con agitación sin apartar su mirada de él.

–Los dos sabemos que sí. Mátala.

–Te mataré a ti en su lugar –juró Kasey, alzando la viga sobre su cabeza y agarrándola fuerte con la mano.

–No seas idiota.
–No me preocupa lo que me pueda pasar.
–Sí que te importa. Ya conoces las reglas, Kasey. Ya sabes qué pasará si suspendes el examen.
–Deja en paz a mi familia. No tienen nada que ver con esto.
–No formabas parte de mi juego, pero tú solita te entrometiste. Ahora no puedes dejar de jugar.
–Estás acabado –gritó Kasey dando un paso hacia él–. Estás muerto.
Él leyó la violencia en su cara.
–Es un sentimiento poderoso, ¿verdad? Odiar tanto a alguien que quieres matarlo. En ese momento es cuando estás realmente viva.
–Esto se va a acabar ahora –dijo ella.
–Voy a ponértelo fácil, Kasey. Mátala y te dejaré marchar.
–¿Qué?
–Dejaré que te vayas –repitió–. El juego ha terminado.
–Eres un puto mentiroso.
–No estoy mintiendo.
Kasey sentía que la viga se le escurría de la mano.
–Nunca me dejarás ir. Te he visto la cara.
–Pero no me entregarás, ¿verdad? No te arriesgarás. Venga, Kasey, ¿qué más da otra muerte en tu conciencia? Te estoy dando la oportunidad de largarte.
–Kasey. –Era la voz de Maggie, que le interrumpió con brusquedad–. Kasey, mírame. No le escuches. No le creas.
Los ojos de Maggie estaban tranquilos y concentrados, como si hablara desde un púlpito.
–Este tipo es patético –continuó, alzando la voz y en tono sarcástico–. Es un chiste andante. Míralo. Cara de Acné probablemente se enamoraba de mujeres que se burlaban de él en el instituto, y ahora se desquita con las mujeres con las que se cruza. O puede ser que a mamá le gustara vestirle con lencería. ¿Qué fue, Nie-Man[1]? Nie-Man, ¿no es ésa la palabra alemana para decir «no hombre»? Uau, los loqueros tendrían un filón con éste.

1. Personaje de dibujos animados. *(N. de la T.)*

–Maggie –murmuró Kasey.

Nieman no se movió ni dijo una palabra, pero Kasey vio como sus músculos se tensaban cuando su cuerpo fue presa de la ira. Se le congeló la sonrisa en la cara.

–Entonces, ¿cuál es tu historia, Nie-Man? –continuó Maggie–. ¿Qué te convirtió en este miserable remedo de vida humana, eh? ¿Acaso la tía Penny se dedicaba a encerrarte en el armario cuando eras pequeño y a jugar contigo a los médicos? ¿Creciste en una granja y dedicaste demasiado tiempo a follarte a los cerdos y a las cabras?

Los ojos de Nieman no se apartaron de la cara de Kasey.

–Mátala, Kasey –dijo con calma–. Mátala ahora mismo y *serás libre*.

–Fue todo el asunto de la escuela, ¿verdad? –insistió Maggie zumbando alrededor de su cerebro como un mosquito–. ¿Fue un profesor? ¿Alguno de tus profesores presentó tu culo al mango de una escoba? ¿O fueron los otros chicos? ¿Hicieron que las chicas miraran? ¿Se rieron de ti? Pobre y lamentable pequeño Nie-Man.

–Mátala, Kasey –gruñó–. Hazlo ahora u os torturaré a las dos de formas que no podrías ni imaginar. ¿Me has oído? ¿Crees que no lo haré?

Kasey retrocedió cuando él le gritó, pero entendió lo que Maggie se proponía. Intentaba proporcionarle una ocasión para cogerle. Un momento de distracción. Una oportunidad para atacar. Y estaba funcionando.

–Entonces, ¿cuál es el problema? ¿Eres sólo un trozo impotente de mierda, Nie-Man? ¿Tu pequeño fideo no se levanta por encima de tus huevos? ¿Culpas a las mujeres por ese blando regaliz de tres centímetros que tienes entre las piernas? Puede que la próxima vez tengas que adoptar un nombre como Harry Sin Polla, ¿eh? Ése es un buen nombre para ti.

Kasey pudo verlo en sus ojos. También Maggie. Había conseguido un pleno. Nieman parpadeó más rápido y su sangre hirvió de rabia.

–Bájate los pantalones, Sin Polla. Vamos, hazlo. Proporciónanos una última carcajada.

–Cierra la puta boca. ¡Cállate! ¡Cállate!

Nieman se lanzó contra Maggie con la mano derecha cerrada en un puño, y alzó el brazo para cruzarle la cara. El cañón de la pistola siguió a su cuerpo y él volvió la cabeza. Una fracción de segundo.

Kasey saltó. Él se encogió hacia atrás y abrió fuego al ver que ella se abalanzaba sobre él, pero no fue lo bastante rápido. La pistola se disparó con un fogonazo y un rugido, ensordeciéndola. Antes de que pudiera disparar de nuevo, ella descargó la viga sobre su muñeca. El pesado metal partió la articulación con un audible crujido. Nieman aulló de dolor y la pistola rodó por el suelo.

Kasey retrocedió para atacar de nuevo, apuntando esta vez a su cabeza, pero él consiguió cogerla por los hombros y la derribó. Ambos cayeron con estruendo entre los cristales y los escombros. La linterna se perdió de vista pero el haz no se apagó, dibujando un túnel de luz sobre sus cuerpos. Antes de poder liberarse, Kasey sintió como él se ponía sobre ella y le presionaba la garganta con su grueso antebrazo. Acercó su cara a la de ella, sus ojos negros e intensos. Al verlos, ella clavó la afilada uña de su dedo índice directamente al centro de su pupila. Él gritó y la soltó para cubrirse la cara con la mano. Kasey le dio un puñetazo en la garganta con el puño y golpeó de nuevo su cara hasta quitárselo de encima.

En medio del haz de luz, Kasey vio la pistola sobre las ruinas del suelo y se lanzó a por ella. Él pateó al notar que se movía y su bota le impactó en la cabeza. Kasey se tambaleó y cayó de espaldas. Él saltó, aterrizó sobre su pecho y apretó la cabeza de Kasey contra el suelo, donde los cristales rotos cortaron sus mejilllas y sus labios. Antes de que él pudiera coger su cabeza de nuevo, ella le agarró la otra mano y le retorció la muñeca rota. Él la soltó con un chillido de dolor y Kasey se zafó de su acometida echándose hacia atrás.

Palpó el suelo en busca de la pistola, pero no la encontró. Él gateó hacia ella, que saltó y tropezó con algo frío y mojado. Al tocarlo con la mano, sus dedos se hundieron en carne muerta, putrefacta. Estaba sobre los cadáveres, rebozándose en su olor. Siguió retrocediendo, usando la hilera de cuerpos para bloquear el avance de él, pero él se abalanzó hacia delante. Tenía el ojo derecho cerrado y su mano izquierda colgaba en un ángulo extraño. Pero estaba de pie y ella, tumbada sobre su espalda.

Kasey topó con la pared y no pudo alejarse más. Él lanzó a un lado las sillas, tirando de forma grotesca dos cuerpos al suelo y asustando a las ratas. Sus ojos se encontraron. Él sonrió y se abalanzó sobre ella. Al aterrizar, el cuerpo del hombre la aplastó con su peso y expulsó el aire de su pecho de golpe. La mano que él aún tenía operativa se cerró en torno a su garganta como la mandíbula de un perro y bloqueó su tráquea. Kasey agarró con desesperación los dedos y luego le aporreó el cuerpo con sus puños, pero él no cedía en su presión.

La sangre retumbaba en sus oídos. Su boca abierta luchaba por aspirar aire, pero en vano. Tanteó el suelo con las manos, intentando encontrar un arma. Halló un fragmento de cristal y le hirió en la cara con varios tajos, pero la sangre y el dolor no le distrajeron. Su mano era una garra que aplastaba el cartílago de su cuello.

–Has perdido, Kasey –siseó.

Maggie le gritó.

–¡A tu izquierda! ¡Kasey, a tu izquierda!

Su brazo izquierdo barrió el suelo hacia arriba y hacia abajo en rápidos movimientos. Los vasos sanguíneos de su cara explotaron como petardos.

–¡Más arriba!

Kasey se estiró hacia atrás hasta que su hombro casi se separó de su cuerpo. Allí estaba. Sus dedos se cerraron sobre un bloque desigual de pesado hormigón. Agarró la piedra como si fuera un bate de béisbol y la levantó del suelo. Sus brazos desfallecieron por el peso y casi se le cayó.

–¡Hazlo! ¡Sacúdele!

Intentó conectar un torpe golpe, pero falló. Se le entumecían los dedos. El ladrillo se balanceó en su mano. Como si estuviera bebida, intentó otro *swing* directo a la parte de atrás de la cabeza, y esta vez oyó como el bloque aterrizaba con fiereza produciendo un satisfactorio crujido al romper el hueso.

La mano aflojó su presa sobre la garganta. Kasey notó como se bamboleaba y se convertía en un peso muerto, y caía inconsciente sobre ella. Regueros de sangre corrían por su cabello hasta su cara. Se lo quitó de encima con un fuerte empujón y se puso en pie. El mundo giraba vertiginosamente. Tosió tratando de inspirar.

–¡Kasey! –gritó Maggie–. ¿Estás bien?

Kasey dio un traspié hacia la linterna, se agachó y la recogió. El rayo de luz bailó en su mano mientras ella intentaba calmarse. Rastreó el suelo y localizó la pistola de Maggie, la recuperó y la sostuvo rígidamente con la otra mano. Dio un paso indeciso hacia la pared y alumbró el cuerpo de Nieman.

–¿Está muerto? –preguntó Maggie.

Kasey inspeccionó a Nieman bajo la luz. Bajo su cráneo empezaba a formarse un oscuro charco, pero su pecho subía y bajaba. No le había golpeado con fuerza suficiente para matarlo; la pesadilla aún no había terminado. El tipo gruñó y sus miembros se movieron. La sangre burbujeaba en su boca. Sus ojos se agitaron mientras trataba de levantarse.

–Deprisa, ayúdame a liberarme –la instó Maggie.

Kasey se quedó paralizada. No podía moverse. Miró cómo él recuperaba lentamente la conciencia, mientras su propia sangre bajaba en arroyuelos por su cuello. Al lado de él, tendida en el suelo, vio la piel azulada de una de las mujeres que él había matado. Algo bullía en la herida de su cuello. Gusanos.

–Kasey –insistió Magie con un dejo de alarma en la voz.

Él abrió los ojos. Eso era lo que Kasey esperaba. Los ojos se abrieron lo justo para que pudiera verla de pie frente a él, para que se diera cuenta de que ella estaba allí y su cerebro lo asimilara.

Él vio la pistola en su mano. Sabía lo que iba a hacer. Y por qué.

–Eres una asesina, Kasey –dijo en un suspiro, con sus labios forzando una sonrisa rota–. Como yo.

Ella asintió.

–Tienes razón.

Kasey alzó la pistola y disparó un único tiro directo a su cerebro.

52

Mientras avanzaba por el camino, Serena iba dejando huellas en la nieve con sus botas. La casa estaba inundada de luz y, a través de las ventanas de la primera planta, pudo ver la sombra de alguien que se movía. Cuando se acercó, vio la puerta delantera abierta de par en par. Había un camión de mudanzas aparcado fuera, con el motor en marcha. Detrás del camión, enganchado para ser remolcado, vio un viejo Ford Escort.

Era el coche que había visto en la casa de Regan Conrad, el que se había esfumado mientras permanecía dentro.

Todo cobró sentido, pero deseó que no fuera así.

Serena era consciente de la pistola que llevaba enfundada en su hombro, debajo de su chaqueta, pero la dejó donde estaba. Una vez en el umbral, vaciló. La casa estaba casi vacía, pero en la sala de estar había un viejo televisor sintonizado en las noticias locales. Oyó la voz sin aliento de Blair Rowe y por la parte inferior de la pantalla vio pasar la hilera de titulares de las noticias de última hora.

LA POLICÍA RECUPERA EL CUERPO DE UN NIÑO CERCA DEL CEMENTERIO

Las noticias daban cuenta de su frenética y precipitada huida. Sabían que había habido una búsqueda. Sabían lo que la policía iba a encontrar en los bosques. Después de eso, no iba a pasar mucho tiempo hasta que alguien apareciera en la entrada de su casa.

Serena entró silenciosamente. La planta baja estaba vacía, pero en el distribuidor del piso de arriba oyó pisadas pesadas y apresuradas. Al alzar la vista, un hombre barbudo y fornido bajó como una exhalación por las escaleras y se quedó congelado de horrorizada sorpresa al ver a Serena.

El corazón de ella se aceleró. El hombre llevaba en sus brazos un bebé envuelto en una manta. No podía verle la cara, cubierta por una capucha, pero sabía quién era. Había sospechado lo que podía encontrar dentro de la casa, aun cuando no se hubiera permitido creer que terminaría de esta manera. La mano del bebé emergió de entre los pliegues de la manta y tiró de la barba del hombre. La capucha se deslizó de su cabeza y Serena vio sus rizos rubios. La hermosa cara con sus ojos profundos y su sonrisa con dos dientecitos. Era la hija de Valerie.

Era Callie Glenn. Viva. Sana y salva.

Serena puso las manos en alto para tranquilizarle.

–Quédate quieto, ¿de acuerdo? Procedamos con calma. Nadie quiere que alguien resulte herido.

Él no se movió. No dijo nada.

–¿Dónde está Kasey? –le preguntó Serena a Bruce Kennedy.

Bruce se derrumbó. Enterró su cabeza en su grueso cuello.

–Ha salido.

–¿De verdad creíais que os saldrías con la vuestra?

Bruce extendió un grueso dedo y Callie lo agarró y se lo metió en la boca. Los ojos de él se humedecieron de lágrimas.

–No sé en qué estaba pensando. Tiene que creerme, nunca pensé que todo esto llegaría tan lejos. Pero cuando vi las noticias, supe que vendrían a por nosotros. Supe que querrían recuperarla.

Serena señaló el sofá.

–¿Por qué no bajas, Bruce? Háblame de esto. Dime por qué Kasey y tú lo hicisteis.

Mientras bajaba las escaleras Bruce sostenía a Callie como si fuera un tesoro. Era un pequeño paquete en sus enormes brazos. Su mirada se dirigió a la puerta que había quedado abierta detrás de Serena. Ella negó con la cabeza.

–Por favor, no lo intentes –le pidió–. Hay policía fuera. Si sales corriendo, lo único que conseguirás es ponerla en peligro.

–Yo nunca haría eso.

Se sentó en una esquina del sofá y Serena se sentó al otro lado.

No podía apartar los ojos de Callie. La niña era aún más bonita de lo que había imaginado. Sólo la había visto en fotografía y durante días se había preparado para la posibilidad de encontrarla muerta. O de no encontrarla nunca. Pero aquí estaba, perfecta y hermosa. Quería cogerla en sus brazos y no dejarla ir. Estaba tan feliz que sentía que su corazón iba a estallar y se dio cuenta de que estaba llorando. El hecho de ver a Callie la conmocionó más de lo que nunca hubiera podido imaginar.

–¿No es maravillosa? –preguntó Bruce.

Serena asintió en silencio. Era incapaz de articular palabra.

–No puede apartarla de nosotros –dijo él.

–Cuéntame qué ocurrió –le pidió Serena con la voz embargada por la emoción–. Por el amor de Dios, ¿por qué hicisteis algo así?

Bruce se hundió en el sofá con Callie en el pecho.

–Nuestro hijito nunca tuvo una oportunidad.

–¿Vuestro hijo? ¿Es el bebé que encontramos en los bosques?

–Sí.

–¿Qué pasó?

–Los pulmones de Jack no se desarrollaron bien. –Bruce sacudió la cabeza–. Ese pobre bebé... Se ponía azul cuando intentaba respirar. A medida que crecía tenía que luchar más y más.

–¿Lo llevasteis al médico? –preguntó Serena.

–Por supuesto. Le realizaron pruebas y le hicieron pasar por un infierno, y lo único que nos dijeron al final fue que las lesiones eran demasiado graves. La cirugía le habría matado, y sin ella moriría. Era sólo cuestión de tiempo. No queríamos que muriera en el hospital; deseábamos que estuviera en casa, con nosotros. Al menos haríamos su vida más feliz todo el tiempo que viviera con nosotros.

–Lo siento.

–Kasey estaba muy deprimida. No dormía. Se habría matado si así hubiera conseguido devolverle la salud al bebé, y pensaba que era culpa suya que lo estuviéramos perdiendo.

–Hablamos de defectos congénitos graves. Nadie tiene la culpa de algo así.

–Lo sé, pero Kasey pensó que Dios nos había abandonado. Estaba desesperada.

Serena vio el anhelo atormentado en la cara de Bruce. Pudo imaginar como sus mentes se habían venido abajo después de un calvario de meses viendo como su hijo empeoraba.

–¿Y Callie? –preguntó.

Bruce miró a la niña en sus brazos.

–Regan le metió la idea en la cabeza a Kasey. Era nuestra enfermera en el hospital. Nos ayudó durante todo el año; venía a casa cada día. No creo que Kasey hubiera sobrevivido sin ella.

–¿Qué le dijo?

–Jack se estaba muriendo –suspiró él–. No había nada que pudiéramos hacer. Regan nos dijo que no era justo y que nos habían estafado. Que merecíamos tener un bebé. Fue ella quien nos habló de Marcus Glenn y de que no quería a Callie, y cómo él y su mujer se engañaban el uno al otro y lo horrible que sería para la niña crecer en ese ambiente. Dijo que era como si Dios hubiera cometido un error esa noche y hubiera cambiado los bebés. Eso es lo que era: un error. Ellos tenían una maravillosa y saludable pequeña y nosotros estábamos obligados a vivir la agonía de ver como nuestro dulce pequeño luchaba y luchaba, y no salía adelante. ¿No lo ve? Se suponía que no tenía que ser así.

Serena se enfadó al imaginar a Regan manipulando sus almas vulnerables, usándolos como peones de su venganza contra Marcus y Valerie Glenn.

–¿Qué pasó? –preguntó.

–Jack murió la semana pasada –dijo Bruce–. Le perdimos.

–¿Y qué hicisteis?

–Pensé que si realmente era un error de Dios, yo podía arreglarlo, ¿sabe? Así que se me ocurrió que debíamos enterrarle con la familia Glenn. Quería que estuviera protegido, que cuidaran de él. Me lo llevé esa noche y lo enterré cerca del cementerio. Finalmente descansaba en paz. Estaba donde tenía que estar.

Serena cerró los ojos.

–¿Y Kasey?

–Kasey fue a buscar a Callie –explicó Bruce–. Regan nos dijo que era la única salida. Se ofreció a ayudarnos: tenía una llave de la casa del doctor. Nos dijo que debíamos rescatarla.

Serena miró a Callie acomodada en los brazos de Bruce. La pequeña no tenía ni idea de todo el dolor que la rodeaba. No era consciente de la pena y la desesperación que se habían centrado a su alrededor.

–Bruce, ¿puedo cogerla?

Contuvo la respiración a la espera de su respuesta. A la espera de ver si se la entregaría y dejaría que se la arrebatara de entre sus brazos. En algún lugar de su mente, él tenía que saber que nunca la recuperaría. Nunca más estaría en sus brazos. Era la hija de otros. Su hijo estaba enterrado.

Bruce sorbió por la nariz y posó una mano con suavidad sobre los rizos de la niña.

–No puedo perder otro bebé –murmuró.

–Lo entiendo. Sólo déjame que la coja un momento.

«Dámela. Deja que vuelva a casa con sus padres. Pasa el duelo por tu hijo.»

Bruce alzó a Callie con los brazos extendidos y la niña gorgojeó. La boca del hombre se contorsionó en una mueca dolorosa, aun cuando trató de sonreír por la niña. Serena se levantó y la cogió. Sus dedos tocaron la manta y sus manos se afianzaron en los suaves costados de la niña. Por un instante, Bruce no la dejó ir. Agarró a Callie como si el momento de la partida fuera demasiado doloroso para soportarlo. Entonces, con amabilidad pero con decisión, Serena tomó la niña entre sus brazos y la acercó a su pecho.

Bruce miró como las dos se sentaban y enterró el rostro en sus manos. Ahora sufría por los dos bebés. Uno vivo, el otro muerto, pero ambos fuera de su vida. Serena sabía que él quería a Callie aun cuando no fuera suya.

–Cuéntame qué pasó esa noche, Bruce. ¿Qué hizo Kasey?

–Fue en coche hasta Grand Rapids, entró en casa del médico y cogió a Callie.

–¿Y luego?

–Luego se perdió en la niebla.

53

–¿Estás loca? –gritó Maggie–. Kasey, ¿qué has hecho?

La pistola humeaba en la mano de Kasey. El olor a pólvora quemada se impuso brevemente al hedor de la muerte. Le miró allí tendido, la materia gris de su cerebro desparramada sobre la pared de detrás.

Ensangrentada, mareada, encontró una columna de hormigón y se deslizó hasta el suelo. Dejó la pistola a su lado, y enfocó la luz de la linterna hacia la cara de Maggie.

–Él lo sabía –le dijo.

–¿De qué hablas?

–Él sabía lo de Callie.

Maggie la miró y su boca se abrió de golpe. La confusión de sus ojos se transformó en otra cosa. Horror. Ira. Kasey sintió como Maggie la juzgaba y aquello le resultó odioso, porque ella le gustaba. Nunca había querido terminar de esta forma. Lo único que deseaba era marcharse al desierto con su marido y con su hija.

–¿Por qué? –preguntó Maggie.

Kasey se encogió de hombros.

–Dios se llevó a mi hijo sin razón. Lo dejó morir. Yo no merecía perder a mi hijo de esta manera. No había ninguna razón para que yo tuviera un bebé enfermo mientras Valerie Glenn tenía uno hermoso y saludable. Decidí que no iba a resignarme.

Era un alivio decirlo en voz alta. Contarle la verdad a alguien. Kasey había aceptado lo que había hecho, había aceptado quién era. Se había autoconvencido de que habría hecho cualquier cosa para borrar el año anterior y todo el horror y sufrimiento que había conllevado. Esa noche, en la niebla, se había enfrentado a la verdad sobre sí misma, y una vez escoges cruzar la línea no puedes volver atrás.

Maggie lo entendió. Era lista.

–Susan Krauss –dijo con calma–. ¿Qué pasó en realidad?

–Callie estaba en el asiento trasero de mi coche esa noche –explicó Kasey–. Casi había llegado a casa. ¿Puedes creértelo? Estaba a sólo un kilómetro y medio cuando me perdí. Y de repente me encontré en los bosques y a Susan Krauss sangrando fuera de mi coche. Ella vio a Callie. No podía dejar que se fuera. Tuve que perseguirla, y a él también.

–Nieman no la mató.

Kasey negó con la cabeza.

–No, aún estaba viva cuando él salió corriendo hacia la autopista y tiró el alambre. Apenas respiraba. Fui hacia ella y pensé que podía salvarla; eso es lo que debía hacer. Pero, si lo hacía, ella vería las imágenes de Callie en la televisión y sabría lo que yo había hecho. Después de todo ese sacrificio, no podía permitir que ocurriera. De todas formas, me di cuenta de que estaba casi muerta, y supe que le culparían a él. Por eso, cogí el alambre y terminé el trabajo.

Maggie luchó contra las ataduras que la sujetaban a la silla de madera.

–Dios mío, Kasey.

–Lo sé. Te he decepcionado. Lo siento.

–Nieman sabía que eras tú quien había matado a esa mujer, y no él. Ésa es la razón por la que te acosaba.

–Sí. Él sabía que soy una chica mala. ¿Qué puedo decir?

La luz de la linterna menguó. Kasey la agitó y volvió a brillar con la misma intensidad. Su cabeza se volvió con rapidez al oír un ruido entre las ruinosas paredes de la clase. Esperó, pero nada se movió.

Excepto los fantasmas. Había un buen plantel de fantasmas aquí para perseguirla.

Kasey miró los cuerpos que había cerca de la pared, aquellos ojos sin vida. Cada noche, Susan Krauss la visitaba en sueños con esos mismos ojos muertos. Kasey se había inclinado sobre ella en el campo de detrás de la lechería y los ojos de Susan habían implorado ayuda. Le habían pedido que la rescatara. La había mirado como si fuera su salvadora. Y, luego, la mirada había mutado en pánico e incredulidad cuando Kasey apretó el alambre alrededor de su cuello.

Una vez cruzas la línea, no puedes volver.

–¿Qué pasó con Regan Conrad? –quiso saber Maggie.

La cara de Kasey enrojeció de ira.

–Regan y yo lo planeamos todo, pero ella no pudo mantener su boca cerrada. Me di cuenta de que me había mentido desde el principio. La cosa no iba conmigo ni con mi bebé, sino con su odio a los Glenn. Empezó a provocar a Valerie y yo sabía que lo iba a estropear todo. Serena nos dijo esa noche en la cena que iba a conseguir una orden de registro. Si lo hacía, encontraría documentos comprometedores, sobre mí, Regan y mi hijo. Por eso tuve que encargarme de ella y cogí mi ficha para que nadie pudiera encontrarla. Creí que también culparían a Nieman de este crimen, pero nunca imaginé que me estuviera vigilando. Debió de ver como entraba y luego se llevó el cuerpo para volverme loca.

Maggie la miró como si la estuviera viendo por primera vez.

–Kasey, ¿qué te ha pasado?

Kasey la miró con arrepentimiento, pero su corazón se endureció de nuevo, de la misma forma en que lo había hecho día a día en el último año.

–Imagina que ves a tu hijo debilitarse poco a poco. Día a día, noche a noche, todo lo que hace es empeorar y no hay nada que puedas hacer. Sólo verle morir. Y estás sola. Sin Dios. Sin compasión. Lo único que puedes hacer es culparte y decirte a ti misma que eres un desastre como madre. Intentas sobrevivir durante once meses infernales. –Kasey empezó a gritar–: Dime por qué Valerie Glenn podía tener a Callie y ¡yo no tenía nada, nada, nada!

Golpeó repetidamente el hormigón con los puños. Las ratas se dispersaron, asustadas. Respiró hondo varias veces para recuperarse y luego la habitación quedó en silencio excepto por el sonido de su respiración y el ininterrumpido goteo del agua sobre sus cabezas.

A Kasey le pareció oír de nuevo un ruido en otra habitación. Escudriñó con la mirada mientras su imaginación se desbocaba.

–Lo siento –murmuró Maggie.

Kasey se encogió de hombros. Estaba ansiosa por largarse de allí.

–No seas condescendiente conmigo.

–¿Qué va a pasar ahora?

–Sabes lo que tengo que hacer. Desearía que hubiera otra forma, pero he llegado demasiado lejos para rendirme.

–No puedes huir. Lo averiguarán todo; se enterarán de lo de Callie, y de todo lo demás.

–Es demasiado tarde –contestó Kasey–. Créeme, nunca quise que te vieras envuelta en todo esto. Era un asunto entre él y yo, pero ahora no tengo elección.

–Kasey, tú no eres como él. Si me matas, no serás mejor de lo que era él.

–Tienes razón, no lo soy.

Kasey cogió la pistola, que todavía estaba caliente. Con gesto cansado, se apoyó contra la columna de hormigón para ponerse en pie. Agitó la linterna de nuevo y miró el parpadeante rayo de luz. Se dirigió al cadáver de Nieman, metió una mano en su bolsillo y encontró sus llaves. Su vía de escape. Cuando se volvió hacia Maggie, su mano temblaba. Sabía lo que tenía que hacer, pero no quería hacerlo. Estaba acorralada, sin escapatoria. En la última semana, había matado tres veces. Sólo era un asesinato más. El último. Y, luego, sería libre por fin.

A dos metros de ella, Maggie luchaba, retorciéndose para liberarse.

–No lo hagas –imploró–. Kasey, te conozco, tú no eres así. No lo hagas.

Kasey de dio cuenta de que nadie sabía quién era realmente. Ni Bruce. Ni Regan. Ni Maggie. El hombre que yacía en el suelo, el hombre que la había perseguido, el hombre al que ella había matado, había presumido de entenderla. Había afirmado que era capaz de ver dentro de su cabeza. Había defendido que eran almas gemelas. La terrible ironía era que tenía razón: al final, él la conocía mejor que cualquier otra persona.

–Lo siento –dijo.

Levantó la pistola, apuntó a la cabeza de Maggie y dio un paso hacia delante.

Entonces, se quedó paralizada. El ruido era real e inconfundible esta vez, no el producto de su miedo. Oyó el eco de los pasos en el cristal, acercándose. Había alguien más en el edificio.

–Quieta –dijo una voz desde la oscuridad, abriéndose paso a través del espacio en ruinas.

54

El Mustang de Serena era una crisálida de perfecto silencio. Sólo estaban Callie y ella. En el espejo, podía ver a la pequeña dormida en la sillita para niños que había cogido del Escort de Bruce Kennedy. Dormía como un ángel, toda paz e inocencia, ignorante de cualquier cosa que le hubiera sucedido. Ésa era la ventaja de ser tan joven. Nunca recordaría que Kasey se la había llevado de su cuna y se había perdido en la niebla; nunca recordaría que se había quedado sola en el asiento trasero del coche mientras Kasey perseguía a Susan Krauss a través de los bosques. Nunca recordaría los días que había pasado en una casa extraña. Mientras dormía, probablemente ya se había olvidado y soñaba que estaba en su casa, en brazos de Valerie.

Ésta era la parte triste de ser tan joven. No recordaría las lágrimas de alegría de su madre por el reencuentro. El llanto de alivio y de alegría exultante. El abrazo sin fin. Nunca sabría que una vez se había ido y ahora estaba de vuelta.

Serena conducía despacio. Las carreteras estaban solitarias y oscuras en plena noche, y no iba a correr ningún riesgo con la nieve. Era muy fácil chocar con un ciervo. Salirse de la carretera. La verdad era que no deseaba que el trayecto terminara. Durante una hora, Callie estaba totalmente a su cuidado, casi como si fuera suya, y se dio cuenta de que, después de todo, Valerie tenía razón.

Al no tener hijos, Serena no podía entender la desesperación de la pérdida o la profundidad de la responsabilidad. Ahora, por un breve instante, lo entendió. Por Callie, se habría interpuesto en la trayectoria de una bala.

Deseó conservar este momento en una suerte de animación suspendida, hasta que traspasara la responsabilidad de la pequeña a Valerie. Mañana sería diferente, cuando la prensa rodeara la casa y los fotógrafos tomaran fotografías para las portadas de las revistas y el champán fluyera en el cuartel general de Grand Rapids. Mañana todo estaría lleno de ruido y euforia.

Mañana sería el primer día en que ella se enfrentaría al nuevo mundo. A su nuevo mundo. Sola.

Pero esta noche era de Callie y ella.

–Podrás leer sobre ello cuando seas mayor –le dijo a la niña, que dormía tranquilamente y no oyó ni una palabra.

Se preguntó a qué edad podría despertarse en Callie la curiosidad sobre el hecho de haber sido víctima de un secuestro cuando era una niña. ¿Quince? ¿Dieciocho? Quizá nunca.

Quizá Valerie quisiera mantenerlo en secreto, pero Serena sabía que en estos casos era imposible. Se filtraría en la conciencia de Callie a medida que creciera, algo de lo que la gente hablaba pero que ella no entendía, algo que la hacía diferente. Algún día, querría saber más.

No sería fácil. No sería agradable. El final era feliz, pero todo lo que había ocurrido hasta ese momento era mejor mantenerlo en secreto. ¿Cuándo escoges leer que el padre con el que has vivido fue el principal sospechoso en tu desaparición, un hombre del que todo el mundo creía que te había matado y había enterrado tu cuerpo? ¿Cuándo vas a querer leer que él deseaba que nunca hubieras nacido?

¿Cuándo te va a contar tu madre que ese hombre, después de todo, no es tu padre? ¿Cuándo empiezas a pensar que no eres fruto del amor sino que llegaste al mundo porque tu madre estaba tan sola que buscó consuelo en otro hombre? ¿Cuándo te das cuenta de que nadie es inocente y entiendes qué tiene que ver la traición con todo esto?

No ahora. No durante mucho tiempo.

–Espero que nunca te culpes –le dijo Serena a Callie–. Sé que es fácil hacerlo. La mente es muy curiosa. Pasa algo sobre lo que tú no tienes ningún control y, aun así, piensas que es culpa tuya. –Sonrió al espejo retrovisor y añadió–: Si alguna vez te sientes así, llámame, ¿vale? Vendré y hablaré contigo. Te contaré como rescataste a tu madre mucho antes de que ella te rescatara a ti.

Pasó el desvío que conducía por los caminos de tierra al cementerio de Sago y se estremeció. Así era como funcionaba el destino. Dos niños habían nacido la misma noche: uno vivía, el otro moría. No era justo.

–Ya casi estás en casa, Callie –dijo.

Los últimos kilómetros se fundieron, desaparecieron con el hipnótico ronroneo del motor. El bosque se volvió menos espeso y Serena se acercó a la civilización de nuevo. Aparecieron edificios. Casas oscuras que crecían cerca de la calzada. Eran las dos de la madrugada y circulaba por las calles del centro, tan vacías y artificiales como un decorado cinematográfico.

El silencio la siguió por el último puente sobre el agua.

Entonces, detrás de ella, el ruidoso ulular de una sirena de policía quebró la paz. Las luces rojas giraron y aumentaron de tamaño en su retrovisor, hasta que un vehículo de la oficina del sheriff la adelantó a velocidad endiablada. El coche giró hacia donde ella se dirigía, la carretera que conducía a la casa de Valerie.

No hacía falta que nadie le dijera nada. Desesperada, se dio cuenta de adónde iba.

–Oh, no –exclamó.

Stride vio como la linterna de Kasey se volvía en su dirección y lo enfocaba mientras él permanecía de pie en medio de los escombros y los alambres que se colaban por un agujero de la pared. Sostuvo la pistola con ambas manos. Kasey volvió la cabeza y le vio, pero no bajó su arma, sino que apuntó con ella a Maggie a quemarropa.

–Todo ha terminado –le advirtió.

La cara de Kasey estaba cubierta de sangre y suciedad. Su camisa rasgada colgaba abierta, dejando al descubierto sus pechos. Su cabello rojo estaba hecho un desastre y la pistola temblaba en sus brazos extendidos. Él sostuvo su mirada y no le gustó lo que vio en sus ojos. Por debajo del agotamiento y el pánico, se dio cuenta de que estaba obsesionada. Desesperada por escapar.

–Baja la pistola ahora mismo –le ordenó.

El labio inferior de Kasey tembló y su pecho subió y bajó rápidamente mientras hiperventilaba. La jaula que había construido empezaba a cerrarse a su alrededor.

–Kasey, no estoy solo. ¿Me entiendes? La policía está al llegar. No hay ninguna vía de escape. ¿Me estás escuchando? No hay salida. Sólo baja la pistola para que nadie más resulte herido.

Los ojos de Stride se fijaron en Maggie, que estaba pálida y sangraba por el cuello. No parecía asustada a pesar de tener el cañón de un arma a escasos centímetros de su cara. En lugar de eso, cuando se dio cuenta de que Stride la miraba, articuló dos palabras para él.

«Estoy bien.»

Pero no lo estaba. El dedo de Kasey seguía en el gatillo.

–Sabemos lo de Callie –continuó Stride–. Escúchame, Kasey. Se ha terminado. La policía está en tu casa y Callie va camino de la suya, con sus padres. Nada de lo que hagas va a cambiar eso.

–¿Os habéis llevado a Callie? –murmuró Kasey con una voz que sonó como la de una niña pequeña e indefensa.

–Lo siento.

–No podéis llevárosla.

–Tu secreto ha salido a la luz, Kasey. Todo el mundo conoce la verdad. Es hora de buscar ayuda.

La desesperanza y el horror cruzaron la cara de Kasey.

–Dios mío, todo ha sido para nada.

Él miró la pistola, el dedo de ella. Ninguno de los dos se movió.

–Necesito que tires la pistola, *ahora.*

–En vano –repitió ella–. Todo ha sido en vano.

–Kasey, haz lo que te dice –le ordenó Maggie con severidad–. Tira la pistola.

Los ojos de Kasey, abiertos de par en par, se volvieron hacia ella otra vez.

–Lo siento. No puedo. Tengo que salir de aquí.

La voz de Maggie se suavizó.

–Escúchame, Kasey. Lo entiendo. He tenido abortos y me he culpado a mí misma. Me volví loca. Hice cosas de las que siempre me arrepentiré. Sé lo que esto ha debido de suponer para ti. Amabas a tu hijo y no había nada que pudieras hacer por él. Es el peor dolor al que una mujer tiene que enfrentarse, peor que morirse. Pero ésta no es la respuesta. Tú lo sabes.

El codo de Kasey se dobló. El cañón de la pistola se dirigió hacia las placas de espuma del techo. Todo su cuerpo se derrumbó. Stride dio un paso hacia ella con las dos manos alrededor de la culata de su pistola.

–Eso está bien, Kasey. Ahora arrodíllate y déjala en el suelo, y pon las manos sobre la cabeza.

Kasey lo miró con los ojos llenos de dolor y consiguió que él bajara la guardia. Cuando se arrodilló en el suelo Stride empezó a relajarse, pero entonces se dio cuenta de que su mano seguía agarrando con fuerza la pistola. No la había soltado. No había sacado el dedo del gatillo. Escrutó sus ojos y se dio cuenta de que su sumisión era una treta.

No iba a rendirse.

Maggie también se percató de ello.

–¡Stride! –le advirtió con urgencia, pero él reaccionó demasiado despacio.

Kasey movió un dedo, pero no de la mano con que sostenía la pistola sino de la otra. Apagó la linterna y dejó las ruinas sumidas de nuevo en la oscuridad. Stride sabía qué iba a suceder. Se lanzó hacia un lado al tiempo que un fogonazo salía de la pistola de Kasey. Algo caliente le abrasó el cuello y sintió como la sangre templada corría por su piel y empapaba su camiseta. Se golpeó contra el suelo y rodó por encima de los trozos de cristal y una montaña de piedras caídas.

Estallaron más balas, que machacaron el suelo y las paredes a su alrededor y rebotaron por todas partes. Una nube de polvo y de trozos de hormigón cayó sobre su cara. Siguió rodando hasta que su cuerpo chocó contra un pilar de hormigón y entonces se deslizó detrás, se irguió y se puso en cuclillas. Escrutó el espacio a su alrededor, pero no pudo ver ni oír nada en aquella habitación llena de oscuridad y silencio. El humo llenaba el aire.

Unos seis metros más allá, la linterna de Kasey brilló de nuevo, pero antes de que él pudiera apuntar y disparar, la luz se apagó. A continuación oyó sus pasos corriendo, alejándose. La luz se encendió y se apagó de nuevo durante otra fracción de segundo en una habitación más allá de la pared más lejana.

–Mags –siseó Stride.

–Aquí.

Él siguió el sonido de su voz tanteando con las manos. Dio una patada a un revoltijo de clavos metálicos y se agachó cuando el ruido atronó en el espacio, pero nadie le disparó. Todavía podía oír a Kasey avanzando a trompicones en la otra habitación, buscando una salida.

–Stride –susurró Maggie.

Él se tiró al lado de la silla para encontrar las ataduras y deshacerlas.

–¿Estás bien? –preguntó.

–Estoy viva.

Metió los dedos por la cinta pero no pudo despegarla. Buscó en el suelo y encontró un afilado trozo de cristal, que usó para rasgarla. Luego la despegó con rapidez de su piel. Maggie articuló un grito estrangulado. Él usó el cristal para liberar la otra mano y, después, los pies.

–No te levantes demasiado rápido –susurró él, pero ella no le hizo caso.

Se puso en pie de un salto y luego se tambaleó, se derrumbó sobre él y él la sostuvo entre sus brazos. La silla se volcó. Las manos de ella se agarraron a su cuello y se perdieron en la sangre que fluía de la herida abierta.

–Joder, estás herido –dijo ella.

–Me ha rozado una bala. Quema horrores, pero estoy bien.

Un haz de luz barrió el pasillo del lado opuesto al suyo, arrojando sombras más allá de las torres de hormigón. Por primera vez Stride vislumbró los cuerpos escondidos en la escuela, y soltó una maldición. Maggie señaló el cuerpo más cercano, que yacía en el suelo, un hombre alto con un agujero de bala en el centro de la frente.

–Ése es nuestro tipo. El asesino de las granjas. Kasey le disparó.

Stride asintió. En un distante rincón de la escuela, desde el cual provenía la luz, oyeron como Kasey golpeaba los tablones de conglomerado que tapiaban las ventanas. Varias explosiones resonaron entre las paredes cuando ella disparó un par de veces más. La madera se astilló y se quebró, y vieron el humo flotando en un rayo de luz. Después de un silencio, oyeron un impacto cuando Kasey se abalanzó contra la barrera de madera.

El aglomerado cedió con un crujido. Sintieron como la presión del aire cambiaba al abrirse un agujero en la pared de la escuela, y el haz de luz desapareció.

–Ha huido –dijo Maggie.

Stride puso un brazo alrededor de su cintura para sujetarla.

–Tenemos que salir de aquí –la instó–. Lo primero que hará es ir en busca de Callie.

55

–Valerie ha desaparecido –informó Denise a Serena.

–¿Desaparecida? ¿Qué ha pasado?

Serena no obtuvo respuesta. Denise Sheridan miró por encima de su hombro al lugar donde Callie dormía en el asiento trasero. Su máscara de policía dura se fundió. Serena la oyó contener la respiración y vio como se cubría la cara con ambas manos como si estuviera rezando. Denise abrió la puerta trasera, desabrochó con cuidado los cinturones de la sillita y cogió a Callie en brazos como si fuera una frágil porcelana china. La pequeña no se despertó.

–¡Oh, Dios mío! –murmuró–. Oh, mi niña, pensaba que no volvería a verte.

Le dio un abrazo de oso a su sobrina y hundió su cara en el cabello rizado de la pequeña. Por un momento, no importó nada más. No pensó en la infidelidad. No había rabia. No pensó en las complicaciones de la vida. Sólo había júbilo.

–No tenía ninguna esperanza –admitió–. Siempre les decimos a las familias que no abandonen, pero en realidad no nos lo creemos. Pensé que se había ido para siempre. Que Dios me perdone, debería haber tenido fe.

Serena salió del coche.

–Denise, ¿dónde está Valerie?

–Dejó una nota –explicó, mientras el alivio de su cara desaparecía y sus ojos se ensombrecían por la preocupación–. Marcus la encontró y llamó a la policía.

–¿Una nota?

Denise asintió.

–Está muy claro lo que iba a hacer.

–Oh, mierda, no, ahora no –exclamó Serena–. ¿Cuándo ha sucedido?

–El agente de la calle la vio marcharse hace un par de horas.

–¿Y no informó de ello?

–Estamos vigilando a Marcus, no a Valerie. No la seguíamos a ella. Cuando Marcus llamó, envié unidades por toda la ciudad en busca de su coche. Nadie la ha visto todavía. –Y añadió–: Ven, entremos para que Callie no coja frío.

Denise llevó a la niña en brazos por el camino de entrada. Un agente de policía plantado en la puerta delantera les franqueó el paso. Atravesaron el recibidor hasta la cocina ubicada en la parte trasera de la casa, donde encontraron a Marcus sentado a la isleta con una taza de café. Vestía un batín de seda color chocolate y zapatillas, y llevaba unas gafas para leer en la parte baja de su nariz. Estaba leyendo un periódico médico *online* en un portátil que tenía enfrente.

Marcus vio a Callie en los brazos de Denise. Sabía desde hacía una hora que iba a venir a casa, pero una cosa era saberlo y otra verla con vida. Serena lo miró e intentó descifrar las cambiantes emociones reflejadas en su cara. Se quitó las gafas. Su boca se apretó y empezó a parpadear. Una sonrisa revoloteó por sus labios, como una llama que no acabara de prender.

Denise no hizo ningún intento de darle la niña a Marcus o de disimular su hostilidad. Miró a su cuñado con ojos furibundos.

–¿Puedo cogerla? –preguntó él finalmente.

Denise aferró a Callie y no se movió.

–No es tuya –replicó.

–¿Crees que eso importa ahora? ¿Crees que me preocupa?

–Creo que la única persona que te preocupa eres tú mismo.

–Estás equivocada. Siempre te has equivocado conmigo.

Serena murmuró entre dientes.

–Por favor, Denise.

Con la mandíbula tensa, ésta dio un paso hacia Marcus y apartó a la niña de su hombro. Marcus dejó el café en la mesa y se levantó de la silla. Extendió los brazos y Denise le pasó a Callie con evidente desgana. La niña se movió e hizo un pequeño ruido, pero no se despertó.

Marcus sostuvo a Callie contra su pecho; la niña parecía muy pequeña entre sus grandes manos. Luego volvió a sentarse.

–¿Y bien? –le preguntó a Denise.

–¿Y bien qué?

–¿No tienes nada que decirme?

–No quieres oír lo que tengo que decir, Marcus.

–Estaba esperando una disculpa –señaló él.

–¿Perdona?

–Una disculpa –repitió él, bajando la voz, pero su tono era áspero y ácido–. En la última semana, he visto mi nombre arrastrado por el fango y han corrido rumores sobre mí por toda la ciudad. La gente me ha tachado de asesino. Los amigos no me devolvían las llamadas. Los pacientes han rechazado mis servicios. Mi matrimonio está arruinado, mi vida privada ha sido retransmitida para el mundo. Sé dónde empezó todo, Denise. Esto empezó contigo. Bueno, pues mira por dónde, la verdad es exactamente la que yo había dicho. Yo no tenía nada que ver con esto. Y creo que lo menos que puedes hacer es tener la decencia de decirme «lo siento».

–¿Lo siento? –Denise se puso las manos en las caderas–. ¿Lo siento? Tú fuiste el causante de todo esto, Marcus. Tú permitiste que ocurriera. Tú y tu pequeña psicocompañera de cama, Regan Conrad. Sí, lo siento. Siento que Valerie posara sus ojos en ti. Siento que seas un cabrón arrogante. Puede que en lugar de preocuparte por ti mismo, pudieras dar gracias a Dios por la gente que ha traído a esta niña sana y salva de vuelta a casa. Y puede que pudieras soltar una lágrima y fingir que muestras un gramo de preocupación mientras intentamos encontrar a tu esposa.

Salió airada de la habitación con paso firme. El ruido hizo que Callie se despertara. Sus ojos se abrieron por un segundo antes de volver a cerrarse. Marcus frunció el ceño y siguió con la mirada a Denise, pero entonces se sacudió la ira y asintió en dirección a Serena.

–Estoy agradecido por todo lo que han hecho –le dijo–, no me malinterprete. Sólo estoy furioso por la forma en que me han tratado.

–Sé cómo se siente –replicó Serena–. A menudo estos crímenes se ceban en la gente inocente hasta destruirla. No voy a decir que sea justo. –Y añadió–: ¿Tiene la nota de Valerie? ¿Puedo verla?

Señaló una tarjeta que había en la encimera de la cocina.

–Estaba pegada al espejo de nuestro baño. La vi cuando me levanté por la noche.

Serena leyó la nota, que decía: «Ahora, las dos somos libres». Intentó imaginarse el frágil estado mental de Valerie y las implicaciones la asustaron.

–¿Pasó algo entre ustedes dos esta noche? –preguntó.

–Una pelea.

–¿Por Callie?

–Sí.

–¿Cree que ha podido hacerse daño a sí misma?

–No lo sé –contestó Marcus–. Estaba envenenada por todos los rumores sobre mí, y desesperada ante la posibilidad de no volver a ver a Callie. Creo que era capaz de cualquier cosa.

–Si enciende el teléfono o la radio, se enterará de que Callie está a salvo.

–Sí, si no es demasiado tarde –repuso él. Bajó la vista hacia la niña dormida y añadió–: Tengo que acostar a Callie.

–¿Le ha hablado Denise sobre la mujer que se la llevó? –preguntó Serena–. ¿Kasey Kennedy?

–He oído que aún sigue en libertad.

–Es cierto ignoramos cuál será su próximo movimiento. Con su permiso, mantendremos a los agentes de policía alrededor de la casa. También me gustaría tener una mujer policía dentro de la habitación de Callie, con ella.

–De acuerdo, pero ¿de verdad cree que esa mujer está tan loca como para intentarlo de nuevo?

–Está desesperada y es inestable. Hasta que la encontremos, creo que debemos extremar las precauciones. Lo mejor sería que se llevara a Callie a algún sitio por unos días, con protección policial. Su casa es un objetivo obvio.

Él negó con la cabeza.

–No voy a permitir que me echen de mi casa.

–Lo entiendo.

Los dos alzaron la vista cuando Denise Sheridan reapareció en la entrada de la cocina. La aflicción se dibujaba en su rostro y tenía la voz tomada.

–Alguien ha visto el coche de Valerie en el río, cerca de la estación de radio –dijo–. Está vacío.

Valerie estaba sentada en el suelo mojado con las manos abrazando sus rodillas. En frente de ella, el agua oscura del Mississippi estaba cubierta por una corteza de hielo. Era la clase de terreno quebradizo que se rompería como el cristal y en el que se abriría un gran agujero si intentaba avanzar sobre él. Se preguntó si ésa era la forma más fácil de hacer lo que iba a hacer. Andar por el hielo. Dejar que el abrazo de la helada agua la tragara.

Estaba entumecida por el frío. Las lágrimas se habían congelado en perlas sobre su cara. No sentía los dedos y notaba un hormigueo en los pies como si le hubieran picado un montón de abejas. Había permanecido sentada aquí, a solas con el frío y el agua, durante una hora y todavía no había encontrado el valor suficiente para hacerlo.

Había sacado el frasco de aspirinas de su bolsillo una docena de veces, y en cada ocasión lo había devuelto a su sitio sin abrirlo. Pensó que tal vez si se limitaba a quedarse ahí sentada un poco más, el frío haría el trabajo por ella, llevándose sus sensaciones hasta que no sintiera nada.

No muy lejos, oyó varias voces que flotaban en el viento como los susurros de los fantasmas. La gente andaba por encima de ella, en la cima de la ribera de Canal Street. Gritaban. Con insistencia. En el puente de la carretera 269, río arriba, vio pasar las veloces luces de los coches. Lo ignoró todo.

Sacó el frasco de nuevo. Sus dedos helados se movieron con torpeza al tomarlo en su mano. Miró las pastillas e imaginó cómo descendían por su garganta con la ayuda de la nieve fundida. La última vez, había usado un frasco que no estaba lleno; ése había sido su error. Por esa razón se había despertado en el hospital. Esta vez, el frasco estaba repleto hasta el borde de cientos de pastillas. Podía tragárselas todas antes de que ralentizaran su organismo y la sumieran en un profundo sueño.

Pasó un dedo por el plástico que rodeaba el cuello del frasco. Intentó cortarlo con el filo de una uña, pero tenía los dedos torpes. Se puso el tapón en la boca, mordió el envoltorio con los dientes y consiguió romper un pequeño pedazo. Tiró y consiguió desenrollarlo como si fuera una cinta. Vivió este pequeño éxito como si fuera una gran victoria.

Luego entornó los ojos para alinear las flechas del tapón en la oscuridad. Intentó destapar el bote con el pulgar, pero tenía la piel húmeda y los dedos resbalaron sobre el plástico. Al final, consiguió que el tapón de la botella saltara y volara como una moneda en el aire. Golpeó el sello metálico y el bote salió disparado de sus dedos entumecidos. Una docena de pastillas se diseminaron por el suelo en torno a sus piernas. No le preocupó que se perdieran. Eran pocas; no se notaría la diferencia.

Extendió su mano derecha con la palma hacia arriba. Le temblaba el brazo. El frasco tembló cuando lo volcó y en su mano cayó una pirámide de píldoras blancas. Balanceó el bote abierto en su regazo mientras miraba las tabletas. No era difícil. «Métetelas en la boca. Toma un puñado de nieve fresca. Hazlo una y otra vez hasta que el bote esté vacío.»

Pero no podía. Quería hacerlo, pero no podía.

–Oh, Callie, lo siento –dijo.

Estaba enfadada consigo misma por vacilar. Su bebé la necesitaba. Su hija estaba sola. Para rescatarla, sólo era necesario dar un pequeño paso, totalmente insignificante; sólo debía hacer lo correcto y volverían a estar juntas. Aun así, no podía matarse de esa manera. Abandonar parecía un acto egoísta y desesperanzado por el que nunca la perdonarían. Era como si pudiera oír una voz solitaria que le hablaba a su tumba y la avergonzaba: «¿Cómo pudiste abandonarme?».

Valerie escuchó la voz y abrió los dedos. Las aspirinas cayeron, rebotaron e hicieron hoyuelos en la nieve. La humedad empezó a disolverlas formando una pasta. Se levantó y se movió hasta que la sangre volvió a circular por sus piernas; luego se dirigió a la orilla. El hielo se adentraba sigilosamente en tierra como una ventana nebulosa. Adelantó un pie y lo rompió con el tacón de su bota y luego lo hizo otra vez, dibujando agujeros irregulares en la superficie. Movió el frasco arriba y abajo y dejó que las pastillas cayeran en cascada a través del hielo y desaparecieran en el río. Al final, cuando estuvo vacío, hizo rodar el frasco más allá del hielo. Flotó un momento, y cuando el agua empezó a colarse por el cuello, se volcó y se hundió.

Sabía que debía sentirse como una fracasada pero, en lugar de eso, notó un subidón de adrenalina. Una nueva sensación, que no sabía de dónde provenía, la traspasó y la hizo sentir en paz. En algún lugar, de alguna manera, algo había cambiado, como si la tierra hubiera temblado bajo sus pies. Supo que tenía que irse de allí lo antes posible. Cuando se tocó la cara, encontró cálidas lágrimas que surcaban de nuevo su rostro. Se desbordaron. Una cascada. Una inundación. No importaba la razón. Lo único que sabía es que debía irse. Ahora. Rápido.

Valerie caminó y luego dio un traspié y después corrió. Se abrió camino colina arriba, alejándose del río. La respiración le martilleaba en el pecho. No podía ir lo bastante deprisa para satisfacer la impaciente urgencia que se había adueñado de su mente. Los oyó de nuevo, más alto y más cerca a medida que se acercaba a la calle: gente que la llamaba, que gritaba su nombre.

Salió de la maleza y emergió cerca del parking donde la policía había rodeado su coche. Las luces rojas y azules iluminaban la calle como fuegos artificiales. Vio a Denise. Vio a Serena. Todo el mundo miraba por todas partes, excepto en su dirección. Era invisible. Se quedó donde estaba, conteniendo la respiración, incapaz de moverse o de gritar: «Estoy aquí».

Serena se dio la vuelta. Las miradas de ambas se fundieron, a kilómetros de distancia de los demás. Valerie vio como la cara de Serena se iluminaba con una sonrisa y la oyó gritar excitada las mismas palabras una y otra vez. El viento ahogó su voz, pero no importaba, porque ya sabía lo que Serena decía. Sabía cuál era el impulso que la había hecho huir del río a toda prisa y volver a su vida.

Sabía quién la había salvado. Lo sabía.

–La tenemos –repitió Serena mientras corría hacia ella–. La tenemos, la tenemos, la tenemos.

Valerie cayó de rodillas y lloró de alegría.

56

Kasey seguía teniendo la llave.

La llave que Regan le había dado. La llave que le había permitido entrar en casa de los Glenn. La había usado una vez y la volvería a usar de nuevo esta noche, y luego se llevaría a Callie al oeste y desaparecerían. Se perderían en las pequeñas ciudades del desierto, donde ambas estarían a salvo.

Todavía tenía la pistola. La pistola de Maggie. La llevaba metida en la cintura de sus tejanos y sentía el duro metal cuando respiraba.

Había evitado la autopista 2 circulando por las serpenteantes carreteras que se alejaban de Duluth. Sólo se había detenido una vez, en un establecimiento abierto las veinticuatro horas que había a un lado de la carretera; entró sigilosamente en la oscura tienda y limpió y vendó sus heridas. Había dejado de sangrar, pero se sentía débil y exhausta.

Su mente y su cuerpo luchaban uno contra otra. Pero no podía abandonar.

El coche de Nieman estaba aparcado entre los árboles en el arcén de la carretera comarcal 76, fuera de la vista de la autopista. Desde allí, se había sumergido en los bosques y andado casi un kilómetro hasta su escondite, a unos cincuenta metros de la casa de los Glenn, en la orilla del lago Pokegama. Se agachó cerca del agua y examinó detenidamente la actividad alrededor de la casa.

Los agentes de policía patrullaban por el jardín trasero. Sabía que trataban de cazarla. No le preocupó. Su objetivo era la puerta lateral que conducía al garaje, donde no había iluminación. Nadie la vería salir de los bosques, y sólo necesitaba unos pocos segundos para entrar. Entonces aguardaría el momento idóneo para internarse en la casa.

La nieve silenció sus pisadas mientras zigzagueaba hasta el límite del bosque y bordeaba el césped de la parte trasera de la mansión. A pesar de sus precauciones, asustó a un conejo que salió lanzado ruidosamente de la maleza y dejó huellas en la nieve. Se quedó paralizada, rodeada por los tupidos brazos de un abeto. Una policía apostada cerca de una esquina de la casa observó el conejo y escrutó el lugar del bosque por el que había aparecido. Escrutó en la oscuridad, mirando directamente a Kasey. Su mano descansaba en la culata de su pistola.

La policía se acercó y se detuvo a unos seis metros de ella. Kasey se puso tensa. En su cabeza, su respiración atronaba. El frío la hacía estremecerse. Las ramas se balanceaban allí donde su cuerpo las tocaba. El agua goteaba de su pelo rojo. Detrás de la policía, pudo ver el oscuro hueco de la entrada que conducía al garaje. Estaba sólo unos pasos más allá de un camino de baldosas.

La policía perdió su interés en el conejo, buscó en su bolsillo y sacó un pañuelo. Se sonó ruidosamente y soltó una tos áspera. Dirigió una última mirada a los bosques antes de girar sobre sus talones y desaparecer hacia la parte delantera de la casa.

Kasey esperó para asegurarse de que la poli no volvía. El trozo de tierra entre los bosques y el garaje estaba oscuro y vacío. El viento del lago había hecho que la nieve se acumulara en montones junto a las paredes de la casa. Respiró y emergió de los árboles para cruzar las baldosas y meterse en la entrada. Al mirar hacia atrás, se dio cuenta de que había dejado dos huellas cerca del límite del bosque. Apenas eran visibles, pero si se fijaba, podía distinguirlas en la nieve, cerca de donde la agente se había detenido. Dos marcas de botas, cuatro pies diferentes.

Ahora no podía preocuparse de eso.

Kasey sacó la llave de su bolsillo y la sintió templada en la mano. Echó una mirada cautelosa en ambas direcciones, la metió en la cerradura de la puerta lateral y trató de abrirla. La llave no giró. La sacudió y lo intentó de nuevo, retorciéndola furiosamente, pero la llave no abría. Tiró de ella, la apretó en su puño y cerró los ojos. En su frustración, se lanzó con el hombro contra la puerta, pero estaba cerrada y era sólida.

Maldijo en silencio mientras se daba la vuelta. Tenía que retroceder hasta el bosque, pero no dispondría de tiempo antes de poder moverse. Mientras permanecía en la entrada, paralizada, oyó el ruido de pasos sobre la piedra. La agente había vuelto.

Kasey apretó su cuerpo contra la puerta, pero no tenía lugar para esconderse. Tan pronto como la poli mirara en su dirección la descubriría; estaba a dos metros de distancia. Mientras la mujer se acercaba, se sacó la pistola de la cintura y la agarró en su mano sudorosa. Los ojos de la policía estaban concentrados en el bosque. Si miraba con atención la nieve, vería las pisadas que emergían de la espesura. Y entonces se daría la vuelta y vería a Kasey en la entrada.

Kasey contuvo la respiración. Su boca estaba abierta y tenía los ojos desorbitados por el miedo. La agente se volvió hacia ella y Kasey se tensó como un resorte, dispuesta a atacar. Tenía que abalanzarse sobre ella antes de que pudiera gritar.

Entonces, justo en el momento previo a que sus ojos se encontraran, la policía se detuvo y volvió corriendo hacia la parte delantera de la casa.

Kasey sabía por qué. En la entrada, al otro lado de la esquina donde se encontraba, una mujer estaba gritando.

–¿Dónde está?

Valerie no esperó a que el coche se detuviera. Las ruedas todavía giraban cuando salió disparada del Mustang de Serena. Gritó el nombre de Callie, corrió hasta la puerta y la aporreó hasta que el oficial de policía la dejó entrar.

Serena salió de su coche y levantó ambas manos para tranquilizar a la agente que apareció en la entrada procedente de un lateral de la casa, con la pistola en la mano.

–Está bien –le dijo–. Todo el mundo está bien. No se preocupe, no pasa nada.

Siguió a Valerie al interior de la casa. Desde arriba, a través de la puerta abierta de la habitación de Callie, oyó desgarrados sollozos de alivio. Serena no hizo ademán de reunirse con ella. Era un momento íntimo para la madre y la hija. Era también uno de esos raros momentos en su vida en los que creía que realmente había algo de justicia en el mundo.

Marcus Glenn, todavía vestido con el batín, se reunió con ella en el vestíbulo. Había oído el ruido que hizo su mujer al subir las escaleras y miró al dormitorio.

–Entonces decidió no seguir adelante –dedujo.

–Debe de sentirse aliviado.

–Sí, por supuesto.

Serena no interpretó alivio ni alegría en su voz. Él frunció el ceño, como si pudiera leerle la mente.

–Estoy entrenado para tener en cuenta lo que puede ir mal –le explicó–. Nunca pensé que esta situación terminara felizmente para ninguno de nosotros.

–Pero lo ha hecho –dijo Serena. Y quiso añadir: «No gracias a usted».

Vio como el cirujano aguardaba junto a la barandilla de las escaleras y se dio cuenta de que el desnudo flujo de emoción que oían sobre ellos resultaba doloroso para él. Prefería el entorno estéril de su quirófano. Clínico. Sin pasión. Ésa era la razón por la que resultaba desagradable. Era por eso por lo que era capaz de hacer tanto daño.

Más deprisa de lo que Serena había esperado, Valerie reapareció en el distribuidor. Sostenía a Callie entre sus brazos, envuelta en un grueso abrigo, sus pequeñas manos enfundadas en mitones y calzada con botas rosas. Valerie llevaba a Callie con gracia, como si flotara. No apartaba los ojos de la cara de su hija y la niña, que despierta, miraba a su madre con deleite.

Valerie bajó lentamente cada escalón, con sumo cuidado, hasta que llegó al pie de las escaleras. Llevaba un bolso de viaje colgado de uno de sus hombros, y lo dejó en el suelo, a sus pies. Le pasó la niña a Serena para coger un abrigo de invierno del armario de la entrada y deslizó sus brazos en las mangas.

–¿Adónde vas? –preguntó Marcus.

Parecía realmente sorprendido.

Valerie lo ignoró y miró a Serena. Cogió de nuevo a Callie y levantó su bolsa.

–Sé que es tarde, pero ¿puede llevarnos a un hotel?

–Será más seguro si se quedan conmigo –observó Serena–. Podemos mantener a los policías alrededor de la casa. ¿Le parece bien?

–Sí, perfecto. Vámonos entonces.

–Valerie –la interrumpió Marcus mientras tendía la mano para tratar de tocarle el hombro, pero ella se encogió para zafarse de él–. ¿Qué crees que estás haciendo? No hagas una montaña de un grano de arena.

Valerie estrechó a Callie contra su pecho y cruzó la puerta principal sin mirar atrás. Depositó su bolsa en el asiento trasero del Mustang de Serena y acomodó a Callie en la sillita con mucha ternura. La policía que estaba en el jardín la miró, pero nadie se movió ni habló.

Marcus la siguió hasta el porche y la llamó mientras cruzaba los brazos sobre el pecho con rabia y enojo.

–¿Quieres que te diga que lo siento? –gritó–. Muy bien, pues lo siento. Pero recuerda que soy inocente en todo este asunto.

Valerie se enderezó. Estaba de espaldas a él. Se volvió despacio mostrando una mirada pétrea.

–¿Inocente?

–Sabes a lo que me refiero.

Valerie no dijo nada más. Esperó en silencio. Su respiración iba y venía en nubes de vapor que se disipaban en el aire frío.

–Oh, por el amor de Dios, entra –le pidió Marcus–. ¿Qué quieres de mí?

Valerie meneó la cabeza.

–No quiero nada de ti –replicó–. Enviaré a alguien para que se lleve mis cosas.

–No estás en condiciones de tomar decisiones –insistió Marcus–. Pasa unos días con Callie. Ha sido una semana difícil para todos y necesitas algo de tiempo. Cuando vuelvas a casa, hablaremos.

Serena se reunió con Valerie fuera, se sentó en el asiento del conductor de su coche y puso en marcha el motor. Valerie se quedó de pie junto a la puerta abierta del copiloto.

–No voy a volver –dijo mientras subía al coche y se estiraba para alcanzar la puerta–. Adiós, Marcus.

57

Permanecieron en silencio mientras Serena conducía y la ciudad daba paso a las tierras deshabitadas y las luces brillantes, a la oscuridad. A Serena, la autopista le resultaba familiar después de haberla recorrido tantas veces. Aún faltaban unas horas para que amaneciera.

–¿Está bien? –preguntó finalmente.

Valerie se volvió y miró a Callie, que se había dormido de nuevo con el movimiento del coche. Alargó una mano para tocar a la niña y luego la retiró para no molestarla.

–Perfectamente –replicó.

–¿Está segura de lo que ha dicho? –quiso saber Serena.

–¿Lo de no volver? Sí. Se ha terminado. Soy libre.

–Bien por usted.

Valerie alargó un brazo y puso su mano sobre la que Serena tenía en el volante.

–Le debo mi vida entera.

–No me debe nada –repuso Serena–. Soy yo la que tengo que darle las gracias a usted. Verlas a las dos juntas me ha hecho recuperar algo de mi fe.

Valerie sonrió.

–Antes solía pensar en todas las terribles equivocaciones que había cometido en mi vida. Pero ahora me doy cuenta de que, sin ellas, Callie no estaría aquí. No estaríamos juntas. No puede ser sólo casualidad, ¿verdad?

–Tal vez tenga razón.

–Al menos, ya no desearé retroceder en el tiempo y cambiar las cosas. Nunca más. –Y añadió–: Le agradezco tanto que haga esto por mí... ¿Le importará a Stride que me quede con usted?

–No hay problema –dijo Serena–. Los dos nos sentiremos mejor si sabemos que usted y Callie están a salvo.

No dijo nada más. En lugar de eso, pensó en Stride y se preguntó dónde iba a dormir ella esa noche. No sería en su cama. Ni tampoco al lado del hombre que había amado los últimos tres años. Los dos habían cometido sus propios errores compartidos, y ahora se preguntaba adónde les iban a conducir sus equivocaciones y si, como Valerie, ella sería capaz de vivir sin arrepentimiento.

–Dígame una cosa –le pidió Valerie–. La mujer que se llevó a Callie, esa joven policía, ¿la conoce?

–La he visto esta semana, pero en realidad no la conozco.

–¿Ha huido?

–Sí, pero no se preocupe, la encontraremos. No dejaremos que se acerque a usted.

–¿Cómo es? –preguntó Valerie.

Serena la miró de reojo.

–¿Qué quiere decir?

–Quiero decir... ¿qué le pasó por la cabeza? ¿Cómo pudo hacerlo? Sólo quiero entenderlo.

–La verdad es que no importa, Valerie.

–Lo sé, pero no quiero odiarla.

–La ha metido en un infierno –dijo Serena–. Puede odiarla si quiere.

Valerie negó con la cabeza.

–Eso no serviría de nada.

–Todo lo que sé es que su bebé murió –le contó Serena–. No pudo aceptarlo y se obsesionó con Callie.

Valerie seguía tranquila.

–Entonces, estaba desesperada –dijo al final–. Sé lo que es eso.

–No se ponga en su piel –replicó Serena–. Ella ha cruzado líneas que usted no podría traspasar. No importa cuántas cosas horribles le suceden a uno. Usted no haría lo que ella hizo.

–Lo sé, pero yo también he llegado al límite.

–Eso pertenece al pasado –dijo Serena.

Miró la cara de Valerie y se dio cuenta de que estaba exhausta. La montaña rusa de la noche estaba pasando factura.

–¿Por qué no duerme un rato? –sugirió–. No llegaremos a Duluth hasta dentro de una hora.

–No estoy segura de querer dormir –admitió Valerie–. Quiero asegurarme de que esto está sucediendo realmente. Temo despertarme y darme cuenta de que sólo ha sido un sueño, ¿sabe?

–No lo es. Las dos están a salvo.

–Dormiré cuando lleguemos –insistió, pero se recostó contra la ventanilla y sus ojos se cerraron.

Cuando Serena volvió a mirarla, Valerie dormía plácidamente.

Serena estaba cansada y la autopista a oscuras resultaba hipnótica, pero estaba a tope de adrenalina y podía mantenerse despierta. En parte se debía a que, como Valerie, ella también estaba a punto de ser libre, aun cuando no se tratara de una libertad que hubiera buscado o esperado. Y en parte a que sabía que Kasey Kennedy estaba en algún lugar allí fuera y no tenía ni idea de lo lejos que podía llegar o cuál sería su próximo movimiento.

«Sé lo que es estar desesperada.»

Siguió la trayectoria de sus luces largas por la carretera solitaria e imaginó a Kasey en esa misma autopista mientras la niebla se amontonaba en una nube a su alrededor. Una policía joven que se había dejado cegar y había perdido el norte, derribando un conjunto de fichas de dominó que podía destrozar a muchas personas. Debió de sentirse sola en la carretera, como ahora Serena, con los ciervos, los lagos y los árboles del norte.

Excepto por el hecho de que, mientras conducía, Serena se dio cuenta de que no estaba sola.

Cuando la carretera se allanó de golpe en una larga planicie entre las tierras pantanosas de la reserva india, miró por el retrovisor y vio que seguían allí, un kilómetro detrás de ella. Los había visto primero a unos diez kilómetros de Grand Rapids, yendo y viniendo por las curvas.

Unos faros.

Kasey se apoyó en la pared de la vieja casa, casi demasiado cansada para mantenerse en pie. Sabía que tenía que continuar, pero no sabía cómo. Estaba sangrando de nuevo bajo sus vendajes. Se pasó un dedo por el cuello y se le quedó pegajoso y rojo. Le atronaba la cabeza. Estaba mareada. Apenas podía sostener la pistola en la mano.

Sólo quería tumbarse. Tumbarse y dormir. Tumbarse y morir.

Aguardó en la helada noche su última oportunidad. El agua de la bahía golpeaba en la orilla detrás de ella y podía oír el ruido sordo del lago Superior al otro lado de la calle. Detrás de la duna. Detrás de la casa de Stride.

Cuando miró a un lado y a otro de The Point, no vio policías esperándola. No había coches patrulla, ni luces destellantes, nadie acechaba en las sombras. Sólo estaban Serena y Valerie, en la casa adonde las había seguido por la autopista del desierto. Podía verlas en el dormitorio que daba a la calle. Dentro había luces que brillaban a través del limpio cristal de la ventana. Valerie sostenía a Callie en sus brazos.

El corazón de Kasey se rompió al ver a la niña. Su rabia volvió, la misma ira que la había impulsado la semana anterior. Rabia por que su hijo estuviera muerto. Rabia por el error de Dios. Desesperación por sostener a su hijo de nuevo. Sin dejar de llorar y con la respiración entrecortada, tosió, notó algo húmedo en su boca y se dio cuenta de que era sangre. Se tambaleó y se apoyó con una mano en la pared. La pistola resbaló de sus dedos y golpeó el pavimento con un ruido metálico. Se inclinó hacia delante y la recogió.

Comprobó la calle de nuevo. Vacía.

En el dormitorio, tras la ventana, Valerie abrazó a Serena antes de darse las buenas noches. Kasey vio que Serena volvía al gran espacio que se abría tras la puerta principal y se agachó cuando ésta espió la calle a través de las finas cortinas. Luego Serena abrió la puerta y salió al porche de madera, desde donde observó con detenimiento la casa y las sombras que la rodeaban. Kasey se acurrucó contra un cubo de basura para esconderse. Asomó la cabeza, vio que Serena volvía dentro y oyó el afilado chasquido del cerrojo de seguridad. En el interior de la casa, se apagaron las luces de la sala de estar.

Un momento después, en la otra habitación, vio que Valerie apagaba también su lámpara. La casa estaba completamente a oscuras. Valerie y Callie estaban solas.

Kasey esperó quince minutos antes de saltar el muro y avanzó por la estrecha calle. Echó un vistazo a los coches estacionados mientras cruzaba con rapidez y atravesaba la luz que proyectaban las farolas. Las ráfagas de nieve caían en una lluvia fría sobre su piel. El rugido del lago se volvió más audible, como si un enorme animal quedara fuera de la vista al otro lado de la arena. Kasey descartó la puerta principal. En la pared oeste de la casa, vio una retorcida escalera de hierro forjado que conducía al piso superior. Cojeó hacia ella, sin preocuparse por las huellas que dejaba en la nieve. Al intentar subir, se dio cuenta de que los escalones metálicos estaban resbaladizos por el hielo. Se agarró con la mano al enrejado y se aupó escalón a escalón. El esfuerzo la dejó exhausta y la estructura abierta de hierro le provocó vértigo al mirar hacia abajo. Cuando alcanzó la cima, tuvo que hacer una pausa para recuperarse.

Miró hacia abajo. Gotas de sangre moteaban la nieve como cerezas.

Kasey se envolvió la mano con la manga del abrigo y golpeó la pequeña ventana alveolada cerca del pomo de la puerta, que se rompió con un estallido suave y tintineante. Los cristales salpicaron el suelo. Se inclinó hacia la ventana rota y escuchó los sonidos de la planta de arriba. Tras comprobar que no se oía ningún ruido alcanzó el pomo por el agujero, descorrió el cerrojo y se metió en la casa.

El ático estaba oscuro y frío. Los clavos colgaban como dientes de las vigas de madera del techo. La estancia, inacabada, estaba cubierta de cajas y equipamiento. A través de las sombras, descubrió una escalera que conducía a la planta baja y se acercó a ella con cuidado pisando los cristales rotos. Las escaleras estaban oscuras como boca de lobo. Buscó el pasamanos, pero no lo encontró. Aguantó la respiración y puso un pie a ciegas en el primer escalón. Luego otro. Se balanceó y pensó que iba a caer. Sus ojos se acostumbraron a la oscuridad y pudo ver los contornos de una docena de escalones debajo de ella, pero se detenía tras cada paso que daba porque la madera crujía. No sabía si el sonido llegaría hasta la puerta cerrada que había debajo. A ella le resultaba ensordecedor.

Kasey llegó al último escalón y esperó. Sintió el aire templado del otro lado de la puerta. En silencio, giró el picaporte y la empujó. Podía imaginar el contorno de los muebles de piel de la gran habitación. Otro puñado de escalones de madera llevaba al enmoquetado. Oyó el viento succionando el aire de la chimenea hacia arriba en una sonora ráfaga. La puerta principal y la pared con las ventanas que daban al porche se hallaban a la derecha. Así que allí estaba la habitación donde dormían Valerie y Callie.

Dejó huellas húmedas en su camino hacia la puerta. Descorrió el cerrojo y la abrió para proporcionarse una vía de escape fácil. Se le pasó por la cabeza cruzar la calle e irse. Volver al coche. Conducir. Empezar una nueva vida. Pero era demasiado tarde para eso. Ya había perdido a Jack. Y a Bruce. No perdería también a Callie.

Kasey miró la puerta cerrada del dormitorio. Ninguna luz se filtraba por el hueco entre la puerta y la moqueta. Intentó distinguir alguna respiración dentro, pero no oyó nada. Sintió el peso de la pistola. Se preguntó si tendría que matar de nuevo y deseó que no fuera necesario. Estaba cansada de la muerte. Cansada de matar. Nada había salido según lo planeado, como había soñado.

Asió el pomo y abrió la puerta silenciosamente, empujándola hacia dentro. En la pared a su derecha, en la penumbra, vio dos camas gemelas y la abultada silueta de un cuerpo. Dio dos pasos cautelosos hacia el interior de la habitación, alzó la pistola y avanzó hacia la cama.

Con una brillantez cegadora, los focos del techo se encendieron y convirtieron la noche en día.

Kasey entornó los ojos involuntariamente y subió el brazo para protegérselos. Al bajarlo, se dio cuenta de que la cama estaba vacía. La silueta del cuerpo no eran sino unas almohadas arrebujadas bajo una manta. Miró la pared opuesta y vio a alguien sentado en un sillón cerca de la ventana, mirándola, con una pistola en la mano que le apuntaba al pecho.

Era Maggie.

–Baja el arma ahora mismo, Kasey –ordenó.

Kasey retrocedió hacia la puerta de la habitación pero, al hacerlo, sintió otra pistola, ésta en la parte de atrás del cráneo.

–Ha dicho que la bajes –repitió Stride–. Todo ha terminado.

Kasey oyó el estrépito de las botas por todas partes alrededor de la casa. En el porche. En el patio. En la sala de estar. Había policías en todas las ventanas. Caras. Pistolas. Kasey se quedó de pie, paralizada y atrapada, y vio como Stride se acercaba y le arrebataba la pistola de la mano.

–Serena vio que la seguías, Kasey –le dijo Maggie, levantándose del sillón. Su voz sonaba dura y triste–. Llamó para organizar una fiesta de bienvenida.

–Oh, Dios mío –murmuró Kasey–. Oh, Dios, no.

Stride tiró de sus brazos para ponérselos en la espalda y ella sintió unas esposas que se ceñían a sus muñecas. Él la empujó para que saliera del dormitorio y ella se dejó arrastrar. Luego dejó de sentir las piernas y no pudo soportar su peso. Cayó hacia atrás sobre el pecho de Stride. Su cuerpo se colapsó. Sintió como él la sostenía por debajo de los hombros y la depositaba en el suelo. Cuando miró hacia el techo, vio sus caras inclinadas sobre ella, enfocándose y desenfocándose. Stride. Maggie. Agentes de uniforme.

En algún lugar de su cabeza, oyó a Stride decir: «Ha perdido mucha sangre. Envíen una ambulancia».

Intentó levantarse, pero unas manos la empujaron hacia abajo con suavidad. La habitación giraba y flotaba perezosamente lejos de ella, arrastrándola río abajo. Vio un ir y venir de cuerpos en un borroso movimiento, y entre todas las personas que se congregaban a su alrededor, distinguió una cara nueva. Valerie Glenn. Serena estaba detrás de ella en medio del iluminado salón, sosteniendo a Callie.

Kasey vio que Valerie la miraba de la forma en que una persona de luto miraría una tumba y quiso decir algo, quiso explicarse, quiso gritar, pero estaba perdida en la niebla.

–¿Sabe alguien cómo se llamaba su hijo? –preguntó Valerie en voz alta.

«Jack –quiso decir Kasey–. Se llamaba Jack. Era mi bebé y Dios se lo llevó de mi lado. ¿No lo entienden? ¿Es que nadie me oye?»

–Jack –contestó Maggie por ella–. Se llamaba Jack.

Valerie asintió y Kasey sintió como se agachaba a su lado. Su cara estaba a centímetros de ella y de su piel emanaba el fresco olor de una madre que sostiene a su hijo. Puso una mano en la mejilla de Kasey y la acarició, sintiendo la humedad de su sangre y de su sudor. Valerie estaba llorando. Kasey se dio cuenta de que ella también lloraba.

–Siento lo que le pasó a Jack –murmuró Valerie en su oído.

Kasey intentó hablar de nuevo pero sólo oyó el resuello de su propia respiración. El metal de las esposas le roía la parte inferior de la espalda. Cerró los ojos, pero aún podía sentir el tacto de la mano de Valerie y la siguió sintiendo, suave y cálida, hasta que las sirenas se acercaron.

58

Primer día. Último día.

Stride estaba sentado en una silla plegable en la gran extensión de césped que se abría detrás de su casa en The Point, contemplando las revueltas aguas del lago a primera hora de la mañana. Si bien las nubes rojizas del horizonte señalaban el resplandor del amanecer, el nuevo día aún no había vencido a la noche. Llevaba la chaqueta de cuero abrochada hasta el cuello, aunque le proporcionaba escasa protección frente al frío y el viento. Tenía las manos en los bolsillos.

Estaba esperando a Serena. No quería estar dentro cuando ella empaquetara sus últimas pertenencias y las cargara en su Mustang. Una cosa era saber que ella se marchaba y otra ver como se iba. Tarde o temprano tendría que volver a casa, después de que ella se hubiera ido, y enfrentarse al vacío que Serena había dejado atrás. Pero podía esperar. Trabajaría hasta medianoche, poniéndose al día de todo el trabajo amontonado en su ausencia, posponiendo el momento en el que volvería a una casa en la que lo único que persistiría de ella sería su esencia.

No miró atrás cuando oyó sus pasos sobre la nieve, detrás de él. Ella se sentó en una silla a su lado y no dijo nada. Los dos permanecieron un minuto en silencio, aplazando lo inevitable.

–¿Estás lista? –preguntó Stride al final, cuando no pudo resistir más la tensión.

Serena asintió sin mirarle.

–Sí.

–No tienes por qué irte –le dijo–. Podemos dormir en habitaciones separadas durante unas semanas si quieres.

–Ya hemos hablado de esto, Jonny.

–Lo sé.

Era la realidad la que le miraba directamente a la cara. Todo había terminado entre ellos. Al menos por ahora. Al menos por el momento.

–Sabes que te quiero –le dijo él.

–Yo también te quiero, pero tú necesitas tiempo y yo necesito tiempo. No sé si fue por el calor del momento, pero te sentías mejor con Maggie que conmigo. Te abriste a ella y me dejaste fuera. Eso no va conmigo.

–Lo siento.

–Yo también. No te culpo, Jonny. También fue cosa mía.

–¿Qué vas a hacer? –quiso saber Stride.

Serena meneó la cabeza.

–Todavía no lo sé.

–¿Vas a volver a Las Vegas?

–No –le contestó–. No ahora, al menos. Podría volver allí y conseguir un trabajo, pero no es mi hogar. No estoy segura de dónde está. No soy como tú. No tengo raíces.

–Entonces, ¿qué vas a hacer?

Serena se encogió de hombros como si el futuro fuera una insignificancia comparado con el presente.

–Denise me pidió que me quedara en la oficina del sheriff en Grand Rapids. He aceptado durante un tiempo. Valerie se ha establecido por su cuenta con Callie y me gustaría ayudarla. Ha alquilado una casa y me dijo que podía usar uno de los dormitorios.

–Me gusta la idea de que te quedes cerca –se alegró Stride.

Era una rama de olivo, pero ella la dejó donde estaba. Él contempló la tristeza de su cara y deseó poder borrarla. Siempre había sabido que dentro de Serena había un vacío, una parte incompleta. Quizá sólo necesitara estar sola. La perspectiva no parecía atemorizarla tanto como lo asustaba a él.

–Tengo que irme –dijo ella, levantándose.

Volvió sus ojos hacia el lago y luego a la fría arena de la playa. Tres años antes, en una noche calurosa de verano, habían hecho el amor allí por primera vez.

–Si necesitas algo, llámame –dijo Stride–. A cualquier hora, día o noche. Sabes que puedes hacerlo, ¿verdad?

–Siempre estás intentando proteger a las mujeres de tu vida, Jonny –murmuró–. No todas necesitamos protección.

–Sólo te lo decía.

–Lo sé. Si necesito a alguien, tú eres mi primera opción.

–Puede que aparezca algún día en tu puerta –dijo él.

Ella le dedicó una débil sonrisa.

–Nunca se sabe, quizá sea yo la que aparezca en la tuya primero.

Serena puso una mano en su hombro cuando se dio la vuelta para subir la nevada colina hacia la pequeña casita. Él no la miró marcharse. Las aguas del lago estaban agitadas y no pudo oír el sonido del motor de su coche mientras se alejaba. Esperó en la playa, sin moverse, mientras el frío se apoderaba de él y sentía el entumecimiento en la cara. El tiempo pasó y, cuando se levantó, el sol había alcanzado el límite del agua.

La oficina de detectives en el ayuntamiento estaba casi vacía. No había nadie allí para recibirle. Se había ido y ahora había vuelto. Entró en el despacho de la misma forma en que lo había hecho miles de veces durante años y colgó su abrigo. En la habitación todavía flotaba un rastro del perfume de Maggie. Por lo demás, nada había cambiado. El tiempo se había detenido en el momento en que se marchó.

Stride no se sentó enseguida. Recorrió con los dedos los marcos de las fotografías de su aparador y levantó una en la que aparecían él y Serena, tomada en la cima de la Torre de la Estratosfera en Las Vegas. Recordó que en ese momento había pensado que estaba tomando prestado el tiempo de ella y que algún día alguien le pediría que lo devolviera. De repente, inesperadamente, ese momento había llegado. Devolvió la fotografía al sitio en el que siempre había estado para poder seguir viendo su cara.

Se asomó por la ventana y miró el tráfico de la calle Uno y el lago más allá de los edificios de la ciudad. Duluth era una ciudad luchadora, de glorias pasadas, en la que lo nuevo siempre tenía el color de lo antiguo. Era lo bastante pequeña para que pudieras envolverla con los brazos y lo bastante grande para que no pudieras levantarla. Era tremendamente fría, primitiva, intimidatoria, como un puesto fronterizo.

Se dio cuenta de que tenía una ventaja sobre Serena. Él sabía cuál era su hogar. Su hogar estaba aquí. Duluth era su hogar.

Stride se sentó en su silla. No la había cambiado en años. Se ajustaba a su cuerpo de la misma manera que unos tejanos viejos, moviéndose cuando él se movía. Los tres meses que había pasado fuera se le antojaban el desvío más largo y desagradable de su vida. Había sido un error refugiarse en una cabaña en los bosques; tendría que haber seguido su instinto y volver enseguida. Pertenecía a ese lugar.

–Bienvenido, jefe.

Alzó la vista y vio a Maggie en la entrada. Llevaba el cuello vendado e hizo una mueca de dolor al entrar en la oficina, pero se deslizó de lado en la silla frente a su escritorio de la misma forma en que lo hacía siempre. Así había sido durante más de una década.

–Jefe –saludó ella.

«¿Es así como va a ser? ¿Compañeros, no amantes?»

Se preguntó si realmente podía vivir con eso, o si alguno de los dos quería que fuera así, y luego señaló su vendaje.

–¿No deberías estar guardando reposo?

–¿Así es como quieres que esté? –preguntó ella con un guiño.

Hablaba en serio pero no hablaba en serio. Bromeaba pero no bromeaba. Las cosas todavía eran complicadas.

–Eres como un grano en el culo –dijo él.

–De hecho, ése es el único lugar que no me duele.

Stride sacudió la cabeza y apartó la vista. Maggie percibió la serenidad en su cara y siguió su mirada, que se había detenido en la fotografía de Serena.

–¿Qué ha pasado?

–Se ha ido.

Maggie maldijo en voz baja.

–Lo siento, lo siento mucho.

–No es culpa tuya.

–¿No? Entonces, ¿por qué me siento así?

–No vayas por ese camino, Mags. Eso no va a cambiar nada.

–Después de un momento, añadió–: Quizá las cosas ocurren de la forma en que ocurren por una razón.

–O quizá las cosas sólo se estropean por obra del azar –replicó ella–. ¿Has reflexionado sobre eso?

–Intento no pensar en ello ahora mismo.

Ella asintió.

–Lo entiendo.

Él apartó los ojos de la fotografía y cambió de tema.

–¿Has visto las noticias? El abogado de Kasey va a alegar locura. Asegura que la muerte de su hijo y la manipulación de Regan Conrad la trastornaron hasta el punto de ser incapaz de distinguir entre el bien y el mal.

–Un jurado lo creerá –supuso Maggie.

–¿Crees que estaba loca?

–¿No lo crees tú?

–Creo que secuestró a un bebé y mató a tres personas –respondió él.

–Pero también era una madre que había visto morir a su hijo –puntualizó Maggie–. Todos tenemos nuestros límites.

Él no replicó, pero pensó para sí: «Sí, los tenemos».

–¿Qué hay de Nieman? –preguntó–. ¿Qué hemos averiguado sobre él?

–Nieman es un fantasma –respondió ella–. Tardaremos meses en desentrañar sus secretos. Es más, lo hemos relacionado con los asesinatos de Colorado, Iowa y Nuevo México, pero todavía no sabemos exactamente quién es o de dónde viene. El FBI nos está ayudando a juntar las piezas.

–El abogado de Kasey reivindicará que matarle fue un servicio público.

–Lo fue. –Maggie miró a Stride con el cabello cayéndole por encima de la cara–. ¿Y ahora qué? ¿Alegamos tú y yo locura temporal, también?

–Excepto por el término «temporal» –señaló él.

–Entonces, ¿quieres volver al trabajo ahora mismo o prefieres que antes lo hagamos en el escritorio? –preguntó ella.

Stride no pudo evitar romper a reír.

–Vas a asegurarte de que esto no sea fácil para mí, ¿verdad?

–Por supuesto.

–¿Has terminado?

–Por ahora.

–Entonces, vamos a trabajar –dijo él.

Maggie señaló un informe que había sobre la mesa.

–¿Recuerdas a ese adolescente que se ahogó en el lago el año pasado? Nosotros sosteníamos que había sido suicidio y los padres creían que era un asesinato. Tenemos nuevos indicios y al parecer tenían razón.

–De acuerdo. Me pondré al día con el informe –dijo él–. Podemos ir a hablar con ellos esta mañana.

–Perfecto.

Maggie se levantó de la silla y se dirigió a la puerta. Se dio cuenta de que nada había cambiado y nada era igual.

–Eh –la llamó él.

Ella se volvió y le miró.

–Me gusta tu pelo –dijo.

Maggie sonrió con picardía, se apartó los mechones rojos de los ojos y se fue.

Stride miró la polvorienta superficie de la mesa de roble y todo lo que la abarrotaba. El abridor de cartas de plata, en forma de cuchillo. Los montones de post-its amarillos garabateados con notas. El reloj que marcaba los segundos, los minutos, las horas y los días. Los informes de sus casos. Su vida entera.

Cogió la carpeta del caso y la colocó frente a él. Al hacerlo, su mano golpeó el abrecartas de plata y éste cayó al suelo. Sus ojos lo siguieron. Se puso tenso, esperando que el *flashback* cayera sobre él. Su corazón se aceleró. Sintió como el sudor resbalaba por su nuca mientras se preguntaba por la virulencia del ataque y por cuánto tiempo perdería el sentido. Pero el ataque no llegó. No cayó a través de la oscuridad de la noche hacia el agua implacable. El puente estaba en algún otro lugar, fuera en el lago, y él seguía en la oficina.

Stride se agachó, recuperó el abrecartas y lo metió en un cajón. Luego puso los pies sobre el escritorio y empezó a leer.

Agradecimientos

Son muchas las personas me han ayudado a escribir este libro. En primer lugar, quiero darle las gracias a Gail Foster, que ha sido mi primera lectora durante años y me hizo comentarios siempre útiles e intuitivos en los primeros esbozos del manuscrito.

En Duluth, Kim Homick me ayudó a localizar la escuela en ruinas que tan importante papel desempeña en la novela. Sí, es un lugar real, aunque la he «sellado» con fines dramáticos. También he cambiado el nombre y la localización para evitar que los turistas la invadan. Es un sitio realmente peligroso. No vayan allí. También en Duluth, Pat y Bill Burns han sido nuestros anfitriones en el Cottage en el The Point (www.cottageonthepoint.com), donde Stride vive en mis libros. Estamos en deuda con ellos por su hospitalidad y su amistad. En Grand Rapids, Randy McCarty me ayudó a identificar localizaciones clave para escenas del libro y fue tan amable que nos llevó a mí y a Marcia a un tour por el lago Pokegama.

Una de mis lectoras más antiguas, Migdalia (Micki) Colon, fue tan amable que compartió su conocimiento del español para traducir algunas líneas. Ella también me autorizó a tomar prestado su adorable nombre para uno de los personajes.

Matt Davis y Paula Tjornhom Davis me dieron sus consejos sobre el manuscrito, como lo hizo mi esposa Marcia, con la que llevo veinticinco años casado. Siempre estoy agradecido por el asesoramiento objetivo y crítico de todos ellos (aun en el caso de que, ocasionalmente, me haga chirriar los dientes).

Mi agradecimiento especial también para mis agentes, Ali Gunn, Deborah Schneider y Diana Mackay, y a mis editores, Marion Donaldson y Jennifer Weis, así como a los editores internacionales, agentes y libreros que tan maravillosos son a la hora de ayudar a que mis libros lleguen a los lectores de países de todo el mundo.

Finalmente, tengo que añadir un agradecimiento personal a la gente que aporta alegría a mi vida: mis padres, mi hermano y su familia, amigos queridos como Barb y Jerry, Matt y Paula y Keith y Katie y, mi esposa, Marcia, quien ha sido mi compañera, mi mejor amiga y mi mayor apoyo durante la mayor parte de mi vida.

Para contactar conmigo podéis enviarme un e-mail a brian@bfreemanbooks.com o uniros a la lista de correo www.bfreemanbooks.com. Buscadme en Facebook poniendo Brian Freeman Author o abriendo el enlace a mi página web que hay en Facebook. Contestaré a cada lector y estaré encantado de tener noticias vuestras.

Índice

Título de la edición original: *The Burying Place*
Traducción del inglés: Alicia Misrahi Vallés
Diseño: Eva Mutter
Foto de sobrecubierta: IDEE
Foto de solapa: cedida por el autor

Círculo de Lectores, S. A. (Sociedad Unipersonal)
Travessera de Gràcia, 47-49, 08021 Barcelona
www.circulo.es
3 5 7 9 0 1 1 2 8 6 4 2

Licencia editorial para Círculo de Lectores
por cortesía del autor.

Este libro ha sido impreso en papel Supersnowbright
suministrado por Hellefoss AS, de Noruega

Depósito legal: B. 43419-2010
Fotocomposición: gama, s. l., Barcelona
Impresión y encuadernación: Printer industria gráfica
N. II, Cuatro caminos s/n, 08620 Sant Vicenç dels Horts
Barcelona, 2010. Impreso en España
ISBN 978-84-672-4266-9
N.° 27540